끊어진 사슬과
빛의 조각

ちぎれた鎖と光の切れ端

옮긴이 **이규원**

한국외국어대학교에서 일본어를 전공했다. 문학, 인문, 역사, 과학 등 여러 분야의 책을 기획하고 번역했으며 현재 전문 번역가로 활동중이다. 옮긴 책으로 미야베 미유키의『이유』,『얼간이』,『하루살이』,『미인』,『진상』,『피리술사』,『괴수전』,『신이 없는 달』,『기타기타 사건부』,『인내상자』,『아기를 부르는 그림』, 덴도 아라타의『가족 사냥』, 마쓰모토 세이초,『마쓰모토 세이초 걸작 단편 컬렉션』,『10만 분의 1의 우연』,『범죄자의 탄생』,『현란한 유리』, 우부카타 도우의『천지명찰』, 구마가이 다쓰야의『어느 포수 이야기』, 모리 히로시의『작가의 수지』, 하세 사토시의『당신을 위한 소설』, 가지야마 도시유키의『고서 수집가의 기이한 책 이야기』, 도바시 아키히로의『굴하지 말고 달려라』, 사이조 나카의『오늘은 뭘 만들까 과자점』,『마음을 조종하는 고양이』, 하타케나카 메구미의『요괴를 빌려드립니다』, 아사이 마카테의『야채에 미쳐서』,『연가』, 미나미 교코의『사일런트 브레스』, 오타니 아키라의『바바야가의 밤』, 미치오 슈스케의『N』등이 있다.

《CHIGIRETA KUSARI TO HIKARI NO KIREHASHI》
© Akane ARAKI 2023
All rights reserved.
Original Japanese edition published by KODANSHA LTD.
Korean translation rights arranged with KODANSHA LTD.
through JM Contents Agency Co.

이 책의 한국어판 저작권은 KODANSHA LTD.와 JMCA를 통한
Akane ARAKI와의 독점계약으로 도서출판 북스피어에 있습니다.
저작권법에 의해 한국 내에서 보호를 받는 저작물이므로 무단전재와 무단복제를 금합니다.

끊어진 사슬과 빛의 조각

ちぎれた鎖と光の切れ端

아라키 아카네

이규원 옮김

#쁘스트오

일러두기
＊작게 표시된 본문의 주는 옮긴이 주입니다.
＊괄호로 표시된 주는 원저자의 주입니다.

ちぎれた
鎖と
光の
切れ端

1막 ⊙ 007
2막 ⊙ 269
편집자 후기 ⊙ 521

아다시마 徒島

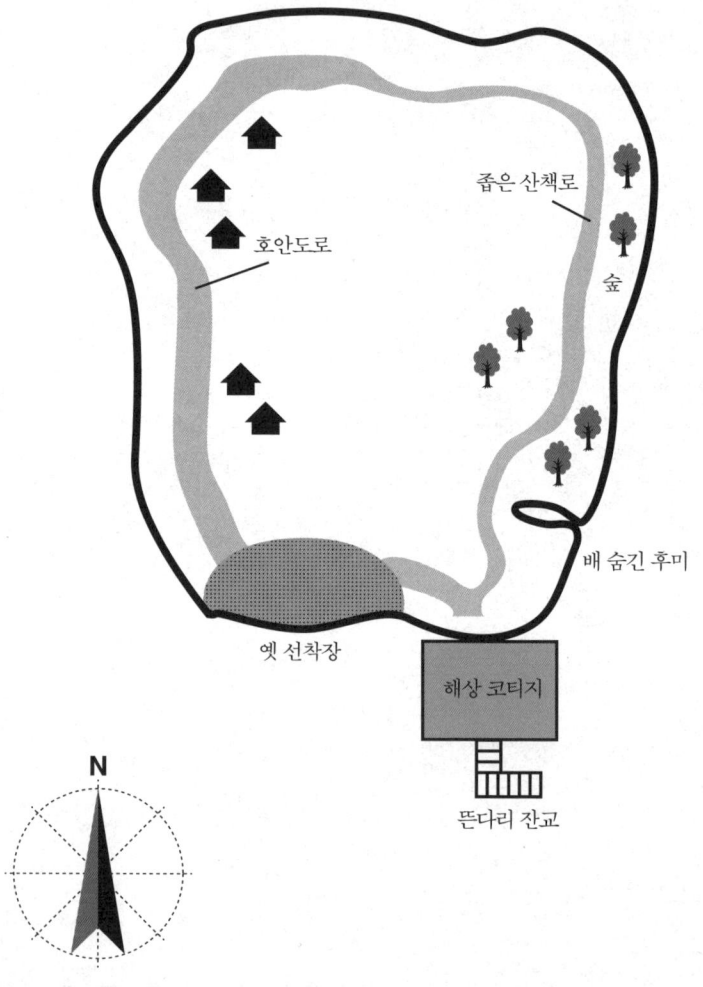

해상 코티지 평면도

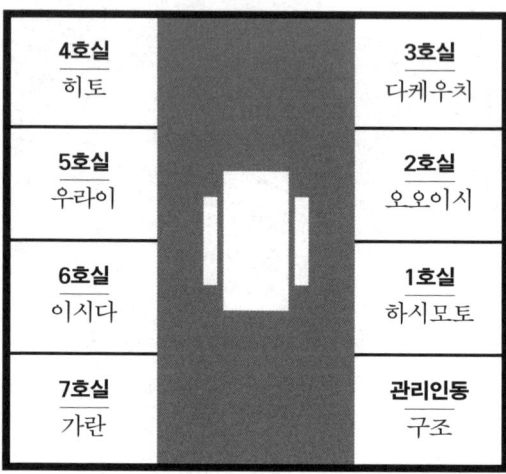

제1막 ◉ 등장인물 일람

히토 기요쓰구
이시다 지아키
우라이 게이지
가란 유이코
다케우치 슌스케
오오이시 유
하시모토 료마
구조 겐타로 … 아다시마 해상 코티지 관리인

2020년 8월 4일 13시 3분

　건조한 전자음이 심장박동처럼 규칙적으로 울린다. 귀를 기울여 들으니 통화 연결음이었다.
　마음이 급해졌다. 벌써 3번을 거듭 걸고 있지만 상대방은 전화를 받을 기미가 없다. 통화 연결음이 20번째 울렸을 때 일단 끊었지만, 3초도 못 참고 다시 발신 버튼을 눌렀다.
　어두운 실내. 검은 물감을 빈틈없이 칠해 놓은 듯한 짙은 어둠이 좁은 실내를 가득 채우고 있다. 스마트폰 액정화면이 유일한 광원이다.

귓가에 울리던 통화 연결음이 마침내 아무 전조 없이 끊겼다. 이제야 연결된 것이다. "들려요?" 다급하게 묻는다. 그러나 대답이 돌아오지 않는다. 수화구 너머는 완전한 정적이다. 주위의 웅성거림이나 옷 스치는 소리는 물론이고 상대방 숨소리조차 들리지 않는다.

손아귀에 힘을 주자 스마트폰이 찌걱찌걱하는 언짢은 소리를 냈다. 내 호흡이 너무 거칠어 상대방 목소리가 묻히나 싶어서 숨을 죽여보지만 역시 아무 소리도 들리지 않는다.

"대답해줘요!"

전화가 끊긴다. 즉시 재다이얼을 해도 이제는 연결되지 않는다.

스마트폰을 내던지고 머리를 감싸 쥐며 캄캄한 방 안에 웅크린다. 소리 없는 고함을 내지르자 문득 눈부신 빛이 비껴든다. 시야가 잘게 떨린다. 나는 밝은 장소에 있었다.

통로를 가운데 두고 양쪽에 좌석이 나란히 있고 좌우에는 커다란 창문이 있다. 창밖 풍경이 일정한 속도로 움직인다. 나는 이곳이 버스 안이라는 사실을 떠올렸다.

꿈을 꾼 것이다. 이제는 익숙해진 악몽이다.

"어이, 살아 있어?"

바로 옆에서 목소리가 내려왔다. 숨결이 닿을 만큼 가까운 곳에 이시다 지아키의 짓궂게 웃는 얼굴이 있다. 나는 얼른 허리를 바로 폈다.

"무슨 꿈을 꾼 거야? 미간을 잔뜩 찡그리고."
"기억 안 나."
이시다의 긴 머리카락이 까맣게 반들거린다. 그러고 보니 어제 미용실에 다녀왔다고 했던 것 같다.
"다들 곯아 떨어졌어. 새벽부터 움직이느라 피곤하겠지."
고개를 빙 돌려 버스 안을 둘러본다. 이시다 말대로 모두 축 늘어져 잠들어 있다. 원래 이용자가 적은 노선인지 승객은 우리 일곱 명이 전부였다.

도로는 숲을 가로지르며 뻗어 있다. 잠들기 전에 버스는 바다에 걸린 다리를 지나고 있었는데 지금은 섬 내부를 통과하고 있는 듯하다.

구마모토현 우토반도와 아마쿠사 가미시마는 시마바라만에 떠 있는 4개의 섬을 꿰는 한 줄기 관광도로로 연결되어 있다. 아마쿠사 고바시五橋는 이 섬들을 연결하는 5개의 다리를 말한다. 버스는 벌써 네 번째 다리를 건너는 중이다.

이시다가 천진한 목소리로 소리쳤다.
"오, 봐봐, 마지막 다리야. 빨간 다리!"
시야를 폭넓게 가리고 있던 나무들이 양쪽으로 밀려나고 바다의 파란색이 시야로 날아들었다. 파도치는 해수면이 티끌 하나 없이 맑다. 이시다가 '빨간 다리'라고 해서 빨간색을 찾아보았지만 다리 난간은 하얗다.

"뭐가 빨갛다는 거야."

"건널 때는 안 보이지만 밖에서 보면 예뻐. 자, 이걸 봐."

이시다는 스마트폰 검색 바에 '마쓰시마바시'를 입력하여 화면에 사진 하나를 띄웠다. 과연 교량의 기초 부분——활처럼 휜 아치형 다리는 눈에 확 띄는 빨간색이었다.

버스에서 빨간색이 보이지 않으면 '빨간 다리'라고 말할 수 없는 거 아닌가 하는 생각도 들었지만 잠자코 있었다. 아마쿠사 가미시마에 들어선 버스는 오른쪽에 나타난 유료도로를 무시하고 국도 32호선을 택했다.

버스 가운데 통로 너머에서 흥분한 목소리가 들린다.

"아리아케해는 조수 간만의 차가 일본 최고래."

목소리의 주인은 우라이 게이지였다. 어느새 깨어났는지 옆에 앉은 하시모토 료마에게 열띠게 이야기한다. 차창으로 비껴든 빛을 우라이의 안경이 날카롭게 반사했다.

"밀물 썰물이란 게 있잖아? 만조와 간조의 차를 조위차라고 하는데, 아리아케해에서는 그게 최대 6미터가 된다는 거야. 우리가 가려는 섬에서는 한 4미터쯤 되려나."

늘 그렇듯이 우라이가 박식함을 과시한다. 조위차니 뭐니 하는 것도 보나마나 신칸센 안에서 읽은 지식일 것이다. 하시모토도 익숙한 표정으로 "그래?" 하고 장단이나 맞춰주고 있다. 비음 섞인 새된 목소리로 수다를 떠는 우라이와는 대조적으로 하시모토의 목소리는 흡연 때문에 늘 탁하다.

"밀물 썰물 현상은 달의 인력 때문에 일어나. 달이 바로 위나 바로 밑에 왔을 때 바닷물을 끌어당기는 힘이 강해지고, 반대로 달이 뜨거나 질 때는 약해지기 때문에 간조와 만조가 하루 2번씩 일어나지."

"어. 달의 힘이었구나."

다분히 심드렁한 반응이지만 하시모토는 의외로 신나는 얼굴이다. 그가 고개를 살짝 끄덕일 때마다 짧은 금발이 빛난다. 직접 탈색한 탓인지 머리끝이 심하게 손상되어 보인다.

여행 목적지가 아리아케해의 외딴섬으로 정해진 뒤 나는 조수에 대하여 조금 조사해 두었다. 엄밀하게 말하면 조수를 일으키는 요인은 달의 인력 외에 공전운동에 따른 원심력과 태양의 인력도 영향을 미친다. 태양, 달, 지구가 일직선상에 놓일 때, 즉 초승달과 보름달 때 조수를 일으키는 각 행성의 힘이 더해져서 조수차가 가장 커지는데, 묘하게도 오늘이 바로 보름달이 뜨는 날이다. 스마트폰 조수 앱으로 확인하니 이 근처 바다는 오늘밤 22시 경에 만조가 된다고 한다.

〈다음은 이가사키, 이가사키. 내리실 분은 버튼을 눌러주십시오.〉

버스 안내방송이 목적지에 도착했음을 알리자 거의 동시에 이시다가 하차 버튼을 눌렀다. 마쓰시마초 정류장을 지나서도 한동안은 특별할 것도 없는 시골풍경이 계속되었지만 어느새 항구에 거의 다 온 것이다.

"어이, 슬슬 내리자고."

우라이가 손뼉을 팡팡 쳐서 곤히 잠든 일행을 깨웠다.

버스를 내리자마자 불쾌한 열기가 훅 밀려와 금세 땀이 솟았다. 피부를 찌르는 햇살에 내리는 사람마다 차례차례 "으, 더워!" 하며 비명을 질렀다. 바다냄새 품은 바람이 종종 이마를 스치지만 잠깐의 위안일 뿐이다.

아침 8시 전에 신오사카를 출발해 가고시마 주오역행 미즈호 603호를 타고 구마모토역에서 하차한 때가 11시 전. 점심 먹고 버스를 타고 2시간. 해는 이미 높이 떠 있다.

나는 실눈을 뜨고 버스정류장 주변을 둘러보았다. 주택들 사이 좁은 틈새를 무리하게 메우려는 듯이 밭이 이어져 있었다. 산이 가깝고 항구마을치고는 숲이 많은 편이다.

장거리 이동에서 막 해방되었다지만 해안까지는 20분 정도를 더 걸어야 한다. 지도 앱을 보며 걸음을 옮기는데 이시다가 불렀다.

"히토, 모처럼 놀러왔는데 천천히 걷자."

"배가 기다리고 있는데."

이시다가 말없이 뒤를 돌아다보았다. 가란 유이코가 창백한 얼굴로 입을 틀어막고 있다. 멀미? 평소 허리에 대바늘을 꽂은 것처럼 꼿꼿하던 그녀가 고양이등을 하고 있다.

옆에서 오오이시 유가 "괜찮아요?" 하며 안타까운 표정을 짓는다.

"짐 들어줄게요."

오오이시가 가란의 보스턴백을 집어 들려고 하자 가란은 "이 정도는 괜찮아" 하며 마다한다.

오오이시가 가란을 좋아한다는 사실은 여기 있는 모두가 안다. 아니나 다를까 다케우치 슌스케가 두 사람에게 다가가 이죽거렸다.

"친절도 하셔라, 오오이시. 내 가방 좀 들어줄래?"

"다케우치 선배는 팔팔하잖아요."

오오이시가 가볍게 주먹질하는 시늉을 하자 다케우치가 킥킥 웃었다. 다케우치의 모자 밑으로 수세미 같은 밤톨머리와 땀방울이 보였다. 원래 다케우치는 멀미가 심해서 버스를 한두 시간만 타도 토하는데, 오늘은 컨디션이 제법 좋아 보였다. 여행 전에 구입한 새로운 멀미약이 효과가 좋은 듯하다.

오오이시가 여전히 걱정스런 얼굴로 가란에게 말을 건넨다.

"곧 배를 탈 텐데, 괜찮겠어요?"

"버스 냄새가 힘든 거지, 배는 그래도 나아."

"그렇다면 다행이지만."

"괜찮아. 바비큐 파티 전까지는 오기로라도 나을 테니까."

가란이 정색하고 말했다. 그녀는 체구는 작아도 우리 일행 중에서는 제일 많이 먹는 사람이다.

이제 곧 배를 타고 건너갈 섬에는 전기가 없으니 냉장고도 당연히 없다. 각자 인스턴트나 과자처럼 오래 가는 식료품을 준비해 왔지만 첫날은 호사스럽게 코티지 우드테라스에서 바비큐를 하기로 정해 두었다. 오는 도중에 슈퍼마켓에서 구입한 신선식품은 아이스박스에 넣어 내가 어깨에 메고 있다.

국도를 벗어나 주택가로 접어들었다. 15분쯤 걷자 방파시설이 보였다. 항구가 가깝다는 뜻이다.

다케우치가 반색하며 말했다.

"이렇게 오랜만에 뭉치니까 기분 좋다. 우리가 모두 모이는 게 얼마 만이지? 반년 만인가?"

우라이가 대답했다.

"반년 전 만날 때는 란코가 없었으니까, 아마 9개월 만일 거야."

란코는 가란의 별명이다.

"그때까지는 매주 만났는데 란코가 도쿄로 올라갈 즈음부터 다들 바빠졌지. 히토가 일을 시작하면 모이기가 더 어려워지겠어."

우리 관계는 간단히 설명하기가 쉽지 않다. 말하자면 학창시절 친구들이 사회인이 되고나서도 정기적으로 만나고 있을 뿐이지만, 그룹이 만들어진 내력은 조금 복잡하다.

이시다, 우라이, 가란, 다케우치, 오오이시, 하시모토——그러니까 나를 제외한 여섯 명은 고등학생 때부터 친하게 지내던 그룹이다. 오오이시만 한 학년 후배이고 나머지는 모두 같은 학년이었다. 졸업하자 진학과 취직 등으로 진로가 달라졌지만 소원해지지 않고 계속 교류해왔다고 한다. 그리고 유일하게 다른 고등학교 출신인 내가 비교적 최근에 합류했다.

합류하게 된 계기는 내가 오오이시와 알게 되면서였다. 대학교 1학년 가을에 이사업체에서 아르바이트를 했는데, 오오이시가 그 업체에서 직원으로 일하고 있었다. 알바생은 작업이 서툴기 때문에 정직원과 조를 짜서 일하는데, 덕분에 나는 오오이시와 자주 만났고, 동갑이라는 점도 있어서 금세 속을 터놓았다. 그러다가 여럿이 모여서 노는 자리에도 불려나가곤 하며 오오이시의 고등학교 선배들과도 어울리게 되었던 것이다.

해안을 따라 5분쯤 걷자 작은 항구가 나타났다. 작은 어선이 스무 척쯤 계류되어 있는데, 개중에는 녹슨 채 방치된 배도 있었다. 예전에는 많은 배가 드나들던 이 항구도 섬을 잇는 다리인 아마쿠사 고바시가 개통되자 선객 출입이 크게 줄었다고 한다.

우라이의 숙모는 민박 직원에게 코티지 관리를 맡기고 있다고 들었다. 우리는 그 관리인 구조 겐타로라는 사람을 이 항구에서 만나기로 되어 있다. 구조는 7일간 코티지에 숙박하며 우리를 도와줄 거라고 했다. 우리가 가려는 섬에는 정기편이 없어서 구조가 어선을 수배해 태워줄 예정이다.

항구에는 어부로 보이는 남자 하나만 서성이고 있었다. 출항할 준비를 하는 듯하다. 고물에 '세이하쿠마루'라는 배 이름이 크게 써 있다.

우라이가 일행을 대표하여 물었다.

"저어, 아다시마에 가려고 하는데요, 혹시 구조 씨 아니세요?"

찌는 듯한 날씨인데도 오버사이즈 긴소매 맨투맨을 입은 어부는 부스스한 장발머리와 커다란 마스크 때문에 나이를 짐작하기가 어려웠다. 음산한 인상을 풍기는 남자였다. 그는 숨을 토하는 듯한 목소리로 "그 손님들인가?" 하고 작은 소리로 물었다.

"구조는 나중에 올 거요. 보다시피 배가 낡아서 선원 포함 여덟 명밖에 못 타니까 먼저 손님들을 섬에 데려다주라고 합디다."

"네? 그럼 구조 씨는 어떻게 온다는 거죠?"

"내가 댁들을 먼저 섬에 데려다주고 다시 와서 구조를 데려다 줄 거요."

예약한 배가 맞다는 걸 확인하고 우리 모두는 인사를 하는 둥 마는 둥 배에 올랐다. 무뚝뚝한 어부가 "짐은 조타실 바닥에 적당히 두시오"라고 안내했다.

종이박스처럼 비좁은 조타실에는 생활용품이나 양동이, 아이스박스 따위가 옹색하게 쌓여 있었다. 일행은 차례대로 조타실에 들어와 출입구 근처에 짐을 내려놓았다.

마지막까지 조타실에 남아 있던 나는 바닥에 있는 짐들을 보고, 이런 데서도 성격이 드러나는구나, 하고 생각했다. 우라이의 배낭은 일그러진 형태로 빵빵하고 옆주머니에는 '구마모토 수박 사이다'라는 탄산음료수 병이 꽂혀 있다. 그는 보스처럼 행동하지만 아이 같은 구석이 있어서 "짐 많아지니까 여행 첫날은 참아줘"라고 다들 말렸는데도 기차역에서 기념품을 이것저것 샀던 것이다.

다음으로 눈길이 머문 곳은 비닐봉지에 가득 찬 음료. 이것은 다케우치 것이다. 일행이 마실 술과 주스를 대표로 구입했는데, 아무렇게나 쑤셔 넣은 탓에 비닐봉지가 당장이라도 터질 것 같았다.

가란은 꼭 필요한 짐만 넣은 보스턴백, 하시모토는 용도를 알 수 없는 쇠붙이가 잔뜩 달린 메신저백. 이시다와 오오이시는 최근 글램핑에 빠졌다며 대용량 배낭을 메고 왔다.

나의 배낭과 아이스박스는 다른 짐과 섞이지 않도록 조금 안쪽으로 밀어두었다. 갑판으로 나오자 배는 바로 출발했다.

*

선체에 힘차게 부딪힌 파도가 부서지며 완만하게 휜 하얀 항적을 남긴다. 혀에 짭짤한 맛이 느껴지는 순간 침이 쭉 솟아났다. 파도 비말이 입에 들어온 듯하다.

아직까지는 날씨가 나쁘지 않지만 일기예보는 저녁부터 흐려지고 곳에 따라 천둥번개를 동반한 큰비가 내릴 거라고 했다. 오오이시가 우천 대비를 못했다고 걱정하자 낙천가 다케우치가 "태풍이 오는 것도 아닌데, 뭘" 하며 웃었다.

버스에서 내릴 때에 비하면 가란도 꽤 회복되었다. 뱃전 밖으로 몸을 내밀고 바람을 쐬자 컨디션이 좋아진 것 같다.

가미시마 북부 항구에서 북서쪽으로 약 8킬로미터 해상에 있는 외딴섬 아다시마가 이번 여행의 목적지다. 섬 둘레는 3킬로미터 미만으로, 걸어서 1시간이면 일주할 수 있을 만큼 작은 섬이다. 1980년대에는 약 70세대가 살았고 도민 수가 이백 명을 넘었다고 하지만, 그 후 쇠퇴하여 지금은 무인도로 변해버렸다. 섬 남안에는 전국적으로도 상당히 보기 드문 고상식 해상 코티지가 지어져 있다.

2000년대 초 아다시마는 도민 유출과 고령화가 심각해지자 그 타개책으로 관광산업에 주목하고 '아다시마 해상 코티지'라는 숙박 시설을 지었다. 그러나 준공 직후 태풍과 높은 파도로 새우 양식장이 큰 타격을 받아 인구 감소에 박차가 가해지는 바람에 결국 코티지도 영업을 중지하고 말았다.

폐허로 변한 코티지를 인수한 사람은 이 섬의 낚시터에 주목한 우라이의 숙모였다. 부동산 관련 사업으로 성공을 거둔 뒤 바다낚시에 빠져 아마쿠사 가미시마로 이주한 그녀는 민박을 경영하며 아다시마 해상 코티지를 별장으로 관리하고 있다. 우라이가 친구들과 캠핑하고 싶다고 부탁하자 숙모는 흔쾌히 허락해 주었다고 한다.

"히토, 담배 땡기지 않아?"

하얀 원피스와 긴 머리카락을 바람에 나부끼며 이시다가 작은 소리로 말했다.

"공기가 너무 맛있어서 허파를 오염시키고 싶어지네."

그녀가 검지와 중지를 입가에 대며 흡연하는 시늉을 했다. 나는 고개를 저었다.

"여기선 곤란할 텐데."

"물어보면 되지. 음, 저기요."

창문으로 조타실을 들여다보며 묻자 어부는 알아서 하라는 듯 가볍게 손사래를 쳤다. 이시다는 휴대용 재떨이를 꺼내며 다른 흡연자에게도 물었다.

"오오이시, 펴도 괜찮대. 료마도 피울 거지?"

흡연자는 이시다와 오오이시, 하시모토, 나까지 네 명이다. 오오이시는 "괜찮죠?" 하고 웃음을 보였지만 하시모토는 목을 움츠려 보였다.

"금연 중이라."

"엥? 료마 선배가? 어림없는 소리."

오오이시가 요란하게 눈을 부라려 보이며 말하자 하시모토는 "닥쳐" 하며 희미하게 웃었다.

하시모토를 제외한 세 사람이 무리에서 벗어나 바람을 피할 수 있는 자리로 이동한다. 전자담배를 문 나와 달리 애연가 이시다와 오오이시는 바닷바람으로부터 라이터 불을 보호하느라 애쓰고 있다. 결국은 키가 큰 내가 바람막이 역할을 해주었다.

오오이시가 곁눈으로 내 손을 살피며 말했다.

"기요쓰구, 슬슬 금연하는 게 좋지 않아?"

모임에서 기본적으로 경어를 쓰는 오오이시도 동갑인 나에게

만은 편하게 말한다.

"사돈 남 말 하네."

"물론 나도 마찬가지지만. 취직하기 전에 금연해두지 않으면 진짜 끊을 기회가 없을걸."

이시다가 캡슐을 씹었는지 옆에서 상쾌한 단내가 풍겨왔다. 최근 좋아하게 되었다는 오렌지향 멘솔이다.

"어? 다들 금연하는 분위기야? 그럼 나도 끊어 볼까나."

"벌써 2개피째 꺼내면서 그딴 말을 합니까."

"이 정도는 거의 간식인데, 뭘."

"그럴 리가요."

이물에 장착된 앵커윈치──계류 로프 등을 감는 도구──옆에서 스마트폰을 들여다보고 있던 우라이가 고물 쪽에 있는 우리에게 다가왔다. 그의 얼굴로 담배연기가 날아가지 않도록 손 위치를 바꾸었다.

"마음의 준비는 됐어? 배를 내리면 문명사회와는 한동안 바이바이야."

"호들갑은──" 하고 이시다가 말했다.

"호들갑 아닌데. 관리인이 한 달에 1번씩 섬에 건너와 청소를 해준다고 하지만 애초에 폐가 같은 곳이거든. 아직은 장기간 묵을 만한 상황이 아냐."

다케우치도 바닷바람에 모자가 날아가지 않도록 한손으로 누른 채 이쪽으로 다가온다. 좋아하는 밴드의 라이브 굿즈라고 하는데, 요즘은 늘 그 모자만 쓴다.

"전기랑 가스도 없다고 했던가?"

"그래." 우라이는 왠지 득의양양하게 고개를 끄덕였다. "그래도 수돗물은 해저 송수관을 통해 보내준대."

"그러고 보니 평소 여행할 때처럼 휴대폰 충전기를 가져왔지 뭐야. 전기 없는 섬이라는 게 중간에 생각나서 기차역에서 급하게 보조 배터리를 샀어."

다케우치가 배낭에서 꺼내 보여준 것은 건전지식 보조 배터리로, 내부에 AA건전지 3개가 들어 있다. 우라이가 그걸 힐끗 보며 말했다.

"그런 보조 배터리로는 택도 없어. 스마트폰을 절반쯤만 충전해도 건전지 3개가 모두 맛이 가버려."

"정말? 하지만 내 스마트폰에 쓸 수 있는 건 이것뿐이라서."

"근처에 무선기지국이 없어서 어차피 휴대폰을 못 쓰니까 상관없잖아. 나는 배터리는 아무것도 가져오지 않았어. 이것도 기회니까 다들 디지털 디톡스나 하자고."

우라이가 스마트폰 화면의 빨간 잔량 표시를 가리키고 이를 보이며 웃었다. 우라이의 스마트폰은 배터리가 15퍼센트밖에 남아 있지 않은 것 같다.

수다 떨기 좋아하는 다케우치와 우라이가 주저리주저리 늘어놓기 시작해서 나는 하는 수 없이 담배를 껐다. 오오이시가 짧아진 담배를 재떨이에 넣더니 옷을 가볍게 탁탁 털고 바람이 부는 곳으로 돌아섰다. 호리호리하게 마른 오오이시의 그림자가 가란의 작은 그림자에게 다가간다. 조금 떨어진 곳에 있던 하시모토가 그 두 사람에게 말없이 시선을 던지고 있다. 평소 사람을 내려다보는 듯한 하시모토의 태도로는 상상하기 힘들 만큼 부드러운 표정이다.

배 위에서는 앞으로 무슨 일이 벌어질지도 모르고 단란한 공기가 흐르고 있다. 이시다는 실눈을 떴다.

"이야, 히토. 진짜 기분 좋다."

"……그러게. 오길 잘했어."

무난한 대답으로 자연스럽게 넘기려고 했지만 숨이 턱 막히는 기분이다.

설마 내가 이제 와서 긴장한다고?

"표정이 왜 그래? 괜찮아? 히토도 멀미해?"

"바닷바람에 눈이 시려서."

"그래? 그럼 다행이지만."

도망치듯 그 자리를 떠나 조타실로 갔다. 미닫이문을 여는 순간 나도 모르게 "어!" 하는 소리가 나왔다.

방금 전까지 키를 잡고 있던 어부가 바닥에 쪼그리고 앉아 있었다. 그의 손 맡을 보니 식은땀이 확 솟았다. 무슨 까닭인지 어부가 나의 아이스박스를 멋대로 열어보고 있었다.

"만지지 말아요!"

성큼성큼 걸어가 뚜껑을 확 닫아버리자 어부가 재빨리 손을 뺐다. 어부의 손은 몹시 거칠었다. 손거스러미와 튼 자국이 두드러지고 손톱은 끝이 갈라져 들려 있었다. 긴 머리와 마스크 때문에 표정은 읽을 수 없지만 그는 나의 큰소리에 당황한 듯했다.

"아, 미안합니다. 손님 거였구나. 착각했어요."

조타실에 쌓여 있는 다른 아이스박스들을 가리키며 "내 공구상자와 색이 비슷해서" 하고 변명했지만 그 목소리는 귀에 들어오지 않았다.

──내가 방심했구나. 하지만 설마 손님 물건을 함부로 건드릴 줄이야.

다행히 눈치는 채지 못한 듯했다. 하긴 그럴 것이다. 바닥에 알루미늄 판을 깔아 이중바닥을 만들어 두었으니 아이스박스 뚜껑을 열었을 때 보이는 것은 고기나 채소, 과자 등 바비큐 파티용으로 구입한 식자재와 1.2리터들이 오렌지주스 페트병 2개뿐이다. 다른 사람이 봐서 곤란한 물건은 그 밑에 숨겨져 있다.

지나치게 화를 내면 오히려 의심을 사겠지. 진정해, 하고 나 자신을 타일렀다.

"저야말로 갑자기 소리를 질러서 미안합니다."

처음에 짐을 두려고 들어왔을 때는 알지 못했지만 새삼 살펴보니 조타실은 마치 원룸 같았다. 잠깐 눈을 붙일 수 있는 공간도 있고 간이주방도 있었다. 나는 싱크대에 있는 식칼에 시선을 빼앗겼다.

아무렇게나 뒹구는 식칼은 닳을 대로 닳아 있었다. 생선이라도 다듬는 칼일까? 마치 나의 앞길을 암시하듯 칼끝이 둔한 광채를 발하고 있다.

마음이 점차 차분해지고 문득 어부와 이야기를 나누고 싶어졌다.

"이곳 분이세요?"

"……아, 예."

"아다시마에는 자주 가세요?"

"아뇨. 매달 1번 구조를 데려다주는 정도죠."

"수영할 수 있나요?"

내가 나지막이 묻자 "에?" 하고 의아해하는 목소리가 돌아온다.

"뭘 묻는지는 모르겠지만, 수영을 하고 싶다는 건가요?"

"네. 장거리 수영."

"흐음. 아리아케해는 조수간만의 차가 심해요. 바닷물이 차거나 빠질 때 물이 움직이는 걸 조류라고 하는데, 이 근방은 조류가 아주 빠릅니다. 수영은 안 하는 게 좋을 거요."

물놀이 금지라는 말은 들었지만 현지 어부가 말릴 정도라면 더 말할 것도 없었다. 만족할 만한 대답을 들은 나는 갑판으로 돌아가기로 했다. 의심쩍어하는 눈초리가 등에 꽂히지만, 그게 대수인가. 저 사람이 의심해도 아무 상관없다.

아리아케해처럼 조수간만의 차가 크고 비교적 좁은 해역에서는 밀물 썰물에 따른 조류가 빠르다. 아다시마에서 헤엄쳐 나오는 것은 불가능할 것 같다. 배가 데리러 오기 전까지 아다시마는 외부와 격리되는 것이다.

유일한 문제라면 전화 정도일까. 전기도 없고 가스도 없고 무선통신 전파도 닿지 않지만 아다시마에는 공중전화 박스가 딱 하나 설치되어 있다. 아다시마에서 주민이 사라지고 15년 이상 지났지만 섬 산책로 중간에 오도카니 서 있다는 그 낡은 전화박스는 근처 바다에서 배가 조난했을 때 긴급연락용으로 남겨둔 것이다. 그 전화박스에 대해서도 대책은 세워 두었다.

조타실을 나오자마자 커다란 웃음소리가 들렸다. 다케우치가 평소처럼 요란한 몸짓을 섞으며 수다를 떨고 있었다. 일행이 그를 에워싸듯 모여서 왁자지껄 떠들고 있다.

"아, 히토! 잠깐 이리 와봐. 다케우치가 말이야……."

이시다가 터질 듯 웃으며 나에게 손짓했다.

아이들처럼 떠드는 여섯 사람에게 차례대로 시선을 던진다. 하시모토 료마, 오오이시 유, 다케우치 슌스케, 가란 유이코, 우라이 게이지, 이시다 지아키——내가 진정 원하는 것은 역시 하나뿐이다. 원래 인간은 원수와 같은 하늘 아래서는 살 수 없는 생물이니까.

놓치지 않겠다고 속으로 뇌까렸다.

한 명도 남기지 않고 죽여주마. 이것은 복수다.

8월 4일 14시 45분

이물 너머로 보이던 작고 까만 그림자가 마침내 또렷한 윤곽을 드러냈다. 아다시마. 사계절 푸른 숲에 뒤덮인 섬이 검푸른 아리아케해에 오도카니 떠 있다.

상공에서 내려다보면 아다시마는 사다리꼴로 생겼다. 북쪽을 윗변, 남쪽을 아랫변으로 본다면, 윗변 해안선이 조금 더 길다. 남쪽 해안은 표고가 낮고 비교적 완만한 지형이지만 다른 세 변은 깎아지른 절벽을 이루고 있어서 코티지를 지을 곳은 필연적으로 남쪽 해안밖에 없었다고 한다.

잠시 후 해상 코티지가 눈앞에 모습을 드러냈다.

바닷물에서 튀어나온 기둥 위에 하얀 벽이 아름다운 코티지가 얹혀 있다. 객실은 여러 동으로 나뉘어 있고, 짙고 선명한 빨간색 맞배지붕이 여러 개 보였다. 흡사 동화의 나라에서 옮겨다 놓은 듯한 건물이었다.

코티지는 남동쪽 바위들을 기초로 삼고 있어 섬과는 뭍으로 연결되어 있겠지만, 썰물인 지금도 바위 기초가 해수면에 가려져 있어 여기에서 바라보면 바다 위에 독립적으로 지어져 있는 것처럼 보인다. 밀물이 들면 더욱 환상적인 경치가 될 것이다. 조위가 높을 때는 바다 쪽으로 낸 발코니 바로 밑에 배를 댈 수도 있겠다.

"구마모토에는 헤이케 잔당 전설대립하던 두 무가 세력-겐지源氏와 헤이케平

家가 패권을 놓고 벌인 1180년의 겐페이 전쟁. 여기서 승리한 겐지가 가마쿠라 막부 정권을 세우고 전쟁에 패한 헤이케 잔당을 추격했는데 헤이케 잔당이 토벌을 피해 숨어 산다는 전설이 일본 열도 전역에 남아 있다이 많이 전해지고 있대. 야쓰시로시 이즈미마치에 전해 내려오는 다마무시 고젠 전설 같은 게 유명하지다마무시 고젠은 헤이케를 받들던 궁녀로, 구마모토 지역 호족의 딸이었다."

안경을 밀어 올리며 우라이가 또 아는 척하기 시작했다. 이시다가 장단을 맞춰주었다.

"다마무시 고젠이라면, 야시마 전투에서 나스노요이치가 활을 쏘아 부채에 명중시켰을 때 부채를 들고 있던 헤이케 출신 궁녀인가?"

"그래, 맞아. 다마무시 고젠은 이름을 바꾸고 이즈미마치 이와오쿠라는 곳에 숨어 있다가, 헤이케 잔당을 토벌하러 온 나스노요이치의 아들을 만나 사랑에 빠졌대. 구마모토에서도 특히 아마쿠사 제도에 그런 전설이 많이 남아 있는데, 무려 쉰 가지나 전해지고 있대. 여기 아다시마에도 있다고 하더라고."

"이렇게 쪼그만 무인도에?"

"응. 섬 남쪽에 작은 후미가 있는데, 그곳을 '배 숨긴 후미'라고 한대."

그때까지 말이 없던 가란이 반응했다. "배 숨긴?"

"깊숙히 팬 곳인데다 조용하고 파도도 없으니까 배를 숨겨두는 데 알맞겠지. 토벌군을 피해 달아난 헤이케 잔당이 숨어 있었다는 이야기도 있고, 역으로 헤이케를 추격해 온 겐지 세력이 기습을 위해 몰래 배를 숨겨 두었다는 이야기도 있어. 이런 식으로 겐페이 전설이 뒤섞여서 전해지는 경우는 꽤 드물다더라고."

섬이 가까워지면서 해안 절벽이 똑똑히 보이게 되었다. 코티지 바로 옆──동남쪽 절벽에 작은 균열 같은 것이 있었다. 삼림으로 둘러싸인 후미다. 좁지만 깊이가 있어, 섬 안쪽으로 파고들 듯이 쑥 들어간 모양을 하고 있다.

오오이시가 물가를 가리켰다.

"저게 배 숨긴 후미라는 곳인가? 조금 좁아 보이는데."

"좁으니까 숨겨놓기에 딱 좋지. 뭐, 진위는 확실하지 않지만."

우라이가 그렇게 웃으며 대답하자 가란이 가만히 중얼거렸다.

"아다시마라는 음산한 이름이 붙을 정도이니 패잔병 무리가 숨어들었다고 해도 이상할 게 없겠네'아다시마'의 '아다'에는 '원수', '앙갚음'이란 뜻이 있다."

나는 후미를 바라보며 그곳에 배를 숨겨 놓고 숨죽이고 있는 무사들 모습을 상상했다. 부모형제의 원수, 주군의 적의 목을 베기 위해 작심하고 찾아온 자도 있었을까?

복수 행위라면 그 사례가 동서고금에 셀 수 없이 많다. 일본 고대를 보면 456년경 마요와노 왕이 부친의 원수를 베어죽인 일화가 『일본서기日本書紀』에 실려 있다. 훗날 무가 정치가 성립하자 사사로운 복수는 무사들의 '아다우치주군이나 부모형제를 죽인 자를 상대로 복수하는 행위로서, 무사계급의 관습으로 공인되었다'로 전개되어 다이라노 사다모리의 다이라노 마사카도 살해, 미나모토노 요리토모의 오사다 다다

무네 살해, 소가 형제의 복수 등 많은 아다우치가 벌어졌다. 에도 시대에는 막부가 아다우치를 장려하였고, 아다우치를 주제로 한 문예 작품은 절대적인 인기를 누렸다.

일반에 널리 알려진 복수 사례는 『주신구라』 등 주로 에도 시대에 벌어진 일일 것이다. 그러나 나는 근세의 사례에 그다지 매력을 느끼지 못한다. 에도 막부가 복수를 찬양한 것은 봉건체제를 강화하기 위해서였고, 유가 사상에 바탕한 가치관과 궁합이 좋았기 때문이다. '이에(家)'를 지키는 것, '이에'의 자존심을 지키는 것이 복수의 동기였기 때문에 부형이나 주군의 원수를 치는 것은 '효행', '충의'로서 칭송받았지만, 동생이나 아동, 즉 손아래 혈족이 살해되었을 경우에는 그 원한을 청산하는 복수는 허용되지 않았다고 한다.

근세의 틀에 박힌 무사도보다 중세 시대의 복수가 더 내 취향에 맞는다. 유교적 도덕이나 무사도의 윤리관과 결부되기 이전의 복수 행위는 내면에서 솟아나는 증오를 차마 억제하지 못하고 앞으로 돌진한 결과일 것 같았다.

"구조라는 관리인은 어떤 사람이야?"

문득 궁금해져서 우라이에게 물어보니 "글쎄" 하는 뜨뜻미지근한 대답이 돌아온다.

"나도 만난 적이 없어서 잘 모르지만, 숙모와 마찬가지로 도시에 살다가 아마쿠사로 이주한 사람이라고 들었어. 나이는 아마 서른 살이었다고 했던가. 숙모는 '생긴 건 무섭게 생겼지만 상냥한 사람이니까 괜찮아'라고 하셨어."

"사진은 없어?"

"내가 그런 걸 갖고 있을 이유가 없잖아. 뭐가 그렇게 신경 쓰이는데?"

특별히 흥미를 느끼지는 않는다. 다만 이 참극에 휩쓸릴 가련한 남자가 어떤 얼굴을 하고 있는지 궁금할 뿐이다.

배가 코티지 정면으로 돌아가자 잔교가 보였다. 조위 차가 심한 해안에서도 이용할 수 있도록 물에 뜨는 뜬다리 잔교였다. 뜬다리 잔교 끝에는 연결용 다리가 이어져 코티지 입구를 연결해주고 있다.

배가 잔교에 접안하자 어부는 조타실에 있던 짐을 하나씩 들어냈다. 짐 다루는 손길이 거칠어 신경에 거슬렸는지 하시모토가 어부의 손 맡을 빤히 노려보고 있었다.

일행이 모두 잔교에 내린 것을 확인하자 어부는 계류 설비에 묶어 놓았던 밧줄을 재빨리 풀고 "그럼, 구조를 데리러 갑니다"라고 말했다. 우리들 한 사람 한 사람의 얼굴을 순서대로 둘러보고 어딘지 근심 어린 표정을 짓는다.

"그럼 조심들 하시고."

음침한 인상을 풍기는 어부는 끝내 미소 한 번 짓지 않고 다시 배를 출발시켰다.

연결용 다리의 가변식 계단을 올라가자 마당 겸 복도 역할을 하는 우드테라스가 있었다. 바람이 잘 통해서 신기하게도 공기가 시원하게 느껴진다. 간사이의 푹푹 찌는 여름에 비하면 피서지라고 해도 좋을 정도였다.

코티지는 모두 8개 동이며, 각 동은 우드테라스를 가운데 두고 동서에 4동씩 나란히 지어져 있다. 테라스 중앙에 바비큐 그릴이 있는 훌륭한 아웃도어 테이블과 벤치 2개가 묵직하게 자리 잡고 있지만, 그래도 여유롭게 통로를 오갈 수 있을 만큼 테라스는 넓었다.

숙박동 열쇠는 우라이가 가지고 있었다. 각자 적당히 방을 정하고 일단 짐을 객실에 넣어두기로 했다.

계단을 올라가 오른쪽, 즉 동쪽에서 맨 앞에 있는 동은 관리인 구조가 쓰기 때문에 우리는 그 밖의 동을 쓰기로 했다. 동쪽은 앞에서부터 하시모토, 오오이시, 다케우치. 서쪽은 앞에서부터 가란, 이시다, 우라이. 나는 서쪽 제일 끝에 있는 숙박동을 할당받았다.

관리인동을 제외한 숙박동에는 동쪽 앞쪽부터 반시계 방향으로 '1호실'부터 '7호실'까지 번호가 매겨져 있고, 문에 달린 명찰에 같은 번호가 새겨져 있었다. 각자 받은 핀 실린더 열쇠에도 명찰과 비슷한 나무로 만든 키홀더가 달려 있다. 방 번호를 돋을새김으로 부조한 꽤 공들여 만든 명찰이었다.

내가 배정받은 숙박동은 '4호실'이다.

실내는 널찍한 통나무집 스타일이다. 심플한 목가구로 통일되어 있고 방 중앙에 테이블과 의자가 있다. 북쪽 벽에 붙인 침대에는 사이드테이블이 딸려 있다. 유니트 욕조, 화장실, 미니 주방도 숙박동마다 설비되어 있고, 구석구석 청소가 잘 되어 있었다. 가구와 집기류도 모두 세련되고, 북동쪽 모서리 천장 쪽에 설치된 코너 선반에는 중량감 있는 은색 탁상시계가 놓여 있어서, 이곳이 최근까지 폐가였다는 사실이 도저히 믿기지 않았다.

나는 배낭을 침대에 던져두고 출입문 맞은편에 있는 커다란 베란다 문을 열었다. 어깨에 멘 아이스박스를 가만히 내려놓고 조심스레 뚜껑을 열었다.

이중바닥에 숨겨둔 것은 소형 케이블커터와 갈색 유리병 2개였다. 작은 병을 하나 꺼내 들었다. 첫 번째 병에는 삼산화이비소——이른바 비소 분말이 들어 있다.

아이스박스에서 오렌지주스 페트병을 2개 꺼내 첫 번째 주스병의 마개를 열고 비소 가루를 조심스레 탔다. 페트병을 조금 거칠게 흔들자 하얀 분말은 순식간에 오렌지색 액체에 녹아 보이지 않게 되었다.

삼산화이비소는 냉수에는 잘 녹지 않지만, 여름 캠프에서 뜨거운 홍차나 커피를 마실 리도 없으니 용매는 오렌지주스로 정했다. 한 잔을 200밀리리터로 잡으면 여섯 명에게 독을 고루 먹이기 위해 1.2리터가 필요하다. 2리터들이 페트병 음료면 배합비 계산이 복잡해지는데 마침 1.2리터짜리 음료가 있어서 독살에 딱 맞았다.

나는 이 코티지에서 놈들에게 독을 탄 주스를 먹일 것이다.

비소 20그램 정도를 탄 오렌지주스라면 실패는 있을 수 없다. 아마 놈들은 주스를 마시고 대략 30분 후에 격렬한 구토와 복통을 호소할 것이다. 그리고 몇 시간 안에 장기기능부전이나 순환기능부전으로 죽음에 이를 것이다. 운 좋게 독을 다 토해낸다고 해도 이 무인도에는 치료받을 곳이 없다. 어차피 죽게 되어 있다.

다음 작업으로 넘어가려고 할 때 열어둔 창문에서 목소리가 들렸다.

"어이, 히토!"

나는 움찔 놀라서 주스 페트병을 내려놓았다. 목소리의 주인은 우라이였다. 아무래도 옆 숙박동 발코니에서 부르는 듯하다.

"히토, 짐은 다 풀었냐? 잠깐 이리 와봐."

케이블커터를 바지 지퍼주머니에 넣고 소형 음료수 페트병 2개는 침대 사이드테이블에 있는 작은 금고로 옮겼다. 낡은 다이얼식 금고지만 아이스박스에 두는 것보다는 안전하리라.

동요를 간파당하지 않도록 신경 쓰며 발코니로 나갔다. 5호실 발코니에 우라이가 나와 있었다. 금속 격자 난간에 기대어 이쪽을 향해 손을 흔든다. 4호실 쪽이 바람이 부는 쪽이어서 막 꺼낸 전자담배를 다시 주머니에 넣었다.

"기분 좋다."

우라이가 그렇게 말을 건넸지만 나는 바로 대꾸하지 못하고 말았다.

"오늘 히토 표정이 어딘지 멍한걸. 어디 불편한 데라도 있어?"

"아니. 그냥 조금, 생각할 게 있어서."

옆 발코니가 3미터쯤 떨어져 있어서 대화를 하려면 목소리를 조금 높여야 했다.

"뭔데, 생각할 게?"

"음…… 이 코티지에 가구 들여놓기가 쉽지 않았겠다는 생각. 무엇보다 출입문이 좁아서 대형 냉장고나 침대 들여놓기가 힘들었을 거야. 출입문이 어렵다면 발코니를 통해 들여놓아야 하는데, 아래가 바닷물이잖아. 당연히 크레인 차량도 사용할 수 없고, '달아 올리기'도 힘들겠다는 생각이 드네."

발밑을 내려다보았다. 발코니 바로 밑은 바닷물이다. 7, 8미터쯤 밑에서 바닷물이 출렁이고 있다.

이삿짐센터에서 일할 때는 출입문으로 대형 가구를 들여놓을 수 없을 경우 사람 힘으로 베란다로 끌어올리기도 한다. 위에서 끌어올리는 사람과 밑에서 밀어 올리는 사람이 호흡을 맞추는 '달아 올리기' 작업이다. 아파트 4층까지라면 '달아 올리기'로 작업한 적도 있지만, 이 코티지는 밑이 바닷물이니 밀어 올려줄 수도 없다. 배라도 있다면 발코니를 통해 들여놓을 수 있을지도 모르지만.

"뭐야 그건. 직업병이냐 알바병이냐."

"아마 오오이시도 같은 생각을 하고 있지 않을까? 그 친구가 베테랑이니까."

"아니, 너나 그런 생각을 하지" 하고 우라이는 웃었다.

손목시계를 보니 15시가 지나고 있었다. 이제 곧 22시 만조를 향해 조위가 빠르게 높아질 것이다. 조수 예측 앱에 따르면 지금은 한참 밑에 있는 해수면도 4~5미터 정도 올라올 것이다.

우라이는 북쪽을 가리키며 "섬을 한 바퀴 돌아보자"고 말했다. 바로 옆에는 아다시마의 해안 절벽과 울창한 활엽수 숲이 보였다.

우드테라스를 따라 북쪽으로 가자 바위로 내려가는 계단이 있어서 섬에 상륙할 수 있게 되어 있었다. 우리는 짐 풀기를 마친 몇 사람을 모아 관리인이 도착하기를 기다리는 동안 섬을 한 바퀴 돌아보기로 했다.

길은 좌우로 갈라져 있었다. 왼쪽 길은 예전에 주민이 이용하던 선착장이 있는 남쪽 해안으로 통하고, 호안도로도 잘 정비되어 있는 것처럼 보였다. 한편 오른쪽 길은 짐승 길처럼 숲을 가로지르고 있었다. 얼핏 전혀 다른 길처럼 보이지만, 이 산책로는 해안선을 따라 섬을 일주하듯 나 있어서, 두 길도 어디선가 만난다고 한다.

우리는 포장된 왼쪽 길을 걸었다. 해안에는 축제식육상에 둑을 쌓아 바닷물을 담는 방식을 축제식이라고 한다. 이밖에 가두리, 수조식이 있다 양식장 터가 많이 남아 있었다.

"이제 와서 하는 말이지만, 이런 멤버로 캠핑을 해도 괜찮을까."

이시다가 야유조로 말하자 다케우치도 목소리를 높인다.

"바로 네가 걱정이다. 스마트폰 중독에다 벌레라면 벌벌 떠는데 1주일씩이나 버틸 수 있겠냐. 응, 료마."

다케우치가 하시모토 어깨에 팔을 두르며 말했다. 하시모토가 씩 웃었다.

"방에 벌레 나오면 돌아갈래."

"돌아갈 방법이 없다니까."

오늘 하시모토는 매우 차분하다. 평소에는 지금 모습보다 불안정하고 감정 기복이 심하다. 예전에 다케우치가 어깨를 툭 쳤을 때 "건드리지 마!"라고 소리치며 격분한 적도 있다고 한다.

문득 하시모토와 시선이 부딪혀 나는 반사적으로 시선을 피했다.

섬 주민이 살던 집들이 주로 섬 서쪽에 모여 있어서, 서안 산책로를 따라 걸으며 폐허로 변한 마을을 두 군데 정도 구경했다. 우리는 이런저런 잡담을 나누며 아다시마 반 바퀴를 40분 정도에 걸쳐서 천천히 돌아보았다.

섬 동쪽으로 접어들자 해안 가드레일이 끊겼다. 산책로는 깊은 덤불로 이어졌다. 메밀잣밤나무, 떡갈나무, 노린재나무 등으로 구성된 활엽수림이 산책로를 뒤덮듯이 가지를 뻗어서 문득 바다 풍경이 사라졌다. 우거진 양치식물에 발목을 잡히며 30분 정도 더 걷자 문득 낯선 네모난 물체가 눈앞에 나타나 우리는 걸음을 멈추었다.

그것은 비상연락을 위해 남겨두었다는 이 섬의 유일한 전화박스였다. 유리로 마감된 낡은 전화박스는 진녹색 숲에 어우러지지 못하고 부자연스러울 정도로 두드러진 존재감을 풍기고 있다.

하시모토가 잠시 말없이 그것을 바라보다가 중얼거렸다.

"배에서 보았던 그 후미, 이 근처 아니었나?"

남동쪽 해안 절벽에 있다는 '배 숨긴 후미'를 말하는 듯했다.

"여기 근처였던 것 같아. 잠깐 찾아볼까?" 하고 우라이가 대답했다.

"깎아지른 절벽이었어. 위험해."

가란이 조금 불안해하자 다케우치가 "잠깐인데 괜찮잖아" 하고 무책임하게 부추겼다.

우라이를 선두로 숲을 헤치며 해안을 향해 걸어갔다. 잠깐 탐험 기분이나 맛볼 생각이었는데 지형이 뜻밖에 험해서 시야가 겨우 트인다 했더니 발밑에 급한 바위 비탈이 나타났다.

오오이시가 쓴웃음을 지었다. "생각했던 것보다 야생이 넘쳐나는 곳이네."

바위를 내려가면 후미에 도착할 수 있을 것 같은데, 비탈이 너무 심한 탓에 깊이 파고든 만의 가장 안쪽은 보이지 않았다. 멀리 바라보니 뿔처럼 튀어나온 2개의 곶과 만 초입에서 부드럽게 흔들리는 파도가 보였다. 만 초입은 폭이 약 15미터. 이름대로 배를 숨겨두기에 딱 좋은 장소였다.

"슬슬 관리인이 도착할 시간 아닌가? 그만 돌아가자."

이시다가 그렇게 말하고 왔던 길을 돌아가려고 하다가 크게 휘청거렸다. 관목에 발이 걸려 균형을 잃은 것이다. 우리가 알아챘을 때는 이미 늦어서 이시다는 비명도 지르지 못하고 비탈을 미끄러졌다.

누군가 소리쳤다.

"위험해!"

이시다에게 재빨리 달려간 것은 낯선 청년이었다. 그가 비탈에 웅크린 그녀의 팔을 잡고 일으켜 주었다.

겁에 질려 아무 말도 못하는 이시다에게 청년은 "괜찮아요?"라며 웃어보였다. 그러더니 뒤늦게 상황을 파악한 우리를 향해 말했다,

"우라이 씨 조카분 일행이군요."

부드러운 목소리였다. 캐주얼한 무늬의 파스텔컬러 셔츠에 청결해 보이는 산뜻한 짧은 머리. 호리호리한 체구에 어울리지 않을 만큼 커다란 배낭을 메고 있다.

"여기 후미에 너무 가까이 가지 말아요. 여기서는 잘 안 보이지만 후미 안쪽에 바위를 깎아 만든 천연 계단이 있는데 지금은 너무 약해져서 자칫 추락할 수 있습니다."

그가 코티지 관리를 맡은 구조라는 직원인 듯하다. 나이는 서른 살이라고 들었는데 우리 또래처럼 보인다. 웃을 때 눈초리에 가볍게 나타나는 주름살이 친절한 성격을 말해주는 것 같아서, '생긴 건 무섭게 생겼지만'이라는 우라이 숙모의 평은 전혀 맞지 않는다고 생각했다.

아까 아다시마를 떠난 어선이 우리가 섬을 산책하는 동안 가미시마 항에서 구조를 태우고 돌아온 듯하다. 그 어부는 인상이 아주 음침했지만 구조라면 우리 일행과도 잘 어울릴 것 같았다.

"미안합니다, 멋대로 돌아다녀서."

"나야말로 여러분을 오래 기다리게 했군요. 코티지로 돌아가시죠."

밝은 목소리에 이끌리듯 우리는 후미에서 다시 5분 정도 걸어서 코티지로 이어지는 계단을 올라갔다. 이시다와 가란이 "다행히 좋은 사람 같네" "그러게" 하고 속닥거리는 소리가 들렸다.

나는 구조의 뒷모습을 쳐다보며 같은 다짐을 반복했다.

——저 사람에게 들키면 안 돼.

피치 못하게 구조까지 죽이게 될지 모르지만, 현재로서는 죽일 생각이 없다. 내가 노리는 것은 여섯 명뿐이다.

우드테라스에 모두 모이자 구조가 싱글벙글 웃으며 말했다.

"인사가 늦었군요. 서로 자기소개를 할까요? 내 이름은 구조 겐타로. 취미는 마라톤, 특기는 어디서나 잘 잔다는 겁니다."

주스 중 나머지 하나에는 수면제를 타 놓았다. 수면제와 여분의 오렌지주스는 구조를 생각해서 급히 준비한 것이었다.

여섯 명을 다 죽일 때까지 구조를 재워둘 생각이다. 잠에서 깨어나면 사체가 뒹굴고 있을 테니까 어차피 이루 말할 수 없는 혼란과 공포를 맛보게 되겠지만, 놈들이 괴롭게 버둥거리며 죽어가는 꼴을 보는 것보다야 낫겠지.

속으로 구조에게 부탁했다──아무 의심도 하지 말고 잠시 잠이나 자 둬.

*

17시 반이 지나고 해가 기울자 기온이 빠르게 떨어졌다. 두터운 구름이 하늘을 온통 가려서 아리아케해는 잿빛으로 꿈틀거리고 있었지만, 아다시마 해상 코티지는 시끌한 분위기에 싸여 있었다. 아웃도어 테이블에 둘러앉아 식사 준비를 하는 내내 수다를 떨며 즐거워했다.

구조는 첫인상대로 믿음직한 사람이어서 일행은 그에게 금세 호감을 품었다.

그는 우라이 숙모가 운영하는 민박에서 일한다. 아다시마 해상 코티지를 관리하는 일도 민박 업무의 일부로 담당하고 있어서, 매달 1번씩 아다시마에 배를 타고 건너와 코티지를 청소하거나 수리한다고 한다. 이번에 우라이의 숙모가 "우리 조카랑 친구들이 놀러온다니까 섬에 가서 보살펴 줘"라고 가볍게 부탁해서, 아니 실은 떠넘겨서, 우리가 어떤 모임인지도 모른 채 섬에 건너온 모양이다.

"평소 무슨 일들을 하는지 물어봐도 될까요?"

우리 일행을 궁금해하는 구조에게 다케우치가 요령 있게 설명했다.

"저는 평범한 월급쟁이예요. 우라이는 구청 공무원이고, 이시다는 의료 사무직, 오오이시는 이사업체 직원, 하시모토는 백수나 다름없는 알바족입니다. 아, 히토는 아직 대학생이에요. 이제 막 구직 활동을 끝냈죠."

아다시마 여행을 계획한 이유는 다가올 6월에 내가 취직할 회사가 결정됐기 때문이었다. 이시다와 그 친구들은 나보다 한 학년 선배여서 이미 취직한 상태이고, 그룹에서 유일하게 내 동갑인 오오이시도 고등학교 졸업 후 바로 취직한 터라 일한 지 오래되었기 때문에 나와 함께 대학을 졸업하는 사람은 한 명도 없었다.

"다들 번듯한 일을 하고 있죠. 그런데 딱 한 명 예외가 있어요. 여기 가란은 외모는 이래도……."

"야, 말하지 마."

가란이 말을 가로막자 다케우치는 "아, 미안, 미안" 하고 건성으로 사과했다.

"그러니까, 가란은 인기로 먹고사는 일을 하고 있는데, 신분이 공개되면 곤란한 사정이 있어서 사적인 자리에서는 직업 얘기를 싫어하죠."

"그래요? 잘은 모르지만 대단하군요."

구조가 바비큐 그릴에 부탄가스를 끼우며 질문을 계속했다.

"다들 고등학교 때부터 알던 사이?"

우라이가 대답했다. "아뇨, 히토는 출신 고등학교가 달라요."

"그럼, 히토 군은 대학 동기?"

"그것도 아녜요. 오오이시가 다니는 이사업체에 알바하러 왔다가 우리하고도 친해진 거죠."

"호오, 히토 군은 용기가 있군. 이미 똘똘 뭉쳐 있는 그룹에 나중에 끼어드는 거 쉽지 않은데."

"히토는 신경이 무뎌서요. 한 학년 아래인데도 처음부터 반말이더라고요. 전혀 어려워하는 구석이 없어서 어울리기가 쉬웠죠."

"그렇군요. 다들 사이가 좋네."

구조는 나와 눈길이 마주치자 미소를 보여주었고, 나는 어떻게 반응해야 좋을지 몰라 고개만 까딱했다. 예상치 못한 대화여서 아무래도 어색해지고 만다.

불집게, 목장갑, 쓰레기봉투 등 필요한 물건은 구조가 대부분 내주었다. 거들기 좋아하는 오오이시와 아웃도어 레저에 익숙한 구조 두 사람이 자연스럽게 중심이 되어 식사 준비가 착착 진행되었다. 할 일 없는 사람들이 노닥거리며 딴 짓을 하고 있을 때 오오이시가 나를 불렀다.

"기요쓰구, 미안하지만 이 반찬통 같은 것들, 내 방 싱크대에 가져다 놔줄래? 문은 열려 있어."

고개를 끄덕이고 자잘한 물건들을 받아들었다.

"고마워. 아! 진짜, 저 사람들, 게을러 터져가지고."

오오이시의 방에 조리도구를 가져다 놓고 테라스로 돌아오니 오오이시와 구조를 뺀 사람들은 각자 좋을 대로 노닥거리고 있었다──지금이라면 아무도 나를 주목하지 않겠지.

나는 말없이 테라스를 지나쳐 섬으로 들어섰다. 습도 높은 공기가 온몸에 감긴다. 활엽수림으로 덮인 좁은 산책로를 걸어가자 5분도 지나지 않아서 그것이 시야에 들어왔다. 주민이 모두 떠난 아다시마에 딱 하나 남겨 둔 공중전화박스였다.

주머니에서 케이블커터를 꺼내는데 심장이 목까지 올라와 벌떡거리는 기분이었다. 손바닥이 식은땀으로 미끈거리지만 이 기회를 놓칠 수는 없었다.

저 여섯 명은 쓰레기 같은 것들이지만 저런 것들을 사랑하는 기특한 사람도 있다. 내가 여섯 명을 죽이면 아마 그들의 친구나 부모들은 나를 원망하고 내가 죽기를 바라겠지.

그러므로 나는 놈들의 최후를 내 눈으로 똑똑히 보고 나서 죽을 것이다. 가해자가 죽으면 복수의 허망한 연쇄가 이어질 일도 없을 테니까. 해피엔딩이다. 다만 그냥 죽어줄 생각은 없다.

나는 아다시마로 오기 직전에 유서 형식의 범행성명을 남겨두었다. 거기에는 범행 동기, 저 여섯 명이 과거에 저지른 죄악도 자세히 적혀 있다. 범행성명은 8월 9일 오전 8시에 국내외 게시판 사이트나 SNS에 업로드 될 예정이다. 그게 공개되면 놈들의 명예는 땅에 떨어지겠지.

우리를 데리러 오는 배는 엿새 후인 8월 10일 아침에 예약해 두었는데, 아마 그 배보다 하루 먼저 경찰이 신고를 받고 사체의 바다로 변한 이 코티지로 달려올 것이다. 경찰 측의 삭제 의뢰를 예측하여 사건으로부터 1주일 후에는 다른 IP주소에서 다시 업로드 되도록 설정해 두었다.

남은 시간은 약 나흘 하고도 14시간. 우선 연락 수단을 끊어놓는 것부터 시작하자.

나는 공중전화박스 문을 힘껏 밀었다. 수화기를 귀에 대자 뚜우—— 하는 발신음이 울린다.

전화 스피커에서 나오는 전자음은 대체로 마음에 들지 않는다. 무기질적인 소리는 머릿속에서 반복되며 끔찍한 환각을 일으키기 때문이다. 지금도 눈을 감으면 나는 그 방으로 소환된다. 전화 호출음만 울리는 그 캄캄한 방으로.

떨리는 손으로 케이블커터를 쥐고 두 날 사이에 코드를 물렸다.

"내가 원수 갚아줄게."

오른손 아귀에 힘을 주자 두둑, 하는 언짢은 감촉이 온몸에 전해졌다. 발신음이 끊겼다. 전화선은 맥없이 절단되었다.

분리된 수화기를 후크에 돌려놓고 공중전화박스를 나왔다. 그때 썩은 나뭇가지를 밟는 듯한 희미한 소리가 바로 옆에서 들렸다.

"누구야!"

뒤집힌 목소리가 숲속에 울렸다. 속으로 5초 정도를 세며 기다렸지만 대답이 없었다. 인기척도 없고 바람이 흔들리는 나뭇가지 소리도 들리지 않는 완벽한 정적이었다.

나는 심호흡을 반복하고 온몸에서 솟아나는 땀을 손등으로 훔쳤다.

왔던 길을 뛰어서 돌아가니 우드테라스 풍경은 몇 분 전과 조금도 다르지 않았다. 오오이시는 척척 준비하는 중이고 이시다는 손보다 입을 더 열심히 놀리고 있었다. 가란은 얌전히 거들고 있는 것 같지만 때때로 벤치에 앉아 멍한 표정을 짓는다. 다케우치가 아웃도어 테이블에서 조금 떨어진 자리에서 장난치는 모습을 보고 우라이는 큰 소리로 웃고 있었다. 하시모토는 어디서 빈둥거리는지 모습이 보이지 않았다.

"아, 히토 군."

뒤에서 부르는 소리에 나도 모르게 숨을 삼켰다. 돌아다보니 구조였다.

"조금 전에 어디 갔었어?"

구조가 오른손 엄지손톱을 깨물며 별생각 없는 표정으로 물었다. 나는 내심 당황하며 "왜요?" 하고 딴청을 부렸다.

"10분 정도 나가 있었지? 어디 갔나 했어."

"아까 섬을 둘러볼 때 손수건을 떨어뜨리고 온 것 같아서 찾으러 갔었어요. 무슨 일 있어요?"

"아니, 갑자기 안 보여서 신경이 쓰였을 뿐이야. 말이 나온 김에 접시 닦는 거 도와주지 않겠어? 숙박동마다 식기가 비치되어 있으니까 히토 군 것도 가져왔으면 좋겠군."

숙박동 주방마다 접시 2개, 컵 1개, 식칼과 프라이팬이 하나씩 비치되어 있었다. 구조는 각 방에 흩어져 있는 식기를 모아다가 관리인동 싱크대에서 설거지를 하려는 것 같았다. 일단 의심을 사지는 않았다는 사실에 가슴을 쓸어내리며 구조를 따라 관리인동으로 들어갔다.

관리인동도 내부 구조는 객실과 같아서, 가구도 서쪽 방과 똑같이 배치되어 있었다. 절묘한 높이에 설치된 코너랙이나 그 위에 있는 고급스러워 보이는 시계도 내 방과 똑같았다. 키가 작은 사람이면 코너랙에 쌓인 먼지도 닦기 부담스러울 것 같은데 구조는 키가 적당한 편이므로 코티지 구석구석까지 청소하는 데 어려움은 없을 것이다.

구조가 설거지한 식기를 건네받아 마른행주로 물기를 닦았다. 주방 카운터에는 밑간을 해둔 생고기가 가득 쌓여 있었다.

구조가 왜 나를 불렀을까, 하고 생각해보았다. 다들 즐겁게 수다를 떠는 동안에도 나는 혼자 입을 꾹 다물고 대화에 거의 참여하지 않았으니 혹시 그런 태도가 구조의 주의를 끌었던 것일까.

컵을 헹구며 구조는 이런저런 이야기를 했다.

"친구들과 여행도 하고, 부럽네. 내 나이쯤 되면 동창들과 멀어지거든."

"아, 예."

내가 붙임성 있게 맞장구쳐주지 않아도 구조는 개의치 않는 듯했다.

"다른 멤버들은 모두 간사이 출신 같던데, 히토 군은 다른 곳이지?"

"어떻게 아셨네요."

"왜 몰라. 혼자서만 표준어를 쓰잖아."

"태어난 곳은 도쿄예요. 오사카는 대학에 입학하면서 온 거고."

실은 태어난 곳도 자란 곳도 오사카지만, 이 설정은 놈들에게 여러 번 말해왔던 터라 입에서 술술 나왔다.

"구조 씨도 구마모토 사투리를 안 쓰네요."

"맞아, 나도 사회에 나온 뒤 구마모토로 이주했지. 나고 자란 곳을 떠나 혼자 낯선 곳으로 이주한다는 거, 두렵지. 히토 군은 오사카에서 좋은 친구를 만나는 행운을 누렸으니 정말 다행이군."

"뭐, 그런 셈이죠."

구조에게 여섯 사람의 본성을 알려주고 싶은 충동이 일었다. 이시다는 붙임성이 좋아 보이지만, 자기가 무슨 짓을 하려는지 누구보다 잘 알면서 못된 짓을 한다. 우라이는 오만해서 무리의 리더처럼 행동한다. 가란은 성숙한 척하지만 성마르고 공격적이다. 다케우치는 경박하고 선악을 구별하는 능력이 없다. 오오이시는 사람이 좋은 것이 아니라 쉽게 휩쓸리는 성격일 뿐이다. 하시모토는 감정 기복이 심하고, 마음에 들지 않는 일에는 금세 폭력으로 대응한다. 다 폭로해버리고 싶은 것을 가까스로 참았다.

나는 구조라는 외부인을 어떻게 대해야 좋을지 몰라 곤혹스러웠다. 이상하게도 이 사람 앞에서는 긴장하는 바람에 냉정을 잃고 만다.

접시를 포개며 구조의 옆얼굴을 슬쩍 엿보았다. 구조는 접시 닦기가 끝나자 다른 조리 기구를 싱크대에 넣었다.

뼈가 불거진 날카로운 윤곽과 치켜 올라간 눈초리. 얼핏 차가워 보이지만 웃으면 눈초리에 주름이 잡혀 친밀감을 풍긴다. 그러면 왠지 의지하고 싶어진다.

"자, 이거."

눈앞에 식칼이 있다. 구조가 식칼 날을 잡고 나에게 자루를 내밀었다.

한순간 말문이 막혔다. 구조는 아무 말도 하지 않았지만 "당장 이 칼로 놈들을 찌르고 와"라는 명령을 받는 기분이었다. 독약은 밋밋하잖아, 온몸을 토막 내버려, 라는 명령.

"오오이시 군이 채소를 다듬겠다고 하니까 칼을 가져다줘. 왜 그래?"

내가 퍼뜩 정신을 차리고 식칼을 받아들자 그는 걱정스럽게 미간을 찡그렸다.

"혹시 어디 아픈가?"

왜 구조 앞에서 마음이 흔들리는지 그제야 알았다. 구조의 얼굴이 그 선배를 조금 닮았다. 그러나 이것은 반가운 우연이라고 할 수 있는 것 아닐까.
"아뇨, 괜찮아요. 오히려 컨디션은 좋은걸요."
구조와 마주칠 때마다 나는 가슴이 터질 듯한 분노를 신선하게 환기할 수 있다. 살의의 불길에 기름 한 방울이 더해지는 기분이었다.

*

몇 잔째인지 모를 건배를 하고 나서 오오이시가 조용히 말했다.
"왠지 수학여행 온 기분인걸."
"너는 수학여행 가본 적도 없잖아."
다케우치가 술 냄새를 풍기며 웃었다.
"꾀병을 부리고 빠졌지. 오오이시는 같은 학년 친구가 하나도 없었으니까."
"하하. 물론 수학여행이 실제로 어떤지는 모르지만 왠지 그런 기분이 느껴지지 않아? 이렇게 캄캄한 데 모여서 얘기하는 거."
하늘을 올려다보았다. 두터운 구름 때문에 보름달은 전혀 보이지 않았다.
"선배들하고라면 수학여행도 가보고 싶었겠지. 기요쓰구도 같이 말이야. 그런데 슬슬 불을 켜야 할 것 같은데?"

코티지에는 전기가 안 들어온다. 일몰 후에는 각자 준비해 온 회중전등에 의지해야 한다.

각자 가져온 캠핑용품은 다 달랐다. 내가 가져온 것은 지극히 평범한 LED핸드라이트고, 가란, 이시다, 구조 세 사람이 가져온 것은 랜턴식 회중전등. 랜턴식은 테이블 주변을 밝히는 데는 알맞지만 빛이 사방으로 퍼지기 때문에 멀리까지는 보이지 않는다. 다케우치와 하시모토는 회중전등 자체를 가져오지 않았다.

"넌 뭔데? 너무 철저히 준비해온 거 아냐?"

우라이의 얼굴을 빤히 쳐다보던 하시모토가 더는 못 참겠다는 듯이 어깨를 흔들며 웃음을 터뜨렸다. 우라이가 꺼낸 물건은 고무 밴드가 달린 헤드라이트였다. 머리에 쓰고 스위치를 켜자 어둠 속에 떠오른 우라이의 얼굴이 몹시 괴이해서 다들 폭소를 터뜨렸다.

"웃지 마. AA건전지 3개로 12시간이나 버티고 1천 루멘이나 되는 고성능이라고."

"자기도 웃으면서."

"그러는 오오이시도 웃기는 물건을 가져왔잖아. 내가 다 봤거든."

"내 건 평범한 핸드라이트야."

"아니 아니, 그거 말고. 요즘 캠핑에 빠지더니 무려 도끼까지 가져왔잖아."

"아, 그 캠핑용 도끼."

"봐, 그게 정상이냐? 그러고 보니 네 수통은 또 왜 그렇게 크냐."

아웃도어를 좋아하는 오오이시는 의욕적으로 캠핑용품을 가져온 것 같은데 대개는 필요 없는 것들이었다. 객실에 침대가 있으니 침낭은 거치적거리기만 할 뿐이고 모닥불도 피우지 않으니 장작 패는 손도끼도 쓸모가 없다. 유일하게 도움이 되는 것은 1.2리터들이 스테인리스 수통 정도였다.

구조는 가만히 일어나 "잠깐 화장실 좀" 하고 관리인동으로 걸어갔다. 이시다가 "다녀오세요!" 하고 손을 흔들었다.

구조의 뒷모습이 보이지 않게 되자 다케우치가 말했다.

"섬 주변은 수영 금지라는데, 내일 구조 씨에게 부탁해서 물놀이나 해볼까. 그 후미에서 놀면 파도가 없어서 좋을 텐데."

"그만둬. 구조 씨가 위험하다고 했잖아."

가란이 입술을 삐죽거린다. 이시다도 동조했다.

"나는 절대로 바다에 안 들어갈래."

평소 무슨 짓이든 무모하게 덤비는 이시다지만 물놀이에는 소극적이다. "아, 지아키는 맥주병이지" 하며 우라이가 놀렸다.

"요즘 세상에 자유형도 못하면 어떡하냐. 그러다 물에 빠지기라도 하면 어쩌려고."

"물가에 아예 가질 않으니까 상관없어."

"당장 지금도 수상 코티지에 왔으면서."

"이 코티지라면 무서울 게 없지. 번듯한 건물이잖아."

"하지만 돌아가는 길에 배가 난파하면 어떡할래."

너희는 아무도 돌아가는 배에 탈 수 없을 거다. 내가 내심 그렇게 비웃을 때 그때까지 듣고만 있던 하시모토가 입을 열었다.

"사람 몸에는 부력이 있으니까 지아키는 바다에 빠지더라도 무리하게 헤엄치려고 하지 마."

"오. 료마가 뭘 좀 아나봐?"

"그렇진 않아. 예전에 뉴스에서 얼핏 들었어."

이시다가 계속 설명하라고 재촉하자 하시모토는 겸연쩍게 코를 문질렀다.

"사람이 물에 빠지면 부력 때문에 몸의 2퍼센트는 수면 위로 나오게 되어 있대. 첨벙첨벙 허우적거리면 팔다리는 수면 위로 나오겠지만 코와 입이 가라앉으니까 죽고 말겠지. 누운 자세로 가만히 있으면 얼굴이 2퍼센트에 들어가기 때문에 함부로 움직이지 않는 편이 낫다는 거야."

"료마답지 않게 똑똑한 이야기를 하네."

"어허, 무슨 실례되는 말을."

"하지만, 물에 빠져서 당황하면 자기도 모르게 양팔을 허우적거리며 살려달라고 소리치겠지. 누운 자세로 가만히 떠 있으면 호흡은 할 수 있을지 모르지만 그래서는 아무도 네가 물에 빠졌다는 걸 모르잖아."

하시모토는 "버텨야지" 하며 쓴웃음을 지었다.

"물에 빠진 본인이 아니라 주위 사람들이 소리쳐 주면 되니까. 이시다가 빠졌을 때는 아마 우리도 함께 빠졌을 테니까 도와달라고 소리치는 일은 다른 사람에게 맡기라고. 다케우치라면 목소리도 우렁차잖아."

"아하, 그러네."

나는 내심 낭패했다. 하시모토가 이런 부분까지 생각할 줄 아는 놈이었다. 테이블 위의 랜턴에 희미하게 비추어진 녀석의 옆얼굴을 쳐다보다가 문득 눈길이 마주쳤다.

그의 티셔츠에는 웃는 얼굴을 모티프로 했다는 '니코짱' 마크가 프린트되어 있다. 그 웃는 얼굴 그림은 하시모토의 머리처럼 금발이지만, 귀엽고 즐거워 보이는 그림은 하시모토에게는 전혀 어울리지 않았다.

시선이 마주치자 하시모토는 거북한지 헛기침을 한 번 했다.

"목이 마르네. 뭐 좀 마시면 좋겠다."

"료마 선배가 너무 많이 마시더라."

"아니, 알코올이 없는 음료면 좋겠어."

"여기 내놓은 음료는 전부 떨어졌어. 아, 그러고 보니 기요쓰구가 가져온 아이스박스에 오렌지주스가 있지 않았나?"

오오이시가 나를 보며 말했다.

"그래, 기요쓰구. 그거 마셔도 돼?"

눈 한 번 깜빡할 만큼 짧은 순간 다양한 영상이 뇌리를 스쳤다. 작은 페트병 2개. 독을 탄 연한 오렌지색 주스. 그것을 각자에게 따라주는 내 모습. 수도 없이 머릿속에 그렸던 장면이지만 막상 기다리던 기회가 오자 온몸의 근육이란 근육이 다 굳어서 움직일 수 없었다.

결국 타이밍을 놓쳤다. 게다가 구조에게 마시게 할 수면제 주스는 아직 만들지도 못했다. 준비를 제대로 하지 못한 것이다. 지금 여기서 비소 탄 주스를 내놓으면 자리 분위기상 모두에게 다 따라주어야 하지 않겠는가.

해버려? 할 수 있을까, 내가?

"혹시 그거, 마시면 큰일이라도 나나?"

"아, 그건……."

볼살이 바르르 떨린다. 목이 콱 메어 말이 나오지 않는다. 그때 바로 뒤에서 명랑한 목소리가 들렸다.

"무슨 얘기 하고 있어?"

탁, 하고 누군가의 손이 내 어깨를 건드렸다. 화장실에 갔던 구조가 관리인동에서 돌아온 것이다.

"지아키가 수영을 하고 싶대요."

다케우치가 엉뚱한 이야기로 둘러대자 이시다가 "무슨 소리야? 곧이듣지 마세요, 구조 씨" 하고 손사래 쳤다. 격렬한 박동이 채 가라앉기도 전에 모두의 관심이 구조에게 옮겨갔다.

"모처럼 바다로 둘러싸인 곳에 왔으니 나도 물놀이를 하게 해주고 싶지만, 조수간만의 차가 심해서 제대로 놀 수 있는 건 고작 몇 시간뿐이야."

게다가 말이지, 하고 구조는 목소리를 낮추었다.

"조금 무서운 이야기도 있거든. 이 섬에서 왜 주민들이 싹 사라졌는지 알아?"

우라이가 고개를 갸우뚱거렸다.

"고령화 때문 아닙니까? 그리고, 태풍으로 새우 양식장이 파괴되었다고 들었는데요."

"물론 그것도 있지. 하지만 가장 큰 이유는 아냐. 그 후미 근처에서 바다에 투신자살한 사람이 있었거든."

그 순간 분위기가 꽁꽁 얼었다. 구조는 웃고 있지만 이야기가 묘한 방향으로 벗어나는 것 같았다.

"20년쯤 전까지는 그래도 스무 가구 정도가 이 섬에 남아 있었대. 나도 누구한테 들은 이야기라 잘은 모르지만."

겁이 많은 오오이시가 조심스레 물었다.

"그거, 괴담인가요?"

"괴담이지, 더구나 실제로 있었던."

가까이 와서 들으란 듯이 구조가 손짓을 했다. 우리는 테이블 위로 상체를 기울여 얼굴을 모았다.

"20년 전 한 가족이 여기 아다시마에 살고 있었어. 부모와 아들딸, 그렇게 4인 가족이었지. 가족은 해산물 양식업을 했고 오누이는 배를 타고 가미시마에 있는 학교에 다녔어. 마침내 오빠는 중학교를 졸업하고 도쿄에 있는 고등학교에 진학하기 위해 섬을 떠나게 되었지. 오누이는 사이가 좋아서 여동생은 울면서 배웅했어."

 이 대목에서 일행의 반응을 확인하려는 듯이 구조는 일단 숨을 돌렸다.

 "여름방학에 섬에 돌아오겠다고 약속했는데 오빠는 섬에 돌아오지 않았지. 집단 린치를 당해서 죽었거든. 어느 폭주족 그룹이 보복 상대를 착각해서 엉뚱하게 그를 덮쳤다는 거야. 여동생은 밤낮 없이 울면서 오빠를 죽인 자들을 저주하며 섬 앞바다에 몸을 던졌어."

 "……죽은 건가요?"

 이시다가 모기소리처럼 작게 중얼거렸다. 구조는 엄지손톱을 깨물며 고개를 크게 끄덕였다.

 "부모는 슬픈 과거를 털어내려고 아다시마를 떠나기로 했지. 그 가족을 뒤따르듯이 몇 세대가 섬을 떠나고 이듬해 큰 태풍이 와서 완전히 무인도가 되어 버린 거야.

 오빠를 죽인 폭주족 소년들은 소년원에 갔지만 금세 풀려나 다시 못된 짓을 하고 다녔지. 그런데 사건으로부터 5년이 지난 어느 해 여름, 그 소년들은 대형 추돌 사고에 휩쓸려 대부분 죽어버렸어. 사체들은 어찌된 일인지 바닷물에 푹 젖어 있었지. 근처에 바다도 없었는데 말이야. 더구나 그날은 자살한 여동생의 기일이었거든."

 가란이 침을 삼키는 소리가 들렸다. 일동은 쥐죽은 듯 조용했다.

나는 특별히 무섭지는 않았다. 괴담이라고 할 수 있지만, 시신이 바닷물에 젖어 있었다는 대목은 흔히 등장하는 각색일 것이다. 하지만 '실제로 일어난 사건'을 애써 무섭게 윤색하는 것은 옳지 않다고 생각했다.

구조에게는 의외로 가학적인 면이 있는지 그의 눈동자는 랜턴 불빛을 빨아들여 형형하게 빛났다.

"그 괴담은 아직 끝난 게 아냐. 실은 이 코티지에도 유령을 봤다는 이야기가 있는데……."

구조가 다시 목소리를 낮추는 순간 "악!" 하는 비명이 터졌다. 모두 깜짝 놀라 어깨를 떨며 소리가 나는 쪽을 돌아다보았다.

클라이맥스로 접어들기 직전에 비명을 지른 것은 하시모토였다. 창백한 얼굴로 의자에서 벌떡 일어나 발밑을 가리키며 입만 뻐끔거렸다.

"왜 그래?"

우라이가 겁먹은 목소리로 묻자 하시모토는 "버, 벌레가 있어" 하고 더듬거리며 말했다.

"뭐야, 겨우 벌레였어? 사람 놀라게…… 하하."

다리가 유난히 긴 커다란 거미가 벤치를 천천히 기어가고 있었다. 거북이등거미인가? 옆에 있던 가란이 거미 다리 하나를 집어서 섬 쪽으로 놓아주었다.

흥이 깨진 분위기가 빠르게 번져갔다. 이시다와 우라이가 할 말이 있는 표정으로 시선을 나누었다. 그들의 안색이 개운하지 않은 것은 유령의 복수담이 무서워서가 아니고 거북이등거미 탓도 아니었다.

　구조가 분위기 잡으려고 들려준 괴담이 공교롭게도 그들의 꺼림칙한 기억을——지우고 싶은 과거의 허물을 건드리고 말았던 것이다.

8월 4일 22시

예보대로 남쪽 하늘 멀리서 먹구름이 발생하고 천둥이 울리기 시작했다.

나는 4호실로 돌아가 먼저 금고 속부터 확인했다. 가지런히 놓인 작은 페트병 2개 옆에 주머니에서 꺼낸 케이블커터를 두었다. 갑자기 피로가 몰려왔다.

구조의 괴담으로 흥이 깨진 탓인지 아니면 오전의 장거리 이동으로 피로가 쌓인 탓인지 바비큐는 일찌감치 21시 반경에 끝냈다.

나는 신발을 신은 채 침대에 엎드려 베개에 얼굴을 묻었다. 먼지 냄새에 잠깐 기침이 났다.

방금 전 하시모토와 나눈 대화를 떠올렸다. 객실로 돌아가려고 할 때 하시모토가 "히토, 잠깐 얘기 좀 할까" 하고 불러 세웠다.

하시모토는 테이블에서 조금 떨어진 곳으로 나를 데려가 구조 쪽을 바라보며 말했다.

"히토는 저 사람, 어떻게 생각해?"

"무슨 뜻으로 묻는 건데?"

잠깐 망설이던 하시모토가 심각한 표정을 지었다.

"이상한 놈 같아. 손톱 깨무는 버릇이 있어."

엄지손톱을 입에 대고 구조 흉내를 내는 그의 태도가 영 못마땅해서 "이상한 버릇이라면 너도 한두 가지는 있잖아"라고 쏘아붙이고 하시모토와 헤어졌다.

  구조는 마치 오래된 친구처럼 무리에 녹아들고 있었다. 아니, 다들 적극적으로 구조를 받아들이고 싶어 하는 것처럼 보였다. 하지만 하시모토만은 상대방의 깜냥을 재보는 눈길을 노골적으로 드러내고 있었다.

  "곤란하네" 하고 혼잣말을 흘린다. 하시모토는 여섯 명 중에서도 가장 배타적이고 시샘이 많다. 편안하게 쉬는 것 같았는데 구조가 괴담을 꺼낸 뒤로 표정이 날카로워졌다.

  다시없는 기회를 놓쳤다. 오오이시가 달라고 할 때 순순히 주스를 주었다면 지금쯤 모두 죽어 있을 텐데. 아직 시간은 충분하지만, 이렇게 꾸물거리다가 전화선이 끊겼다는 사실이 알려지기라도 하면 놈들의 경계심은 부쩍 강해지리라.

  당장이라도 주스를 먹이자. 내일 아침 결행하자.

  각오는 되어 있는 거야? 눈을 감고 자문하자 소소한 걱정은 사라지고 목구멍 안쪽에서 웃음이 새어나왔다.

  ──죽이기로 작정한 지가 무려 5년인데 이제 와서 뭘 두려워하나.

  그때 바로 옆에서 날카로운 소리가 울리는 바람에 침대에서 일어났다. 누군가 4호실 문을 노크하고 있었다.

  "히토. 일어났어?"

  이시다의 목소리임을 인식하는 순간 요란한 빗소리를 알아차렸다. 베란다 문을 돌아다보니 격렬한 빗줄기가 발코니에 쏟아지고 있었다.

문을 여니 이시다와 가란이 장대비 속에서 바짝 붙어 서 있었다. 두 사람이 들고 있는 랜턴이 힘없는 빛으로 빗줄기를 비추고 있었다.

"무슨 일이야?"

"오오이시가 소리를 지르고 있어. 봐, 저쪽이야."

이시다가 그쪽을 랜턴으로 비추자 비를 맞고 있는 오오이시의 뒷모습이 드러났다. 어느 객실의 문을 두드리며 손잡이를 잡아당기는 것 같았다. 안에 있는 사람을 부르는지 큰 목소리로 외쳤다.

그곳은 관리인동 바로 옆 객실, 그러니까 1호실이었다. 아마 하시모토에게 할당된 객실일 것이다.

심상치 않은 분위기에 나는 이시다, 가란과 함께 1호실로 다가갔다. 우리는 비를 가릴 도구가 아무것도 없어서 금세 양동이 물을 뒤집어쓴 것처럼 푹 젖고 말았다.

"왜 그래?"

그렇게 묻자 오오이시가 거칠게 돌아다보았다. 몹시 불안한 얼굴이다.

"아, 기요쓰구, 어떡하지? 아무리 불러도 료마 선배가 대답이 없어."

"좀 알아듣게 설명해봐."

이 자리에 없는 사람은 우라이, 다케우치, 구조, 하시모토 네 사람이다. 우라이와 다케우치는 술을 마시면 깊이 잠드니까 아마 자기 방 침대에서 자고 있겠지만, 문 앞에서 이렇게 큰 소리로 부르는데도 1호실의 하시모토가 반응이 없는 것이 이상했다.

하늘은 더욱 캄캄해지고 굵은 빗줄기는 코티지를 후려치고 있었다. 천둥도 조금 전보다 가깝게 들린다.

객실 때문에 코티지 주변 바다는 보이지 않지만 남쪽의 뜬다리식 잔교 쪽은 시야가 열려 있었다. 만조를 맞은 아리아케해가 불어나 코티지 바로 밑까지 해수면이 올라와 있었다.

오오이시는 빗소리에 지지 않으려고 큰 목소리로 악을 쓰듯이 말했다.

"바비큐가 끝나고 모두 자기 방으로 돌아갈 때 료마 선배가 나한테 그랬어. '단둘이 할 얘기가 있다. 중요한 이야기니까 22시에 네 방으로 갈게'라고."

손목시계를 보니 이미 22시가 10분이나 지났다.

"중요한 이야기라는 게 뭔데?"

"그 자리에서는 이야기하지 않아서 몰라. 아무튼 조금 전까지 방에서 기다렸는데 료마 선배가 오질 않았어. 그래서 료마 선배 방으로 와봤거든. 문이 잠겨 있는 거야. 아까부터 몇 번을 노크해도 전혀 반응이 없어. 혹시······."

내 얼굴을 빤히 쳐다본 뒤 오오이시는 입을 다물었다.

가란이 말했다. "문을 부수어서라도 열어보자."

아무리 불러도 친구가 방에서 나오지 않는다. 그래도 평소라면 그만한 일로 문을 부수려고 하지는 않을 것이다. 이들이 왜 이러는지 속사정을 짐작하고 있었지만 나는 짐짓 아무것도 모르는 척했다.

"약속을 까먹고 자는 거 아냐? 아니면 하시모토에게 무슨 병이라도 있었나?"

오오이시는 내 질문에는 대답하지 않고 자기 방으로 급하게 걸어갔다. 문을 부술 도구를 가지러 갔을 것이다. 나도 일단 손잡이를 당겨서 확인해 보았지만 문은 단단히 잠겨 있었다.

"근데, 히토."

이시다가 굳은 목소리로 불렀다.

가란은 이시다의 팔을 잡으며 "……말할 거야?" 하고 그녀에게 물었다. 이시다는 작심한 듯 짧게 숨을 토했다.

"예전에 료마가 약간 말썽 피웠다는 건 알고 있지?"

"응. 우라이한테 얼핏 들었어."

오오이시가 우드테라스로 돌아왔다. 손에 든 물건은 캠핑용 손도끼. 1호실 문 앞에 서서 양손으로 도끼자루를 꼭 잡고 힘껏 내리쳤다. 꽝. 귀를 막고 싶을 만큼 날카로운 소리가 울리고 나뭇조각들이 튀었다.

하늘이 번쩍 하더니 이내 천둥이 울렸다.

"고등학교 때 료마는 신나와 환각제를 흡입했어. 히토를 만나기 얼마 전까지도 약물중독이었지. 입원해서 치료 프로그램을 다 이수한 뒤로 지금은 끊었다고 알고 있지만, 혹시……."

또 무슨 중독에 빠졌을 가능성이 있음을 암시하는 것이다.

"지금까지 말하지 않은 건 미안해. 히토에게는 왠지 말하기가 그래서."

사실은 모든 것을——이시다 등 여섯 명이 나에게 감추고 싶어 하는 과거, 히토 기요쓰구가 알 리 없는 정보를 다 알고 있지만, 일단 놀라는 척해 두었다.

"우리를, 경멸하진 말아줘."

"내가 그럴 리가 없잖아. 아무튼 지금은 하시모토가 걱정이네."

첫 번째 타격에 문은 표면만 깨졌다. 오오이시는 다시 손도끼를 휘둘렀다. 가란은 "다른 사람들을 불러올게" 하고 방 앞에서 떠났다.

예상하지 못한 상황이다. 만약 하시모토가 방에서 의식을 잃고 쓰러져 있다면 다른 사람들은 당장 배를 불러서 병원에 데려가려고 할 것이다. 공중전화박스의 전화선이 잘려 있다는 사실이 드러나면 내 계획도 줄줄이 드러나고 만다.

오오이시가 손도끼를 가져오고 15분쯤 지났지만 코티지 문이 워낙 튼튼해서 손도끼는 여전히 구멍을 내지 못하고 있었다. 나는 천둥이 끊임없이 울리는 남녘하늘을 기도하는 심정으로 노려보았다.

뒤에서 누가 어깨를 두드려서 돌아다보니 구조가 당황한 얼굴로 서 있었다.

"무슨 일이지?"

구조는 이해할 수 없는 상황에 몹시 낭패한 듯했다. 오오이시가 객실 문에 도끼를 휘두르고 있으니 당연한 반응일 것이다. 하시모토의 약물 이력을 비롯한 사정을 이야기하는 동안 우라이와 다케우치도 가란에게 소식을 듣고 달려왔다. 빗발은 점점 굵어져 우라이의 안경 렌즈에 빗방울이 튀고 있었다.

"괜찮아? 료마, 대답을 해!"

우라이가 안색이 변해서 문으로 다가서자 오오이시가 소리쳤다.

"우라이, 위험해! 가까이 오지 마!"

문에 구멍이 뚫린 것은 오오이시가 문을 두드리기 시작하고 30분이 지난 22시 40분이었다.

문손잡이 옆에 뚫린 구멍으로 손을 집어넣어 안쪽에서 잠금장치를 풀고 오오이시가 제일 먼저 객실로 들어갔다. 우리는 한 덩어리가 되어 그 뒤를 따랐다.

그리고 나는 객실 안에서 열쇠를 주웠다. 창가에 떨어져 있던 그것은 '1호실'이라는 객실 번호가 돋을새김으로 새겨진 목판이 달린 열쇠──틀림없는 1호실 룸 키였다. 일단 그것을 테이블에 놓고 침대 쪽을 돌아다보았다.

우라이가 중얼거렸다. "료마, 너 자는 거야……?"

침대 옆 바닥에 누군가가 똑바로 누워 있었다. 내가 그쪽으로 회중전등을 비추었다.

어둠 속에 밝은 금빛 머리가 떠올랐다. 우리 일행 중에 머리를 화려하게 염색한 사람은 하시모토뿐이지만 눈앞의 인물이 하시모토라고 단정하기가 망설여졌다. 안면이 엉망으로 뭉개지고 피범벅이 되어 있었던 탓이다.

엄청난 붉은색. 안면의 열상은 다 헤아릴 수도 없었다. 볼은 패이고 안구는 터지고 코뼈가 드러나 있었다. 한두 대 때려서는 이런 상태가 될 수 없다.

오오이시가 귀에 거슬리는 비명을 지르며 뒷걸음질치다가 다리가 꼬여 자빠졌다. 가란은 양손으로 입을 틀어막은 채 멀거니 서 있었다.

다케우치는 갑자기 뛰기 시작하더니 객실 구석의 벽에 손을 짚고 토했다. 피비린내와 토사물 냄새를 견디지 못하고 이시다가 창문을 열었다. 창문의 갈고리 잠금장치는 잠겨 있지 않았고 즉시 강풍이 실내로 불어 들어왔다.

"료마!"

우라이가 비통하게 외치며 사체에 달려들려고 했다. 나는 재빨리 등 뒤에서 그를 껴안고 "건드리지 마!"라고 소리쳤다. 우라이가 신음을 흘리며 버둥거렸다.

구조가 말했다.

"히토 군 말대로 건드리지 않는 게 좋아."

"아니, 왜."

"살해된 거니까."

차분하게 설명하려고 애쓰는 부드러운 음색이었다.

"고의로 훼손하려는 의지 없이는 얼굴을 이렇게 뭉개버릴 수 없어. 하시모토 군은 살해된 거야. 치명상은 우측 두부에 당한 일격으로 보이는데 범인은 하시모토 군의 머리를 강타한 뒤 안면을 집요하게 때린 모양이야."

 뭉개진 안면에만 주목하고 있다가 그 말을 듣고 보니 측두부에도 심하게 깨진 상처가 보였다. 상처에서 나온 혈액은 이미 응고되어 있었다.

 "흉기는 저거였을 거야."

 구조의 시선은 침대 옆 바닥으로 향했다. 거기 뒹굴고 있는 것은 눈에 익은 은색 시계였다. 모서리에 피와 살점이 들러붙어 있다.

 "범인은 1호실 코너랙에서 저 시계를 가져다가 흉기로 삼은 거야."

 구조는 흔들림 없는 걸음으로 사체에 다가갔다. 다들 충격에 짓눌려 몸이 굳어 있었지만, 나는 마음을 굳게 먹고 구조를 뒤따랐다. 진한 니코틴 냄새가 났다. 오오이시나 이시다가 피우는 멘솔 담배가 아니라 하시모토가 애용하는 담배 냄새였다.

 가까이 가서야 비로소 사체의 입이 크게 벌어져 있음을 알았다. 공포로 비명을 지르는 입모양이라기보다 억지로 비틀어서 벌려 놓은 것처럼 턱관절이 틀어져 있었다. 구강 속에는 있어야 할 것은 없고 까만 구멍만 들여다보였다.

 "혀가, 잘렸어……."

내가 그렇게 중얼거리자 다케우치가 다시 구토를 시작했다. 오오이시와 우라이는 요란하게 숨을 들이켰다. 가란은 일행의 뒤에 숨듯이 몸을 웅크렸다. 이시다는 평정을 가장했지만 그녀가 든 랜턴의 불빛이 덜덜 떨리고 있었다.

동요와 공포는 전염된다. 커다란 충격을 받은 것은 나도 마찬가지였지만, 아무것도 모르는 히토 기요쓰구가 필요 이상으로 낭패한 모습을 보여서는 곤란할 것이다.

혀가 잘렸다는 사실은 그들에게, 그리고 나에게 중요한 의미를 가지고 있다.

쿵. 이시다가 랜턴을 떨어뜨렸다. 랜턴이 바닥을 굴러 구석 쪽 벽을 오렌지색으로 비추었다. 원목으로 마감한 벽을 거북이등거미 한 마리가 기어가고 있었다.

*

구조는 오른손을 볼에 대고 소리가 나도록 새끼손가락 손톱을 깨물었다.

"혀의 절단면이 깨끗해. 칼 같은 것으로 자른 모양이야."

흉기로 쓰인 시계는 현장에 버려져 있지만 절단된 혀와, 혀를 자른 예리한 칼은 주위에 보이지 않았다. 각 객실 주방에 비치된 식칼이 문득 머리에 떠올랐다.

"여기에 범인이 있겠군."

누구도 입에 담기를 주저하던 말을 구조가 태연하게 내뱉었다.

사방이 바다로 막힌 섬이니 외부 침입은 생각할 수 없다. 살인자가 이 코티지 안에 있는 것은 명백했다.

"일단 경찰에 신고부터 해야겠어. 여러분은 여기서 기다려요."

넋이 나가 아무도 대답을 못했다. 어찌된 일인지 구조가 나에게 눈짓을 했다. "히토 군, 같이 가줄래?"

그가 부르는 대로 1호실을 함께 나섰다. 천둥소리가 조금 멀어진 것 같지만 맹렬한 비바람은 기세가 더해서 나무들을 자빠뜨릴 듯 격하게 흔들어대고 있었다. 우리는 다시 비를 맞으며 우드테라스를 지나 섬으로 내려갔다.

구조의 랜턴이 발하는 힘없는 빛을 따라 축축한 숲속을 급하게 걸었다. 내 회중전등은 방수 기능이 없어 테라스 테이블에 있던 비닐봉지를 적당히 씌웠다.

――하시모토가 죽어서 기쁜가?

대답은 아니요였다. 전혀 기쁘지 않다. 내가 죽이고 싶었던, 내가 죽여야 했던 자니까.

걷잡을 수 없이 혼란스러웠다. 분명 그들을 독살할 작정이긴 했지만 이번 사건은 결단코 나와 무관했다. 범인은 누구인가.

하시모토는 여섯 명 가운데 문제행동이 가장 많은 인물이었다. 주위에 산 원한이 하늘의 별만큼 많겠지만, 그래도 살해까지 결행할 만한 동기를 가진 인물은 쉽게 떠오르지 않는다. 이시다, 우라이, 가란, 다케우치, 오오이시——이들 중에 죽이고 싶을 만큼 하시모토를 증오하는 사람이 숨어 있으리라고는 도저히 생각할 수 없었다. 그 사건과 관련하여 뭔가 갈등이 생겼을 가능성은 있지만, 그들은 하시모토와 공범 관계였으므로 하시모토를 그토록 증오할 근거는 없을 터였다.

"히토 군."

앞서 걷던 구조가 걸음을 멈추었다.

"아까부터 몇 번을 불렀는데. 괜찮은 거야?"

걱정스러운 얼굴로 돌아본다. 그의 창백한 얼굴을 본 순간 머리가 차갑게 식었다. 오늘 하루 보았던 다양한 장면이 머릿속 스크린에 떠올랐다가 사라졌다. 이윽고 나는 입을 열었다.

"구조 씨는 그때 뭘 하고 있었죠?"

"그때라니, 언제?"

"오오이시가 하시모토의 출입문을 부수고 있을 때 말입니다."

22시 10분 직후. 처음에 오오이시가 1호실 앞에서 큰 소리로 하시모토를 불렀고, 그 소리를 들은 이시다와 가란이 나를 부르러 왔다. 잠시 후 그 자리에 없는 사람들을 불러오려고 가란이 잠시 자리를 떴다. 22시 25분 경 구조가 나타났고, 그 후 가란이 깨운 우라이와 다케우치가 합류했다.

그때——구조가 우드테라스에 나타나기 조금 전, 나는 하늘을 노려보고 있었다. 천둥구름이 퍼져 있던 하늘을 올려다보고 있었으니 남쪽을 보고 있었던 것이다. 1호실 앞에서 남쪽을 바라보면 당연히 관리인동 문이 시야에 들어온다.

"관리인동이 내 시야에 들어와 있었을 텐데, 구조 씨가 관리인동에서 나오는 모습을 보지 못했어요. 당신은 그때 내 어깨를 건드리며 '무슨 일이지?' 하며 말을 걸었죠. 내 뒤에서 나타났다는 것은 아다시마 쪽에서 왔다는 건데. 구조 씨, 당신은 대체 섬에서 뭘 하고 있었던 겁니까?"

"혹시 나를 의심하는 건가?"

구조는 이마에 들러붙은 앞머리를 그러 올리며 어깨를 힘없이 으쓱해 보였다.

"아까 내가 얘기한 괴담 때문에 분위기가 이상해져버리는 바람에 좀 풀이 죽어서 혼자 섬을 터벅터벅 돌아다녔지. 이상한 짓은 전혀 하지 않았어."

"천둥번개가 치는데 돌아다녔다고요?"

"그때는 빗줄기가 가늘어서 별로 신경 쓰지 않았어. 어쨌든 놀라게 했다면 미안하군. 하지만 내가 하시모토 군 방에서 피범벅이 되어서 나온 건 아니니까 그렇게 경계할 건 없지 않나?"

구조의 이야기는 일단 타당했다. "미안합니다. 예민해져서" 하고 물러섰다.

"괜찮아. 그보다 히토 군에게 보여주고 싶은 게 있어."

어느새 눈앞에 문제의 공중전화박스가 나왔다. 무수한 빗방울을 맞으며 푸른 나무들 사이에 조용히 서 있는 그것은 마치 이질적인 생명체처럼 보였다. 가는 나뭇가지가 밟히는 소리가 몹시 크게 들렸다.

구조는 공중전화박스 문을 밀어서 열고 나에게 고개를 살짝 끄덕여 보였다.

"이리 와봐. 내부를 확인해주겠어?"

수화기 코드가 절단되어 맥없이 늘어져 있었다——당연하다, 내가 몇 시간 전에 잘라 놓았으니까.

"끔찍하지? 날카로운 것으로 싹둑 잘려 있어."

"구조 씨는 이걸 알고 있었어요?"

"음. 산책로를 걸을 때, 그게 아마 21시 50분경이었나. 별 생각 없이 안을 들여다보니 이 꼴이지 뭐야. 바비큐를 준비하는 동안 각자 내키는 대로 움직이고 있었으니까 그때 누군가 여기에 왔었구나 하고 생각했지. 하시모토 군 살해와 관계가 있다고 봐도 틀림없을 거야."

시선이 마주쳐서 내심 움찔했다.

"구조 씨는, 왜 나를 이곳으로 데려온 겁니까?"

"히토 군과 단둘이 얘기해보고 싶었어."

"뭘요?"

"그건, 히토 군도 이상하지 않아? 다른 친구들은 무리에 어울리는 걸 좋아하는데 히토 군만 냉정하더군. 한 발 물러나 있는 인상이었어. 그런 사람이라면 이번 살인사건에 대해서 상의해 볼 수 있지 않을까 생각했지."

나는 구조의 눈동자 움직임을 탐색하듯 주시했다. 모든 것을 투시당하는 것 같아서 이 사람 앞에 서면 두려워진다.

실은 다 알고 있는 거 아닐까? 내가 여섯 명을 죽이려고 한다는 것도, 주스에 독을 타 두었다는 것도, 그리고 전화선을 절단해 둔 것도.

그러나 지금 여기 아다시마에서 가장 믿을 수 있는 인물이 구조라는 것도 분명한 사실이었다. 구조는 우리와 처음 만난 사이다. 하시모토를 증오할 만한 동기도 없고 죽여서 얻을 이익도 없다.

"배는 엿새 뒤 아침에 우리를 데리러 올 거야. 경찰 신고는 그때까지 기다려야 하는데, 그동안 사체는 부패가 진행될 테고 범인의 흔적도 빠르게 희미해지겠지. 그걸 노리고 이 섬에서 범행을 저지른 거라면 범인은 상당히 용의주도한 인물이야. 솔직히 묻겠는데, 히토 군은 누가 죽였을 것 같아?"

"모르겠어요."

"아무한테도 말 안 할게."

"정말 모르겠습니다. 내가 알기로는 그런 짓을 저지를 만큼 배짱 좋은 놈은 없어요."

구조는 가볍게 한숨을 지었다.

"친구를 의심하는 건 괴로운 일이지. 이상한 질문을 해서 미안하군. 그만 돌아가자고. 전화를 쓸 수 없다는 사실을 친구들에게 알려야 하니까."

구조는 전화선 절단을 살인범 소행이라 믿고 있다. 상황이 복잡해졌다.

9일 아침 그 글이 인터넷에 업로드 되면 우리 일행을 데리러 오는 배보다 경찰이 먼저 섬에 달려올 것이다. 그리고 경찰은 범행성명이란 형식으로 대량살육을 적나라하게 자백한 히토 기요쓰구라는 인물을 의심할 것이다. 실제로 나는 섬에 케이블커터를 가져와 전화선을 자른 것이 분명하므로 그 점은 변명할 수가 없다.

멈춰 있던 사고가 그제야 움직이기 시작하면서 사태의 심각성이 절실하게 느껴졌다──범행성명이 공개되기 전에 범인을 찾지 못하면 나는 저지르지도 않은 살인죄를 뒤집어써야 한다.

1호실로 돌아간 우리 두 사람은 방에서 기다리던 이시다 일행을 모아놓고 상황을 간결하게 설명했다. 조금 전까지도 혼란에 빠져 있던 일행이지만 연락 수단이 사라졌다는 소식에도 의외로 누구 하나 놀라지 않았다.

감정을 억누른 듯 억양 없는 목소리로 우라이가 말했다.

"범인 찾기는 하지 말자."

도저히 이해할 수 없어서 나도 모르게 물었다.

"그게 무슨 소리지?"

"전화를 못 쓰게 만들어 두었잖아. 료마를 죽인 놈은 경찰에 체포되고 싶지 않은 거야. 그렇다면 놈이 잡히지 않게 협조해주고 싶어."

믿기지 않는 말이었다. 하필이면 하시모토 료마와 가장 친한 우라이가 이런 말을 하다니.

5년 전, 그 사건이 드러나자 주범 하시모토만 가정재판소에서 보호처분을 언도받고 소년원에 수감되었다. 우라이를 비롯한 다른 사람들이 대학에 진학하고 취직하는 동안에도 하시모토는 세상과 격리되어 있었다. 소년원을 나온 하시모토와 자주 연락하고 다시 그룹에 받아들여서 인연을 이어나가려고 노력한 사람은 우라이였다.

나도 모르게 우라이의 어깨를 움켜쥐었다.

"살인자를 보호하겠다는 거야? 너 제정신이야? 친구를 죽인 놈을 눈감아주겠다고?"

"히토도 어렴풋이 느끼고 있었겠지만 료마는 빈말로라도 깨끗하다고 말할 수 없는 아이였잖아."

"깨끗하지 않으면 살해돼도 괜찮다는 거야?"

"그런 말이 아냐. 놈은 어둠에서 벗어나려고 엄청 노력했어. 나도 친구로서 응원했고, 료마를 많이 좋아했어. 하지만 료마가 우리 가운데 누군가에게 살해될 정도로 원한을 샀다고 해도 이상하지 않아. 아마 료마는 죽어 마땅한 짓을 저질렀을 거야. 나는 너희들을 좋아하니까, 만약 우리 가운데 범인이 있다면 체포되지 않기를 바란다는 거야."

"만약이 아니라 확실하게 우리 중에 범인이 있어. 경찰은 범인을 찾으려고 하겠지. 지금 우리가 찾아내지 못하면 다른 누군가가 억울한 누명을 쓰고 체포될지도 몰라."

어떻게든 범인을 찾아내야 한다. 억울하게 누명쓸 사람은 틀림없이 나다.

다케우치가 모자를 깊이 내려쓰며 애써 명랑하게 말했다.

"히토, 네 마음은 알지만, 일단 침착하자. 우라이는 경찰이 올 때까지 차분하게 기다리자는 말을 하고 싶은 걸 거야."

다케우치의 말을 잇듯이 가란이 "맞아" 하고 말했다.

"우리가 자체적으로 범인 찾기를 하다가 서로 싸우고 의심하는 건 좋지 않아. 이제 그만하자. 어차피 1주일 뒤에 경찰이 제대로 수사해줄 테니까."

오오이시도 동조했다.

"나도, 란코 선배 말이 옳다고 생각해. 분위기 껄끄럽게 만들지 않았으면 해."

"……너희들은 속 편해서 좋겠다. 범인이 자포자기해서 난동을 부리면, 또 다른 사람을 죽이려고 들면 어떻게 하려고. 생각해봐, 그냥 방치해두는 건 위험하잖아?"

동조를 바라며 이시다에게 시선을 던졌지만 그녀는 고개를 숙이고 입을 열지 않았다. 범인 찾기는 하지 말자는 우라이의 생각에 모두 동조하는 것이다.

내가 할 말을 궁리하며 입을 다물고 있자 구조가 입을 열었다.

"이건 밀실 살인이군."

"……네?" 오오이시가 얼빠진 목소리로 물었다. "밀실? 그, 그야 료마의 방이 잠겨 있긴 했지만."

"룸 키가 객실 안에 있었어. 1호실에 들어갈 때, 바닥에 떨어져 있던 열쇠를 히토 군이 발견했지. 바로 저거야."

중앙 테이블을 가리켰다. 그의 말을 듣고 생각났지만, 오오이시를 따라 객실에 들어올 때, 나는 창가 바닥에서 열쇠를 발견하고 테이블 위로 옮겨 두었다. '1호실'이라고 새겨진 목판이 달린 틀림없는 이 방의 키였다.

"룸 키는 방 안에 있었는데 범인은 어떻게 밖에서 문을 잠글 수 있었을까."

"안에서 잠근 뒤 발코니로 나간 거 아닙니까? 발코니로 나가는 베란다문은 잠겨 있지 않았어요."

"여기는 바다 위에 떠 있는 코티지야. 발코니 밑은 당연히 바닷물이지. 이웃 객실 발코니까지는 3미터나 떨어져 있으니 뛰어서 건너갈 수도 없어."

"바다로 뛰어내려서 헤엄친다면?"

"무리야. 헤엄쳐서는 금방 못 나와."

구조는 팔짱을 끼더니 "생각해보자고" 하며 일동에게 말했다.

"하시모토 군을 살해한 뒤 1호실 발코니, 즉 동쪽 발코니에서 바다로 뛰어내려 도망쳤다면, 범인은 남쪽을 향해 헤엄쳐서 뜬다리 잔교를 통해 발코니로 올라가려고 했을 거야. 바로 옆에 있는 뜬다리 잔교를 무시하고 섬 쪽으로 돌아갈 이유가 없고, 아다시마 동쪽 기슭은 상륙하기에 너무 위험하니까.

범인은 22시 10분경까지는 코티지에 상륙했어야 해. 22시 10

분 이후에 뜬다리 잔교를 통해 이곳으로 올라왔다면 1호실 앞에 있던 오오이시 군에게 목격되었을 테니까. 바비큐가 끝난 시각을 21시 30분으로 본다면 범인은 40분 안에 모든 일을 마쳐야 한다는 계산이야. 하시모토 군의 방을 찾아간 것이 21시 반 이후이고, 살해하고 안면을 뭉개고 뒤처리하는 데 20분은 걸릴 테니까 21시 50분. 게다가 거친 조류를 헤엄쳐 뜬다리 잔교에 도착하려면 15분쯤 걸리지 않을까? 시간을 충분히 잡아도 20분은 걸릴 거야."

다케우치가 끼어들었다.

"그 계산대로라면 22시 10분에 뜬다리 잔교에 도착해요. 서두르면 아슬아슬하게 시간에 댈 수 있는지도 모르죠."

"방금 그 계산은 범인이 알몸으로 헤엄쳤을 경우야. 옷을 입고 헤엄치면 시간이 더 걸리지. 하지만 범인은 1호실에 옷을 벗어놓을 수 없었을 거야. 자, 그렇다면 시간에 댈 수 없겠지."

말하다가 지쳤는지 구조는 아래턱을 쓰다듬었다.

"살인과 뒤처리와 옷 입고 수영하기라는 트라이애슬론 세계기록 보유자가 이 가운데 있다면 모르지만, 애초에 범인이 밀실을 만들려고 한 것부터가 이상해. 굳이 문을 잠가둘 것 없이 문을 통해 드나들었어도 상관없을 텐데."

구조의 주장은 타당했다. 오오이시가 이번 여행에 캠핑용 손도끼를 가져온 것은 여기 있는 모두가 알고 있다. 당연히 범인도 알고 있을 것이다. 잠가 놓아도 문이 금세 열릴 텐데 범인은 왜 1호실을 밀실로 만들어 두었을까.

"밀실을 만든 특별한 이유가 있다는 거군요?"

내가 묻자 구조는 천천히 고개를 끄덕였다.

"범인은 살인에 엄청나게 공을 들였어. 범인 찾기를 하고 싶지 않은 심정도 이해하지만, 이대로 놔두기는 위험하다고 생각해."

구조가 진지한 표정으로 호소해도 우라이 일행은 입을 꾹 다물고 있었다.

나와 구조를 제외한 여섯 명——이제는 다섯 명인가——은 질긴 끈으로 묶여 있었다. 아무리 친해진 것 같아도 나에게는 절대로 그 사건을 말해주지 않을 테고, 아마도 비밀과 죄를 공유한다는 사실이 동료의식을 단단하게 만들고 있을 것이다. 골치 아픈 상황이다.

나는 침대로 걸어가 다시 한번 문제의 사체에 불빛을 비추었다. 뭔가 범인을 찾을 증거가 없는지 빠르게 살펴보았다.

이렇게 봐서는 얼굴과 두부 외에 눈에 띄는 상처가 없었다. 양팔을 몸에 딱 붙이고 얌전히 누워서 잠든 듯한 자세를 하고 있다. 실내도 어지럽혀져 있지 않으므로 이곳에서 범인과 한바탕 격투가 벌어지지는 않았을 것이다.

그러나 거리를 좁혀서 살펴보니 팔뚝에 희미하게 끈 모양의 찰과상이 보였다. 밧줄 같은 것으로 묶였던 듯한 흔적이다. 범인은 혹시 하시모토를 꼼짝 못하게 결박하고 때려죽인 걸까?

그때 문득 위화감이 들어서 누구에게랄 것도 없이 중얼거렸다.

"하시모토가 이런 옷을 입고 있었나……?"

저녁에 바비큐를 하는 동안 하시모토가 '니코짱' 마크가 프린트된 옷을 입고 있던 것이 기억난다. 그러나 차디차게 식은 그가 지금 입고 있는 것은 다른 티셔츠였다. 바비큐 후에 스스로 옷을 갈아입었는지 바탕색은 비슷하지만 프린트된 그림이 달랐다.

인간의 옆얼굴을 과장되게 그린 심플한 디자인. 어딘지 눈에 익은 그림인데 어디서 보았는지 생각나지 않았다.

갈아입은 거라면, 그래. 방 안에 그 옷이 없지 않은가.

내가 방을 한 바퀴 둘러보았을 때 우라이가 말했다.

"이제 됐잖아, 나가자."

우라이의 한 마디에 다들 줄줄이 1호실을 나갔다. "잠깐만" 하고 불러보았지만 그들은 내 목소리를 무시했다. 이시다가 뭔가 말하고 싶은 얼굴로 이쪽을 쳐다보다가 말없이 내 손을 잡고 객실 밖으로 끌고나갔다.

8월 4일 23시 57분

우드테라스를 두드리는 빗소리가 조금 작아졌다. 자기 방으로 돌아가려는 사람은 아무도 없었다.
모두가 우드테라스에 모여 있음을 확인하고 우라이가 조용히 말했다.
"너희들을 믿지만 히토나 구조 씨가 불안해하는 것도 당연하다고 생각해. 무기를 내다버리자."
나는 우라이를 노려보았다. "뭘 하려는 거야?"
"무기가 될 만한 물건을 전부 바다에 버리자는 거야. 더는 아무도 죽지 않도록."
"무기의 범위가 뭔데? 수건으로 목을 졸라도 사람은 죽일 수 있어."
"이것저것 다 내다버리자는 말이 아냐. 가령 식칼처럼 누가 봐도 위험한 물건만 버리면 돼."
"살인자가 곁에 있는데 내 몸 지킬 도구도 허용되지 않는다고?"
"정 두렵다면 방어를 위한 도구는 가지고 있어도 좋아. 나는 그저 제안하고 있을 뿐이야."
오오이시가 제일 먼저 손도끼를 가지고 와서 테라스 바닥에 내려놓았다. 그것을 시작으로 모두들 테라스와 자기 방을 왕복하며 주방에 있던 식칼을 가져오거나 자기 짐에 있던 위험해 보이는 물건들——바비큐에 사용하는 집게라든지 도구상자에 있는 가위라든지——을 가져오기 시작했다. 곧 그런 물건들이 작은 더미를 이루었다.

"가스버너는 어떡하지?"

"⋯⋯일단 여기 버려."

우라이와 다케우치가 작은 소리로 이야기하며 예비용 가스버너와 가스라이터를 더미에 보탰다.

"도자기 접시랑 컵도 버리자. 깨진 조각을 칼날처럼 쓸 수 있으니까."

어느새 구조까지 우라이의 지시대로 하고 있었다. 이미 식칼은 하시모토 방에 있던 것을 포함하여 일곱 자루가 전부 나왔다. 나를 제외한 전원이 객실의 식칼을 내놓은 것이다.

나만 당황한 모습으로 단체 행동에 따르지 않는데도 아무도 뭐라고 하지 않았다. 뿐만 아니라 온정 넘치는 눈길로 쳐다보고 있었다. 네 심정 알아, 괜찮아, 라는 듯이. 아무래도 마음이 불편했다. 어쩔 수 없이 나도 4호실에서 식칼과 식기류만 들고 나와 무기더미에 던졌다. 비소를 탄 작은 페트병과 케이블커터는 물론 금고에 그냥 두었다.

"이게 전부야?"

우라이가 일행을 둘러보며 묻자 "이것도" 하며 가란이 주머니에서 뭔가를 꺼내 무기더미 꼭대기에 가만히 얹었다. 작은 분홍색 스턴 건. 예전에 가란이 심각한 스토킹을 당한 이후 휴대해 온 호신용품이다.

이시다가 물었다. "란코, 괜찮겠어?"

"응. 우리의 신뢰를 위해서라면 버려도 상관없어. 모두를 안심시키기 위해서라면."

가란의 해석은 정곡을 찔렀다. 이것은 안전 확보가 아니라 신뢰 회복을 위해 치르는 의식 같은 것이다.

범인이 안면을 뭉개버릴 때 사용한 시계는 포함시키지 않았을 만큼 무기 선정 기준은 모호했다. 이 무기 수집의 목적은 친구를 해칠 뜻이 없음을 서로 확인하는 것이었다.

예리한 칼은 수건을 감아 쓰레기봉투 하나에 모아서 아다시마로 건너가 선착장 호안에서 바닷물에 던졌다.

이제 무엇을 해야 할까. 물방울 뚝뚝 떨어지는 옷자락을 쥐어짜며 생각했다. 내 손으로 하시모토를 저승에 보내지는 못했지만 아다시마는 여전히 고립되어 있다. 천재일우의 기회를 놓칠 수는 없었다. 계획을 실행해서 남은 다섯 명을 죽여야 할 것이다.

무리야, 라는 소리가 다시 내면에서 속삭였다.

연락 수단을 끊어서 구조를 바랄 수 없는 상황으로 몰아넣었지만 사람 여섯을 죽이기란 쉽지 않으리라고 처음부터 각오하고 있었다. 추리소설처럼 시간 여유를 두고 한 명씩 야금야금 죽여 나가는 것이 이상적이지만, 여유를 부리다가는 살아남은 이들의 경계 태세가 점점 강해지고 격렬하게 저항할 것이다. 그러므로 단숨에 죽여야 한다. 폭탄이라도 제조해서 한꺼번에 날려버릴까 생각한 적도 있었지만 독살이 더 확실할 것 같아서 비소를 준비했던 것이다.

그러나 상황이 이러하니 독이 든 주스를 아무도 입에 대지 않을 것이다. '상대방이 나를 해칠 리 없다'는 절대적 신뢰가 없다면 남이 주는 음식을 먹거나 마실 리가 없다. 그 신뢰가 지금 한 사람의 피살로 사라지고 말았다.

손가락 빼물고 경찰이 도착하기만 기다리는 수밖에 없나? 그러나 닷새 후 아침 8시면 나의 범행성명이 업로드 될 것이다. 살인 계획을 낱낱이 밝힌 그 글은 세상에 어떻게 받아들여질까.

순간 가족들 얼굴이 떠올랐다. 그 글을 공개할 수는 없다. 엄마 아빠를, 아직 고등학생인 동생을 살인범의 가족으로 만들 수는 없다.

왜 그랬을까. 살해 계획을 세울 때는 부모형제의 인생을 생각한 적이 한 번도 없는데, 나를 대신하는 살인자가 나타난 순간, 두려운 미래가 잇달아 머리에 떠올랐다.

손목시계에 핸드라이트를 비추어보니 시각은 0시 15분. 어느새 날짜가 바뀌어 있었다.

"도움을 요청하러 가야겠어."

내가 그렇게 선언하자 오오이시가 의아하게 쳐다보았다.

"전화도 없는데 어떻게?"

"헤엄쳐 가야지."

"헤엄치다니, 설마 바다 건너 항구까지?"

"그래. 바다를 건너서 경찰에 알려야지."

"돌았어? 너무 무모해. 게다가 이런 밤중에."

오오이시가 내 손목을 잡았다. 구조도 당황한 얼굴로 끼어들었다.

"헤엄쳐 건널 수 있는 거리가 아냐."

"10킬로미터도 안 되잖아요. 장거리 수영이라고 생각하면 됩니다."

"조수가 너무 빨라서 위험하다고 몇 번을 말했잖아. 익사한다니까."

그들의 충고를 다 무시했다. 회중전등을 비닐봉지로 두 겹 싸서 단단히 묶었다.

육지를 향해 헤엄치는 것이다. 괜찮다. 수온이 높은 여름바다니까 저체온증에 걸릴 염려도 없고 시간도 충분하다. 체력에도 자신 있다.

"이봐, 진짜 그만두라니까. 농담할 일이 아냐."

"코티지에서 살인범과 같이 자라고? 그거야말로 농담 아냐?"

매달리는 오오이시의 손을 뿌리치고 코티지 남쪽의 가변계단으로 내려갔다. 이것이 현명한 판단이 아니라는 건 나도 알고 있었다.

시야를 가득 채우는 캄캄한 바다는 모든 것을 삼키려고 커다란 아가리를 벌린 괴물이었다. 만조시에 비하면 조수는 충분히 빠진 듯 보인다. 썰물 때다. 유속이 빠르다.

뜬다리 잔교에 서서 비에 젖어 무거워진 셔츠와 바지를 벗었다. 주머니에 있던 전자담배가 그 와중에 바다 밑으로 떨어졌지만 아무렴 상관없었다. 팬티 한 장 차림이 되어 발을 바닷물에 담갔다.

"히토, 그만둬!"

"돌아와!"

뒤에서 비명이 시끄럽지만 돌아보지 않고 눈앞의 파도에 집중했다. 닥쳐, 너희들 명령은 안 들어. 나는 몸을 수평으로 뻗고 열심히 물을 저었다. 오른손에 든 회중전등이 아무래도 방해가 되었다.

수영은 고등학교 이후 처음이네, 하는 바보스러울 정도로 태평한 생각이 스쳤다. 여름방학 클럽 합숙훈련 때면 수영부도 아닌데 수중 훈련이라는 이름으로 하루 5, 6킬로미터씩 수영해야 했다. 한 세트가 끝나 풀 사이드를 걸으면 코치가 "걷지 말고 뛰어!"라고 호통을 쳤고 "뛰다가 넘어져요"라고 대꾸하면 따귀가 날아들었다.

수영이 서툰 그 선배는 악랄한 닦달을 당했다. 선배를 풀로 밀어서 빠뜨리는 모습을 보았을 때는 나도 겁이 났지만, 당시 우리에게는 체벌이라는 개념조차 없었다.

조수가 상상 이상으로 빠르고 거칠어서 내 힘으로 헤엄치고 있다기보다 먼 바다로 떠밀려간다는 느낌이었다. 바다 속은 먹물을 풀어놓은 것처럼 캄캄했다. 회중전등 불빛을 최대로 높여도 주변 암초를 제대로 구별할 수는 없었다.

높은 파도에 따귀를 맞은 직후 나는 누군가의 목소리를 들었다.

"제발, 기요쓰구. 돌아와!"

숨을 쉬는 순간 오오이시가 시야 구석에 비쳤다. 15미터쯤 뒤에서 파도 사이를 떠다니고 있었다. 겁도 많은 주제에 나를 쫓아온 듯했다.

고개를 돌리고 외쳤다.

"따라오지 마!"

자세가 조금 흐트러진 순간 더 커다란 파도가 닥쳐와서 나는 곁에 숨어 있던 암초에 호되게 충돌했다.

왼다리에 격심한 통증을 느꼈다. 회중전등으로 다리를 비춰보니 장딴지에 30센티미터쯤 되는 상처가 나 있었다. 쩍 벌어진 상처에서 피가 마구 흘러나와 마치 붉은 리본처럼 물속에서 흔들리고 있었다.

무너지는 것은 한순간이었다.

회중전등을 싼 비닐봉지가 찢어져 순식간에 물이 스며들었다. 방수 처리가 없는 조명은 바닷물에 젖자 두세 번 깜빡이다 고장 나버렸다. 아프고 당황해서 혼란에 빠진 나는 호흡 타이밍을 놓치고 말았다.

바닷물이 콧구멍으로 밀려들어왔다. 물을 배출하려고 잔기침을 하다가 다시 물을 마시고 말았다. 콧구멍과 귓속이 따갑다 싶더니 이번에는 천지가 뒤집히는 듯 어지러웠다. 파도소리가 아득하게 들리고 시야가 휘청 일그러지며 평형감각이 사라졌다.

정신을 차리고 보니 머리가 물속에 있었다. 이럴 수가, 잔교에서 겨우 100미터도 나오지 못했는데. 죽음의 공포가 눈앞에 닥치자 나는 무의식적으로 팔을 위로 뻗었다.

──물에 빠지면 부력 때문에 신체의 2퍼센트는 수면 위로 뜨게 되어 있대.

분하게도, 고통 속에서도 떠오른 것은 몇 시간 전 하시모토에게 들은 이야기였다.

부력을 이용하여 얼굴을 수면 밖으로 내밀려면 마구 허우적거리지 말고 똑바로 누운 자세를 취해야 한다. 나는 애써 몸에서 힘을 빼려고 했다.

"기요쓰구, 기요쓰구! 어디야!"

오오이시가 외치는 소리와 첨벙거리는 소리가 가까이까지 왔지만 나는 여전히 수중에 있었다. 오오이시의 다리가 보였다. 무작정 바다로 뛰어들었는지 바지를 입은 채였다.

나는 여기서 죽는구나. 증오에서 해방된 삶도 복수도 성취하지 못하고 죽는구나. 그렇다면 저 다리를 붙잡아 물속으로 끌어내리자. 이놈만이라도──나를 구하러 온 바보 같은 놈 하나만이라도 저승길 길동무로 삼자.

오오이시의 흐릿한 조명이 가라앉고 있는 내 몸을 잡아냈다.

"지금 구해줄게!"

구하지 마. 구하지 말아줘. 너한테 구조를 받느니 죽는 게 나아.

내 회중전등이 고장났을 때처럼 오오이시의 조명도 연방 깜빡거리는 것이 당장이라도 망가질 듯했다.

"기요쓰구, 올라와!"

물속에 있는데도 그 목소리만은 명료하게 들리는 것 같았다.

오오이시는 잠수하여 손을 한껏 뻗어 내 팔을 잡았다. 그는 나를 끌어올리려고 몸을 비틀었지만 뜻대로 되지 않아 우리는 서서히 밑으로 가라앉고 있었다.

나는 얼른 그의 손을 뿌리쳤다.

*

빛이 들지 않는 곳이다. 오른손에는 스마트폰이 쥐어져 있다. 좁고 어두운 방에서 나는 또 그 선배에게 전화를 걸고 있었다.

호출음이 수십 번 울린 뒤에야 내가 꿈속에 있음을 분명하게 깨달았다. 늘 꾸던 악몽이다. 자, 이제 그만 일어나야지.

눈꺼풀을 조금 올리자 합판으로 마감한 천장이 멀찍이 보인다. 테이블 위에 놓인 랜턴이 방 안을 따뜻한 느낌으로 비추고 있다.

나는 침대에 누워 있었다.

바로 옆에서 인기척이 느껴진다. 누군가 침대 옆에 의자를 놓고 거기 앉아 있다. 나도 모르게 숨을 삼켰다.

"기다 선배."

그렇게 부르자 그는 고개를 들며 이쪽으로 시선을 옮겼다. 운동선수라고 생각할 수 없을 만큼 창백한 얼굴, 차가운 눈. 마지막 만났을 때와 조금도 달라지지 않았다.

"정말 미안해요, 선배."

정말이지 뭐라고 사죄해야 좋을지 모르겠다. 선배의 원수를 갚아주겠다고 맹세했지만 바보 같은 짓을 하고 말았다. 죽이지 못했다.

눈을 깜빡이자 눈물 한 방울이 쪼르륵 굴러 시야가 선명해졌다. 기다 선배의 표정이 또렷하게 보인다. 그는 벌레 씹은 표정이다.

"멍청하게 움직이니까 이리 되고 말았잖아. 그때 바로 주스를 먹였으면 지금쯤 다 죽어 있을 거다."

기대가 물거품이 되었다는 듯 기다 선배는 콧잔등에 잔주름을 모았다.

그의 긴 손가락이 다가온다. 둔한 통증이 느껴진다. 기다 선배는 내 머리카락을 와락 움켜쥐고 머리를 바닥에 힘껏 짓누르려고 한다.

"네가 책임지고 죽어, 이 등신아."

벌떡 일어나니 심한 어지럼증이 일었다. 나는 머리를 감싸 쥐고 신음을 흘렸다.

"어, 안 돼. 아직은 더 누워 있어야 해."

침대 옆 의자에 앉아 있던 구조가 놀라서 얼굴을 기울였다. 어깨를 부축 받으며 나는 다시 침대에 몸을 뉘었다.

눈에 익은 배낭과 아이스박스가 바닥에 놓여 있다. 여기는 아다시마 해상 코티지의 한 방──나한테 할당된 4호실이었다.

"가위눌린 것 같던데, 무슨 악몽이라도 꾼 거야?"

말없이 고개를 저었다. 지독하게 반갑고도 슬픈 꿈이었다.

"아직도 어지러워?"

"예, 조금."

"현기증은 1, 2주만 지나면 좋아져. 심각한 부상은 아니니까 안심해."

이불의 부드러운 감촉이 살갗에 느껴진다. 몸에 들러붙은 젖은 팬티 말고는 아무것도 입지 않은 상태였다.

"추체내출혈이라는 거야. 호흡 타이밍을 놓쳐 코로 물이 들어오면 이관에 물마개가 생겨 귓속 압력이 변하기 때문에 추체라는 부위의 모세혈관이 파괴돼. 추체에 있는 삼반규관에 이상이 생겨서 평형감각을 잃고 가라앉으면 아무리 건강하고 튼튼한 수영 고수라도 익사하게 되지."

"박식하시네요."

"꾸짖고 있는 건데."

"아, 그건 미안하게 됐어요."

이번에는 눈동자가 움직이지 않도록 천천히 상체를 일으켰다. 뜬다리 잔교로 끌어올려져 물을 토한 것까지는 희미하게 기억나는데 물속에 가라앉은 이후는 전부 안개에 갇힌 것처럼 모호했다.

"오오이시 군이 잔교 가까이까지 히토 군을 끌고 와 주었어. 조금만 늦었어도 오오이시 군까지 익사했을 거야. 그때 이시다가 기지를 발휘해 주었지. 인간사슬이라고 알아? 여러 사람이 손에 손을 잡아 물에 빠진 사람을 물가로 당기는 구조 방법인데, 이시다가 인간사슬을 제안해서 두 사람을 끌어낼 수 있었던 거야."

기억이 없어서 "아" 하고 애매하게 맞장구치는 수밖에 없었다.

"그리고 다친 다리는 다케우치 군이 수건을 감고 고정해 주었어. 어디까지나 응급처치니까 돌아가는 즉시 병원 진료를 받는 게 좋아."

이불을 치우고 다리를 살펴보니 왼다리 환부에 수건이 감겨 있었다. 그 수건의 무늬가 눈에 익었다. 접혀서 안 보이는 부분도 있지만 절반쯤 드러난 심벌마크와 그 아래 인쇄된 알파벳으로 보아 다케우치가 좋아하는 밴드의 투어 굿즈 수건일 것이다. "라이브공연 때 산 건데, 아까워서 못 써"라고 말했던 것이 기억나는데, 붕대 대신 사용해주었나.

침대 사이드테이블에는 4호실 룸 키와 나의 옷이 개켜져 있었다. 잔교에 벗어 던진 옷에서 열쇠를 꺼내 4호실 문을 열고 여럿이 힘을 모아 축 늘어진 나를 방으로 옮긴 듯하다. 구조는 "엄청 무겁더군" 하고 투덜거렸다.

"오오이시는?"

"무사해. 지금 자기 방에 있어. 친구들한테 혼났어. 바보처럼 너까지 뛰어들면 어떡하냐고."

"그래요?"

안도의 한숨이 나오려는 자신을 향해 분노와 혐오가 솟았다. 이건 아니지, 오오이시 걱정 같은 걸 왜 해. 죽을 뻔한 탓에 머리가 이상해진 거다.

"다들 히토 걱정도 많이 했어. 불러올까?"

구조는 그렇게 말하며 의자에서 일어서려고 했다. 나도 모르게 말렸다.

"지금은 녀석들 얼굴을 보고 싶지 않아요."

뼛속 깊이 증오하는 놈들에게 구조되고 말았다.

구조 같은 건 필요 없었다. 구조되고 싶지 않았다. 나를 구해주었다고 용서해주지도 않을 것이고, 내가 그 녀석들이었다면 그냥 방관했을 게 틀림없다.

구조는 눈을 가늘게 뜨고 잠시 나를 내려다보다가 이윽고 가만히 한숨을 토했다. 다시 의자 깊숙이 앉아 다리를 건들건들 흔들었다.

"히토 군은 사실은 친구들을 별로 좋아하질 않는군."

애써 가볍게 말하려는 게 느껴졌다.

"그런 감정, 있을 수 있지. 사춘기니까."
"사춘기는 옛날에 지났어요."
"나도 어릴 때 인간관계로 힘들었기 때문에, 뭐, 그런 기분이라면 조금 알지. 하지만 다들 진심으로 걱정해주었어. 몸이 회복되면 정식으로 인사하는 게 좋지 않을까."
듣기 거북해서 이불을 머리끝까지 올려서 덮어버렸다. 구조는 그로부터 10분쯤 나를 가만히 내버려 두었다.
마침내 발소리가 들리고 다섯 사람이 내 방으로 몰려왔다. 다케우치가 힘껏 안아주는 바람에 다시 가벼운 현기증을 느꼈다. 다케우치는 콧물을 요란하게 훌쩍였다.
"왜 그랬어, 죽을 뻔했잖아!"
"자, 자." 오오이시가 달래려고 하자 다케우치는 "너도 문제야!" 하며 오오이시에게도 으르렁거렸다. 가란은 손으로 제 가슴을 누르며 "무사해서 다행이야"라고 중얼거렸다.
입술이 일그러지도록 입을 꾹 다문 어두운 표정으로 고개를 숙이고 있던 우라이가 불쑥 머리를 조아렸다.
"미안하다, 히토."
"네가 사과할 일은 아니잖아."
"아냐, 내 탓이야. 내가 범인을 비호해주고 싶다는 식으로 말했으니까. 불안하게 만들어서 미안하다."
이시다는 눈에 고인 눈물을 셔츠 소매로 살짝 닦았다. 그녀는 어느새 원피스를 티셔츠로 갈아입은 상태였다. 전혀 헤엄칠 줄 모르는 이시다까지 인간사슬에 참여해주었던 것이다.

"다케우치, 수건 고맙다. 소중한 거였을 텐데."

마지못해 인사하자 "신경 쓰지 마" 하고 다케우치는 제 가슴을 힘주어 두드렸다.

"오오이시도, 미안하다. 나 같은 걸 구하느라 너까지 죽을 뻔했으니."

"그런 말 하지 마. 친구인데 구하는 게 당연하지."

"그래? 친구여서 구해준 거냐?"

나의 본성을 안다면 너도 구해준 걸 후회할 거다. 속으로 그렇게 중얼거릴 때 오오이시가 곤혹스러운 듯 고개를 갸웃거렸다.

"음, 그렇게 야박하게 말하는 건 아닌 것 같다. 설사 물에 빠진 사람이 구조 씨였다고 해도 우리는 모두 구하려고 했을 거야. 죽어가는 사람이 눈앞에 보이면 당연히 구해줘야지."

"상대가 누구라도 구해준다고? 어떤 인간이라도?"

"기요쓰구, 왜 그렇게 예민하게 반응해. 신경 쓰지 말라는 뜻일 뿐이잖아."

지금의 나로서는 오오이시의 말을 받아들일 수 없었다. 무거운 머리를 감싸 쥐고 길게 숨을 토했다. 현기증은 여전히 가라앉지 않았다.

이시다가 침대 옆에 무릎을 꿇고 내 손을 잡았다.

"히토는 앞으로 어떻게 하고 싶어?"

나는 과연 무엇을 하고 싶은 걸까. 나도 내 마음을 전혀 알 수 없었다. 사방팔방이 꽉 막혀 있다. 도저히 이놈들을 죽일 수 없다. 그러면서도 살의를 포기하지 못하는 나는 무엇을 해야 한단 말인가.

"하시모토를 죽인 놈을 찾아내고 싶을 뿐이야. 방해하지 말아 줘."

신음처럼 중얼거리는 말이 4호실에 울려 퍼졌다.

다들 입을 꾹 다물고 서로 안색을 살폈다. 이런 판국에 일행 속에 숨어 있는 살인자를 비호해 주고 싶은가 보지. 이시다가 내 손을 힘주어 고쳐 쥐었다.

"알았어. 나는 히토를 도울게."

"안 그래도 괜찮아. 도움은 필요 없어."

"아냐, 내가 그러고 싶어."

이시다는 내 눈을 들여다보며 보조개를 만들었다. 초조했지만 안도감 비슷한 감정도 가슴에 솟아났다.

"나도 협력하겠어." 구조가 가볍게 손을 들었다. "여러분 처지에서는 소중한 친구 중에서 범인 찾기가 기분 좋은 일은 아니겠지. 하지만 나는 살인자를 겁내며 잠들기는 싫어. 배가 오는 날까지 다들 무사하길 바라니까."

8월 9일 오전 8시에 범행성명이 공개된다. 그러면 내가 가장 유력한 용의자로 지목될 텐데, 이제는 그 혐의를 부인할 방법이 없다. 그렇다면 경찰이 이 해상 코티지에 도착하기 전에 내 힘으로 범인을 찾아내는 수밖에 없다.

남은 시간은 앞으로 나흘과 7시간. 남의 힘을 빌리기는 정말 싫지만 지금은 그런 배부른 소리를 할 처지가 아니다. 무슨 수단을 써서라도 해결해야 한다.

우라이, 가란, 다케우치, 오오이시 네 명은 여전히 범인 찾기에 소극적인 모습이지만, 조사를 방해할 생각도 없어 보였다. 그들은 한두 마디 나눈 뒤 각자 방으로 흩어졌다. 오오이시는 돌아다보며 "기요쓰구, 너무 무리하진 마"라고 말했다.

구조와 이시다는 방바닥에 책상다리를 하고 앉고 나는 침대에 앉은 자세로 수사회의가 시작되었다. 새삼스럽지만 옷을 벗고 있기가 거북해서 마른 옷으로 갈아입었다.

이시다가 입을 열었다.

"실은 구조 씨가 히토 옆을 지키는 동안 우리가 따로 모여 서로의 알리바이를 확인해 봤어요. 바비큐가 끝나고부터 오오이시가 료마의 부재를 알아차릴 때까지 각자 무엇을 하고 있었는지를요."

"오, 알리바이 조사를 했다고?" 구조가 감탄했다. 나도 적지 않게 놀랐다. 우라이와는 달리 이시다는 진심으로 범인을 찾아내려고 하는 듯했다.

"우선 우드테라스에서 자기 방으로 돌아간 순서를 분명히 하고 싶어서 기억을 되짚어 보았는데, 제일 먼저 테라스를 떠난 사람은 우라이였어요. 개는 원래 초저녁잠이 많아요. 란코가 불러낼 때까지 푹 자고 있었던 것 같은데, 알리바이는 없어요. 다음으로 료마와 히토, 그리고 구조 씨가 테이블을 떠났어요. 그게 아마 21시 20분 정도였을 거예요."

이시다는 무의식중에 주머니 속의 백 엔짜리 라이터를 꺼내려고 했던 것 같은데, 구조가 비흡연자라는 점이 떠올라서인지 그냥 손을 뺐다. 그 일련의 동작을 보기만 했는데 나 역시 담배가 피우고 싶어졌다.

"히토는 오오이시가 소리 지를 때까지 계속 방에 혼자 있었지? 구조 씨는 뭘 하셨죠?"

구조는 혼자 섬을 산책하고 있었지만, 설명하기가 귀찮은 듯 "방에 혼자 있었어"라고 짐짓 시치미를 뗐다.

"그리고 나, 란코, 오오이시, 다케우치가 10분쯤 수다를 떨었고, 얘깃거리가 금방 떨어져서 각자 방으로 돌아갔어요."

"테라스에서 헤어진 뒤 같이 행동한 사람은 없었던 거군?"

"네. 각자 자기 방에서 시간을 보냈던 것 같아요."

하시모토의 사망 추정 시각은 테라스 테이블에서 사람들이 흩어진 21시 반에서 오오이시가 하시모토의 방을 찾아간 22시 10분 사이. 40분 정도로 시간 폭이 매우 좁지만, 확실한 알리바이가 있는 사람은 한 명도 없었다. 즉 누구에게나 범행 기회가 있었던 셈이다.

"히토 군과 이시다 씨는 하시모토 군을 증오할 만한 짐작 가는 사람 없나?"

"살인 동기보다 알리바이나 물증을 추적하는 편이 범인에게 접근할 수 있는 더 확실한 방식 아닐까요?"

내가 의문을 제기하자 구조는 고개를 저었다.

"물론 증거가 중요하지만, 우리가 지문이나 DNA 같은 걸 검출할 수도 없잖아. 아마추어가 제일 먼저 생각해야 할 것은 '누가 하시모토 군을 죽이고 싶어 했을까'겠지."

타당한 주장이다. 다만 나 이상으로 하시모토에게 원한을 품은 사람이 누구일지 짚이는 바가 없었다.

"톡 까놓고 묻겠는데, 무슨 갈등은 없었나?"

"없었어요. 적어도 내가 알기로는 그래요."

"누가 누구에게 홀딱 반했다거나?"

내가 차가운 눈길로 구조를 쳐다보았다. 구조는 "아, 미안, 미안" 하고 건성으로 사과했다.

"하지만 사실 그룹 안에서 커플이 생겼네 헤어졌네 하는 이야기는 흔할 텐데."

이시다가 나섰다.

"우리 사이에는 정말 그런 일 없었어요. 오오이시가 란코를 조금 좋아하기는 하지만."

"그럼 히토 군과 이시다 씨는 사귀는 거 아니었나?"

지금 농담하나. 내가 입술을 일그러뜨리자 이시다가 쓴웃음을 지었다.

"남녀가 친하다고 연애로 가는 건 아녜요. 물론 자주 대화하는 사이는 맞지만 히토와 나는 정말 아무것도 아니에요. 애초에 나는 애인이 있고요. 우라이 동생과 사귄 지 오래됐어요."

"그렇군" 하고 구조는 물러섰다.

"그럼, 금전에 얽힌 갈등은 어때? 그리고 보니 하시모토 군은 살해되기 전에 오오이시 군과 따로 만날 약속을 잡았었지. '단둘이 얘기하고 싶다. 중요한 이야기가 있으니까 22시에 네 방으로 갈게'라고 말이야. 그거, 돈 빌려 달라는 얘기였을 가능성은 없나? 그 자리에서는 오오이시 군도 '중요한 이야기'가 뭔지 짐작 가지 않는다고 말했다지만, 얼버무렸던 건지도 모르지."

"물론 료마는 돈이 없는 친구지만, 걔한테 삥 뜯긴 적은 한 번도 없었어요. 오오이시도 누구한테 빌려줄 만큼 넉넉한 편은 아니고요."

"이시다 씨에게는 부탁하지 않았어도 오오이시 군에게는 선배라는 위치를 이용해서 손을 벌린 적 없었나?"

"선배니 후배니 하지만 우리는 위아래 없이 그냥 친구로 지냈어요. 료마가 오오이시를 상대로 돈을 갈취하다니, 상상할 수도 없어요."

"그렇군. 뜻밖인걸. 여러분 이야기를 종합해보면 하시모토 군은 고등학교 시절에 꽤 불량했던 것 같은데."

이시다가 목소리를 살짝 낮추었다.

"누구나 한때 그러지 않나요?"

"정도의 차이 아닐까. 내가 아는 친구 중에선 불량하다는 녀석들도 신나 같은 건 흡입하지 않았어."

"료마의 그런 행동은 그때부터 다들 알고 있었어요. 알면서 어울렸던 거죠. 이제 와서 우리 사이에 금이 가는 원인이 될 수는 없어요."

"하지만 히토 군한테는 오늘까지도 숨겼지?"

아픈 데를 찔렸는지 이시다는 입을 다물었다. 구조가 지적한 대로 하시모토가 신나나 환각제를 흡입했다는 사실은 오늘 저녁 소동이 있기 전까지 히토 기요쓰구에게는 모두 함구해 왔었다.

"그걸 알면 환멸을 느낄까봐 그랬지? 친구들 사이에 꺼림칙한 기분을 공유한 상태로 트러블이 전혀 없었다고는 생각하기 힘든데?"

구조가 손톱 깨무는 소리가 신경에 거슬린다. 그에게는 남의 영역에 흙 묻은 발로 들어와 마구 헤집어놓는 성향이 있는 듯하다. 사건을 조사하는 입장에서는 그런 신랄함이 도움이 되는지 모르지만, 비밀을 감춘 처지에서 당하면 죽을 노릇일 것이다.

"뭐, 동기는 일단 젖혀두기로 하지."

구조가 화제를 바꾸자 이시다는 보란 듯이 안도하는 표정을 지었다.

"가장 큰 수수께끼는 역시 밀실이야. 열쇠를 방 안에 둔 채 어떻게 문을 잠갔는지 도무지 알 수 없지만, 아마 꽤 번거로운 일이었을 거야. 굳이 밀실로 만든 이유가 있을 텐데."

"추리소설 같은 걸 보면 범인은 '피해자 말고는 아무도 방에 들어갈 수 없었으니 자살이 틀림없다'라는 생각을 유도하려고 굳이 밀실을 만들기도 하죠. 하지만 료마의 경우는 명백히 타살이니까…… 자살이라면 그렇게 끔찍한 모습이 될 리 없죠."

발견될 당시의 사체 상태를 떠올리고 말았는지 이시다가 말을 잇지 못했다. 대신 내가 입을 열었다.

"범인은 시간을 벌고 싶었던 게 아닐까요? 밀실로 만들어 발견을 늦추면 사체 상태를 변화시킬 수 있겠죠. 사망 추정 시각의 폭을 조금이라도 더 벌리려고 했는지도 모릅니다."

"하지만 우리 중에는 검시가 가능한 사람이 없잖아. 의사나 간호사가 있다면 어떻게든 추리할 수 있을지 모르지만."

객실 상황을 보면 범인의 의지와 관계없이 문이 우연히 잠겼을 가능성은 낮아 보였다. 입구에 문열기를 방해할 만한 물건은 놓여 있지 않았고, 오오이시와 내가 문이 확실히 잠겨 있는 것도 확인했다. 범인은 뭔가 목적이 있어서 밀실 상황을 만들었던 것이다.

"구조 씨는 어떻게 생각하세요?"

구조는 고개를 살짝 갸웃거렸다.

"실리는 없었는지도 모르지."

"아무런 메리트도 없는데 굳이 밀실을 만들었을까요?"

"증거 은폐를 위해서라든지 용의자 후보에서 벗어나기 위해서라든지 그런 알기 쉬운 실리를 꾀한 것처럼 보이지는 않아. 무슨 의식 같은 것은 아닐까. 놀이나 상징, 혹은 우리에게 공포를 주려고? 의식일지 모른다고 생각한 이유는 밀실 상황 때문만이 아냐.

얼굴을 뭉개놓는 것도 모자라 혀까지 자른 것도 마치 어떤 매뉴얼에 따른 것처럼 보여. 집념마저 느껴진다고."

"집념……."

5년 전의 끔찍한 기억이 선명하게 살아났다.

경찰이 신고를 받고 출동했을 때 기다 선배는 상가의 빈 점포에 갇혀 있었다고 한다. 구조를 청하지도 못한 채 문이 잠긴 어두운 점포 안에 웅크리고 있는 수밖에 없었던 것이다.

하시모토 패가 과거에 저지른 죄를 그대로 재현하려고 한 것이라면 밀실 상태도 혀 절단도 상징적인 요소로 볼 수 있다. 뱃속에서 분노가 부글거린다. 그날의 범행 현장을 본따 밀실 살인을 저지르다니, 하시모토를 단죄하려던 걸까? 그 역할을 맡아야 할 사람은 나다. 구조는 무릎을 탁 치며 힘차게 일어섰다.

"현장을 검증하러 가볼까."

나는 반사적으로 고개를 들었다. "1호실을 조사하는 겁니까?"

"그래. 밀실 살인이 일어난 방에 가보면 뭔가 힌트가 보일지도 모르지. 하시모토 군 사체도 더 자세히 살펴보고 싶고."

구조를 따라 일어섰다. 평형감각은 여전히 정상이 아니어서 바닥을 딛자 다시 현기증이 일어났지만 이시다가 재빨리 부축해준 덕분에 넘어지지는 않았다. 구조와 이시다의 부축을 받아 수건이 감긴 왼다리를 끌며 4호실을 나섰다.

"1호실을 밀실로 만드는 방법은 몇 가지 있겠지. 이 코티지에서 일어난 살인의 경우, 가능성은 크게 보자면 세 가지."

랜턴 불빛을 흔들며 구조가 말했다.

"첫째, 범인이 룸 키를 실내에 둔 채 문을 잠글 수 있는 모종의 장치를 만들었을 가능성을 생각해볼 수 있어. 문 자체에 뭔가 장치를 만들어두고 룸 키 없이 혹은 룸 키 대용품으로 잠글 수 있게 해두는 거야.

둘째, 룸 키를 집어넣거나 빼낼 수 있는 틈이 객실 어딘가에 있어서, 밖에서 문을 잠근 뒤 룸 키만 실내에 넣어두었을 가능성. 사람은 출입할 수 없고 열쇠만 외부에서 안에 집어넣는 방법이 있었는지도 모르지.

셋째, 1호실에 비밀 통로가 있었을 가능성. 이곳에 여러 번 와 본 코티지 관리인으로서는 부정하고 싶은 가능성이지만."

"네 번째 가능성도 있어요. 범인은 밀실 밖에서 하시모토를 죽였는지도 모릅니다."

"문을 사이에 두고 안면을 엉망으로 짓이기고 혀까지 절단하는 풀 오토메틱 장치라도 사용해서? 히토 군은 상상력이 풍부하군."

1호실 앞에 도착한 우리는 먼저 문을 살펴보았다. 열쇠구멍에 뭉개진 흔적은 없는지, 문과 바닥 사이에 부자연스러운 틈은 없는지 살펴보았지만 오오이시가 도끼를 휘둘러 생긴 손잡이 옆의 구멍 말고는 눈에 띄는 홈이 없었다.

이시다가 자못 유감스러운 듯이 눈살을 찌푸렸다.

"문 자체에는 아무 흔적이 없네요. 첫 번째 가능성은 사라졌어요. 문을 잠그고 룸 키만 안에 넣어둔다는 두 번째 가능성은?"

"글쎄. 우드테라스 쪽에 창문이라도 있다면 그곳으로 던져 넣을 수 있겠지만, 이 코티지에는 창문이 바다 쪽으로만 나 있어."

1호실 앞을 걸으며 열쇠를 실내로 던져 넣을 만한 틈은 없는지 찾아보았지만, 실외에서 실내로 통하는 구멍은 환기구 정도밖에 없었고, 거기에도 후드가 달려 있어서 룸 키를 넣을 수 있을 것 같지 않았다.

문득 떠오르는 게 있어서 이시다를 불러 세웠다.

"그러고 보니 베란다 문은 열려 있었잖아. 거기로 열쇠를 넣을 수는 없었을까?"

"발코니에서 열쇠를 넣는다고? 하지만 발코니에는 난간이 있어서 우드테라스에서는 발코니로 갈 수가 없어."

"테라스에서 지붕을 타고 발코니로 넘어가 실내에 열쇠를 던져 넣은 뒤 다시 지붕을 넘어서 테라스로 돌아오는 거지."

룸 키는 창가 바닥에 떨어져 있었다. 지붕을 타고 발코니로 건너간 범인이 창가에 던져 놓은 거라면 말이 된다고 생각했지만 이시다는 난색을 표했다.

"지붕을 넘는 거, 힘들지 않아? 이 코티지는 단층치고는 꽤 높아. 테라스에는 창틀이 없어서 기어오를 때 발 디딜 곳이 없어. 히토처럼 운동신경이 뛰어나면 가능할지도 모르지만."

"그건 나도 힘들어. 뭔가 발판 같은 게 있다면 가능하지 않을까?"

"어디 보자. 쓸 만한 발판이라면 방에 있는 의자 정도일 거야.

그 정도면 높이는 충분히 확보되겠지? 그걸 발판으로 지붕에 올라가더라도 돌아올 때 발코니에서 지붕으로 올라갈 수가 없잖아."

일리 있는 말이었다. 구조는 쓴웃음을 지었다.

"일단 방으로 들어가 볼까? 안에서 뭔가 나올지도 모르지."

실내의 입구 바닥이 젖어 있었다. 아마 다케우치가 이 자리에서 구토를 하고, 누가 치운 듯하다. 그리고 바닥에 쓰러져 있던 사체는 이미 침대에 눕혀져 있었다.

"누가 하시모토를 옮겼지?"

시선을 던지자 이시다가 난처한 표정으로 말했다.

"아까 히토가 자는 동안 우리가 옮겼어."

"살해 현장을 함부로 훼손하다니."

"그렇지만 그냥 두면 너무 불쌍하잖아."

침대로 다가가니 역시 하시모토 특유의 니코틴 냄새와 피비린내가 섞여 몹시 불쾌해졌다. 벌써 부패취가 감도는 것 같았다. 에어컨이 없는 코티지에 사체를 방치해두면 빠르게 부패할 것이다.

구조는 관리인동에서 가져온 일회용 비닐장갑을 끼고 사체를 만지며 살펴보았다. 턱을 잡고 입을 벌려 입속을 관찰하는데 옆에서 이시다가 입을 열었다.

"사후경직이란 게 아마 턱관절부터 시작된다죠? 이참에 료마의 턱을 바로잡아줄 수 없나요? 벌어진 입을 그냥 두는 건 불쌍해요."

살해 현장을 함부로 훼손하지 말라고 했잖아. 곁눈으로 노려보지만 이시다에게는 반성의 기미가 없었다. 구조도 그녀의 요청을 들어주지 않았다.

"이미 틀렸어. 죽은 뒤 3시간이나 지났잖아."

흉기로 사용된 시계의 문자판을 보니 시각은 1시 반이 지나 있었다.

"하시모토 군 사체에서 뭐 알아낸 것은 없나?"

구조의 질문에 나는 침대에 맥없이 던져진 팔을 가리켰다.

"여기요. 양팔에 끈 모양의 찰과상이 남아 있습니다."

반소매 티셔츠를 입어서 팔꿈치 조금 위쪽에 남아 있는 찰과상이 또렷이 보였다. 팔뚝 안쪽에는 자국이 없는 걸 보면 밧줄 같은 것으로 몸을 묶은 탓에 팔뚝 바깥쪽에만 자국이 남은 것처럼 보인다.

"듣고 보니 정말 밧줄로 몸이 묶였던 것 같은 흔적이군."

구조는 고개를 몇 번 끄덕였다.

"범인은 바비큐가 끝난 뒤 하시모토 군의 방으로 가서 들어서 자마자 때렸겠지. 그때 측두부에 치명상을 입힐 수 있었어. 그리고 하시모토 군이 깨어날까 봐 두려웠는지 깊은 원한을 풀기 위해서인지는 몰라도 몸을 밧줄로 묶어 움직이지 못하게 해두고 시계로 안면을 집요하게 때린 거야."

"흉기로 사용한 시계는 그대로 놔두었는데 하시모토를 묶었던 밧줄은 왜 현장에서 치운 걸까요?"

"다시 이용하려고?"

범인은 사람을 더 해칠 계획이란 말인가. 너무나 불온한 가능성이지만, 아니라고 단언할 수도 없었다.

"이시다 씨, 또 뭐 알아낸 거 없어?"

"글쎄요…… 저어, 구조 씨는 료마가 바비큐 때 입었던 옷을 기억하세요? 니코짱 마크가 있는 그 옷."

"아, 그러고 보니 그런 옷을 입고 있었지. 하시모토 군이 의외로 귀여운 옷을 좋아하는군, 하고 생각했던 게 기억나. 어? 그럼 지금 입고 있는 이 옷은?"

다른 티셔츠였다. 컬러는 비슷하지만 한가운데 프린트되어 있는 디자인이 달랐다. 아랫도리는 흔한 청바지였다.

"료마는 우리와 헤어진 뒤 옷을 갈아입은 것 같군요. 자기 전에 편한 옷으로 갈아입었을 뿐인지도 모르지만, 잠자리에 청바지는 조금 불편하지 않나요?"

나도 아까 그의 티셔츠를 보았을 때 같은 의문을 품었었다. 바비큐 뒤 오오이시와 만나기로 약속했다는데, 그때를 위해 티셔츠만 갈아입었다고 보기는 부자연스럽다. 옷을 갈아입어야 하는 사정이 있던 걸까.

그리고 또 하나 납득이 되지 않는 점이 있었다.

"하시모토의 짐이 없어."

1호실에 하시모토의 짐이 아무것도 없었다. 정확히 말하면 빈 페트병과 포장을 뜯은 껌이 침대 옆에 놓여 있지만 하시모토가 가져온 메신저백 같은 커다란 짐은 사라지고 없었다.

"범인이 내다버린 걸까?" 구조가 말했다.

"어디로요?"

"그야 바다겠지."

구조는 베란다 문을 통해 발코니로 나가 난간을 자세히 살펴보았다. "여기 긁힌 자국이 있군."

난간 위쪽에 가로로 대는 덮개 같은 부재에 긁힌 자국이 남아 있었다.

"범인은 하시모토 군의 메신저백을 발코니에서 바다로 던져버린 거야. 난간 위에 메신저백을 올려놓을 때 거기 달려 있던 금속 장식에 난간이 긁힌 건지도 몰라."

그러고 보니 하시모토의 메신저백에는 용도를 알 수 없는 금속 장식이 많이 달려 있었다.

"하시모토가 범인에게 불리한 뭔가를 가져온 걸까요?"

"그럴 가능성도 있어. 하지만 가방을 바다에 버린 이유를 모르겠군. 버리고 싶은 물건만 버리면 됐을 텐데."

비바람은 멎었고 간조 시간인 오전 4시까지는 조위가 계속 낮아질 것이다.

바다에서 바라볼 때 해상 코티지 중앙에 있는 1호실 왼쪽에 오오이시의 2호실이 있고 오른쪽에 관리인동이 있다. 양쪽 객실의 발코니를 번갈아 보며 거리를 가늠해보았지만 역시 3미터는 떨어져 있었다.

"옆 객실에서 건너갈 수 없는지 생각하고 있나?"

"네. 출입문에다 뭔가 수를 쓸 수는 없었을 테니까 바다 쪽에서 침입했을 가능성을 생각하고 있는데, 옆 객실 발코니에서 뛰어 건너는 것도 불가능하겠네요."

"그럼 룸 키는 어떨까. 룸 키에다 뭔가 장난을 쳤을 가능성 말이야."

"제가 1호실 창문 밑에서 발견한 룸 키 말이군요. 그걸 발견했을 때는 별거 없었는데요."

"숙박동 열쇠에는 방 번호를 새긴 목판이 달려 있어. 우리는 열쇠 자체가 아니라 그 목판을 보고 몇 호실 열쇠인지 판단해. 범인이 목판을 교체했다면 '1호실' 목판이 달려 있는 다른 방 열쇠를 우리가 1호실 열쇠로 판단했을 가능성이 있어. 그럴 경우 진짜 1호실 열쇠는 범인 손에 있으니까 범인은 아무 어려움 없이 밖에서 문을 잠가 밀실을 만들 수 있었겠지."

즉시 발코니에서 방으로 돌아와 책상 위에 있는 룸 키를 살펴보았다. 이시다가 목판을 집어 들고 살펴보았지만 목판과 열쇠는 링으로 단단히 연결되어 있었다.

"링이 엄청 튼튼해요. 펜치가 있다면 절단할 수 있겠지만, 링이 끊어져 버리면 다른 열쇠로 교체도 못하겠죠."

일단 열쇠구멍에 룸 키를 꽂아서 확인해 보니 여닫는 데 아무 문제가 없었다. 밀실 안에 떨어져 있던 열쇠는 틀림없는 1호실 열쇠였던 것이다.

이러저러한 가능성을 두고 토론하고 있는데 뒤에서 목소리가 들렸다.

"잠깐 얘기 좀 할까?"

어둠 속에서 불쑥 나타난 사람은 우라이였다.

"조사 중에 미안해. 안에 들어가도 될까?"

"뭐 상관은 없지만, 무슨 일인데?"

"무슨 일이 있는 건 아니고, 료마의 명복을 빌어주지 못해서. 꽃이라도 공양하고 싶어."

우라이는 오른손에 아다시마 산책로에서 꺾어 온 듯한 들꽃을, 왼손에 투명한 유리병을 안고 있었다. 양손이 그런 상태여서 안경은 손등으로 밀어 올렸다. 가만 보니 왼손에 있는 유리병은 우라이가 구마모토역에서 구입한 구마모토 스카이사이다 빈병이었다.

나는 역에서 보았던 장면을 떠올렸다. 먼 옛일처럼 느껴지지만 우리가 신칸센을 타고 구마모토에 도착한 때는 바로 어제였다.

JR구마모토역에 도착하여 버스 승강장으로 걸어갈 때였다. 우라이는 신칸센 개찰구를 나서자마자 자석에 이끌리듯 선물가게로 다가가 현지 특산품 사이다를 발견하고는 "이건 꼭 사야 돼!" 하고 말했다. 짐이 느니까 사지 말라고 하시모토가 말했다. 평소에는 하시모토가 매사 멋대로 행동하는 편이었는데 어제는 달랐다.

——사지 말라니까. 마시고 남은 빈병은 어떡할 거야. 버릴 데도 없을 텐데.

──웬 잔소리. 빈병은 씻어서 가져올 거야.

새빨간 사이다 병을 들고 웃던 두 사람의 윤곽이 점차 희미해져간다.

들꽃을 꽂은 구마모토 스카이사이다 병이 침대 사이드테이블에 놓였다. 우라이는 침대에 누운 사체 앞에 무릎을 꿇고 한참을 합장했다.

"다른 사람들은 뭐 하고 있어?"

그렇게 묻자 우라이는 눈물을 훔치며 일어섰다.

"아마 자고 있을 거야. 문단속 잘하고 자라고 해두었어."

"그래?"

"응. 미안하다."

"뭐에 대한 사과야?"

"모르겠어. ……미안해."

우라이는 다시 한 번 침대를 본 뒤 문으로 걸어갔다. 그리고 다시 돌아보며 말했다.

"벌써 2시야. 히토도 그만 자고 내일 계속하면 어때."

8월 5일 10시 8분

왼다리의 상처에 열감이 있어서 거의 밤새 침대에서 끙끙거렸다. 쉬 잠들지 못하는 것은 평소와 마찬가지였지만, 통증 때문에 잠들지 못하기는 처음이었다. 해가 뜨고 나서야 까무룩 잠들어 3시간도 못 자고 깨어났다.

시각은 10시가 지나 있었다. 일단 바깥 상황을 확인하려고 객실을 나섰다.

4호실 문을 여는 순간 밖에는 피부를 바작바작 그을릴 듯한 언짢은 공기가 팽팽하게 흐르고 있어서 묘하게 두근거렸다. 우드테라스가 왠지 어수선했다. 4호실의 대각선 방향에 있는 오오이시의 방 앞에 모두들 모여 있었다.

왼다리를 신경 쓰며 2호실로 다가갔다.

"무슨 일 있어?"

이시다가 가란의 작은 어깨를 안고 입술을 바르르 떨고 있었다. 모두들 침통한 표정인데 구조만이 탐색하는 눈초리로 주위를 찬찬히 관찰하고 있다. 일행을 헤치고 나가 보니 다케우치가 주저앉아 울고 있었다.

2호실에 들어서는 순간 어지럽혀진 실내가 보였다. 침대가 많이 비뚤어져 있고 테이블과 의자도 문앞에 쌓인 상태였다. 그 안쪽에 오오이시가 있었다.

오오이시는 오른쪽 옆구리를 바닥에 댄 채 쓰러져 있다. 그는 이사업체에서 일하는 사람치고 체격이 호리호리하다. 그 몸이 방 한가운데 뒹굴어 자는 것처럼 쓰러져 있었다.

"이봐, 유. 일어나."

대답이 없다. 자느라 못 일어나는 거라면 깨워주려고 어깨로 손을 뻗다가 움찔하며 멈췄다. 뒤통수가 무참하게 깨져 머리카락 사이로 하얀 뼈가 조금 들여다보였다. 정면으로 돌아가 주저주저 안면을 살펴보니 많은 좌멸창座滅創 강한 힘으로 피부가 압박받아 생기는 흔적으로, 부종이나 멍이 나타난다과 타박 흔적이 있었다. 오오이시는 이미 숨이 끊어진 뒤였다.

옆에는 커다란 스테인리스 수통이 떨어져 있었다. 주인은 분명 오오이시일 텐데, 수통 바닥에 빨간 페인트를 칠한 듯 많은 피가 묻어 있다. 흉기로 쓰인 게 틀림없다.

타살이다. 오오이시도 살해되었다.

말은 물론이고 비명도 나오지 않았다. 머릿속이 소용돌이치고 있었다. 머릿속 영사기가 오오이시와 처음 만나던 때를 멋대로 비추어낸다.

3년 전 나는 오오이시가 이사업체에서 일한다는 사실을 알고 곧장 그 업체의 아르바이트에 응모했다. 면접을 볼 때 '직장에서는 외가 성을 사용하고 싶다'고 부탁했다. 이사업체 알바는 잠깐 하고 마는 학생이 대부분이어서 장기간 일하겠다고 하면 업체 측에서도 반가워한다. 그래서 알바생의 소소한 요구에 융통성 있게 응해준다. 덕분에 가명을 사용하기는 놀랄 정도로 쉬웠다.

그렇다. 오오이시는 동갑내기 알바생인 나를 직장에서 만나 어쩌다 친해졌다고 믿었겠지만 나는 놈들과 인연을 맺을 작정으로 그에게 접근했던 것이다.

현장 인력은 기본적으로 그날그날 달라지기 때문에 오오이시와 한 조로 편성되기까지는 두 달이 필요했지만, 친해지는 데는 시간이 걸리지 않았다. 내 신분을 알면 계획을 눈치챌 수도 있으므로 오오이시에게는 가짜 신분을 말해주었다. 도쿄 출신이며 최근 오사카로 이주한 탓에 아직 이 지역에 익숙하지 않은 대학생이라는 설정이었고, 오오이시는 곧이곧대로 믿었다.

결코 잊지 못할 추억이 있다. 추억이라는 달달한 단어하고는 어울리지 않는 일인지 모르지만.

9월 초의 그날은 영업소에 들어설 때부터 사원들의 분위기가 좋지 않았다. 안 그래도 이사철이어서 영업소에 긴장감이 흐를 때였다. 우리에게 할당된 현장은 외국인용 셰어하우스였고 작업원은 세 명. 40대 고참 사원이 팀장이고, 젊은 오오이시와 알바생인 내가 보조를 맡았다.

젊은 여성 네 명이 공동으로 생활하는 집이었다. 고참 사원은 의뢰인들이 일본어에 서툴다는 사실을 알고 돌변하여 그녀들 앞에서 자주 비열한 말을 일삼았다. 듣기 괴로웠지만 영업소에는 상명하복 분위기가 있었고 상하관계도 엄격해서 나는 괜한 갈등을 피하기 위해 모른척하고 있었다. 그러자 오오이시가 점심시간에 입을 열었다.
──선배, 그런 말은 그만하시죠.

오오이시는 트럭 뒤로 끌려가 팀장에게 얻어맞았다. 팀장은 "사과해!"를 연발했지만 오오이시는 결코 고개를 숙이지 않고 말없이 서 있었다.

그래도 나는 오오이시를 동정하지 않았다. 나는 그가 싫었다. 못 견디게 증오했다. 범행성명을 써놓고 독약을 준비해서 죽이고 싶었을 만큼.

범행성명이 공개되면 하시모토뿐만 아니라 오오이시의 죽음도 나의 범행이 될 판이다. 그러나 그 죄는, 그 죄만큼은 떠맡을 수 없다.

나는 오오이시 유를 죽이지 않았다.

"유가 왜 살해된 거지?"

누구에게랄 것도 없이 물었지만 아무도 대답하지 않았다. 2호실 문 앞에 모여서 몸이 굳어 있는 일행은 모두 슬픔에 잠겨 있었다.

"전혀 모르겠어. 제발 부탁이니까 뭐든 나한테 숨기는 게 있으면 말해줘."

이자들에게 직접 듣고 싶었다. 내가 그렇게 부탁하자 이시다가 입을 열려고 했지만 그 전에 우라이가 끼어들었다.

"숨기는 거 없어. 아무것도!"

아무것도 없지는 않을 텐데. 추궁하고 싶은 마음을 꾹 참고 오오이시의 사체를 내려다보았다.

새삼 살펴보니 오오이시의 얼굴은 무수한 열상과 멍이 있고 퉁퉁 부었지만 누구인지 못 알아볼 정도로 손상되지는 않았다. 누구인지 알아볼 수 있어서 더욱 슬펐다.

사체는 건드리지 말아야 한다는 걸 알면서도 가란이 "방바닥에 그냥 두는 건 불쌍하다"고 말했다. 후두부에 깊은 상처가 있어서 침대에 모로 뉘어놓기로 했다. 오오이시와 범인이 다툰 흔적인지 벽에 붙어 있었을 침대가 방 가운데로 나와 비스듬히 놓여 있었다.

"오오이시 군은 이 방에서 살해된 게 분명해. 의자와 테이블뿐만 아니라 침대 위치까지 비뚤어져 있었으니 꽤 격렬하게 다툰 것 같군."

구조는 비닐장갑을 끼고 사체의 입가를 만졌다. 역시 턱은 억지로 크게 벌려져 있고 혀는 잘려 있었다. 뒤엉킨 생각의 끈을 풀어내듯 구조가 거침없이 말하기 시작했다.

"후두부 좌상이 직접적인 사인일 거야. 흉기는 오오이시 군의 스테인리스 수통. 함몰 골절이 일어날 만큼 강력한 타격을 바로 뒤에서 당한 것 같군. 후두부 상처만으로도 충분히 치명상이었을 텐데 사체는 더 심하게 훼손되어 있어. 머리를 때려 깨뜨린 뒤 안면을 여러 번 때리고 혀를 절단했겠지. 하시모토 군 경우와 거의 같은 패턴이지만 혀가 절단된 양상이 조금 다르군."

구조가 권하는 대로 사체의 입안을 들여다보니 꽃잎처럼 활짝

퍼진 단면이 보였다. 칼로 단숨에 절단했다기보다 마치 손으로 잡아뜯어낸 듯 불규칙하게 찢어진 단면이었다.

"간밤에 우라이 군의 제안으로 식칼을 전부 없앴으니까 범인은 혀를 절단할 도구를 준비하지 못했을 거야."

구조는 평소 버릇대로 손톱을 깨물려고 손을 입으로 가져갔지만 비닐장갑을 끼고 있음을 깨닫고 손을 내렸다.

잠시 사체를 관찰하고 우리는 2호실을 나왔다. 테라스 벤치에 모두가 앉자 구조의 주도로 오오이시의 사체를 발견한 경위에 대한 청취 조사가 이루어졌다.

"최초 발견자는 다케우치 군이지?"

다케우치는 얌전한 표정으로 고개를 끄덕였다. 평소의 언변은 어디로 사라지고 완전히 주눅이 들어 있었다.

다케우치가 깨어난 시각은 8시 반 지나서였다고 한다. 간밤에 늦게까지 깨어 있었는데도 일찍 일어나 방에서 혼자 시간을 죽이고 있었다. 일행을 만나면 하시모토의 죽음을 말하지 않을 수 없을 것 같아 객실 밖으로 나가지 않았다.

그러나 아무 소리도 없는 객실에 장시간 앉아 있자니 우울해졌다. 9시 반경 일단 누구 목소리라도 듣고 싶어 방을 나온 다케우치는 옆 2호실——오오이시의 방으로 가서 문손잡이를 돌려보았다. 간밤에 "오늘밤은 조심하자" "문단속 단단히 하고 자"라고 서로 격려했는데 이상하게도 문이 잠겨 있지 않았다. 덜컥 겁이 나 방으로 뛰어 들어가 보니 오오이시의 사체가 있었다는 것이다.

"당장 사람들을 부르러 가려고 했지만 다리에 힘이 풀려버렸어요. 바닥에 주저앉아 있는데 가란이 와줬어요."

가란이 이어서 설명했다.

"나도 친구들 상태를 확인하려고 밖으로 나온 참이었어요. 2호실 문이 열려 있어서 이상하다 생각하고 안을 들여다보니 다케우치가 주저앉아 있고 오오이시는 그런 상태로…… 혼란에 빠져 있는데 구조 씨가 와주셔서 구조 씨에게 다케우치를 부탁하고 우선 지아키를 부르러 갔어요. 지아키를 데리고 2호실로 돌아오니 우라이도 일어나 테라스로 나왔어요. 마지막으로 히토를 부르러 가려고 하는데 마침 히토도 방에서 나왔던 거예요."

문이 잠겨 있지 않았다면 1호실 같은 밀실 상태는 아니었던 것이다. 사체 발견 당시의 상황을 파악했으니 조사 내용은 각자의 알리바이로 넘어갔다.

"히토 군, 이시다 씨, 나 이렇게 세 사람은 심야 2시 반 지나서까지 하시모토 군 사건을 조사했어. 2시경에 우라이 군이 하시모토 군에게 꽃을 공양하러 왔는데, 다른 사람들은 몇 시경에 잠을 잤지?"

여기에는 우라이가 대답했다.

"히토를 살펴보러 갔다가 테라스에서 잠시 이야기를 나누었지만, 1시 반이 되기 전에 다들 자기 방으로 돌아갔습니다. 물론 오오이시도요. 그 뒤로는 각자 방에서 보냈습니다."

오오이시가 간밤에 일행과 헤어져 자기 방으로 돌아간 시각이

1시 반. 다케우치가 사체를 발견한 시각이 9시 반이라면 사망 추정 시각의 폭이 너무 넓다. 1시 반 이후 각자의 행동을 확인해도 완전한 알리바이를 댈 수 있는 사람은 한 명도 없었다.

"간밤에 료마가 살해된 뒤 우리는 문단속 철저히 하자고 서로 주의를 주고 헤어졌습니다. 범인은 어떻게 방에 침입할 수 있었을까요."

가란이 납득할 수 없다는 듯이 말하자 구조가 대답했다.

"이건 어디까지나 내 생각일 뿐이지만, 범인은 오오이시 군의 방에 침입한 게 아니라 평소처럼 자연스럽게 방문했을 거야."

"오오이시가 범인을 방으로 들였다는 건가요?"

"그래. 오오이시 군은 살인이 일어날 줄은 생각도 못했던 게 아닐까. 밤중에 찾아온 친구를 의심하며 돌려보내기는 어려웠을 거야."

범인은 당신들 사이의 신뢰를 이용한 거지. 구조가 미소 지으며 그렇게 말하자 마음이 한층 무거워졌다. 특히 이시다는 당장이라도 죽을 것 같은 얼굴이었다.

"시체 옆에 있던 오오이시의 수통이 흉기였나요?"

"아마도. 그게 왜?"

"어제 바비큐가 끝나고 각자 방으로 돌아갈 때 오오이시가 깜빡하고 테이블에 수통을 놔둔 것 같아요."

이시다가 아웃도어 테이블의 상판을 만지며 눈물 어린 목소리로 탄식했다.

"어쩌면 범인은 '네가 놔두고 간 수통 가져다주려고 왔다'고 하며 오오이시 방으로 들어갔는지도 몰라요."

커다란 스테인리스 수통을 안고 2호실 문 앞에 서 있는 범인의 모습을 상상해보았다. "오오이시, 너 이거 깜빡했지?" 하며 웃는 낯으로 노크하는 범인은 이시다의 얼굴인 것 같기도 하고 우라이 같기도 하고 가란이나 다케우치 혹은 나 같기도 했다.

*

알리바이 확인은 일단 끝났지만 오후 이후에도 구조, 이시다와 함께 계속 조사했다. 피투성이 사체 두 구가 망막에 각인된 탓에 점심 먹자는 소리는 아무도 하지 않았다.

방으로 돌아가 혼자가 되기 두려운지 다케우치, 가란, 우라이 세 사람은 테라스에 남아 말없이 트럼프를 했다. 간밤과는 딴판으로 날씨가 쾌청하여 눈부신 여름햇살이 우드테라스를 쨍쨍 달구었지만, 이렇게 맥 빠지는 카드게임은 본 적이 없다. 구마모토로 가는 신칸센 안에서는 그토록 열렬했던 카드게임도 이제는 꿈만 같았다.

우리는 다시 2호실로 향했다. 방 안에 가득한 습기와 열기와 피비린내를 조금이라도 없애려고 문을 절반쯤 열어놓았다.

구조는 기어다니다시피 하며 바닥이나 목재 벽면까지 샅샅이 살펴보고 "혈흔이 별로 없네……" 하고 중얼거렸다. 오오이시가 쓰러져 있던 곳에만 피가 고여 있을 뿐 그밖에 눈에 띄는 혈흔은 없었다.

"오오이시 군의 후두부 좌상은 특히 처참했어. 두개골이 함몰될 정도였으니 아마 때리는 순간 피가 많이 튀었을 거야. 그런데 벽이나 바닥에 혈흔이 많지 않아. 마치 이 방이 범행 현장이 아니었던 것처럼."

"아까는 오오이시와 범인이 다툰 흔적이 있으니 범행 현장은 2호실이 틀림없다고 했잖아요."

"그렇게 생각했었는데…… 으음."

고민하던 구조가 혈흔 문제는 잠시 젖혀둔 채 다른 것을 조사하기로 했다. 그가 다음으로 관심을 기울인 것은 2호실에 있던 오오이시의 배낭이다. 하시모토의 메신저백은 1호실에서 홀연히 사라졌지만 오오이시의 물건은 방 안에 그대로 남아 있는 것 같았다.

구조는 비닐장갑을 새로 끼고 오오이시의 짐을 뒤지기 시작했다. 갈아입을 옷, 수건, 세면도구 같은 일용품만 보이다가 배낭 바깥 주머니에서 스마트폰이 나왔다.

"아아, 역시 잠겨 있네. 오오이시 군 비밀번호가 뭘까, 짐작 가는 숫자 없나?"

오오이시의 생일, 전화번호 뒷번호 4자리도 입력해 보고 그밖에 짚이는 숫자를 떠오르는 대로 입력해 보았지만 어느 것도 통하지 않았다. 남은 배터리는 15퍼센트. 배터리는 오늘 중으로 바닥날 것이다. 스마트폰을 옆에 두고 다시 배낭 속 물건들을 끄집어내는데 밑바닥에서 완충되어 있는 보조 배터리가 나왔다.

이시다가 "아" 하는 소리를 흘렸다.

"그 배터리, 내가 사용해도 될까요?"

구조에게 보조 배터리를 받아든 이시다는 자신의 스마트폰에 연결하고 카메라 앱을 띄웠다.

"살해 현장을 촬영해두려고요. 일단은 급한 대로 우리가 만지고 있으니까 나중에 경찰에 제대로 된 상황을 보여주려면 기록을 남겨두어야 할 것 같아서요."

적절한 판단이다. "좋은 생각이야." 구조도 엄지를 세워 보였다.

"1주일이나 지나면 사체 상태도 변할 테니까. 카메라는 배터리를 많이 소모하니까 당장 촬영해두자고."

오오이시의 엉망이 된 안면, 후두부의 좌상, 어지럽혀진 실내 등 이시다는 방 안의 모든 장소를 스마트폰으로 촬영했다. 구조는 사진에 찍히지 않으려고 구석에 가만히 서 있었다.

카메라 촬영을 마치고 "다음은 료마의 방을 촬영하자고" 하며 2호실을 나가려고 하는데 절반쯤 열린 문 너머에서 말다툼하는 소리가 들렸다. 서둘러 우드테라스로 나와 보니 다케우치가 뭐라고 말하며 벤치에서 일어서는 참이다. 입술을 바들바들 떨면서 맞은편에 앉은 가란을 노려보고 있었다.

"왜 그래?"

그렇게 묻자 가란은 "아무것도 아냐" 하고 기계적으로 대답했다.

"내가 다케우치를 의심하고 있다고 해서 다케우치가 화를 냈을 뿐이야."

"그야 당연히 화가 나지!"

다케우치가 테이블을 주먹으로 치는 바람에 상판에 있던 카드가 날아올라 바람에 날려 바다 쪽으로 날아갔다. 요란하게 분노를 표하는 다케우치와는 대조적으로 가란은 팔짱을 끼고 먼 데를 노려보고 있었다. 가란 옆에 앉아 있던 우라이가 굳은 표정으로 끼어들었다.

"다케우치, 제발 침착해. 가란, 너도 불안한 것은 이해하지만 이제 그만해."

"우라이도 다케우치가 수상하다고 생각하잖아."

가란이 담담하게 말을 이었다.

"어제 료마의 사체를 발견했을 때를 다들 기억할 거야. 오오이시가 료마의 방 앞에서 큰 소리를 냈고 나와 지아키가 그 소리를 듣고 테라스로 나왔지. 그러니까 이 코티지는 방음이 잘 안 되는 곳이야. 오오이시가 방에서 범인과 싸웠다면 격렬하게 싸우는 소리가 다른 방에도 다 들렸을 텐데, 바로 옆방에 있던 다케우치가 아무 말이 없어. 이상하잖아?"

오오이시의 2호실은 코티지 중앙에 있어서 양쪽에 숙박동이 있다. 테라스에서 보면 오른쪽에 하시모토의 1호실, 왼쪽에 다케우치의 3호실이 있다. 이미 죽은 하시모토를 제외하면 옆방에 있던 다케우치는 비명이나 시끄러운 소리를 들었을 거라고 가란은 주장하는 것이다.

다케우치가 소리쳤다.

"정말 아무 소리도 못 들었다고 몇 번을 말해!"

"싸우는 소리도 못 들을 만큼 깊이 잠들었다고? 료마가 죽었는데 용케 잘도 잤네. 우리들 중에 살인범이 있다는데도!"

"제발 부탁이니까 두 사람 모두 그만해."

우라이가 끼어들어도 다케우치의 분노는 진정되지 않았다. 다케우치가 발을 구르며 가란에게 다가갔다.

"란코, 사람을 그렇게 의심하는 걸 보니 네가 뭔가 켕기는 게 있구나?"

"내가 오오이시를 죽였다는 거니? 나랑 오오이시가 싸웠다면 방 안이 엉망이 되기도 전에 결판이 났을 거다."

가란은 도발적으로 웃고는 다케우치의 모자를 휙 낚아채어 바닥에 던져버렸다. 챙 밑에 자수된 로고 마크가 얼핏 보였다. 다케우치의 얼굴이 금세 빨갛게 물들었다.

나는 재빨리 다케우치와 가란 사이로 끼어들었다. 구조도 다케우치의 어깨를 잡고 두 사람 사이를 물리적으로 벌려놓았다. 이시다는 가란을 뒤에서 꼭 안고 슬픈 목소리로 말했다. "란코, 왜 이래."

가란은 이시다의 말을 무시하고 거친 목소리로 말했다.

"확실하게 대답해!"

다케우치를 노려보며 날카롭게 쏘아붙였다.

"증명하란 말이야! 네가 료마와 오오이시를 죽이지 않았다는 것을. 나도 우리들 중에 범인이 있다고는 생각하고 싶지 않아!"

*

가란과 다케우치의 말다툼은 각자 애써 숨겨온 의심을 또렷이 드러냈다. 결국 그날의 조사 활동은 흐지부지 끝났다.

아다시마에 도착하고 꼬박 하루가 지났다. 섬 바깥의 생활 감각을 잃을 만큼 정신적 피로가 쌓이고 있었다.

20시가 지나서 이시다가 찾아올 때까지 나는 방에 혼자 있었다. 조심스러운 노크 소리에 화들짝 놀랐다.

"히토, 안 자니?"

"무슨 일이야."

"문 좀 열어봐. 사건 얘기를 하고 싶어."

문 앞에 다가가 잠시 망설였다. 밤에 쉴 때는 반드시 문단속을 하고, 친구가 찾아와도 안으로 들이지 않는다는 암묵적인 양해가 있었다.
"미안하지만 방에 들어오게 할 수는 없어. 돌아가 줘."
문 너머에서 이시다의 불만어린 목소리가 들려왔다.
"아무 짓도 안 해. 애초에 내가 히토에게 맞설 수도 없잖아."
문을 살짝 열어보니 이시다는 양손을 가볍게 올리고 그 자리에서 빙글 돌아 보였다. 무기를 숨긴 것 같지는 않았다. 나는 한숨과 함께 그녀를 방으로 들였다.
내가 가져온 회중전등을 간밤에 바다에 빠뜨렸기 때문에 내 방에는 조명이 없었다. 이시다의 랜턴식 회중전등을 테이블에 놓자 그제야 주위 물건들이 어둠 속에서 윤곽을 되찾았다. 우리는 침대에 나란히 앉았다.
"잠이 안 와?"
"이 시간에 잠이 올 리 없잖아, 21시도 안 되었는데."
"무슨 얘기를 하려고?"
"아다시마에 도착해서 지금까지 일어난 사건이라든지, 우리가 알아낸 것들을 메모해 보았어. 히토가 잠깐 봐줘."
이시다는 바지 뒷주머니에서 작은 수첩을 꺼냈다. 늘 가지고 다니는 합성피혁을 씌운 다이어리 수첩이다. 내가 수첩에 끼워둔 만년필을 쳐다보자 "만년필 정도는 괜찮잖아. 별로 날카롭지도 않으니까"라고 변명하는 투로 말했다.
"사진에 설명글을 남겨두면 나중에 경찰에게 조리 있게 설명할 수 있을 거야."

이시다는 페이지를 팔랑팔랑 넘기며 보여주었다. 이 섬에 도착할 때 나눈 대화, 해상 코티지의 상태, 그리고 살해 현장 상황까지 시간 순서대로 잘 정리되어 있었다. 메모 말미에 '알 수 없는 것'이라는 항목을 만들고 의문점을 조목조목 기록해 두었다.

알 수 없는 것
1) 범인은 료마의 방을 어떻게 밀실로 만들었을까.
2) 범인은 왜 밀실을 만들었을까.
3) 범인은 왜 료마의 짐을 처분했을까.
4) 료마는 왜 옷을 갈아입었을까.
5) 왜 다케우치는 오오이시와 범인이 싸우는 소리를 듣지 못했을까.

내가 메모를 진지하게 읽어나가는 동안 이시다는 담배를 피우기 시작했다. 어두운 방 안에 작고 빨간 담뱃불이 이시다의 옆얼굴을 희미하게 비추었다.
"히토도 피울래?"
"들큼한 향은 싫어."
"달지 않은 것도 있어."
"피울 기분이 아냐."
폐는 니코틴을 원하지만 마음은 아니었다. 이시다는 오렌지향이 나는 달콤한 숨을 토하며 가만히 말했다.

"그러고 보니 어제 히토가 방에 기절해 있을 때 오오이시에게 라이터를 빌려달라고 했었어. 오오이시는 히토를 구하려고 바지를 입은 채 바다로 뛰어드는 바람에 라이터가 젖어서 불이 켜지지 않는다고."

"⋯⋯그래?"

"료마와 오오이시의 사체가 입을 벌리고 있는 게 마음에 걸렸어. 그렇게 두는 건 불쌍해."

"할머니 장례 때 들은 이야기인데, 여름에는 사후 경직이 이틀 정도면 풀린대. 여기에는 에어컨도 없으니까 아마 더 빨리 풀릴 거야. 그때 입도 다물려 줄 수 있겠지."

"그렇다면 다행인데."

"그래도 배가 오기 전에 두 사람의 사체는 부패하고 말겠지만."

"진짜 최악이야."

이시다의 목소리는 습기를 머금기는 했지만 침울하게 가라앉지는 않았다. 우리는 고인을 그리워하며 사건의 의문점에 대하여 의견을 나누었다.

"'알 수 없는 점'에 뭐 추가하고 싶은 거 없니?"

"추가라기보다 이 마지막 문장, 고쳐야 하지 않을까?"

'왜 다케우치는 오오이시와 범인이 싸우는 소리를 듣지 못했을까.'

"다케우치는 '들리지 않았다'고 증언했을 뿐 그 말이 사실인지 아닌지는 알 수 없잖아. 사실 가란이 의심하는 것도 당연해. 혹시 다케우치와 오오이시가 2호실에서 싸웠던 건 아닐까?"
"뭐랄까, 목에 잔가시가 걸려 있는 기분이야."
이시다가 입을 삐죽거렸다.
"다케우치만이 아냐. 2호실과 가까운 방에 있던 우라이 역시 아무 소리도 듣지 못했다고 하는데, 이상하잖아. 커다란 소리가 '여기까지는 반드시 들리고, 이 거리부터는 절대로 들리지 않는다'는 식으로 단언할 수 있는 게 아닌데. 애초에 2호실에서 정말로 난투극이 있었는지, 나는 그 점을 의심하고 있어."
"그렇군. 나도 분명히 간밤에 거의 깨어 있었지만 특별한 소리는 듣지 못했어. 한번 시험해 볼까?"
침대를 가볍게 두드려 보이자 이시다는 "무엇을?" 하고 의아한 눈빛으로 쳐다보았다.
"가구 위치까지 바뀔 정도로 어지러워진 2호실 상태를 재현하는 거지. 소리가 어느 정도나 전해지는지 검증할 수 있을지 몰라."
"좋아, 해보자."
벽에 붙여둔 침대는 의외로 무거웠다. 둘이 호흡을 맞춰 침대 다리를 끌어당기자 드드드득 하는 둔탁한 마찰음이 났다.
"이상한데."
이시다는 "그렇지?" 하고 득의양양하게 턱을 내밀었다.
어느 숙박동이나 가구와 비품의 위치는 똑같다. 즉 오오이시의 방도 침대는 벽에 붙여 두었을 것이다. 침대를 움직이려면 힘주어 다리를 끌어당겨야 한다.

"의자나 테이블은 자빠뜨릴 수 있겠지만, 난투 와중에 침대가 비스듬하게 움직이는 상황은 상상하기 힘들어. 이건 커다란 소리가 나느냐 안 나느냐 이전의 문제야."

"그럼 오오이시와 범인이 실은 2호실에서 싸웠던 게 아니라는 거야? 범인은 오오이시를 죽인 뒤 일부러 방 안을 어질러 놓았다는 건가? 무엇 때문에?"

"그러고 보니 구조 씨도 2호실에 혈흔이 너무 적다고 했었지? 혹시 진짜 살인 현장은 따로 있고 2호실을 범행 현장처럼 꾸며놓은 건지도 몰라."

이시다는 입술을 움직이며 새로 발견한 사실을 메모에 추가했다.

1) 범인은 료마의 방을 어떻게 밀실로 만들었을까.
2) 범인은 왜 밀실을 만들었을까.
3) 범인은 왜 료마의 짐을 처분했을까.
4) 료마는 왜 옷을 갈아입었을까.
5) ~~왜 다케우치는 오오이시와 범인이 싸우는 소리를 듣지 못했을까.~~

2호실은 실은 범행 현장이 아니었다?

두뇌 회전이 빠르고 통찰력과 판단력도 뛰어난 이시다는 내가 복수를 계획할 때도 가장 경계해야 할 존재였다. 서툴기 짝이 없는 나의 연기가 들통 나지 않을까 늘 조마조마했는데, 함께 살인 사건을 조사하고 보니 매우 든든하다. 분하지만 헛발질만 하는 나보다는 이시다가 훨씬 냉정하다.

그때 이시다의 배에서 꼬르륵 소리가 났다. 이시다는 "못 들은 걸로 해줘"라며 몸을 웅크렸다.

"뭘 새삼스럽게 부끄러워하냐."

"부끄럽네. 료마와 오오이시가 죽었는데 이렇게 식욕이 왕성하다는 거, 너무하잖아."

"살아 있는 사람인데 어쩔 수 없지."

돌이켜보면 지난밤부터 아무것도 먹지 않았다. 내가 가져온 비스킷을 주자 이시다는 말없이 입안에 넣었다. 보고 있자니 나도 식욕이 발동해서 거의 하루 만에 위장에 고형물을 넣었다.

"목마르네. 뭐 마실 것 없을까."

"넉살도 좋아."

나는 방 한쪽에 밀어둔 아이스박스를 끌어당겨 페트병 2개 중에 개봉하지 않은 쪽을 집어 들었다. 이시다는 "나, 그 주스 좋아해" 하고 반긴다.

"사이즈가 애매하네. 2리터? 1리터?"

"1.2리터야. 마셔."

"고마워. 입 대고 마셔도 돼?"

내가 내민 주스를 이시다는 스스럼없이 꿀꺽꿀꺽 마신다. 똑같이 생긴 다른 병에는 치사량의 수십 배나 되는 비소가 들어 있는데, 참 태평하다고 생각했다.

"잘 마시네. 독이라도 들었으면 어쩌려고."

비아냥거리듯 말하자 이시다는 당혹감을 드러냈다.

"독? 왜? 나는 특별히 히토를 의심하진 않아."

"이 섬에 살인자가 있는 건 확실하잖아."

"그거야 알지. 하지만 히토는 뭔가 다르다고 생각해."

"무슨 근거로."

"딱히 근거 같은 건 없지만. 히토는 아무리 궁지에 몰려도 누굴 해치거나 하지 않아."

상대방이 똑바로 쳐다보니 아무래도 거북해진다. 짐짓 손목시계를 들여다보니 22시가 지나고 있었다.

"근데 잠은 잘 자니?"

이시다가 불쑥 내 얼굴로 손을 뻗어 눈 밑에 생긴 다크서클을 매만졌다. 나는 몸이 굳어버렸다.

"전부터 생각했던 건데, 히토는 혹시 불면증이니?"

"전혀 못 자는 건 아냐. 많이 자지는 못하지만 새벽에 두어 시간은 자고 있어."

지난 몇 년간 제대로 잠을 이룬 적이 하루도 없었다. 한낮에 갑자기 의식을 잃듯 곯아떨어지곤 하지만, 그럴 때는 대개 악몽을 꾸었다.

"그게 바로 불면증이야."

잠을 자려고 애쓸수록 뇌가 깨어난다. 그러면 담배가 피우고 싶어져서 침대에서 나온다. 니코틴이 수면을 방해하는 걸 알지만, 요즘은 잠들지 못해도 상관없다고까지 생각하게 되었다.

"그럼 오늘밤은 계속 이야기나 하자." 이시다는 아주 가벼운 투로 말했다. "히토가 졸릴 때까지 내가 같이 있어 줄게."

잠자코 고개를 끄덕였다. 긴장으로 굳었던 몸이 그제야 조금 풀어지기 시작했다.

"범인의 살해 동기 말인데."

"응."

"하시모토는 '중요한 이야기'가 있다며 유와 따로 만날 약속을 잡았었지. 하시모토에 이어 유까지 살해됐다는 건 그 '중요한 이야기'와 관련이 있는 게 아닐까?"

"그러니까 가령 범인이 료마에게 뭔가 약점이 잡혔고, 료마가 그 비밀을 오오이시에게 흘리려고 하자 범인이 살인을 결단했다는 식으로? 하지만 오오이시에게 비밀을 전하기 전에 료마를 죽였으니까 오오이시까지 죽일 필요는 없었을 텐데?"

"만에 하나를 대비해서 확실하게 처리한 건지도 모르지. 하시모토가 무슨 이야기를 하려고 했는지, 이시다는 혹시 짐작되는 거 없어?"

"전혀. 나는 정말 아무것도 몰라. 다만……."

"다만?"

"담배를 빌리려고 했을 뿐인지도 모르지."

이시다는 생각난 듯이 새 담배를 물었다.

"료마는 금연 중이라고 했어. 하지만 걔가 지금까지 금연에 성공하는 걸 본 적이 없어. 우리 앞에서 금연 선언까지 해버렸으니 오오이시에게 몰래 몇 대 달라고 부탁하려던 거 아닐까? 오오이시는 착하니까 친구들에게 말하지 않을 거라고 생각하지 않았을까."

물론 그냥 억측이지만, 하고 이시다는 자신 없게 말했지만, 헤비스모커 하시모토라면 충분히 가능한 이야기였다.

"그렇다면, 유는 왜 살해된 거지……?"

하시모토는 번번이 문제를 일으켰고, 그 사건에서도 주모자였으므로 패거리 가운데 누군가에게 깊은 원한을 샀다고 해도 이상할 것은 없다. 그러나 오오이시는 인간관계를 제법 균형 있게 가져가는 편이다.

이시다가 보랏빛 연기를 토하며 말했다.

"오오이시는 료마의 사체를 제일 먼저 발견한 사람이야. 어쩌면 그때 뭔가를 목격한 걸지도."

새로운 가능성을 들으니 가슴속에 잔물결이 인다. 1호실로 달려갔을 때는 하시모토를 제외한 모두가 모여 있었지만, 제일 먼저 그 방에 들어갔다는 점에서는 오오이시가 최초 발견자였다.

"사체를 발견하는 순간 오오이시는 뭔가를 직감하거나 나중에 위화감을 느꼈던 것인지도 몰라."

오오이시는 하시모토의 부재를 가장 먼저 알아차린 인물이다.

도끼를 휘둘러 1호실 문을 부수고 구멍에 손을 집어넣어 잠금장치를 풀었으며, 제일 먼저 사체를 목격했다.
그는 그 밀실의 어떤 비밀을 목도하고 만 것일까?

8월 6일 3시 30분

사건에 대한 의견을 나누고, 기분을 전환하려고 이런저런 잡담도 나누느라 우리는 한숨도 자지 않았다. 오전 3시 반, 4호실 문에서 다시 노크 소리가 울릴 때까지는.

"히토, 안에 있어?"

문 밖에서 들리는 가란의 절박한 목소리에 불안한 예감이 가슴에 스멀스멀 번졌다.

나는 벌떡 일어서다가 다시 현기증이 나서 이시다가 마시다가 놔둔 페트병을 발로 차고 말았다. 배낭에서 수건을 꺼내 주스를 대강 닦고 보니 주황색 오렌지주스 색깔보다 방바닥의 검은 때가 도드라져 수건 전체가 새카매졌다. 바로 어제까지만 해도 청소가 잘 된 것처럼 보였던 방바닥이지만 눈에 띄지 않은 때가 들러붙어 있었던 것이다.

가란은 어스름한 어둠 속에 망령처럼 멀거니 서 있었다. 문이 열리고 이시다가 보이자 가란은 눈을 동그랗게 떴다.

"지아키가 왜 히토 방에 있어?"

"잠깐 얘기하고 있었을 뿐이야. 그보다 무슨 일이니?"

자꾸 손을 비비며 불규칙하게 몸을 흔드는 가란. 뭔가 심상치 않은 일이 일어났음을 직감할 수 있었다.

"또 누가 죽었어?"

"다케우치가……."

나와 이시다는 저도 모르게 얼굴을 마주보았다. 하시모토의 부재를 알아차리고 그 사체를 제일 먼저 발견한 사람이 오오이시, 어제 아침 오오이시 사체를 발견한 사람이 다케우치였다. 그리고 이제는 그 다케우치가 살해되었다.

우라이를 깨우러 갈 때, 불온한 기미를 느낀 구조가 테라스에 나타나서, 동쪽 끝의 3호실——다케우치의 방 앞에 모두 모이게 되었다. 3호실 안은 푹푹 쪘다. 처참한 사체를 보고도 이제는 누구 하나 공황에 빠지지 않았다.

다케우치는 방 한가운데 가로로 누워 있었다. 트레이드마크인 모자를 쓰고 있지 않아서 뒤통수의 상처가 잘 보였다. 역시 턱 관절이 뒤틀려 입이 벌어져 있었다.

발 쪽으로 다케우치의 모자와 피 묻은 주먹만 한 돌멩이가 뒹굴었다. 아다시마 산책로에 널려 있을 법한 돌멩이였다. 아마 그게 흉기였겠지.

이로써 세 명째다. 살인범은 사형을 면할 수 없으리라. 범행성명이 공개되는 시한이 점점 다가오고 있지만, 감각이 마비되기 시작했는지 오히려 크게 초조하진 않았다.

"다케우치는 살인을 하지 않은 거네."

가란이 애틋하게 말했다.

"범인도 아닌데 그렇게 의심했으니."

"란코, 악의가 있어서 그랬던 건 아니잖아."

이시다가 등을 쓸어주자 가란은 이시다의 어깨에 기대어 눈물을 흘렸다.

"다음은 내 차례일 거야."

"왜 그런 생각을 해?"

"료마의 사체를 발견한 오오이시가 살해되었고, 오오이시 사체를 발견한 다케우치가 살해되었어. 다음은 다케우치 사체를 발견한 나일 거야."

"우연이겠지."

우연이라고 말하지만 이시다의 목소리에도 동요가 묻어났다.

사체를 처음 발견한 오오이시와 다케우치가 연속 살해되었다고 해서 범인이 다음번에도 최초 발견자를 노릴 거라고 단정할 근거는 없다. 가령 '1호실의 하시모토, 2호실의 오오이시, 3호실의 다케우치가 살해되었으니 다음은 4호실의 히토가 살해될 것'이라는 주장과 마찬가지로 근거 없는 생각이다. 머리로는 그렇게 이해하지만 말로 표현하기 힘든 불안이 차올랐다.

가란이 다케우치의 사체를 발견한 것은 오전 3시 25분. 마침 손목시계를 확인해서 정확한 시각을 기억한다고 했다. 왜 동도 트기 전에 나왔느냐고 묻자 가란은 "그냥 잠이 깼어"라고 말했다. 테라스를 서성이다 다케우치의 방 앞을 지나가는데 문이 조금 열려 있는 것을 보았다고 한다.

"이시다 씨, 이거 촬영해 둬. 다른 사람들은 찍히지 않도록 뒤로 물러나고."

드라마에 나오는 형사처럼 구조가 지시했다. 이시다는 그가 시키는 대로 실내 상황을 스마트폰으로 촬영했다.

촬영이 끝나고 사체를 침대로 옮겼다. 안면에 열상과 멍이 많이 남아 있지만 누구인지 못 알아볼 정도는 아니었다. 첫 번째 사체에 비하면 오오이시와 다케우치의 안면 상태는 그나마 나은 편이었다. 범인이 범행을 빠르게 건성으로 해치우고 있다고 봐야 할까? 아니면 하시모토에 대한 증오가 가장 깊어서 안면을 그토록 심하게 뭉개놓은 것이라고 해석해야 할까.

구조는 비닐장갑 낀 손으로 사체의 상악을 쳐들고 거침없이 혀 상태를 관찰했다. 그의 모습이 믿음직함을 넘어 무섭기까지 했다. 앞의 두 사체와 마찬가지로 다케우치도 혀가 잘려 있고 절단면은 불규칙적이었다. 아마 범인이 지난번과 마찬가지로 피해자의 머리를 때린 뒤 혀를 잘랐을 것이다.

오오이시 살해 때와 다른 점이라면 우선 실내가 어지럽혀져 있지 않다는 것. 그리고 이번에 이용된 흉기는 돌멩이라는 점이다.

섬 어디에서나 볼 수 있을 법한 돌멩이. 흉기의 수준이 빠르게 낮아지고 있는 것 같다. 구조도 같은 생각을 하는지 "좀 더 나은 흉기가 있었을 텐데" 하고 혼잣말을 했다.

그런데 다케우치는 왜 문을 열어주고 말았을까. 간밤에 이시다를 방에 들인 내가 할 소리는 아니지만, 두 사람이나 살해된 상황에서 한밤에 찾아온 사람을 방 안으로 들이다니, 부주의하기 짝이 없는 짓을 했다.

"다케우치 군을 마지막으로 본 사람이 누구지?"

구조가 한 사람 한 사람에게 시선을 던지며 묻자 우라이가 주뼛주뼛 앞으로 나섰다.

"어젯밤 저랑 만났어요."

우라이에 따르면 20시 반경 다케우치가 우라이를 찾아왔었다고 한다.

"정확히 말하면 직접 얼굴을 보지는 않았어요. 다케우치가 제 방 앞에 찾아와 문을 사이에 두고 얘기했거든요."

"다케우치 군이 뭐라고 했지?"

"혼자 있기 무섭다고, 같이 있자고, 나는 우라이를 믿으니까 나를 방에 들여보내달라고. 하지만 저는…… 무서워서 돌려보내고 말았어요."

"다케우치 군 목소리가 분명했지?"

"네. 잘못 들었을 리가 없어요."

"그래? 그럼 다케우치는 지난밤 20시 반 이후에 살해된 거네."

이시다가 가만히 숨을 삼킨다. 나는 짐짓 자연스럽게 그녀의 팔꿈치를 건드리고 더 이상은 말하지 말라는 뜻을 전했다.

우라이의 증언이 사실이라면 다케우치는 어제 20시 반까지는 살아 있었다. 지난밤 20시경부터 내내 붙어 있던 나와 이시다는 알리바이가 있었지만, 이 사실을 밝히기는 망설여졌다.

현재 살아 있는 사람은 가란, 우라이, 이시다, 구조, 그리고 나까지 다섯 명이다. 확실한 알리바이를 얻은 나와 이시다, 살인할

까닭이 있을 리 없는 구조를 제외하면 용의자는 단 두 명이다.

후보가 좁혀졌다는 사실이 범인에게 알려지면 사태는 더 악화될 가능성이 있다. 간밤의 알리바이에 대해서는 우리 두 사람만의 비밀로 해두는 게 낫겠다고 생각했다.

"다들 컨디션은 괜찮은가?"

구조가 걱정하는 눈빛으로 일동을 둘러보았다. 우라이와 가란은 낯이 창백했다.

"나는 이번에도 히토 군, 이시다 씨와 함께 조사를 계속할 생각이지만, 그 전에 두 사람이 일단 푹 쉬었으면 좋겠어."

"저어, 구조 씨. 그거 말인데요."

이시다가 주저주저 입을 열었다.

"사건 조사에서 저를 빼주시겠어요?"

구조가 대답하기 전에 내가 그만 끼어들고 말았다. "왜 그래? 돕겠다고 했잖아?"

이시다는 "미안해" 하고 고개를 숙였다.

"오늘은 란코 곁을 지키려고 해. 모두 알겠지만 다음 표적은 란코일 테니까."

바깥은 점차 희뿌예지고 있지만 하늘은 어둠침침한 납빛 구름에 덮여 있었다. 발코니 쪽을 보니 창유리를 물방울이 톡톡 두드린다. 가랑비가 시작된 모양이다.

"왜 란코가 표적이라는 거지?"

우라이는 내면의 두려움을 감추려고 팔짱을 끼었다. 이시다가 우라이 쪽으로 몸을 돌렸다.

"어제 히토와 이런저런 이야기를 했어. 왜 료마뿐만 아니라 오오이시까지 살해되었는지를 생각해보니 오오이시가 첫 발견자여서가 아닐까 하는 가능성이 떠올랐어. 사체를 처음 발견한 오오이시만이 알아볼 수 있는, 범인을 암시하는 흔적이 남아 있었는지도 몰라. 그리고 오오이시의 사체를 제일 먼저 발견한 다케우치가 살해되었어."

"최초 발견자가 살해되고 있으니 다음엔 다케우치의 사체를 발견한 란코가 당할 거라는 말인가?"

이시다는 고개를 무겁게 끄덕였다. 란코가 두려워할 때는 "우연이겠지"라고 말했지만, 최초 발견자가 표적이 되고 있는 것은 아닐까 하는 가설은 그녀의 내부에서 확신으로 변하고 있는 듯했다.

"그거 다 억측일 뿐이잖아."

"그럼 우라이는 범인이 처음부터 오오이시와 다케우치를 노리고 있었다고 생각해? 처음부터 표적이었던 두 사람이 우연히 연속적으로 사체를 제일 먼저 발견한 걸까? 연락 수단이 끊긴 무인도에서 세 사람이나 살해되었다면 이제 우연이란 말은 어울리지 않을 것 같은데?"

우라이는 말문이 막혔다. 가란은 거칠어진 입술을 손가락으로 만지며 이시다와 일행의 대화를 숨죽이고 지켜보았다.

"두 번 일어났다면 세 번도 일어날 수 있다는 거야. 피해자에게

'최초 발견자'라는 공통점이 있다면 미리 조심하는 편이 좋다고 생각해."

이시다는 가란의 어깨를 꼭 안았다. 체구가 작은 가란과 나란히 서니 모녀지간처럼 보인다.

범인이 몇 명을 죽이려고 하는지는 짐작도 할 수 없지만, 범행이 계속될 가능성은 충분했다. 코티지에 묵는 사람을 모두 살해할 작정인지도 모른다. 구조는 말했다. "이시다 씨가 그만두겠다면 나는 말리지 않아."

결국 이시다는 조사 팀을 떠나 가란과 나란히 3호실을 나갔다.

우라이도 자기 방으로 돌아가려고 하다가 한 점을 지그시 응시한 채 심각한 표정을 지었다. 그의 시선을 따라가 보니 다케우치의 배낭이 바닥에 아무렇게나 던져져 있었다. 노란 나일론 스포츠배낭이다.

구조가 물었다. "왜? 다케우치 군의 짐이 이상해?"

"아뇨, 그냥, 기억이 났을 뿐입니다. 다케우치가 저 배낭을 사러 갈 때 같이 갔거든요. 1주일치 짐을 넣을 수 있는 배낭이 없다고 해서 지난달 말에 료마랑 저도 껴서 배낭 사러 갔었어요."

"사이가 정말 가까웠군."

"다케우치는 나를 믿어주었습니다. 그런데 내가 문도 열어주지 않고 돌려보낸 뒤 이런 일이⋯⋯."

우라이의 이야기를 조용히 듣던 구조는 무슨 생각을 했는지 다케우치의 배낭으로 다가가 거침없이 지퍼를 열었다. 유품을 조사하는 거냐고 묻자 구조는 고개를 저었다.
"우라이 군에게 유품으로 줄 만한 것이 뭐 없을까 해서."
온화한 미소를 보며 나는 입술을 꼭 깨물었다. 몹시 냉정해서 몰인정해 보이기도 하던 사람이 이렇게 불쑥 따뜻함을 드러낸다.
유품을 나눈다고 하면 거창하게 들리겠지만, 뭔가 유용한 물건이 있다면 친구들이 나눠 가져도 좋을 것이다. 휴대 식량은 모두에게 나누기로 하고, 그밖에 쓸 만한 물건은 없는지 뒤져보는데 편의점 비닐봉지가 나왔다. 안에 건전지식 보조 배터리가 들어 있었다.
우라이도 옆으로 가서 구조의 손 맡을 들여다보았다.
"이시다 씨가 오오이시 군의 배터리로 충전했었지. 우라이 군도 이걸 쓰는 게 어때?"
배터리에 우라이의 스마트폰을 연결해 보았지만 반응이 없었다. 그러고 보니 오는 길에 배에서 "그런 보조 배터리로는 택도 없어. 스마트폰을 절반쯤만 충전해도 건전지 3개가 모두 맛이 가버려"라는 이야기를 들었지.
"유감이군. 다케우치 군이 이미 다 써버렸나 봐."
"아뇨, 상관없어요. 그냥 그걸 받아둘게요."
못 쓰게 된 보조 배터리를 추억의 물건이라도 되는 양 가슴에 꼭 품는다. 우라이는 구조의 손을 지긋이 응시하고 있었다.
"대단하군요, 그거."
아무래도 비닐장갑을 말하는 듯하다.

"지문을 남기지 않으려고 하는 거군요. 나는 생각도 못했는데. 구조 씨는 정말 침착하시네요. 대단하세요."

"고맙군. 조사 성과는 없지만."

"구조 씨라면 틀림없이 범인을 밝혀낼 겁니다."

우라이는 바닥에 떨어진 다케우치의 모자를 주워들고 침대에 뉘어 둔 사체로 다가갔다. 그는 모자를 사체 가슴에 가만히 내려놓고 3호실을 나갔다.

*

빗소리는 귀 기울이지 않으면 놓칠 만큼 희미하다.

"간밤에는 다들 문단속을 철저히 하고 주변을 경계했을 텐데 범인은 어떻게 다케우치의 방에 침입했을까. 어제 20시 반에 다케우치 군이 우라이 군의 방에 가려고 제 발로 밖으로 나왔다니, 위기의식이 그 정도밖에 안 되었던 걸까."

다들 방을 나간 후에도 구조는 한동안 혼잣말을 하며 다케우치의 배낭을 뒤지고 있었다. 갈아입을 옷이나 내의처럼 부피가 나가는 짐을 전부 끄집어내고 보니 배낭 바닥에 수건이 여러 장 채워져 있었다. 그 가운데 한 장을 꺼낸 구조가 눈살을 찌푸렸다.

그가 들고 있는 수건에 적갈색 얼룩이 점점이 있었다.

"설마 피인가요?"

"아마도" 하며 구조가 수건을 쳐들어 보였다. 수건의 혈액은 이미 말라 있었다.

"누구 피일까요?"

"모르겠군. 하시모토 군, 오오이시 군, 다케우치 군 가운데 한 사람의 피겠지만. 이게 누구 피든 왜 다케우치 군 배낭에 이런 게 들어 있을까."

구조는 수건을 얼굴에 대고 킁킁 냄새를 맡았지만, 혈액형이나 DNA를 냄새로 알 수는 없다.

"피가 묻어 있으니 결국 범인이 어떤 용도로든 사용했다는 거겠지. 범인이 없애는 걸 깜빡했거나 처분할 시간이 없어서 다케우치 군의 배낭에 넣어놨거나. 이 수건에 범인의 DNA가 있을지도 몰라."

"중요한 증거품이군요."

"내가 맡아두지. 이 수건 이야기는 나와 히토 군 둘만 아는 비밀로 해두자고. 아무한테도 말하면 안 돼."

"이시다에게도요?"

"물론이지."

그때 나와 이시다는 서로의 알리바이를 증명해줄 수 있음을 구조에게 밝힐까 하는 생각이 들었다. 우리 두 사람이 범인일 수 없다는 걸 알면 구조도 얼마간 안심할 수 있을 것이고 이시다와 정보를 공유하기도 쉬워질 테니까. 하지만 이 사실은 구조에게도 알리지 않는 게 낫겠다는 직감이 들었다.

"이시다는 범인이 최초 발견자만 노리고 있다고 했는데, 구조 씨는 솔직히 어떻게 생각하세요?"

"우연이라고 말해버리면 그만이지만, 무시할 수는 없는 의견이라고 봐. 범인이 정말로 최초 발견자만 죽이는 거라면 대체 목적이 뭘까."

피 묻은 수건을 신중하게 접으며 구조는 잔잔한 바다처럼 느긋하게 말했다.

"범인은 살해 현장을 떠나려고 하다가 최초 발견자 오오이시 군이나 다케우치 군에게 얼굴을 목격 당하자 입막음을 하려고 했던 걸까? 아니, 그럴 가능성은 낮겠군. 범인을 목격했다면 당연히 우리 모두에게 범인이 누구인지 알렸을 테니까. 범인을 비호하려고 입을 다물고 있었는지도 모르지만, 오오이시 군과 다케우치 군이 모두 동일한 인물을 비호한다고는 생각하기 힘들지. 애초에 오오이시 군이 현장에 들어설 때 하시모토 군을 제외한 모두가 거기 있었으니까 현장에서 도망치는 범인을 목격할 수 있었을 리가 없어."

이시다의 수첩을 받아두었어야 했다고 후회했다. 지금 종이와 펜이 있다면 구조의 추리를 메모해둘 수 있을 텐데.

"범인을 목격한 게 아니라면, 현장에 남아 있던 시각 정보 이외의 흔적을 발견했던 건지도 모르지. 최초 발견자만이 찾을 수 있는 흔적을."

"시간이 지나면 사라지는 흔적 같은 겁니까?"

"예리하군. 그래…… 가령 냄새라든지."

구조는 자기 코를 손가락으로 가리켰다.

"향수나 샴푸나 유연제 냄새, 땀 냄새, 타고난 체취. 사람이 풍기는 냄새는 그 사람이 떠난 뒤에도 남지만 영원히 남지는 않아. 제일 먼저 들어선 사람만이 살해 현장에 남아 있는 범인의 냄새를 맡은 거야. 그런데 후각 정보는 식별이 어렵기 때문에 무슨 냄새인지 떠올리는 게 늦어져서 우리 모두에게 범인의 정체를 알리기 전에 살해되고 말았어."

"우리 중에 특별한 냄새를 가진 사람은 없습니다."

하시모토가 니코틴 냄새를 희미하게 풍기기는 하지만 누구라고 식별할 수 있을 만큼 강렬한 냄새를 풍기는 사람은 없다.

"이건 어디까지나 예로 드는 이야기지만, 가령 우리 중에 특징적인 체취를 가진 사람이 있다고 해도 범행 후에 환기만 잘 하면 그만이야. 그럼 다른 가능성을 생각해볼까. 범인은 난처한 장면을 목격당한 탓에 최초 발견자를 죽인 게 아니라 최초 발견자를 연속으로 죽임으로써 뭔가 다른 목적을 이루려고 했던 것인지도 몰라."

"다른 목적?"

"다음 표적에게 엄청난 공포를 줄 수 있지 않겠어? 최초 발견자만 죽여나가면 다음 최초 발견자는 '사체를 발견하고 말았으니 나도 곧 죽겠구나'라는 공포에 빠지겠지. 실제로 가란 씨도 공포에 질렸잖아. 예고장을 보내도 같은 공포를 줄 수 있겠지만, 연속 살인 자체에 의미를 부여해주면 종잇장에 구구절절 살해를 예고하지 않아도 '다음은 너다'라고 전할 수 있겠지."
"공포를 안겨주고 즐긴다는 겁니까?"
"이건 다 억측일 뿐이고 진짜 목적은 알 수 없지. 어쨌거나 오오이시 군과 다케우치 군이라는 최초 발견자 두 명이 살해된 지금 단계에서는 여전히 우발적 사건이라는 범주 안에 있어. 다케우치 군 사체의 최초 발견자 가란 씨까지 살해된다면 범인이 정말로 최초 발견자를 꼭 집어서 살해하고 있을 가능성이 높아지지만, 어쩌면 바로 가란 씨가 범인이고 우리가 복잡하게 생각하다가 늪에 빠지도록 유인하고 있는 건지도 모르지."
그렇구나, 하고 나는 무릎을 쳤다. 가란을 다음 표적이라고만 생각하느라 그녀가 범인일 가능성에는 생각이 미치지 못했다. 나도 모르는 사이에 시야가 좁아지고 있었던 것이다.
"가란이 범인일 경우 곁에 붙어 있는 이시다가 위험하겠군요?"
"이시다 씨가 사람들 앞에서 오늘은 계속 란코 씨 곁을 지키겠다고 선언했으니까 괜찮지 않을까. 이시다 씨가 죽으면 가란 씨가 제일 먼저 의심을 사겠지. 이런 상황에서는 감히 움직이지 못할 거야."
그렇게 말하고 구조는 입을 가리며 쿡쿡 웃었다.
"히토 군은 정말 이시다 씨를 좋아하는구나."
부정하려고 했지만 정색하는 것도 이상하겠다 싶어서 그만두었다.

 냄새 이야기 탓인지 방 안에 감도는 피비린내가 후각을 자극하기 시작했다. 3호실을 떠나 다른 방에서 얘기하자고 제안하자 구조가 두말없이 따랐다.

 "히토 군의 4호실을 쓸까? 내 방은 워낙 지저분해서."

 "뭐 상관없습니다만, 관리인동이 그렇게 지저분한가요?"

 문을 열자 우드테라스에 내리는 안개비와 멀거니 서 있는 두 사람의 그림자가 시야에 날아들었다. 이시다와 가란이었다. 두 사람 모두 머리부터 발끝까지 물에 넣었다 빼낸 것처럼 푹 젖어 있었다.

 이렇게 비가 오는데서 무엇을 하고 있을까.

 "무슨 일이야?"

 이시다가 뒤를 돌아다보며 "아무것도 아냐"라고 냉담하게 말했다. 호흡이 거칠고 눈에 살짝 핏발이 서 있다. 이시다나 가란이나 어딘지 상태가 안 좋아 보였다.

 "안에 들어가는 게 어때. 감기 걸리겠다."

 가까이 다가가니 가란의 팔에 그어진 빨간 선 같은 것이 보였다. 오른쪽 팔꿈치 조금 아래에서 손목 쪽으로 굵힌 상처자국이 세 가닥이었다. 마치 누구에게 팔뚝을 꽉 붙잡혔던 것처럼.

 "가란, 그 상처는 뭐야?"

 그렇게 묻자 옆에서 이시다가 "아무것도 아냐"라고 말을 막았다.

"우리 둘이 밖에 나가서 숲속을 걸었어. 그러다 나무에 긁혔을 뿐이야."

"그래? 함부로 돌아다니면 곤란해."

"알고 있어."

섬 숲길을 산책하다가 비를 만나 푹 젖고 말았다고 이시다는 말했다. 가란의 저지는 색이 변할 만큼 많이 젖어 있었다. 이 비는 언제 시작되었을까. 소나기라면 몰라도 이런 이슬비에 온몸이 흠뻑 젖으려면 그만큼 오랫동안 비를 맞아야 할 것이다. 두 사람이 푹 젖은 까닭은 정말 비 때문일까.

아무래도 석연치 않은 기분이 들었는데 어느새 비가 서서히 그치기 시작했다.

*

안 그래도 널찍한 테라스 테이블이 인원이 준 탓에 더 크게 느껴졌다. 동남쪽 벤치에 이시다와 가란이, 서쪽 벤치에 나와 구조가 나란히 앉고, 우라이만 일행과 거리를 둔 채 구석에 웅크리고 있다.

테이블 위에는 랜턴식 회중전등 3개가 일정한 간격으로 놓여 있다. 비는 그쳤지만 낮게 드리운 구름이 하늘을 온통 뒤덮어 달빛을 가리고 있었다.

모두 한 자리에 모여 저녁을 먹자고 제안한 사람은 구조였다.

"집에 가는 배가 올 때까지 버티기 위해서라도 한번은 모두 모여 알차게 식사를 하자고. 이럴 때일수록 말이야."

파우치에 든 치킨수프와 건빵이 인원수만큼 테이블에 놓여 있다. 첫날 무기로 쓰일 만한 물건들을 없앨 때 가스버너도 내다버려서 수프는 데우지도 못했다.

"그럼, 잘 먹겠습니다."

자리에 어울리지 않는 명랑한 구조의 목소리가 어둠에 빨려들며 사라졌다. 맞은편에 앉은 이시다는 말없이 스푼을 들고 느린 동작으로 치킨수프를 떴다.

처음 사체를 보았을 때는 너무나 충격적이어서 이대로 평생 식사를 못할 것 같다는 생각까지 했지만, 수프는 목을 타고 잘도 넘어갔다. 바로 옆에 사체가 뒹굴어도 아무렇지 않게 지낼 수 있게 되고 말았다.

구조가 말했다.

"이시다 씨와 가란 씨는 오늘 뭐 했어?"

가란은 말이 없었다. 이시다가 "거의 방에 있었어요"라고 냉담하게 대답했다.

"그래? 밤에 어떻게 할 거야?"

"란코와 같이 잘 거예요. 내 방에서."

"대단해. 서로 신뢰하는군. 어떻게 서로가 범인이 아니라고 확신할 수 있지?"

"친구니까요."

"히토 군이나 우라이 군이라면 완전히 믿지 못하지만 가란 씨라면 괜찮다는 거로군. 이게 남자 친구와 여자 친구의 차이인가."

말없이 날카로운 시선을 던지는 이시다. 어제까지와는 달리 이시다와 구조 사이에 팽팽한 긴장감이 흐른다. 구조가 얼버무리려는 듯 말했다. "미안. 자, 이제 재미난 이야기를 할까."

그건 쉽지 않을 텐데. 모두가 속으로 그렇게 투덜거리겠지만 굳이 말로 하는 사람은 없었다. 구조가 나에게 말했다.

"히토 군은 구직 활동이 끝난 참이라고 했지? 어떤 일을 하기로 했어?"

"일반 회사원이죠."

"어떤 회사?"

얼른 기억이 안 난다. 복수를 마치면 바로 자살할 작정이어서 내 장래에는 전혀 흥미가 없었다.

생각해보면 나는 과거만 응시할 뿐 미래로 눈을 돌린 적이 없었다.

"구조 씨는 이곳 출신이 아니군요."

"맞아."

"왜 구마모토로 이사한 겁니까?"

"흠, 왜일까. 도시에 지쳐서가 아닐까."

마치 남 일처럼 말한다. 구조는 피가 배어나도록 손톱을 깨물고 있었다.

"하지만 시골도 쉽지는 않아. 프라이버시 같은 게 요만큼도 없고, 적응을 하고 나서도 주위에서 싫은 소리를 듣게 되지. 히토 군은 도쿄 출신인데 오사카에 산다고 했지? 도시에서 자란 사람은 모를 거야."

"뭔가 목적이 있어서 이곳으로 옮긴 건 아닌가요?"

"하고 싶은 일 같은 거 없어. 아무것도."

구조는 자기가 먼저 재미난 이야기인지 뭔지를 하자며 시작해 놓고도 일찌감치 접어버리고 말았다. 침묵이 이어지고 있었다.

건빵 씹는 소리와 함께 오열하는 소리가 들렸다.

이시다가 굵은 눈물방울을 테이블에 뚝뚝 흘리고 가란은 스푼을 내려놓고 얼굴을 감싸 쥐고 있었다. 우라이는 눈물을 감추려고 하늘을 올려다보는 바람에 안경이 흘러내렸다.

"역시 이게 목적이었나."

구조가 중얼거렸다. 대답을 기대하지 않는 듯한 작은 목소리였다.

"한 명씩 죽여 나가서 살아남은 사람들을 정신적 궁지로 몰아넣는 거."

나는 이 상황이 기쁜가? 나 자신도 알 수 없었다.

여섯 명이 고통스러워하는 얼굴을 보고 싶었다. 몸부림치고 눈물로 용서를 구하며 죽어가는 그들의 모습을 내 눈으로 똑똑히 볼 수만 있다면 아무 후회 없이 죽을 수 있겠다고 생각했다.

지금 범인은 나의 계획보다 훨씬 가혹하게 이들에게 고통을 주고 있다. 만약 일련의 사건을 저지른 범인이 나였다면 깊이 한탄하는 이들을 바라보며 기뻐할 수 있을까?

이시다의 알리바이는 내가 알고 있으므로 가란과 우라이 가운데 하나가 범인일 것이다. 그러나 두 사람 모두 지칠 대로 지치고 슬픔에 짓눌린 모습이어서 도저히 살인범처럼 보이지 않았다. 마치 '범인'이라는 이름의 비현실적 존재가 해상 코티지를 휘젓고 있어서 우리 모두가 피해자처럼 느껴질 정도였다.

이시다의 흐느껴 우는 소리가 한층 커질 때 아무 전조도 없이 어쿠스틱 기타 선율이 테라스에 울려서 모두들 반사적으로 고개를 번쩍 들었다.

음악이 흘러나오는 곳을 찾아 이리저리 살펴보다가 테이블에 놓인 우라이의 스마트폰에 눈길이 멎었다. 스마트폰 스피커에서 귀에 익은 인트로가 흘러나오고 있었다.

"여긴 전파가 안 터진다고 하지 않았나?"

내가 묻자 우라이가 대답했다.

"물론 오프라인 상태야. 전에 적당히 다운받아서 듣던 파일들이지."

우라이가 불쑥 튼 음악은 다케우치가 좋아하는 스리피스밴드의 곡이었다. 전에 오오이시와 함께 다케우치의 집에 묵을 때 "이 노래는 너희도 들어봐야 해"하며 동영상 사이트에서 뮤직비디오를 찾아서 보여주었다. 음악에는 관심이 없지만 밝고 좋은 곡이라고 느꼈던 기억이 어렴풋하다.

"왜 지금 이 음악을?" 하고 이시다가 물었다.

"기분전환이랄까…… 다들 싫다면 끌게."

정지 버튼을 누르려는 우라이를 가란이 말렸다.

"좋아. 그냥 둬."

우라이가 나름대로 사람들을 배려하려고 틀었겠지. 억지로 대화를 시도하기보다는 말없이 히트곡을 듣는 편이 기분전환에도 좋을지 모른다. 밝은 대중음악에 몸을 맡기듯 눈을 감고 있자 흐느껴 우는 소리도 점차 잦아들었다.

네 곡 정도 들었을 때 우라이가 스마트폰을 테이블에 둔 채 일어섰다.

"어디 가려고?"

"방으로 갈래."

"왜?"

"왜긴. 배가 오려면 나흘이나 남았잖아. 그때까지 각자 방에 틀어박혀 있는 편이 좋지 않을까. 모두 한 자리에 모이는 건 오늘이 마지막이고, 지금부터는 누가 문을 두드려도 열어주지 말자."

내가 우라이의 길을 막아섰다. 왼다리가 욱신거리고 시야가 휘청거렸다. 중심을 잃고 넘어질 뻔해서 우라이가 얼른 부축해주었다.

"배가 도착할 때까지는 모두 한 방에서 지내자. 부탁이야."

"살인범 옆에 있기 싫다고 제일 먼저 바다로 뛰어들어 놓고 이제 와서 같이 지내자고? 오오이시와 다케우치가 사체를 발견한 탓에 살해된 거라면 아예 사체를 발견하는 일이 없도록 각자 방에 틀어박혀 있으면 될 거 아냐."

"그렇게 우리를 뿔뿔이 흩어놓는 게 범인의 진짜 목적일 거야."

우라이가 의아한 눈초리로 이쪽을 쳐다본다. 모두의 시선이 따가울 정도로 살갗을 찌르고 있다.

"모르겠어? 최초 발견자가 연속으로 살해되고 있다는 단순한 사실이 '사체를 발견하지만 않으면 죽지 않을 수 있다'는 바람으로 바뀌고 있잖아. 방 안에 얌전히 틀어박혀 있으면 공격당하지 않는다고 누가 정한 거야? 범인은 우리를 공포에 빠뜨려서 사체 발견과 정보 공유를 막으려고 수를 쓰는 거라고."

근거는 전혀 없었지만 말을 하다 보니 확신이 섰다. 우리의 소통을 막아서 사체가 발견되지 않도록 하려고 범인은 최초 발견자만 공격하고 있다. 그에 대처하려면 밤새, 아니 한시도 떨어지지 말고 서로가 서로를 감시하는 수밖에 없다. 지금 우리에게 필요한 것은 대화의 장이다.

"그럼 다음 사체는 네가 발견하면 되겠네."

우라이가 내 어깨를 밀어냈다. 다친 왼다리를 의식했는지 힘은 적당히 빼고서.

주인 떠난 스마트폰만 계속 음악을 내보내고 있다. 배터리 잔량 아이콘은 20퍼센트가 남아 있었다.

8월 7일 7시 15분

"나는 꼭 양자택일 상황에서 실패해."

정신없이 시선을 주위에 던지며 구조가 말했다.

"시험 얘기입니까?"

"시험도 그렇고 인생의 갈림길에 섰을 때도. 그러니까 이쪽 길은 틀림없이 꽝일 거야."

이런 상황에 그런 능청이 나오나. 항의하는 심정을 담아서 쳐다보았다.

"농담 한 마디쯤은 할 수 있잖아. 나도 지칠 만큼 지쳤다고."

여름 아침해가 땅바닥에 짙은 그림자를 만들고 있었다. 간밤에는 내내 흐렸지만, 마침내 두터운 구름 틈새로 햇빛이 떨어지기 시작했다.

아침 6시 50분경, 평소처럼 잠을 못 이룬 채 천장을 응시하고 있는데 우라이가 내 방을 찾아왔다. 간밤의 언쟁을 잊지 않았을 텐데 무슨 바람이 불어서? 곤혹스러웠다. 우라이는 "가란이……" 하고 말을 꺼내고는 뭍으로 끌려나온 물고기처럼 입만 벙긋거렸다.

──가란이 안 보인대. 같이 찾아보자.

이시다의 방에 같이 있던 가란이 이시다가 잠깐 잠든 사이에 자취를 감추었다. 가란에게 할당된 7호실은 잠겨 있지도 않은 채 비어 있었다. 하시모토, 오오이시, 다케우치의 방까지 샅샅이 살펴보았지만 사체만 침대에 누워 있을 뿐이었다.

코티지에 없다면 갈 곳은 아다시마밖에 없다. 양 방향으로 나눠서 섬 산책로를 찾아보기로 하고 이시다와 우라이가 오른쪽 숲길을, 나와 구조가 왼쪽 호안도로를 맡았다.

"가란도 죽은 걸까요?"

내가 묻자 구조는 담담하게 말했다.

"글쎄. 히토 군은 가란이 무사하길 바라나?"

"무슨 뜻이죠?"

"그러니까 자네가……."

구조는 말을 하려다가 문득 몸이 크게 휘청였다. 아스팔트 갈라진 곳에 발이 걸린 것이다. 얼른 잡아주려고 했지만 이미 늦어서 구조는 윗몸을 바닥에 찧으며 넘어졌다. 배에 충격을 받은 구조는 "억, 아파!" 하고 소리치고 분하다는 듯 혀를 찼다. 별로 심하게 넘어진 것도 아니면서 반응이 요란스럽다.

"괜찮아요?"

구조에게 손을 내미는데 뒤에서 다급한 발소리가 들렸다. 돌아다보니 우라이와 함께 숲길로 갔던 이시다가 달려오고 있었다. 고통과 비애로 가득 찬 표정이 모든 것을 말해주었다.

"찾았어?"

이시다는 고개를 떨어뜨리듯 끄덕였다. "우라이가 찾았어."

구조는 아픈 옆구리에 손을 댄 채 이시다가 듣지 않도록 작은 소리로 속삭였다.

"거봐, 꽝이잖아."

발견자가 되지 않았으니 어떤 의미에서는 제대로 선택한 셈이다.

우리는 이시다를 따라 호안도로를 되돌아갔다. 숲길로 들어가자 곧 공중전화박스가 나타났다. 그리고 공중전화박스 10미터쯤 앞에 우라이의 뒷모습이 보였다.

"여기야." 우라이가 손짓했다.

사체는 이목을 피하려는 듯 산책로 옆 숲에 숨겨져 있었다고 한다. 하마터면 그냥 지나칠 뻔했는데, 나무들 틈새로 삐져나온 다리를 우라이가 발견했다.

나뭇잎 사이로 새는 햇빛이 덤불을 비추는 곳에 가란의 랜턴이 떨어져 있다. 잡초에 묻힌 사람은 랜턴을 향해 손을 뻗는 자세로 쓰러져 있었다. 가란이었다. 숨을 쉬지 않는다.

모로 엎드린 가란은 왼쪽 절반에 흙이 묻어 있었다. 머리 오른쪽에서 흘러나온 피가 뺨을 적시고 있지만 머리의 상처 자체는 그리 깊지 않았다. 가란을 사망에 이르게 한 상처는 아마 목에 있는 절상일 것이다. 오른쪽 귀 밑에서 쇄골 쪽으로 칼자국이 나 있다. 경동맥이 잘렸는지 뿜어져나온 피로 블라우스가 새빨갛게 물들어 있었다.

코티지의 식칼은――식칼은 물론이고 접시나 컵처럼 칼 대신 쓸 수 있는 물건들은 전부 내다버린 상태이다. 내가 독을 탄 주스를 아직 버리지 않은 것처럼 범인은 흉기를 숨기고 있었던 걸까. 그러나 오오이시와 다케우치의 절단된 혀는 단면이 마치 힘으로 뜯어낸 것처럼 불규칙하게 파괴되어 있어서 칼로 절단한 것처럼 보이지는 않았다. 왜 가란을 살해할 때만 칼을 사용했을까.

가란의 사체 상태는 기존의 세 사람과는 크게 달랐다. 피범벅이라는 점을 제외하면 비교적 평온한 얼굴로 죽어 있었던 것이다. 안면은 뭉개어지지 않았다. 입안을 확인해보니 혀는 깨끗하게 잘려 있다. 역시 예리한 칼이 사용되었다.

사체 옆에 쪼그리고 앉아 있던 구조가 불쑥 고개를 들었다.

"가란 씨를 발견한 건 우라이 군이지?"

우라이는 건조한 웃음을 지어보였다.

"다음은 내 차례라는 거군요."

하시모토 방에 제일 먼저 들어갔던 오오이시가 죽었고, 이어서 오오이시의 사체를 발견한 다케우치가, 그리고 다케우치의 사체를 발견한 가란이 죽었다. 두 번 일어났다면 세 번도 일어날 수 있다. 우발적 사건이라는 범위를 넘어서, 최초 발견자가 표적임은 이제 명백해졌다.

"이시다 씨, 사진을."

구조가 말을 마치기도 전에 이시다가 말했다.

"그보다 란코를 코티지로 데려갈래요."

"침착해. 가란 씨를 위해서라도 일단은 증거를 남겨야 해."

"배터리가 다 닳았단 말예요!"

이시다가 비명처럼 외치며 스마트폰을 발밑에 내동댕이쳤다. 가란의 죽음을 받아들이지 못하는지 이시다는 전에 없이 혼란에 빠진 모습이었다.

우라이와 내가 가란을 양쪽에서 붙들어 코티지로 옮겼다. 가란은 체구는 작아도 근육질이어서 사체가 제법 묵직했다. 사체를 침대에 뉘였을 때 우리는 피와 진흙으로 범벅이 되어 있었다. 어제 내린 비로 땅바닥이 질척해져서 가란의 신발이 몹시 더러워져 있었던 탓이다.

비탄에 빠진 이시다의 울음이 7호실에 울려 퍼졌다.

"란코, 란코. 미안해, 유이 짱."

란코는 가란 유이코의 애칭이다. 얼마 전에 오오이시가 '란코 선배'라고 부르기 시작해서 어느새 별명이 자리 잡았는데, 그러고 보니 처음 만났을 당시 이시다는 가란을 '유이 짱'이라고 불렀었다.

"미안해, 유이 짱."

제발 울음을 그쳐. 나는 귀를 막은 채 발밑에 뿌리가 내린 것처럼 그 자리에서 움직이지 못했다.

7호실 목재 벽면의 미세한 균열들은 먼지로 채워져 있었다. 지금까지 보지 못한 것이 의아할 만큼 이 코티지는 꾀죄죄했다.

구조는 사체에 매달린 이시다에게 다가가 그녀의 어깨에 손을 올렸다.

"간밤에 이시다 씨는 가란 씨와 계속 같이 있었지? 그런 가란 씨가 살해되었다면, 가란 씨는 당신 눈을 피해 방을 빠져나갔거나 범인이 불러서 나간 거로군. 아닌가?"

입을 다물고 있는 이시다에게 기어코 질문을 던진다.

"잠잘 때 무슨 소리 들은 거 없나? 정말 아무것도 몰랐던 거야?"

"그쯤 해두시지."

나도 모르게 구조의 손목을 잡았다.

"이시다도 혼란에 빠져 있어요. 가혹하게 그러지 말아요."

"물어봐야 범인을 찾지."

"지금은 그만하죠."

"그래? 하긴 그건 그래."

적의가 없음을 표하듯이 구조는 양손을 얼굴 옆으로 벌리며 웃었다.

"내가 너무 배려가 없었군. 미안해, 이시다 씨."

구조는 역시 기다 선배를 많이 닮았다. 특히 방금 웃는 얼굴은 상대를 무시하고 비아냥거린 뒤 반응을 즐길 때의 그 사람 표정을 쏙 닮았다.

*

가란을 침대에 뉘여 놓은 우리는 테라스 테이블에 둘러앉아 사체를 발견하기까지의 일들을 정리해보기로 했다. 우드테라스에는 부패취가 감돌고 있었다. 첫째 날부터 방치한 사체가 부패하기 시작한 것이다.

이시다의 증언에 따르면 간밤에 그녀는 가란에게 불침번을 세우자고 제안했다. 가란이 받아들여서 2시간씩 교대로 잠을 자기로 했다고 한다. 22시부터 24시까지는 가란이 침대를 썼다. 24시부터 오전 2시까지는 이시다가, 2시부터 4시까지는 가란이, 4시부터 6시까지는 이시다가 잠을 잘 예정이었다.

가란은 분명히 오전 4시까지 이시다의 방 6호실에서 잠을 잤고, 불침번을 맡은 이시다는 옆에서 지키고 있었다고 한다. 그 뒤 이시다는 가란과 교대하여 침대에 누웠지만, 다음 번 눈을 떴을 때는 6시에 깨워주기로 되어 있던 가란이 아니라 누군가 6호실 문을 두드려서 눈을 떴다.

──란코, 이시다, 괜찮아?

우라이의 목소리였다. 안부 확인인지 모닝콜인지 우라이가 문밖에서 큰 소리로 부르고 있었다. 벌떡 일어나보니 방 안에 가란이 보이지 않았다. 이시다가 놀라서 테라스로 나가 우라이에게 상황을 알리고 수색이 시작되었다.

"그랬군. 그럼 가란 씨의 사망 추정 시각은 대략 새벽 4시부터 6시 사이인가. 이시다 씨의 증언을 믿는다면."

구조의 의미심장한 말이 이시다의 불안을 자극한 듯했다.

"지금 나를 의심하는 거예요?"

"밤새 붙어 있었으니까 정황상 이시다 씨가 가장 유력하다고 봐야겠지. 하지만 나는 바로 그런 이유로 이시다 씨를 용의자에서 제외하고 싶군."

"왜죠?"

"가란 씨 신발에 진흙이 잔뜩 묻어 있었어. 범인을 피해 도망치려고 섬 안을 죽어라 뛰었기 때문이야. 만약 이시다 씨가 범인이라면 상대를 놓치는 실수는 하지 않았겠지. 섬으로 쫓아갈 것도 없이 불쑥 덮쳐서 죽일 수 있는 기회는 얼마든지 있었을 테니까."

"그렇다면 범인은 어떻게 내가 모르게 란코를 밖으로 불러낼 수 있었죠?"

"바로 그게 문제야."

같은 방에 있는 이시다가 잠에서 깰 터이니 테라스에서 "가란, 잠깐 나와 봐"라고 부를 수도 없을 것이다.

"가란이 자기 의지로 나갔을 가능성은?" 하고 내가 끼어들자 구조는 머리를 마구 긁으며 신음하듯 말했다.

"위험을 무릅쓰고 나갈 이유가 없잖아. 하지만, 그래⋯⋯ 가란 씨가 자기 의지로 방을 나오도록 유인할 수는 있었을지 몰라. 방 안에 있기가 무섭다고 생각하면 되겠지. 가령 가란 씨가 벌레를 끔찍하게 싫어했다면, 거미나 바퀴벌레를 집어넣어서 6호실 밖으로 뛰어나오게 만들 수 있지."

우라이가 힘없이 고개를 저었다.

"란코가 그렇게 싫어하는 게 있었는지 전혀 떠오르는 게 없어요. 적어도 지아키를 놔두고 도망칠 만큼 공포에 약한 아이가 아니에요."

나는 맞은편 벤치에 앉은 우라이를 똑바로 쳐다보았다. 리더처럼 행동하곤 하던 오만한 자는 지난 나흘간 초췌해질 대로 초췌해졌다.

오오이시, 다케우치, 가란 등 최초 발견자가 연속으로 살해되는 상황에서 우라이가 새로 사체를 발견했으니, 논리대로라면 다음 표적은 우라이일 것이다. 그러나 소거법을 써본다면 범인은 우라이 말고는 있을 수 없다. 이시다와 나에게는 알리바이가 있고, 구조에게는 동기가 없다. 우라이는 자신에게 쏠리는 혐의를 희석시키려고 애써 최초 발견자인 척하는 것은 아닐까?

"우라이는 오늘 아침 왜 이시다 방에 간 거지?"

내가 묻자 우라이는 턱을 당기며 이쪽으로 시선을 보냈다.

"간밤에는 모두 한데 모여서 지내자는 제안을 거부하더니 제 발로 테라스에 나온 건, 무슨 심경의 변화가 있었냐?"

"지아키와 란코가 걱정돼서 잠깐 얼굴이나 보려고 했을 뿐이야."

"그래? 최초 발견자가 살해되는 게 맞다면 사체를 발견하는 사람이 되지 않도록 방 안에 틀어박혀 있는 게 낫잖아. 분명히 그런 말도 했었지. 배가 도착할 때까지 방에서 나오지 않겠다는 선언까지 했었잖아."

"물론 정말이지 방에서 나가고 싶지 않았어. 하지만 오늘 아침 일어났을 때 내가 숨 쉬고 있다는 사실에 안심하다가도 너희 중에 또 누가 살해된 건 아닌지 불안해서 견딜 수가 없더라. 친구 걱정한 게 그렇게 이상해?"

우라이는 주저 없이 담담하게 말했다. 내가 물러서는 수밖에 없었다.

"어제 히토는 범인이 최초 발견자만 노리는 이유가 우리를 뿔뿔이 흩어놓으려는 수작이라고 했었지."

"음."

"마냥 틀린 말도 아닌지 몰라. 하지만 이제야말로 똘똘 뭉쳐 지내는 것은 위험하다고 생각해. 범인은 가란의 목을 찌른 칼을 여전히 숨겨두고 있을 테니까."

우라이 말대로 흉기를 가진 범인을 옆에 두는 일은 목숨을 포기하는 행위나 다름없다. 모두 한 자리에 모여 있을 때 칼을 들고 날뛰기라도 한다면 힘을 합쳐도 제압할 수 없을지 모른다.

이시다도 가느다란 목소리로 말했다.

"란코도 아마 범인이 무기를 들고 있는 걸 알았을 거야. 코티지에 있어야 다른 사람들의 도움을 받을 수 있는데도 굳이 숲으로 곧장 도망쳐서 범인을 코티지에서 떼어두는 걸 우선시한 이유는 여러 명이 맞서도 감당할 수 없다고 생각했기 때문이겠지."

이야기하다 보니 마음이 차분해졌는지 이시다는 마침내 고개를 들고 개운한 표정을 했다.

"그래서, 사람들 짐을 점검해보고 싶어."

한여름 햇살이 한순간 얼어붙고 갈비뼈 사이로 찬바람이 지나가는 기분이었다. 나는 동요를 들키지 않으려고 가만히 침을 삼켰다. 밝은 우드테라스에 긴장의 실이 팽팽하게 당겨졌다.

"범인은 지금도 칼을 숨겨두고 있겠지? 각자의 방과 짐을 조사하고 그참에 몸수색도 하자. 그래서 칼이나 위험한 물건이 나오면 그 사람을 죽이는 거야."

눈빛이 미동도 하지 않는다. 이시다는 진심이었다.

"좋아. 그게 가장 빠르겠군" 하며 가볍게 호응하는 구조. 우라이도 말없이 고개를 끄덕였다.

비상종을 난타하듯 심장이 마구 뛰었다. 나는 온몸에 희미하게 땀을 흘리고 있었다.

"잠깐만. 범인이 가란을 죽이고 흉기를 바다에 던져버렸을지도 모르잖아."

"하지만, 버리지 않았을 수도 있지."

이시다는 지극히 냉정하게 대답했다.

"켕기는 게 없다면 상관없잖아. 아니면, 히토, 남들이 봐선 곤란한 물건이라도 가지고 있니?"

뇌리를 스치는 것은 독을 탄 오렌지주스. 금고에 넣어둔 작은 병, 케이블커터.

몰살할 계획이었다. 계획을 중단하지 않을 수 없는 상황으로 몰려도 그걸 버릴 마음은 들지 않았다.

"역시, 히토가 범인이었어."

그 한 마디에 머릿속이 새하얘져서 한순간 입을 다물고 만 것이 실수였다. 정신을 가다듬고 보니 바늘처럼 날카로운 시선들이 나에게 쏠리고 있었다.

"장난하나."

"이 판국에 시시한 농담을 할 거 같아?"

일동을 둘러보지만 도움의 손길은 없었다.

"히토, 아무것도 감추지 말자. 서로. 지금까지 우리는 히토에게 감추어 왔어. 이제 다 말할 테니까 히토도 사실대로 말해."

"잠깐만, 지아키, 말하지 마!"

우라이가 초조한 얼굴로 엉거주춤 일어섰지만 이시다는 묵살했다.

"우리는, 누군가를 폭행한 적이 있어."

한순간의 정적 뒤에 우라이가 "아아……" 하고 이상한 소리로 숨을 뱉었다.

꼭 쥐고 있던 주먹에서 금세 힘이 빠져나갔다.

*

"고등학교 때 료마가 권해서 딱 한 번 모두가 LSD, 그러니까 환각제라는 걸 한 적 있어."

그렇게 말하는 이시다의 말투는 의외로 명랑했다.

"죄의 무게로 차례를 매긴다면 료마 다음으로 나쁜 것은 나라고 생각해. 우라이나 란코는 망설였는데 내가 해보자고 말했거든. 방과 후 교실에서 알약을 먹고 흥분 상태에 빠지자 우리는 가까운 상가로 나갔어. 다케우치가 불꽃놀이를 하고 싶다고 해서 모두 몰려가 가게에 불을 질렀지. 나는 그때부터 흥분이 가라앉기 시작했지만 다른 친구들이 깔깔 웃고 있어서 덩달아 난동을 부렸어."

이시다는 한숨을 돌리듯 짧게 심호흡을 했다. 나는 당장이라도 입에서 튀어나갈 것 같은 말을 꿀꺽 삼켜버렸다.

"약물을 할 때는 주변 소리가 묘하게 웅웅 울리는 소리로 들리더라. 그때 란코가 뒤쪽 골목에서 무슨 소리가 나는 것을 들었어. 돌아다보니 다른 학교 교복을 입은 남학생이 휴대폰으로 우리를 몰래 촬영하고 있더군. 료마가 그 아이를 골목에서 끌어내 무섭게 때렸어."

가해자 본인 입으로 듣는 그날의 사건 이야기는 매우 생생해서 분노보다 먼저 당시의 기억이 환영이 되어 눈꺼풀에 떠올랐다.

기다 요헤이는 고등학교 때 나의 한 학년 선배이고 기숙사 룸메이트였다.

2015년 7월 16일, 그날은 서클 활동일지 기록 담당과 청소 당번이 겹치는 날이어서 나는 서클룸에 남아 잡일을 하기로 했다.

"먼저 기숙사로 돌아가세요"라는 내 말에 기다 선배는 "기다리던 만화 신간이 나왔다니까 서점에나 가야겠다"고 답했다.

내가 기숙사에 도착한 뒤에도 기다 선배는 돌아오지 않았다. 어디선가 딴짓을 하고 있겠거니 하며 처음 얼마 동안은 신경도 쓰지 않았는데, 소등 시간이 다 되어도 내가 보낸 문자에 읽음 표시가 뜨지 않아서 사감에게 보고했다.

전화를 걸어도 호출음만 이어질 뿐 기다 선배는 받을 기미가 없었다. 무슨 사고라도 난 것은 아닌지 걱정되었다. 어두운 방에서 계속 전화를 걸고 또 걸었다.

23시가 지날 즈음 병원과 경찰에서 연락이 왔다.

그로부터 2주 뒤 서클 친구들과 병문안을 갔다. 푸른 멍과 흉터투성이 얼굴을 보는 순간 아무런 말도 할 수 없었다. 기다 선배 역시 한 마디도 하지 않았다.

발견 당시 기다 선배는 혀의 3분의 2가 완전히 절단된 상태였다고 한다. 병원에 실려 온 즉시 접합 수술을 했지만 괴사가 진행되어 혀 끝부분을 잘라내야 했다. 때문에 구음장애가 남아 단어를 명료하게 발음하기 힘들어졌다. 정신적 충격이 컸던 탓인지 기다 선배는 재활에 소극적이었고 가족이나 친구 앞에서도 입을 떼려고 하지 않았다.

아마 견디기 힘들 정도로 무섭고 고통스럽고 불안했을 것이다. 그가 받은 엄청난 고통을 나는 상상도 할 수 없었다.

귀찮을 정도로 말이 많은 사람이었다. 어려운 훈련 메뉴가 나오면 기관총처럼 불평불만을 늘어놓아서 감독이 "누가 저놈 입 좀 꿰매버려"라고 소리지를 정도였는데.

그는 서점에 들렀다 돌아오는 길에 방화 현장을 목격하고 경찰에 신고하기 위해 스마트폰을 꺼냈다가 공격을 받았다. 사건 내용을 알면 알수록 나는 맹렬한 증오에 사로잡혔다.

이시다는 말했다.

"겁이 나서 도망쳤다가 이튿날 모두 자수했어. 료마가 자기 혼자서 벌인 짓으로 하고 죄를 거의 다 뒤집어썼지. 다른 사람들은 경찰에 '료마가 강요해서 할 수 없이 따라갔을 뿐이고 우리는 거의 손을 대지 않았어요'라고 말했어. 약물을 한 사실은 말하지 않고 넘어갔지. 료마는 소년원에 들어갔지만, 방조범으로 풀려난 우리는 퇴학도 안 당하고 평범한 학창생활을 보낸 거야."

나도 알아, 라고 속으로 말했다. 기록에 남아 있지 않아도 나는 너희가 저지른 짓을 알고 있어.

기다 선배의 상처는 너무나 심각해서 도저히 하시모토 료마 한 사람 짓이라고는 생각할 수 없었다. 하시모토가 보호관찰 중에 마약 및 향정신약단속법 위반으로 현행범 체포되었을 때는 묘하게 납득이 되었다. 너희가 약물을 하고 기다 선배를 린치한 사실은 알고 있었다.

"우리는 사건을 겪으며 사이가 나빠지기는커녕 죄책감 때문인지 더 가까워졌어. 반 친구들과는 다른 종류의 인간이 되어버린 기분이었어. 우리를 있는 그대로 받아들여주는 것은 이 친구들뿐이라고 믿게 된 거야. 졸업하고 각자 대학에 가거나 취직을 해도 결국 뭉치는 친구들은 늘 이 얼굴들이었어. 친구들 속에 있지 않으면 진심으로 웃을 수 없었어. 한심하지."

맞은편에 앉은 우라이의 일거수일투족이 어쩔 수 없이 시야에 들어왔다. 우라이는 머리를 감싸 쥐고 테이블에 엎드려 있었다. 콧물 훌쩍이는 소리가 들리는데, 설마 울고 있는 걸까? 울고 싶은 사람은 나다. 당장 그 목덜미를 쥐고 테이블 모서리에 쾅쾅 찧어서 눈동자를 터뜨려버리고 싶었다.

반면에 이시다는 당당했다. 인형처럼 새침한 얼굴로 속이 뒤집힐 만한 이야기를 거침없이 이어나갔다.

"대학에 들어간 뒤 오오이시가 히토를 우리에게 소개할 때는 긴장했었어. 솔직히 처음에는 서로 다른 세계에 사는 사람이라고 생각했거든. 한편 새 친구가 생기는 것도 싫지 않아서 히토를 친구로 받아들이고 싶었지. 그래서 우리는 히토 몰래 약속했었어. 히토에게는 절대로 그 사건을 말하지 않기로. 이 새로운 친구는 아무것도 알지 못하게 하기로."

이시다의 해맑은 눈동자가 그제야 나를 보았다.

"하지만 히토의 그 얼굴, 다 알고 있었던 것 같아."

"무슨 얘긴지 전혀 모르겠군."

새삼 모르는 척할 필요도 없어 보였지만, 오랫동안 시치미를 떼온 나의 입술은 내 뜻과 달리 움직였다.

"란코가 전부터 얘기했었어. 히토가 우리에게 마음을 열지 않는다고. 자기 얘기는 전혀 안 한다고. 부모형제 얘기라든가 뭘 좋아하는지, 취미는 무엇인지."

"얘기했잖아."

"그럼 묻겠는데, 히토, 축구 좋아해?"

이미 알고 있구나.

축구를 좋아하는지는 나 자신도 잘 모른다. 풋살을 취미로 즐기던 아버지의 영향으로 어릴 때부터 공을 찼을 뿐이고, 남들보다 잘해서 그냥저냥 계속해 왔다. 경기에 진심으로 임했느냐고 묻는다면 자신 있게 대답할 수 없다. 실제로 나는 복수를 위해 축구를 깨끗이 버릴 수 있었다.

"어젯밤 란코와 같이 있을 때 란코가 말해줬어. 이노우에 기요쓰구라는 이름으로 검색해보니 게이코학원 유니폼을 입은 히토 사진이 많이 뜨더라고. 꽤 강한 학교에서 축구를 했던 거라고. 그것도 프로를 지망할 정도로 잘했던 것 같다고. 왜 그만뒀어?"

"게이코학원이라면, 그 피해 학생과 같은······?"

나보다 먼저 우라이가 놀랐다. 파악하고 있는 정보의 양은 이 그룹 안에서도 차이가 있는지 우라이는 아무것도 모르는 모양이었다.

"우리를 죽이러 왔어?"

이시다는 이를 악물고 억지로 웃음을 지어보였다. 나는 각오를 굳혔다.

"죽이려고 생각했었지. 그러려고 오오이시가 일하는 곳에 들어가 너희와 가까워졌다."

"역시 그랬구나."

"하지만 이 섬에서 일어난 살인은 내가 아냐. 정말이야. 짐 수색을 망설인 건 전화선을 자른 케이블커터와 너희를 죽일 독약을 감추어두었기 때문이야."

"전화선, 자른 것은 인정하는 거네?"

"그래."

"그걸로 란코의 목도 찔렀니?"

"아니!"

안타까움에 입술을 깨물었다. 과학수사가 이루어진다면 케이블커터가 흉기가 아님이 간단히 밝혀지겠지만 지금은 증명할 길이 없다.

계속 듣기만 하던 구조가 비로소 입을 열었다.

"잘은 모르지만 너희들이 예전에 린치한 상대가 히토 군의 가족인가?"

"서클 선배였어요."

구조는 어이없을 만큼 가벼운 말투로 이시다에게도 물었다.

"이시다 씨는 언제 그걸 안 거야?"

"……어제 란코한테 처음 들었어요. 란코는 아다시마에 오기 전——여행을 떠나기 며칠 전에 료마한테 들었다고 했어요."

"뭐?" 우라이가 이마에 핏대를 세웠다. "료마는 언제부터 알고 있었지?"

"난들 알아? 다만 료마는 꽤 오래 전에 눈치챘던 것 같아."
"그걸 왜 란코한테만 알렸지?"
"란코도 갑자기 그 이야기를 듣고 놀랐다고 했어. 그래도 료마는 히토가 우리를 죽이려 한다고는 전혀 생각하지 않았대. 가명을 쓴 것도 도쿄에서 왔다고 거짓말한 것도 뭔가 특별한 사정이 있었던 것인지 모르니까 다른 사람한테는 말하지 말라고 다짐을 받았대."

하시모토의 속도 가란의 속도 알 수 없었다. 하시모토는 신분을 속인 수상한 자를 앞에 두고 무슨 생각으로 친구놀이를 계속했을까. 친구가 잇달아 살해되는데도 왜 가란은 나의 정체를 폭로하지 않았을까.

내 마음속 혼란을 읽은 것처럼 이시다가 말했다.

"어젯밤 란코에게 히토의 비밀을 들었을 때 나는 거짓말이라고 생각했어. 우리에게 보복하기 위해 몇 년간이나 친구인 척했다니, 그런 황당한 일이 어딨어. 료마와 란코가 오해한 게 틀림없다고 몇 번을 말했어. 하지만 아침에 일어나 보니 란코까지 살해되어 있고…… 우리는 모두 히토를 믿었어. 믿었는데."

"믿었든 말든 하시모토는 내가 독을 먹이기도 전에 살해되었다니까."

"그걸 어떻게 증명해. 거짓말도 하고 전화선도 끊었지만 아무도 죽이지 않았습니다, 라고 해서 아, 예, 그렇습니까, 하고 납득할 것 같아?"

이시다는 셔츠의 가슴 부분을 꼭 쥐고 있었다. 우라이는 두려운 표정을 숨기려고도 하지 않았다. 구조가 무슨 생각을 하는지는 알 수 없지만, 지금 당장 의심스러운 인물에 투표한다면 내가 가장 많은 표를 모을 것이 분명했다.

이대로는 내가 꼼짝없이 범인이 된다.

우라이가 말했다.

"내 잘못이야. 료마를 말리지 못한 내가 다 잘못한 거니까, 히토, 더는 아무도 죽이지 말아줘."

내가 죽였다는 걸 전제로 이야기가 진행되고 있지만 계속 부정해나갈 기력도 솟아나지 않았다.

나는 정체가 밝혀져서 초조했다. 그러나 동시에 묘한 고양감이 솟아나는 것을 느꼈다. 아아, 하고 탄식했다. 나는 알고 싶었다. 이놈들이 나의 원한을, 불타는 복수심을 직시하기를 늘 바랐다.

"이봐, 우라이. 꼭 한번 물어보고 싶었는데, 너희는 왜 기다 선배의 혀를 잘랐지? 어떻게 그런 끔찍한 짓을 할 수 있어?"

"아, 아냐. 우리는 그 사람 혀 자른 적 없어. 사고였어. 일부러 그런 게 아냐."

얌전한 얼굴로 '다 내 잘못'이라고 말한다 싶더니 입에 침이 마르기도 전에 '사고였어'라고? 다시는 말장난 못하도록 그 혀를 당장 뽑아버릴까.

기다 선배가 끌려들어간 빈 점포는 당시 상가에서 자재창고로 쓰는 곳이었다. 기다 선배는 잔인하게 얻어맞아 머리에서 많은 피를 흘렸다. 이마로 흘러내린 피가 눈에 들어가 시야가 거의 막힌 상태였는데도 기다 선배는 도망치려고 했다.

기다 선배가 달려간 곳에 대형 금속 접사다리가 기대어져 있었다. 그 접사다리가 불행하게도 기다 선배의 머리 위로 쓰러졌고 그 충격으로 자기 혀를 강하게 깨물고 말았다. 그러나 나는 그것을 사고라고 생각하지 않는다.

우라이는 목을 쥐어짜내는 듯한 갈라진 목소리로 말했다.

"사체의 혀를 자른 것은 똑같이 앙갚음하기 위해서냐?"

"글쎄."

"눈에는 눈 이에는 이라고들 말하지만. 이봐, 이건 너무하잖아. 사람을 죽이다니. 우리가 그 사람을 죽인 것도 아닌데."

머릿속에서 뭔가 뚝 끊어지는 소리가 났다. 전화선을 절단할 때 들었던 소리와 아주 닮았다.

기다 선배는 죽지는 않고 중상을 입었다. 지금도 살아 있다. 하지만, 그렇구나, 역시 그 정도 인식이었구나. 우라이는 당황하며 "물론 우리가 잘못한 건 맞지만" 하고 덧붙였으나 이미 늦었다.

다행이다, 너희가 반성하는 시늉조차 낼 줄 모르는 바보여서. 덕분에 나는 계속 증오할 수 있다.

"눈에는 눈 이에는 이라는 건가. 함무라비법전이나 구약성서에 나오는 탈리오——동해보복이라는 거로군."

"뭐……?" 우라이는 침착하지 못하게 몸을 앞뒤로 흔들었다.

"탈리오는 흔히 복수의 슬로건처럼 알려졌지만, 실은 피해에 대한 형벌을 제한하는 평범한 형벌사상일 뿐이었어. 가해자에 대한 보복이 피해자가 입은 손해와 동일한 정도에 그치도록, 즉 과잉 보복이 되지 않도록 제한하려는 것이었다고도 하지. 단순하고 야만적인 보복도 나쁘지 않지만 내가 형벌을 원하는 건 아냐. 너희에게 개인적 복수를 하고 싶을 뿐이야."

"무, 무슨 말을 하는 거야."

"개인적 복수라면 죄의 무게에 따라 양형을 제한할 필요도 없지. 우라이, 네 말이 맞아. 나는 당한 것 이상으로 처벌하고 싶은 거야. 내 손으로."

힘주어 상체를 내밀며 진흙 신발로 테이블을 밟고 넘어갔다. 맞은편 벤치에 내려서면서 우라이의 멱살을 잡았다.

"말조심해. 계획이 틀어져서 나도 열 받았어."

머릿속이 끓어오르고 시야가 흔들린다. 뒤에서 누가 팔뚝을 잡았다. 이시다와 구조가 함께 나를 제압하려고 했지만 개의치 않고 우라이의 목을 졸랐다. 이시다가 비명을 질렀다.

"이제 그만해. 히토가 우리를 죽이면 이번에는 우리 가족과 친구들이 히토를 원망하겠지. 히토도 복수를 당할 거야. 이런 거 그만두자, 제발."

복수가 끝없이 계속되면 많은 사람이 희생된다. 한번 발을 담가버리면 다시는 사회로 복귀할 수 없게 될 공산이 크다. 증오를 증폭시키기보다 자기 인생을 다시 바라보는 게 행복이라는 측면에서는 더 나은 길이다. 애초에 선배는 복수 따위 바라지 않는지도 모른다. 그건 안다. 이런 행위를 도덕적으로 정당화할 수 없다는 것은 처음부터 알고 있었다. 알지만 죽이고 싶었다. 나는 이제 합리적인 사고가 불가능한 상태에 있는 것이다.

복수를 바라는 것은 인간의 본능이니까.

"너희 가족들에게 그런 각오가 있다면 나는 정말 살해돼도 괜찮아. 피로 피를 씻는 복수의 연쇄가 시작되겠지. 그게 바로 내가 바라는 거다. 기왕 죽는 거라면 사이좋게 나란히 지옥으로 떨어지자."

기다 선배는 죽지 않았다. 절단된 혀도 일부는 수술로 봉합했다.

하지만 다음 시즌 J리그 구단에 입단하기로 내정되어 있던 선배는 축구를 그만두었고 고등학교도 중퇴했으며 말을 한 마디도 하지 않게 되었다.

"이봐, 평생 흉터가 남을 정도로 얻어맞은 적 있어? 산 채로 혀가 잘려봤어? 인생이 나락간 적 있어?"

수다스런 룸메이트가 떠나서 너무나 조용해진 기숙사 방에서 홀로 긴 밤을 지샌 적 있어?

이시다는 내 등에 이마를 대고 "우리가 잘못했어" 하며 흐느껴 울었다. 정말 아무것도 모르는 놈들 아닌가.

"정말 잘못했다고 생각한다면 입 다물고 죽어 줘."

*

 우라이와 이시다는 작은 소리로 소곤거린 뒤 도망치듯 각자의 방으로 급히 돌아갔다. 아마 이제 방에서 나오려고 하지 않을 것이다. 우드테라스에는 구조와 나만 남았다.
 긴 침묵이 이어지고 희미한 숨소리만 파도소리에 섞이고 있었다. 태양이 목덜미를 지글지글 데웠지만 몇 시간이나 말없이 벤치에 앉아 있었다. 졸음이 몰려오고 배에서 꼬르륵 소리가 계속되어도 그냥 앉아 있었다.
 지쳤다. 처음에는 범인을 찾아내고 말겠다고 의욕을 불태웠지만 이젠 기력이 사라지고 말았다. 담배가 피우고 싶었다.
 해가 기울기 시작할 무렵, 서쪽에서 날아드는 햇빛에 눈을 가늘게 뜨고 있던 구조가 몇 시간 만에 입을 열었다.
 "어떤 사람이었어?"
 누구를 가리키는지는 바로 알 수 있었다.
 "훌륭한 공격수였어요. 구조 씨는 축구를 좀 아세요?"
 "꽤 좋아하지."
 "그 선배는 상황 판단이나 볼 컨트롤이 뛰어났어요. 중앙공격수 밑에서 뛰어나가 치고 들어가는 섀도 스트라이커로 활약했죠. 거친 플레이가 많다는 게 옥의 티였지만."
 "선수로서의 평가가 아니라 성격 말이야."

먼 기억 속의 선배를 떠올려보았다. 결코 자상한 선배는 아니었다.

"입이 너무 가벼워서 축구부 안팎에서 종종 말썽을 일으켰어요. 그걸 후배인 내가 늘 중재해야 했기 때문에 아주 성가셨죠."

"골치 아픈 선배였군. 그런 선배였는데 대신 복수를 해주려고 하다니."

"기다 선배뿐만 아니라 축구부 선배들이란 게 대개 골치 아픈 것들이죠."

"허. 히토 군 선후배관이 꽤 전근대적이네."

"전근대적인 환경이라는 건 부정할 수 없죠. 감독이나 코치의 체벌은 당연했고, 거친 선배들한테 괴롭힘을 당하는 데도 익숙했어요. 지금 생각하면 문제 클럽이었죠. 하지만 성격이 안 좋다고 해서 린치를 당해도 좋은 건 아니잖아요."

"그런가." 구조는 씽긋 웃었다. "친했나보군."

거칠고 난폭해서 팀 동료들의 평판은 매우 나빴다. 학생기숙사에서 같은 방을 쓰게 되었을 때는 솔직히 똥 밟았다고 생각했지만, 그의 일방적인 수다를 듣는 것은 그나마 즐거웠다.

사이는 좋았다.

"구조 씨는 내가 다 죽인 거라고 생각합니까?"

"타이밍으로 볼 때 전화를 못 쓰게 만든 것이 히토 군 아닐까 의심하고 있었으니까 묘하게 후련해진 느낌이긴 해. 하지만 정말 모르겠어."

"이렇게 훌륭한 동기를 갖고 있는데도?"

"지금은 동기보다 논리로 풀고 싶군."

조사의 주안점이 크게 바뀌었다. 처음에는 범인의 동기를 알고 싶어 하며 그룹의 인간관계를 캐물었으니까.

"안개 속에서 배를 모는 것처럼 그간의 사건에는 의혹이 너무 많아. 하시모토 군의 방은 왜 밀실 상태였는지. 피해자들은 왜 범인을 방으로 불러들였는지 혹은 밖으로 불려나갔는지. 그리고 왜 사체의 최초 발견자만 당하는지. 히토 군의 비밀이 밝혀졌다지만, 그렇다고 의혹이 전부 마법처럼 풀린 것은 아니잖아."

나는 구조를 똑바로 쳐다보았다. 역시 30대로는 보이지 않을 만큼 젊은 인상이 남아 있는 얼굴이며 기다 선배와 정말 많이 닮았다. 얼굴 골격도 말투도, 그리고 성격까지도.

"구조 씨하고는 마음이 잘 맞을 것 같군요."

"그래? 반가운 말이군."

"나도 지금은 논리로 풀고 싶거든요. 범인의 동기 따위는 아무렴 상관없습니다."

구조는 의미심장하게 "흐음" 하고 고개를 끄덕여 보였다.

"구조 씨는 우리와 여기서 처음 만난 사이죠. 살인의 동기라는 점에서 구조 씨는 절대로 범인일 수 없어요. 그래서 구조 씨를 가장 신뢰해왔어요."

"지금은 신뢰하지 않는다는 건가?"

"당신을 수상하게 보고 있어요."

구조는 잠자코 마주 쳐다보았다. 망망한 눈빛에서는 어떤 감정도 읽을 수 없었다.

"나와 이시다는 서로 혐의가 없다는 것을 잘 알고 있어요. 그러니까 범인은 우라이라고 생각했습니다. 하지만 가만히 생각해보니 우라이에게는 그런 배짱이 없어요. 우라이는, 말하자면 '빨간불이라도 다 함께 건너면 무섭지 않다'는 정도의 그릇이니까."

"재미있는 고찰이군. 우라이 군이 적극적으로 악행을 저지르는 모습은 상상할 수 없다는 건가."

"그래요. 그러니까 그놈은 곧 살해될 겁니다. 범인에게 최초 발견자를 죽인다는 규칙은 절대적이죠. 우라이의 사체가 발견되는 순간 나는 당신을 범인이라고 확정할 겁니다."

"그럼, 사체의 혀가 절단된 것은 어떻게 설명할래? 그건 히토 군의 선배 사건을 재현한 것 아닌가? 가령 내가 범인이라면, 나는 왜 굳이 사체의 입을 힘들게 벌리고 혀를 잘라야 하는 거지? 자네들의 과거를 알 리도 없는데."

"그건……."

반론할 말이 없었다.

"히토 군은 그 친구들보다 나를 의심하나? 자네가 그렇게 좋아하는 선배를 린치하고도 태평하게 살아가는 그들보다 내가 더 살인에 어울린다고? 정말로 그렇게 생각하는 거야?"

구조의 말투는 변함없이 차분하지만 그 이면에는 명확한 분노가 서려 있었다.

"진짜 그렇게 생각하는 거라면 나 정말 상처받아."

드넓은 바다가 석양을 삼키고 있었다. 해상 코티지에는 죽음의 냄새가 밀물을 타고 소리없이 다가오고 있었다.

8월 8일 8시 6분

주머니에서 스마트폰이 진동했다. 발신자를 보니 화면에 '오오이시 유'라고 표시되어 있었다. 그리고 스마트폰 너머에서 들려오는 목소리는 틀림없는 오오이시의 것이었다.
〈여보세요. 기요쓰구, 지금 통화 괜찮냐?〉
"응. 무슨 일이야?"
〈내일 학교 쉬는 날이지? 나도 직장이 쉬는 날이라 내일 쇼핑할 건데, 괜찮다면 잠깐 같이 가줄래?〉
"뭘 사려고?"
〈며칠 뒤 우리 모두 란코 선배의 시합을 보러 가기로 했잖아. 그때 입고 갈 옷이 없어. 나 혼자 옷가게에 들어가긴 뭣하거든. 부탁한다.〉
란코 선배라고 말할 때 오오이시는 누가 들어도 들뜬 목소리가 된다. 나는 어이없다는 투로 말했다.
"아무거나 입으면 어때서. 어차피 가란은 아무것도 못 볼 텐데."
오오이시는 생각지도 못한 말이라는 듯 목소리를 높였다.
〈기요쓰구, 진짜 모르네. 란코 선배한테 보여주려는 게 아니라 나 스스로 기합을 넣으려는 거다.〉
"이게 남한테 부탁하는 태도냐?"

〈미안하다니까! 평생 소원이다!〉

참지 못하고 웃음을 터뜨리자 불쑥 통화가 끊겼다. 다시 걸었지만 연결되지 않고 호출음만 한참 이어졌다. 나는 어느새 다시 그 어두운 방에 있었다.

그렇게 아침 8시가 지났을 때 비단을 찢는 듯한 비명소리에 눈을 떴다. 여자의 비명소리. 이시다의 목소리였다.

4호실을 뛰쳐나가 부패취가 감도는 우드테라스로 가보니 마침 구조도 관리인동에서 얼굴을 내민 참이었다. 이시다는 바로 옆 5호실──우라이의 방 앞에 주저앉아 울고 있었다.

문이 열려 있다. 방 안에는 쓰러져 있는 우라이가 보였다. 팔다리를 맥없이 뻗고 실눈을 뜬 채 꼼짝도 하지 않는다. 멀리서 봐도 알 수 있을 만큼 머리를 처참하게 다쳤다. 호흡을 하는지는 확인할 것도 없었다.

문을 닫고 이시다 옆에 무릎을 꿇은 채 앉았다. 헐떡이듯 거친 숨을 반복하는 그녀의 등을 쓸어주며 나는 막연한 위화감을 느꼈다. 이상한 냄새가──뭔가가 타는 듯한 냄새가 코를 찔렀다. 발밑을 보니 5호실 현관 앞에 까만 그을음 같은 얼룩이 묻어 있었다. 뭔가가 타고 남은 재일까.

5호실 문 앞에서 종이나 나무 같은 것이 불에 탄 모양이다. 아마 범인의 짓이겠지만, 의문은 남는다. 첫날 저녁, 우리는 코티지에서 무기가 될 수 있는 물건들을 모두 없앴다. 부탄가스나 가스라이터도 위험물로 간주해서 내다버렸는데 어떻게 불을 붙였을까.

곧 구조도 옆으로 다가왔다. "이시다 씨, 어디 다친 덴 없어?"

친절한 얼굴로 손을 내민다. 나는 이시다 앞을 가로막으며 구조의 손을 뿌리쳤다.

"얘한테 가까이 오지 마."

애써 날카롭게 노려보자 구조는 양손을 가볍게 쳐들어 살랑살랑 저었다. 적의가 없음을 보여주려는 것이겠지만 희롱하는 짓으로밖에 느껴지지 않았다.

방심하면 안 된다. 우라이가 죽었다. 이시다와 나는 범인이 아니다. 그렇다면 답은 절로 나온다.

──이놈이 범인이다.

구조를 제압하려고 한 걸음 내디딜 때 고꾸라질 것 같은 감각을 느꼈다. 바닥에 웅크린 이시다가 내 바짓자락을 잡아당긴 것이다.

"미안해. 죽이지 말아줘."

이시다는 내 오른다리에 매달려 눈물을 흘리며 머리를 조아렸다. 나는 그녀를 떼어놓으려고 거칠게 뿌리쳤다.

"아냐, 난 범인이 아냐. 잘 좀 생각해봐. 우리에게는 알리바이가 있잖아."

이시다는 대답하지 않았다. 대신 구조가 의아한 표정을 지었다. "알리바이?"

"그래. 당신한테는 말하지 않았지만, 다케우치가 살해된 날 밤, 우리 두 사람에게는 알리바이가 있어."

다케우치는 5일 20시 반쯤에 우라이의 방을 찾아갔다. 생전의 다케우치가 목격——문 너머로 대화했을 뿐이므로 엄밀하게 말하면 목격이라고는 말할 수 없지만——되었을 때부터 사체로 발견되었을 때까지 나는 내내 이시다 곁에 있었으므로 우리 두 사람은 서로의 무죄를 증명할 수 있다.

그런데 구조의 표정은 여유로웠다.

"그거, 뭔가 착각한 거 아냐? 응? 이시다 씨."

이시다와 눈높이를 맞추려는 듯 구조가 쪼그리고 앉았다. 그녀는 엎드려 조아린 채 헛소리처럼 자꾸만 중얼거렸다. "잘못했어, 사죄할 테니까 죽이지 말아줘……."

"보라고. 이시다 씨는 자네를 그다지 신뢰하지 않는 것 같군."

"정신 차려. 나한테 왜 사죄하는 거야. 고개 들어!"

이시다는 내가 모두를 죽였다고 믿고 공황에 빠져 있었다. 사흘 전 알리바이의 가치를 판단하지 못하고 있다. 이렇게 말하는 나도 너무나 깊은 공포에 악을 쓰고 말 것 같았다.

"히토 군은 내가 범인이라고 했지. 하지만 이시다 씨는 히토 군을 범인이라고 생각해. 나는 누가 범인인지 판단이 안 서네. 어떻게 하면 좋지?"

구조만이 차분한 목소리로 말하고 있었다. 몇 사람이 죽어도 이 사람만은 평소와 똑같다.

기선을 제압당하면 안 된다, 이대로는 다 죽는다.

나는 숨을 깊이 들이마셨다.

"셋이서 같이 있자."

구조의 옷 주머니나 소매, 밑자락을 재빨리 훑어보았다. 이시다나 구조나 칼 같은 흉기를 숨기고 있는 것 같지는 않았다. 손을 뻗어 두 사람의 손을 꽉 잡았다.

"이 상태 그대로 계속 같이 있는 거야. 한숨도 자지 말고, 배가 올 때까지 기다리는 거야."

*

세 사람이 테이블에 앉은 뒤 11시간이 지났다. 더운 낮이 지나고 무거운 어둠이 내려왔다.

동쪽 벤치에는 이시다와 구조가 나란히 앉아 있다. 나를 믿지 못하는 이시다는 조금이라도 거리를 두려고 내 맞은편에 앉고 싶어 했다.

식사도 못하고 잠도 한숨 못 잤다. 다만 배설 욕구에는 저항할 수 없어서 몇 번인가 교대로 자기 방 화장실에 간 적은 있지만, 지금까지는 누구 하나가 자리를 비운 사이에 남은 두 사람이 서로 살해를 시도하는 사태는 일어나지 않았다. 화장실에 갔던 사람이 돌아올 때는 뭔가 무기가 될 법한 것을 들고 오지 않았는지 남은 두 사람이 꼼꼼하게 몸 검사를 했다.

긴장 상태는 계속되고 있지만 우리는 가끔 대화를 나누었다. 말하는 사람은 주로 구조였다. 사건과는 무관한 두서없는 이야기뿐이었다.

"나한테 여동생이 하나 있어."

나와 이시다는 맞장구를 치지 않았지만 그는 개의치 않고 말했다.

"한심할 정도로 칠칠맞은 아이지. 나하고는 안 맞아도 너무 안 맞아. ……하지만, 지금은 진짜 보고 싶네. 집에 돌아가고 싶다."

안쓰러운 목소리로 한탄하고 손톱을 오독오독 씹었다. 나는 절대 방심하지 말라고 나 자신에게 주의를 환기하고 있었다.

아웃도어 테이블 위에는 이시다와 구조의 회중전등이 켜져 있었다. 랜턴식 회중전등은 주변을 밝히는 데는 편리하지만 조사거리가 짧아서 마치 테이블이 바닷물에 떠 있는 것 같은 착각을 불러일으킨다.

내 회중전등에 물이 들어가 못쓰게 된 그날, 사체가 발견된 직후, 초조한 나머지 격류를 헤엄쳐 가려고 했던 날의 일들이 아득하게만 느껴졌다. 나는 코티지로 밀려오는 파도소리에 귀를 기울이고 있었다.

머릿속 한쪽에 걸려 있던 생각이 떠올랐다.

"사건 이야기를 하고 싶은데. 이시다의 의견을 듣고 싶어."

내가 말을 건네자 이시다는 멈칫거리는 모습으로 천천히 고개를 들었다.

"그 수첩, 갖고 있니? 이시다가 써둔 사건 메모를 봤으면 좋겠어."

이시다가 고개를 희미하게 저었다.

"없어."

"어디 있어?"

"몰라. 어젯밤에 우라이에게 줬거든."

듣고 보니 간밤에 내가 분노를 터뜨린 뒤, 이시다와 우라이는 테라스에서 잠시 이야기를 나누었는데 그때 이시다가, '사건에 관해 메모하고 있다'고 말하자 우라이가 흥미를 보였다고 한다.

"우라이에게 돌려받지 못했어. 수첩이 어디 있는지는 나도 몰라. ……가서 찾아볼까?"

우라이 방을 가리키며 말했다. 나를 배려하는 것인지 두려움에 질린 것인지 모를 눈빛으로 내 표정을 살폈다. "내가 가서 찾아볼게"라며 일어서려고 하자 이시다가 벤치에서 일어섰다.

"히토는 여기서 기다려. 내가 가져올게."

이시다는 테이블을 빙 돌아서 5호실로 향했다.

문이 닫히고 나는 구조와 단둘이 되었다. 식은땀이 등을 타고 흘러내렸다. 나는 속으로 이시다 이름을 계속 불렀다. 제발 좀 빨리 돌아와.

"이시다 씨가 뭘 가지러 갔는지 알아?"

눈이 마주치자 구조가 노래하는 듯한 말투로 말했다.

"수첩이라고 했잖아."

"우리 내기할까? 너를 죽일 연장을 가지러 갔을 거야."

잠시 눈을 뗀 동안 달이 동녘 하늘에 나와 있다. 손목시계를 보니 날짜가 바뀌어 있었다.

범행성명은 9일 오전 8시에 공개된다. 신고를 받은 경찰이 아다시마에 도착하려면 시간이 얼마나 걸릴까. 그토록 두렵던 범행성명 공개가 지금은 못 견디게 기다려졌다.

앞으로 8시간, 어떻게든 살아남아야 한다. 속으로 그렇게 결의하는데 문득 의문이 들었다. 살아남아서 나는 대체 뭘 하고 싶은 걸까.

어디에선가 솟아난 구름이 달을 가려서 코티지의 명도가 많이 떨어졌다. 테이블 위의 랜턴만이 환하게 빛나고 조사범위 밖에 존재하는 모든 것은 검은 그림자에 삼켜졌다.

구조는 턱을 괴고 있다. 희미한 웃음을 짓고 나를——내 바로 뒤에 있는 5호실 문을 바라보고 있다.

숨 막히는 정적은 삐걱거리는 경첩 소리에 깨졌다. 휙 돌아다보니 이시다가 5호실 앞에 꼼짝도 하지 않은 채 서 있다.

이시다의 손에는 수첩은 없고 만년필이 꼭 쥐어져 있었다. 수첩에 끼워둔 만년필. 뚜껑이 벗겨져 예리한 촉이 내 쪽을 향하고 있다.

말릴 틈도 없었다. 나를 무섭게 노려보던 이시다가 뛰기 시작했다.

몸이 굳어서 움직일 수 없었다. 아니, 나는 움직이기를 포기하고 그녀의 동작 하나하나를 응시했다. 꼭 쥔 만년필을 뻗고 내 목을 노리며 곧장 달려온다. 둔하게 빛나는 촉이 눈앞으로 닥쳐왔다. 그러나 상상하던 통증은 끝내 찾아오지 않았다.

벤치에 앉아 있던 구조가 테이블을 껑충 뛰어넘었다. 구조의 손에는 어느새 랜턴식 회중전등이 쥐어져 있었다. 그는 테이블에서 뛰어내리는 동시에 랜턴을 크게 휘둘러 이시다의 이마를 힘껏 갈겼다.

이시다는 머리를 젖히며 천천히 자빠졌다. 솟구치는 피가 우드 테라스에 산산이 튀었다. 구조는 이시다 위에 걸터앉아 다시 랜턴으로 이시다의 머리를 연방 내리쳤다.

"그만해!"

그제야 구조의 두 팔을 뒤에서 조였다. 이시다의 이마는 이미 크게 찢어지고 상처에서 하얀 뼈가 드러나 있었다. 이시다는 이상한 기침소리를 몇 번 내더니 축 늘어졌다.

8월 9일 0시 12분

구조를 밀어내고 이시다의 어깨를 흔들었다.
"이봐, 정신 차려. 내 말 들려? 이시다, 이시다!"
대답이 없다. 양 옆구리로 손을 넣어 상체를 들어 안아 일으켰다.
이마의 좌상에 손을 대고 솟아나는 피를 막으려 했지만 소용이 없었다. 숨을 쉬지 않는다. 가는 목덜미를 쓸어봐도 맥박을 확인할 수 없었다. 이시다의 머리를 무릎에 얹은 채 나는 맥이 빠져나가는 몸을 느끼고 있었다.
구조는 랜턴을 바닥에 놓고 손등으로 눈언저리를 거칠게 비볐다. 튀는 피를 흠뻑 받아 문지른 탓에 도리어 얼굴 전체에 진홍빛 피가 번져 있었다.
구조의 랜턴식 회중전등은 이시다의 머리를 친 충격으로 망가져 빛이 들어오지 않게 되었다. 코티지에 남은 광원은 아까 전부터 이시다의 랜턴뿐이었다. 우드테라스를 가득 메운 어둠 속에서 단 하나의 희미한 불빛이 구조의 윤곽을 요상하게 비추고 있었다.
"어떻게 이럴 수 있어요."
거친 숨을 몰아쉬며 말하자 구조는 어이없다는 듯이 쓴웃음을 지었다.

"그야 죽이려고 그랬지. 지금 그건 정당방위잖아. 아니, 자네가 나한테 죽이게 한 거 아닌가?"

"무슨 소리예요. 이 살인자."

"살인자한테 그런 소리 듣고 싶지 않은데."

내가 뭔가를 잘못 들었나 싶었다. 지금 구조는 나를 가리켜 살인자라고 하지 않았나?

"용케 시치미를 떼는군. 히토 군이 범인 아냐?"

"난 죽이지 않았어! 나랑 이시다에게는 알리바이가 있단 말이야."

"다케우치 군이 살해된 밤의 알리바이 증명 말인가? 그런 건 아무 의미도 없어. 히토 군은 다케우치 군 살해에 관해서는 무고하니까."

"뭐라고?"

"전부 네가 죽인 건 아냐. 히토 군이 죽인 건 딱 한 사람, 하시모토 군뿐이야. 하시모토 군을 죽이면 마치 도미노처럼 살해의 연쇄반응이 일어나지. 자네는 그걸 알고 그를 죽인 거야."

구조가 발소리를 내며 나에게 다가온다.

"하시모토 군이 죽으면 오오이시 군이 다케우치 군에게 살해된다. 오오이시 군이 죽으면 다케우치 군이 가란에게 살해된다. 다케우치 군이 죽으면 가란 씨가 우라이 군에게 살해된다. 가란 씨가 죽으면 우라이 군이 이시다 씨에게 살해된다. 그리고 우라이 군이 죽으면 내가 이시다 씨를 죽이는 수밖에 없는 상황에 몰린다. 일련의 사건은 전부 범인이 달랐던 거야. 더구나 각 범인은 죄를 저지른 직후에 인과응보로 살해되는 구조로 되어 있어. 정말 잘 만든 시스템이야."

엄청난 충격이 치달리고 몸과 마음이 한꺼번에 산산조각 나는 기분이었다. "범인이, 다 다르다고?"

"그래. 각자 한 명만 죽였어. 기존 살인에 촉발되어 새로운 살인자가 늘어간 것뿐이야."

"아냐, 그럴 리 없어."

"시치미 떼지 마. 그럼 설명해줄까? 오오이시 군을 죽인 범인이 다케우치 군일 수밖에 없는 이유, 다케우치 군을 죽인 범인이 가란 씨일 수밖에 없는 이유, 가란 씨를 죽인 범인이 우라이 군일 수밖에 없는 이유, 우라이 군을 죽인 범인이 이시다 씨일 수밖에 없는 이유를."

숙박동에서 흘러나온 부패취와 이시다의 피비린내가 섞여 혼탁한 공기를 만들어내고 있다.

구조는 피가 고인 자리에 무릎을 꿇고 이시다의 머리카락을 만지려고 했다. 더 이상 그녀의 시신을 만지지 않기를 바랐다. 나는 구조의 손을 쳐내고 이시다를 몸 전체로 가리듯이 안았다.

"본래는 시간 순서대로 자네가 하시모토 군을 죽였을 때 이야기부터 시작하는 게 간명하겠지만, 우선은 두 번째 피해자 오오이시 군 사체가 발견된 날의 기억부터 떠올려볼까. 오오이시 군을 죽인 것은 다케우치 군일 수밖에 없어."

후두부를 맞아 보기에도 끔찍한 최후를 맞은 오오이시의 모습이 머리를 스친다.

오오이시의 사체가 2호실에서 발견된 것은 나흘 전인 8월 5일 오전 9시 반경이었다. 사체의 최초 발견자는 다케우치이고, 사망 추정 시각이 5일 1시부터 9시 사이로 대단히 폭이 넓어 알리바이를 댈 수 있는 사람은 한 명도 없다. 흉기는 오오이시 자신이 테라스의 아웃도어 테이블에 깜빡 놓고 들어간 것으로 보이는 스테인리스 수통이었다.

"오오이시 군의 방은 범인과 몸싸움을 벌인 것처럼 정신없이 어지럽혀져 있었지. 때문에 우리는 '아마 오오이시 군은 밤중에 찾아온 범인을 자기 방으로 불러들이고 말았을 것이다'라고 믿었어."

무슨 생각을 했는지 구조가 갑자기 눈앞의 벤치를 발로 걷어찼다. 벤치는 요란한 소리를 내며 넘어지고 나는 척수반사로 머리를 감싸 쥐었다.

"만약 정말로 범인과 오오이시 군이 난투를 벌인 거라면 오오이시 군 방에서 요란한 소리가 났을 거야. 이렇게 코티지 전체를 뒤흔들었다고 해도 이상할 게 없지. 하지만 아무도 그런 소리를 듣지 못했다고 했어. 이상한 일이지.

오오이시 군 뒤통수에는 커다란 좌상이 있었어. 등 뒤에서 결정적인 한 방을 얻어맞은 것 같은데, 역시 몸싸움을 연출한 듯한 모습은 없었지. 두개골이 함몰될 정도의 깊은 좌상을 입은 것치고는 벽이나 바닥에 혈흔이 별로 남아 있지 않은 것도 이상해. 즉 2호실은 살해 현장이 아니었던 거야.

오오이시 군은 범인을 2호실로 불러들인 게 아니라 스스로 범인 방으로 갔어. 살인사건이 일어난 날 밤, 두려워진 오오이시 군이 친구 방을 찾아갔다고 해도 전혀 이상할 게 없다고 할 수 있겠지. 범인은 오오이시 군이 죽은 뒤 자기 방이 살해 현장이라는 사실을 감추기 위해 사체를 2호실로 옮기고 일부러 실내를 어지럽혀서 범행 현장처럼 꾸몄던 거야. 그럼 진짜 살해 현장은 어디일까. 아이러니하게도 그 사실은 범인이 살해됨으로써 밝혀졌어.

오오이시 군 사체가 발견된 이튿날, 2호실에서 다케우치 군 사체가 발견되었어. 나와 히토 군 둘이서 사체를 조사할 때 다케우치 군 배낭에서 피 묻은 수건이 나왔지. 아마도 오오이시 군의 피가 아닐까. 다케우치 군은 자기 방에 남은 혈흔을 닦을 때 그 수건을 사용한 거지. 오오이시 군의 죽음을 제일 처음 알린 다케우치 군은 실제로는 시치미 뗀 얼굴로 최초 발견자인 척하던 범인이었던 거야."

구조는 입술이 일그러지게 꾹 다물고 짐짓 슬픈 표정을 지었다. 나의 낭패한 모습을 재미있어하는 것이다.

"다음은 세 번째 피해자 다케우치 군 살해에 대하여. 다케우치 군을 죽인 것은 가란 씨일 수밖에 없어."

다케우치 사체가 발견된 것은 사흘 전인 8월 6일 오전 3시 25분이었다. 최초 발견자는 가란. 다케우치는 전날 20시 반경에 우라이를 찾아갔으므로 5일 20시 반부터 다음날 3시 25분 사이에 살해된 것으로 보인다. 때문에 5일 20시부터 한순간도 떨어지지 않았던 나와 이시다는 서로의 알리바이를 증명할 수 있다.

"다케우치 군 살해사건에서 범인이 택한 흉기는 섬에서 쉽게 볼 수 있는 돌멩이였어. 코티지 내 위험물을 다 없앴다고 하지만 살인 도구로 돌멩이를 택하다니, 너무 거칠지 않은가? 내가 범인이라면 각 방의 코너랙에 있던 시계를 사용했을 텐데. 랙 위치가 높은 탓에 나라도 까치발을 해야 손이 닿지만, 그 시계는 처분 대상이 아니었지. 키가 적당한 사람이 살짝 까치발을 하면 쉽게 닿는 위치에 있던 시계가 사용되지 않고 평범한 돌멩이가 흉기로 선택되었어. 즉 다케우치 군을 죽인 범인은 키가 작았던 거야. 그렇다면 가란 씨라는 걸 알 수 있겠지?"

절묘하게 높이 설치된 코너랙을 보고 키 작은 사람이면 먼지 닦기도 힘들겠군, 하고 생각했었다. 비교적 키가 큰 사람이 많은 우리 중에서는 까치발을 해도 코너랙에 손이 닿지 않는 사람은 가란밖에 없다.

"잠깐만. 다케우치는 사체로 발견되기 전날 가란과 심하게 언쟁했어. 범인이 가란이라고 가정하면 다케우치는 언쟁 직후에 스스로 가란을 방에 불러들인 게 돼. 이건 설득력이 없잖아."

"애초에 다케우치 군이 오오이시 군을 죽였어. 두 건의 살인 중에 한 건은 스스로 저지른 거니까 그의 경계심은 우리가 상상하는 것보다 훨씬 얕았던 건지도 모르지. 힘이 약한 여자한테 살해될 리 없다고 얕잡아봤겠지. 그래, 가란 씨가 추파라도 던진 건가?"

"사람을 모욕하지 않고는 얘기를 못하나?"

"그렇게 무서운 얼굴 하지 마. 아무튼 다케우치 군의 죽음을 제일 먼저 알린 가란 씨는 사실은 아무렇지도 않은 얼굴로 최초 발견자인 척하던 범인이라는 거지. 다음으로 네 번째 피해자 가란 씨의 살해에 대하여. 가란 씨를 죽인 건 우라이 군일 수밖에 없어."

가란의 사체가 발견된 것은 이틀 전인 8월 7일 오전 7시 20분경이었다. 최초 발견자는 우라이, 사망 추정 시각은 7일 4시부터 6시 반 사이. 가란은 밤새 이시다와 한 방에 있었으므로 가란만 밖으로 불러내는 것은 곤란했을 텐데 범인은 어떻게 가란을 밖으로 불러냈느냐는 의문이 남아 있었다.

"히토 군은 가란 씨 팔에 있던 상처를 봤나?"

"오른팔의 긁힌 상처?"

6일 오전이었다. 다케우치의 유품 조사를 마치고 3호실을 나오니 안개비 속에서 이시다와 가란이 흠뻑 젖은 채 테라스에 서 있었다. 그때 가란의 팔에 긁힌 자국 세 가닥이 보였다.

"다케우치 군에게 긁혀서 생긴 상처야. 전날 밤 가란 씨가 다케우치 군을 살해할 때 저항에 맞닥뜨린 거지. 그러니까 그 시점에 다케우치 군 사체의 손톱 밑에는 가란 씨의 피부가 남아 있었고. 이건 그녀에게 대단히 곤란한 상황이었어. 경찰이 과학수사에 나서서 다케우치의 사체를 조사하면 가란 씨 피부조각이 검출되겠지. 혐의를 피할 수 없을 거야. 그래서 모두가 잠든 뒤 사체의 손가락을 없앨 필요가 있었어."

흠칫 숨을 삼켰다. 구조의 추리가 맞는다면 범인이 어렵게 가란을 불러낼 필요 따위는 없을 것이다. 모두가 잠든 뒤 다케우치의 손가락을 절단하기 위해 밖으로 나올 가란을 테라스에서 기다리고 있기만 하면 되었던 것이다.

"범인은 문 뒤에 숨어 있다가 어둠 속에서 방을 나서는 가란의 측두부를 둔기로 때렸어. 하지만 치명상이 되지 못해서 놓쳐버렸지. 가란 씨가 섬 쪽으로 도망치자 당황하며 쫓아가 숲에서 살해했으니. 가란 씨의 사인은 아마 예리한 칼로 경부를 찔린 데 따른 실혈사일 거야.

그런데 코티지에 있던 칼 종류는 전부 없앴는데 범인은 어떻게 칼을 준비했을까. 도자기나 유리조각으로도 칼과 비슷한 상처를 만들 수 있지만, 코티지에 있던 접시나 컵은 전부 처분한 상태였어. 그러나 딱 하나 우리가 확인하지 않은 유리 제품이 남아 있었는데, 뭘 것 같나?"

들꽃을 안고 있던 우라이의 모습이 떠올랐다.

——꽃 정도는 공양하게 해줘.

친구를 생각할 줄 아는 놈이었다. 다케우치가 죽었을 때는 못 쓰게 된 보조 배터리를 유품으로 받았고 하시모토에게는 꽃을 공양하고 싶어 했다.

우라이가 역에서 산 빨간 주스가 든 병.

"……구마모토 스카이사이다"

"정답. 우라이 군이 섬에 사이다를 가져왔지. 하시모토 군이 죽은 날 밤, 꽃을 공양하고 싶다면서 그걸 꽃병으로 삼았어. 우리는 그 병의 존재를 깜빡 잊고 있었던 거야."

내 머릿속의 띄엄띄엄 이어지는 상상 속에서 우라이는 꽃을 바닥에 버리고 사이다 병을 깨뜨려 그 조각을 예리한 칼 대용으로 준비했다. 나는 격하게 도리질했다.

"그게 흉기로 사용되었다고 해도 우라이가 범인이라는 증거가 되지는 못해. 나도 1호실에 병이 있다는 것은 알고 있었어."

"물론 범인을 특정하는 결정타는 따로 있지. 조명이야. 8월 6일 날씨가 어땠는지 기억나나? 낮에 가랑비가 내리고 밤에는 내내 흐렸어. 달빛도 없는 숲속을 도망치는 가란 씨를 병 유리 조각으로 단번에 죽이는 거, 아주 어려운 일일 것 같지 않나?

시체 옆에 회중전등이 떨어져 있는 것을 보면 가란 씨는 자기 방에서 테라스로 나올 때 자기 조명을 들고 있었어. 그걸로 앞을 비추었기 때문에 가란 씨가 넘어지지 않고 도망칠 수 있었던 거야. 범인도 회중전등을, 그것도 쓰기 편한 걸 들고 있지 않았다면 어둠 속에서 가란 씨를 추적할 수 없었겠지."

구조는 테라스의 테이블을 가리켰다. 이시다의 랜턴식 회중전등이 멍한 불빛을 발하고 있었다. 바로 눈앞의 바닥에는 이시다의 이마를 공격할 때 사용된 구조의 랜턴도 놓여 있다. 나는 이시다를 꼭 안은 손에 다시 조금 더 힘을 주었다.

"보는 바와 같이 나와 이시다 씨의 조명은 랜턴식이어서 빛이 미치는 범위가 좁으니 멀리서 달리는 가란 씨를 비추기는 어려워. 하시모토 군과 다케우치 군은 애초에 회중전등을 가져오지 않았으니까 고려해야 할 것은 히토 군, 오오이시 군, 우라이 군의 회중전등이야. 히토 군의 조명은 바다에 뛰어들 때 물이 들어가 버렸고, 히토 군을 구하려고 바다에 뛰어든 오오이시 군도 사정은 마찬가지였지. 그렇다면 남은 것은 우라이 군뿐이야."

우라이는 유일하게 헤드라이트를 가져왔었다. 고무 밴드가 달린 라이트를 서둘러 이마에 장착하는 모습을 보고 하시모토가 웃음을 터뜨리던 것이 기억난다.

──AA건전지 3개로 12시간이나 버티고 최고 1천 루멘이나 되는 고성능이라고.

"사이다병 조각은 미덥지 못한 흉기지만, 헤드라이트라면 양손이 자유로우니까 나름대로 잘 움직일 수 있었던 거 아닐까. 가란 씨의 죽음을 제일 먼저 알린 우라이 군은 실제로는 시치미 뗀 얼굴로 최초 발견자인 척하던 범인이었던 거야."

"……거짓말."

"괴롭겠지만 이게 현실이야. 마지막으로 다섯 번째 피해자 우라이 군의 살해에 대하여. 우라이 군을 죽인 건 이시다 씨일 수밖에 없어."

우라이의 사체가 발견된 것은 어제 8월 8일 오전 8시가 지나서였다. 최초 발견자는 이시다. 그 전의 네 건에 비하면 상세한 조사는 하지 못했지만 바로 어제 일이기에 기억이 생생하다. 5호실 문 앞에서 뭔가가 타는 냄새가 나서 발밑을 보니 현관 포치에 뭔가 타고 남은 재 같은 까만 얼룩이 묻어 있었다.

"우라이 군은 가란 씨를 죽인 장본인이지만 그 밖의 살인과는 무관했어. 자기 외에 살인자가 있다는 것을 알고 있었기 때문인지 주위에 대한 우라이 군의 경계심은 높았지. 5일 20시 반경 다케우치 군이 방으로 찾아왔을 때도 그냥 돌려보냈다고 했을 정도니까 말이야. 우라이 군의 목숨을 노리는 범인에게 가장 큰 난관은 우라이 군의 방에 침입하는 거였어. 그래서 범인은 불을 피운 거야."

"숙박동에 불을 질렀다고?"

"정말로 불을 지를 필요는 없지. 화재가 발생했다고 착각하거나 일산화탄소 중독으로 죽을지도 모른다고 겁먹는 정도면 충분해. 범인은 5호실 문 앞에 불을 피워 연기를 실내로 들여보내서 우라이 군이 밖으로 나오기를 기다린 거야.

자, 불을 피울 수 있었던 사람은 누구일까? 아웃도어용 가스라이터를 내다버렸으니 착화 장치는 흡연자의 가스라이터 정도밖에 없는데 히토 군이 애용하는 것은 전자담배, 즉 애초에 라이터를 가지고 있지 않았어. 오오이시 군의 라이터는 회중전등과 마찬가지로 구조할 때 바닷물이 들어가 착화 기능을 잃었고, 헤비스모커 하시모토 군은 금연 중이라 섬에 라이터를 가져오지 않았지.

섬 안에 존재하는 착화 장치는 이시다 씨의 라이터뿐이야."

구조가 검지와 중지를 입술에 대고 후우, 하고 숨을 토해서 담배 피우는 흉내를 냈다. 나는 배에서 나눈 대화와, 장난스럽게 웃던 이시다를 떠올렸다.

——담배 땡기지 않아? 공기가 너무 맛있어서 허파를 오염시키고 싶어지네.

그녀는 긴 머리와 하얀 원피스를 바닷바람에 나부끼며 방금 구조가 취했던 포즈를 취했었다.

"우라이 군의 죽음을 제일 먼저 알린 이시다 씨는 실제로는 시치미 뗀 얼굴로 최초 발견자인 척하던 범인이었지."

구조는 결연하게 단언했다.

"일련의 사건에서 제일 큰 의문은 최초 발견자만 연속적으로 살해되었다는 점이었어. 하지만 뚜껑을 열고 보니 여러 범인이 각각 자기가 벌인 사건에서 최초 발견자인 척하고 있었을 뿐이야. 범인은 현장에 다시 나타난다고 흔히 말하잖아."

오오이시를 죽인 다케우치가 오오이시 사체를 발견하고, 다케우치를 죽인 가란이 다케우치 사체를 발견하고, 가란을 죽인 우라이가 가란의 사체를 발견하고, 우라이를 죽인 이시다가 우라이의 사체를 발견한다. 너무 불안한 나머지 살해 현장에 다시 나타나는 것이 살인범의 습성이라고 구조는 말했다. 자만한 범인은 자기가 다음 희생자가 될 줄도 모르고 불행한 최초 발견자인 척한다. 자업자득이라고나 할까.

아주 잠깐은 그의 추리에 납득할 뻔했지만, 나는 반격하듯 말했다.

"하시모토가 죽으면 오오이시가 살해되고, 오오이시가 죽으면 다케우치가 살해된다. 마치 바람이 불면 통 장수가 돈을 번다_{가능성 낮은 인과관계를 무리하게 연결시키는 경우를 비유하는 일본 속담}는 식으로 멋대로 만든 편리한 추리 아닌가. 각자의 동기는 뭐지?"

"동기는 전부 내 추측일 뿐이야. 객관적으로 너희 그룹에서 하시모토 군의 영향력이 꽤 큰 것 같더군. 그건 히토 군이 제일 잘 알겠지. 5년 전 이들이 저지른 폭행 사건의 주범은 하시모토 군이었어. 모두에게 평생 지울 수 없는 트라우마와 후회를 남긴 빌런인데도 여전히 친밀한 그룹의 일원으로 받아들여지고 있어. 그룹은 그가 지배하고 있다고 해도 과언이 아닌데, 그 지배자가 죽었으니 힘의 균형이 극적으로 변하겠지.

원래 오오이시 군과 다케우치 군 사이에 어떤 알력이 있었던 게 아닐까. 만약 두 사람이 지금도 하시모토 군의 권유로 대마초나 각성제를 하고 있었다면 약물이나 구입처 정보를 놓고 갈등이 있었는지도 모르지. 하시모토 군의 죽음으로 갈등의 스위치가 켜져서 오오이시 군과 다케우치 군이 몫을 놓고 싸움이 일어났을 가능성이 있어."

"놈들이 사용한 것은 환각제야. 각성제가 아니라고."

"비슷한 거잖아."

"하시모토는 중독 상태였지만 다른 사람들이 약에 손을 댄 건 5

년 전에 딱 한 번이었어. 잘못된 추측이야."

"그래? 다들 뭘 숨기는 데 능숙했던 것 같은데 히토 군을 왕따 시키고 저희끼리 약물 파티를 했다고 해도 납득할 수 있겠구만. 아무튼 내 말부터 들어봐. 하시모토 군이 죽은 날 밤, 오오이시 군은 다케우치 군의 방을 찾아갔지. 아까는 '살인사건 때문에 겁이 난 오오이시 군이 스스로 범인 방으로 갔다'는 식으로 말했지만, 혹시 그는 다케우치 군을 죽이러 갔던 게 아닐까? 그러다가 도리어 당한 거지.

그런데 다케우치 군은 경박하달까 입이 좀 가벼운 사람 같던데, 내 눈이 틀리지 않았지? 사건 수사가 시작되면 경찰은 그룹 모두를 철저하게 조사할 거야. 그때 다케우치 군은 자기 살려고 아무 말이나 다 떠벌릴지 몰라. 가령 5년 전 사건 얘기라든지. 그러니까 하시모토라는 리더가 죽은 지금, 억제 장치가 사라진 다케우치 군을 입 다물게 할 필요가 생긴 거지. 특히 가란 씨는 엔터 업계에 있다고 했지? 사회인으로서 일정한 지위를 쌓은 그녀에게 입이 가벼운 친구는 너무 위험해. 그래서 죽였어. 자기 인생을 위해서라면 사람 하나 쉽게 버릴 수 있는 타입일 거야.

가란 씨의 그런 냉혹함과 흉포함을 우라이 군은 알고 있었어. 어쩌면 오래 전부터 죽이고 싶었던 건지도 모르지만, 지금까지는 우라이 군도 굳이 위험을 감수하고 가란 씨를 죽일 만한 배짱이 없었어. 히토 군도 말했었지, 우라이 군의 성향은 '빨간불이라도 다 함께 건너면 무섭지 않다'는 쪽이라고. 이미 누군가에게 하시모토, 오오이시, 다케우치 세 사람이 죽었어. 새로 사체를 하나 더 늘릴 타이밍은——빨간불이라도 모두 함께 건널 타이밍은 이번밖에 없다고 생각했겠지. 우라이 군은 경찰 수사가 난항을 겪을 것을 예측하고 가란 씨를 죽였어.

나도 얼핏 들었을 뿐이지만, 이시다 씨는 우라이 군의 동생과 사귀고 있다고 했던가. 우라이 군의 숙모는 취미를 위해 외딴섬의 코티지를 구입할 만한 자산가야. 그런 숙모와 친척이 될 가능성이 있던 이시다 씨에게 우라이 군은 유산 분배를 방해하는 존재였던 게 아닐까? 여러 친구가 죽은데다 자신도 살인을 저지른 우라이 군은 분명히 불안해하고 있었어. 그래서 이시다 씨는 그를 죽이기로 한 거야. 지금 죽이면 우라이 군의 사체는 나머지 사체들에 묻혀 연쇄 살인사건의 일부로 다루어질 테니까. 기왕 그의 동생과 결혼할 거라면 자기가 받을 유산은 많을수록 좋고, 패닉에 빠진 우라이 군이 자살하기 전에 죽이지 않으면 사망보험금이 나오지 않을 가능성도 있겠지.

이시다 씨가 죽은 이유는…… 말할 나위도 없겠지만 우라이 군을 죽인 것은 좋은데 이제는 이시다 씨 자신이 공포에 사로잡혀 버렸거든. 자포자기해서 난동을 부리니 내가 죽이는 수밖에 없었던 거지. 정당방위야. 그대로 놔두었다면 히토 군도 무사하지 못했을 테니까 나한테 감사하도록 해."

준비된 대본을 읽는 것처럼 태연하게 뇌까린다. 죽이는 수밖에 없었다고.

"더 말하지 마. 불쾌해."

"물론 방금 말한 것은 전부 억측이지. 나는 어디까지나 동기가 아니라 논리를 통해서 범인이 여러 명일 가능성을 생각했을 뿐이야. 그들의 살인 동기라면 히토 군이 더 잘 알지 않나? 복수를 위해 오랫동안 그들과 친구놀이를 해온 자네라면 더 신중하게 균형을 유지하며 도미노를 무너뜨릴 수 있었을 거야. 하시모토 군만 죽이면 알아서 와르르 무너져 갈 거다, 이상적인 연쇄 살인을 만들었겠지. 히토 군은 그래서 하시모토 군을 죽인 거야."

구조는 내 얼굴을 들여다보며 다시 말을 이었다.

"히토 군은 선배가 당한 폭행을 용서할 수 없었겠지. 다만 죽이는 것만으로는 부족해. 그들의 거짓 우정놀이를 자근자근 밟아주고 싶었던 거야. 특등석에 앉아 놈들이 서로 죽고 죽이는 꼴을 구경한 기분이 어때? 마음이 조금은 후련해졌나?"

"당신 통찰력이 뛰어난 것은 인정해. 하지만 무슨 소리를 하는 건지 통 모르겠어. 나는 하시모토를 죽이지 않았어."

"다 알면서 그렇게까지 해서 내 입으로 듣고 싶어? 자네가 어떻게 하시모토를 죽였는지를?"

영차, 하는 엉성한 기합소리와 함께, 아까 발로 차서 넘어뜨린 벤치를 원래 위치로 돌려놓았다. 이시다의 사체를 안고 있는 나를 내려다보며 구조는 벤치에 앉았다. 유유히 다리를 꼬고 눈초리에 잔주름을 만들었다.

"범인은 왜 하시모토 군의 방을 굳이 밀실로 만들었을까. 범인이 히토 군이라고 가정하면 아주 쉬운 질문이지. 모두를 공포에 빠뜨리기 위해서야. 히토 군의 선배는 불행하게도 하시모토 군 일당의 방화 현장을 목격하고 폭행을 당했어. 구타를 당한데다 혀가 잘릴 정도로 큰 부상을 입었으니 정말이지 이렇게 가혹한 이야기도 없잖아. 범인은 문이 잠긴 방에서 마법처럼 빠져나갔다──그렇게 판단하게 해서 정체 모를 위협이 다가오고 있다고 착각하게 만들고 싶었던 거야. 다들 원한에 사로잡힌 악령의 저주나 천벌처럼 느끼지 않았을까."

"방법이 없잖아."

"있어, 밀실 만드는 방법. 히토 군이 자기 입으로 말했잖아. '너희를 죽이려고 약을 몰래 가져왔다'고."

"비소로 어떻게 밀실을 만든다는 거지?"

"비소? 무슨 소리야? 그 병에 들어 있던 것이 황산인지 잿물인지 모르지만, 피부에 닿으면 끔찍한 일이 벌어지는 위험한 약이겠지? 그러니까 일부러 아이스박스를 가져온 거야. 그런 액체는 냉암소에 보관해야 한다고 들은 적이 있어."

나는 전율했다. 전혀 기억이 없다. 그런데도 차가운 칼날을 목에 댄 것처럼 참으로 기분 나쁜 느낌을 목구멍 언저리에 느끼고 있었다.

"하시모토 군 사체 옆에 보란 듯이 시계가 나뒹굴고 있었으니까 우리는 그 시계가 흉기라고 믿었어. 하시모토 군은 얼굴을 알아보기 힘들 정도로 안면이 엉망으로 망가져 있었지만, 그건 둔기로 여러 번 맞아서 생긴 상처가 아니야. 약품을 끼얹은 탓에 피부가 문드러진 거야.

히토 군은 그날 밤 바비큐가 끝나고 모두 해산한 뒤 하시모토 군의 방을 찾아갔어. 하시모토 군이 순순히 문을 열어주자 황산을 끼얹은 거야. 그렇게 하면 즉시 죽일 수는 없지만, 연락 수단이 없고 구급 운송도 불가능한 상황에서는 시간을 두고 조금씩 죽음으로 몰아넣을 수 있지. 그것도 모자라 계속 공격하려고 하는 히토 군을 피하기 위해 하시모토 군은 문을 닫고 스스로 문을 잠갔어. 방으로 도망친 그는 고통으로 몸부림치다가 넘어져 머리가 깨졌고 그 바람에 혀를 깨물고 말았어.

그러고 보니 하시모토 군 사체가 발견되었을 때, 기억나지? 우라이 군이 사체를 부둥켜안으려고 할 때 말이야. 히토 군이 안색이 변해서 '만지지 마'라고 소리쳤잖아. 사체의 약품이 묻으면 살해 방법이 탄로날까봐 두려웠겠지."

아니야, 나는 황산 같은 거 준비한 적 없어. 그런 번거로운 방법은 택하지 않아. 나는 비소 탄 주스를 먹여서 여섯 명을 단번에 죽일 생각이었어.

기를 쓰고 머리를 쥐어짜던 나는 구조의 논리에서 허점을 발견했다.

"그 추리대로 밀실이 만들어진 거라면 하시모토가 잘못 깨물어 잘린 혀는 입안에 남아 있어야지. 하지만 살해 현장에 혀 조각은 없었어. 문밖에 있던 내가 어떻게 그놈의 혀를 가지고 나왔다는 거지?"

구조가 비로소 말끝을 흐렸다. "1호실에 들어갔을 때 자네가 슬쩍 챙긴 거 아냐?"

"그럼 1호실에서 발견된 가짜 흉기에 대해서도 같은 말을 할 수 있나? 시계에 피나 살점이 붙어 있었는데, 그것도 내가 몰래 방 안에 굴려 넣은 거라고? 여러 사람이 지켜보는 가운데 피 묻은 탁상시계를 든 채 사체에 접근하는 게 가능하기나 한가?"

"그건······."

구조는 불쾌감을 노골적으로 드러내며 턱을 쓱 쳐들었다. 잠시 머리를 굴리다가 난처한 표정으로 "그럼 열쇠구나"라고 중얼거렸다.

"그래, 열쇠야!"

표정이 문득 밝아진다.

"1호실에 들어갔을 때 룸 키가 실내에 놓여 있어서 우리는 밀실이었다고 믿어 의심하지 않았어. 하지만 아니네, 그건 가짜 열쇠였구만. 진짜 1호실 룸 키는 히토 군이 가져갔으니까 히토 군만이 1호실을 자유롭게 드나들 수 있었던 거야.

방 열쇠에는 각 방 번호를 조각한 목판이 달려 있잖아. 1호실 목판에는 '1호실', 4호실 목판에는 '4호실'이라는 식으로. 숫자 부분은 돋을새김으로 되어 있으니까 일부를 깎아내면 숫자에 장난을 칠 수 있어. 하시모토 군의 방, 즉 1호실의 가짜 열쇠를 만들려면 '1'로 바꿀 수 있는 숫자의 목판이 있으면 되는 거지. '1'은 직선이 포함된 숫자니까 '2', '3', '5', '6'이면 곤란해. '7'은 머리 일부분을 깎아내면 간신히 '1'로 보이게 할 수는 있지만 역시 쉽지 않겠지. 하지만 '4'라면 가로지르는 부분과 비스듬하게 내려오는 일부만 깎아내면 '1'로 보이게 할 수 있어. 4호실, 즉 '4호실' 목판을 가진 히토 군이 아니면 가짜 열쇠를 만들 수 없었어. 거봐, 역시 아무리 생각해도 자네밖에 할 수 없는 일이잖아."

나는 주머니에서 열쇠를 꺼냈다. 목판에 장난을 치지 않았으니 당연히 가짜 열쇠 같은 것을 만들 수 있을 리가 없다. 그러나 손바닥에 놓인 룸 키를 보고 크게 놀랐다. 숫자의 돋을새김이 일부 깨져 있는 룸 키는 랜턴 불빛 아래 들여다보니 분명히 '1호실'로도 읽을 수 있었다.

이게 언제 깨졌지? 바다에 들어갔다가 암초에 부딪혔을 때일까? 우라이의 멱살을 잡을 때였나? 주머니에 넣어 두었던 목판이 어쩌다가 깨져서 우연히 '1'처럼 되어버린 걸까?

아니면 설마——내가 했단 말인가?

"그날 밤 히토 군은 1호실 출입문을 통해 안으로 들어갔어. 하시모토 군의 머리를 때려서 저항력을 빼앗고 밧줄로 묶었지. 그리고 안면을 탁상시계로 여러 번 때리고 마지막에 혀를 절단한 거야. 살해한 뒤 자기 룸 키의 목판을 깎아 '1호실'이란 가짜 열쇠를 만들어 놓고 진짜 1호실 열쇠로 문을 잠갔어. 밀실이 완성된 거지!"

구조는 거품을 날리며 말했다. 말을 할수록 점점 더 흥분하고 있었다.

"아, 그래! 아까 황산이 어쩌고저쩌고 했지만 그거 취소다. 왜냐하면 히토 군은 반드시 제 손으로 혀를 절단하고 싶었을 테니까. 하시모토 군 사체에 혀가 없다는 것을 알았을 때 친구들 표정, 아마 그것처럼 자네를 만족시키는 것도 없겠지?"

"나는 안 죽였다니까!"

죽이지 않았다, 분명히 죽이지 않았는데, 왜 이 손은 떨림이 멈추지 않을까.

못 견디게 담배가 피우고 싶었지만 전자담배는 바다에 빠뜨렸다. 나는 죽은 이시다의 주머니를 뒤져 일회용 라이터를 꺼냈다. 그런데 정작 담배가, 그 오렌지향이 나는 담배가 보이지 않았다. 어디 있지?

초조하게 라이터 착화 레버를 칙칙 돌렸지만 불꽃은 튀지 않았다.

왜지? 구조의 추리에 따르면 이 섬에 있는 불씨는 이시다의 라이터밖에 없지 않았나?

그때 문득 생각이 났다. 구조는 이시다와 오오이시가 흡연자라는 것, 하시모토가 금연 중이라는 것을 어떻게 알았을까. 처음 만난 사이니까 우리의 기호나 취향을 자세히 알 수 없을 텐데. 그리고 내가 기억하는 한 어느 누구도 구조가 보는 데서 담배를 꺼낸 적이 없다. 우리는 비흡연자 앞에서는 담배를 꺼내지 않는다는 암묵적인 약속 같은 것이 있었다.

뭔가 허점이 있을 것이다. 특히 황산 운운은 너무 황당한데다 모순투성이였고, 그래서 바로 항변할 수 있었다. 밀실 만들기 추리는 아마 그 자리나 모면하려는 임기응변이었을 것이다.

——그 병에 들어 있던 것이 황산인지 잿물인지 모르지만, 피부에 닿으면 끔찍한 일이 벌어지는 위험한 약이겠지?

중대한 뭔가가 떠오를 듯하다가 끝내 떠오르지 않는다. 머리를 감싸 쥐었을 때 다리에 붕대 대신 감아 놓은 수건이 눈에 들어왔다. 다케우치가 좋아하는 밴드의 투어 굿즈. 매듭이 느슨해지자 가려져 있던 밴드 로고가 일부 드러났다. 거기 프린트되어 있던 것은 사람의 옆얼굴을 모티프로 한 단순한 심벌마크였다.

많은 목소리들이 기억 속에서 어지러이 겹쳐지며 울렸다. 노선 버스에서 우라이와 하시모토가 나누던 대화. 아다시마로 가는 배에서 담배를 피우면서 흡연자들이 나눈 수다. 다케우치와 가란이 말다툼하는 소리. 꿈속에서 받았던 오오이시의 전화.

수많은 광경이 가슴속을 스쳐지나가고 마지막에 문득 떠오른 것은 수첩을 팔랑팔랑 넘기는 이시다의 모습이다. 메모에 쓴 이시다의 글자가 일렁이는 마음을 진정시켜 주었다.

알 수 없는 것
1) 범인은 료마의 방을 어떻게 밀실로 만들었을까.
2) 범인은 왜 밀실을 만들었을까.
3) 범인은 왜 료마의 짐을 처분했을까.

4) 료마는 왜 옷을 갈아입었을까.

 고리 모양의 철이 마침내 한 줄기 사슬을 형성하듯이 여기저기 흩어져 있던 위화감이 하나하나 연결되어 마침내 모든 것이 기억났다.
 "구조 씨, 당신은 놈들을 전혀 모르는군."
 그래도 나는 만난 지는 오래되었다. 적어도 당신보다는 놈들을 잘 안다. 당신의 추리는 다 틀렸다.
 "엉터리 추리는 그만둬. 내 정신은 말짱해. 내 무고함은 내가 잘 알아. 연쇄 살인도 아니고 장대한 복수극도 아냐. 놈들을 죽인 범인은 단 한 명이고, 이제 여기엔 두 명밖에 안 남았어."
 이시다의 사체를 품에서 풀어 바닥에 가만히 뉘어 놓았다. 자리에서 일어나 구조를 내려다보며 나 자신을 고무하듯 말에 힘을 담았다.
 "네가 범인이야, 구조. 아니, 구조라고 부르면 안 되는지도 모르지."
 그의 눈앞에 검지를 내지르며 물었다.
 "너는 대체 누구냐?"
 갑자기 적의가 탁류처럼 밀려왔다. 공포가 발밑에서부터 온몸으로 기어 올라왔다. 구조가 다시 랜턴으로 손을 뻗는 순간 튕겨 나가듯 내 몸이 움직였다.
 굉장한 속도로 뭔가가 볼을 스쳤다. 그것은 등 뒤 숙박동 외벽에 격돌하여 꽝, 하는 격렬한 소리를 냈다. 구조가 내 머리를 겨냥해 랜턴을 던진 것이다.

유일하게 남아 있던 랜턴도 망가져 빛이 완전히 사라졌다. 그때 구름 틈새로 달이 나타나 코티지에 희미한 빛을 드리웠다.

미친 듯이 4호실로 도망쳐 들어가 재빨리 문을 잠갔다. 곧 문이 부서져라 때리는 소리가 났다. 중후한 문을 부숴버릴 듯이 구조는 연방 주먹으로 문을 때렸다. 공포영화의 한 장면 같았다. 뇌수를 스푼으로 마구 긁어내는 듯 심한 현기증을 느끼며 나는 혁혁 어깻숨을 쉬었다.

"히토 군." 문 너머에서 둔탁한 목소리가 내 이름을 불렀다. "우리 얘기 좀 하자, 히토 군!"

목소리에 초조가 배어 있다.

"나를 살인자 취급하다니, 너무하는 거 아냐."

"방금 날 죽이려고 했으면서 그런 말이 나오나."

"이봐, 근거를 대봐."

"그렇게 발뺌한다면 설명해주지. 네가 어떻게 모두를 죽였는지."

나는 주먹을 꽉 쥐고 심호흡을 반복했다. 손 안에는 이시다의 백 엔짜리 일회용 라이터가 있었다.

문 하나 너머에 살인마가 있다.

8월 9일 2시 16분

"난 하시모토를 죽이지 않았어. 하시모토가 죽으면서 다른 살인들이 연쇄적으로 일어났다는 것도 거짓말이야."

문에서 조금 거리를 두고 소리 높여 말했다. 시각은 2시 16분──범행성명이 공개되기까지 앞으로 5시간 44분. 시간을 벌어야 한다. 구조대나 경찰이 도착할 때까지 구조를 이 자리에 묶어둬야 한다.

"먼저, 오오이시를 죽인 건 다케우치가 아냐. 넌 오오이시의 진짜 살해 현장이 다케우치의 방이고, 다케우치의 집에서 발견된 피 묻은 수건은 그가 3호실에 남은 오오이시의 혈흔을 닦은 증거라고 주장했지. 하지만 그게 아냐. 그 수건에 묻은 피는 오오이시의 피가 아니었어. 내 피였어."

시선을 내려 나의 왼다리를 확인했다. 다친 곳에는 붕대 대신 수건이──다케우치가 소중히 간직해온 밴드 라이브 굿즈인 수건이 감겨 있다. 의식을 찾았을 때 이미 이런 상태였다.

나는 무모하게 바다를 헤엄쳐 건너려다가 허우적거렸고, 구조된 뒤 한동안 기절해 있었기 때문에 몰랐다. 지혈하는 데 쓴 수건은 지금 장딴지에 감겨 있는 한 장만이 아니었다. 배낭에서 나온 피 묻은 수건도 다케우치가 응급처치에 사용해준 것이었다.

"내가 기절해 있는 동안 다케우치가 그 수건으로 지혈하는 것을 다들 보았으니까 나 이외의 모두는 그게 내 피라는 걸 알고 있었을 거다. 그러니까 너는 수건을 발견했을 때 '우리 두 사람만의 비밀로 해두자'라고 했지. 다른 사람에게 확인하는 순간 사실이 드러나 버릴 테니까 내가 다른 놈들에게 말하지 않도록 입막음을 해둔 거지.

처음부터 너는 마지막에 엉터리 추리를 늘어놓을 작정이었겠지? 그러니까 '피 묻은 수건'이라는 증거품을 남겨두려고 했던 거야. 나 이외의 모두를 죽일 예정이었기 때문에 나한테만 통하는 거짓말이어도 상관없던 거지."

문 너머에서 웃음소리가 들려왔다.

"피 색깔을 보고 누구 것인지 판단할 수 있다니. 대단한걸."

"그래, 색으로 알았다. 그 수건은 바닥에 흘린 피를 닦은 거라고 하기에는 너무 깨끗했으니까."

이시다와 둘이 방에 같이 있을 때 실수로 페트병을 걷어차 넘어뜨린 일이 있다. 바닥에 쏟아진 오렌지주스를 닦자 주스 색보다 바닥의 때가 더 진하게 묻어나 수건이 까맣게 되었던 일을 기억한다.

"그 수건에는 그야말로 피밖에 묻어 있지 않았어. 바닥에 떨어진 오오이시의 피를 닦은 거라면 바닥의 때도 함께 묻어 있어야지. 이 말을 이해하지 못한다면 너는 평생 청소라는 걸 해본 적이 없는 거겠지."

구조는 부정도 긍정도 하지 않았다.

"하지만 진짜 범행 현장은 2호실이 아니었다는 추론에는 동의할 수 있다. 실내 가구를 움직이는 건 쉬운 일이 아닌데, 몸싸움 때문에 침대 위치가 틀어진 것은 이상해. 그걸 움직인 건 오오이시 자신이었을 거다.

오오이시는 겁이 많은 놈이야. 살인마와 함께 외딴섬에 묵는 상황이 죽도록 무서웠겠지. 그날 밤 살인마가 들어올까 두려웠던 오오이시는 잠자리에 들기 전에 실내에 있던 의자나 테이블, 침대를 움직여 문 앞에 방어벽을 쌓았던 거야. 동이 트자 오오이시는 바깥을 살펴보러 나가려고 방어벽을 어중간하게 치워 놓고 밖으로 나갔다가 살해되고 말았지. 그래서 실내가 그렇게 어지럽혀진 것처럼 보였던 거다. 진짜 범행 현장은 2호실이 아니라 코티지의 우드테라스였어."

납득하지 못하겠다는 듯한 목소리가 돌아왔다.

"어렵게 방어벽을 쌓아 놓고 왜 굳이 밖에 나가지?"

"나도 우라이에게 그렇게 물은 적이 있어. 놈은 모두 한 자리에 모여 지내는 데 저항했지만 스스로 테라스에 나온 적이 있었지. '무슨 심경의 변화가 있었어?'라고 물었을 때 우라이가 이렇게 대답한 것을 기억하나?"

──방에서 나가고 싶지 않았어. 하지만 오늘 아침 일어났을 때 내가 숨 쉬고 있다는 사실에 안심하다가도 너희 중에 또 누가 살해된 건 아닌지 불안해서 견딜 수 없었어. 친구 걱정한 게 그렇게 이상해?

"살해된 놈들은 누구나 친구 걱정을 했을 뿐이었어. 아침에 깨어나면 자기가 살해되지 않았다는 사실에 안도하지. 그리고 다음 순간에는 친구의 안부가 걱정돼. 그래서 제일 먼저 밖으로 나간 거야. 범인은 가령 갑자기 아픈 척하며 테라스에 쓰러져 있었는지도 모르지. 예상대로 방을 나온 표적은 쓰러져 있는 범인을 걱정하며 달려와 주었어. 모든 살인은 우드테라스에서 벌어졌던 거야. 숙박동이 살해 현장이었던 적은 한 번도 없어."

오오이시가 뒤통수에 심한 좌상을 입은 이유는 쉽게 짐작할 수 있다. 오오이시는 테라스에 쓰러져 있는 범인을 업어주려고 등을 내주었을 것이다. 그렇게 용의주도하게 살인을 마친 범인은 오오이시 사체를 2호실로 끌고 들어갔다.

"너는 살인이 계속되는 상황에서 피해자들이 범인을 방으로 불러들이거나 부주의하게 밖으로 나가는 것은 설득력이 떨어진다고 생각했는지 다양한 이유를 대려고 했지. 다케우치가 가란을 방으로 불러들인 것은 가란이 추파를 던졌기 때문이라는 둥. 가란이 숲에서 우라이에게 살해된 것은 증거 은폐를 위해 방에서 나오는 가란을 우라이가 노리고 있었기 때문이라는 둥. 우라이가 코티지 밖에서 이시다에게 살해된 것은 방에 불을 질렀기 때문이라는 둥. 하지만 그런 동기를 지어낼 필요는 없었어.

말로는 '무서워서 방을 나가고 싶지 않다', '배가 도착할 때까지 혼자 있고 싶다'고 했지만 다들 속으로는 친구들을 걱정하고 있었거든. 잠에서 깨어나 자기가 살해되지 않았다는 데 안도하고 나면 역시 친구들이 무사한지 걱정되게 마련이지.

오오이시는 친구를 걱정한 나머지 방어벽을 치우고 밖에 나갔다가 테라스에서 기다리던 범인에게 살해되었어. 그 사체를 처음 발견한 것은 역시 친구를 걱정해서 밖에 나온 다케우치——즉 오오이시 다음으로 밖에 나온 사람이 최초 발견자가 되는 거야. 그 이튿날 역시 잠에서 깨어나자 친구의 안부를 확인하려고 밖에 나온 다케우치가 테라스에 대기하던 범인에게 살해되었지. 그 사체의 최초 발견자는 마찬가지로 친구를 걱정해서 밖에 나온 가란——즉 다케우치 다음으로 밖에 나왔던 인물이 최초 발견자가 된 거야.

이제 굳이 끝까지 말하지 않아도 되겠지. 친구를 위할 줄 아는 놈들은 친구의 안부를 확인하려고 방에서 나왔어. 범인은 그날 방에서 제일 먼저 나오는 자를 죽여 나갔던 거고. 당연히 두 번째로 나온 사람은 그날 살해된 인물의 최초 발견자가 되는 거지. 이튿날, 제일 먼저 방에서 나오던 사람은 이미 살해되었으므로 두 번째로 나오던 사람, 즉 전날의 최초 발견자가 이번에는 그날 처음으로 방에서 나오는 인간이 되어서 살해된 거야.

일련의 살인은 모두 그들의 동료애를 이용했어. 굳이 찾아가지 않아도 테라스에 누워서 기다리기만 하면 친구를 걱정한 마음씨 좋은 놈이 방에서 나와 주니까, 그 기회를 이용하지 않을 수가 없겠지. 요컨대 최초 발견자는 동료애가 있는 놈인 거야."

최초 발견자를 노려서 죽인 게 아니다. 결과적으로 최초 발견자가 연속으로 살해되었을 뿐, 범인은 그저 매번 그날 처음으로 테라스에 나온 마음씨 착한 사람들을 죽였을 뿐이다."

잠깐의 정적이 흐른 뒤 구조는 말했다.

"방금 네 얘기는 '왜 최초 발견자만 살해되었는가'라는 의문에 대한 하나의 가설일 뿐이야. 테라스에서 대기하던 인물이 나라는 증거는?"

"차근차근 설명해줄게. 우선은 고인의 명예부터 회복해야지."

오오이시를 죽인 것이 다케우치가 아니듯이 다른 놈들도 살인자가 아니니까.

"다케우치를 죽인 것은 가란이 아냐. 코너랙에 놓여 있던 탁상시계를 무시하고 돌멩이를 흉기로 택한 점을 들어 범인은 키 작은 인물, 즉 가란이라고 주장했지만…… 당신은 키 작은 인간을 뭐라고 생각하는 거야. 키가 작아 선반에 손이 닿지 않으면 의자나 책상이라도 놓고 올라가면 되잖아. 범인이 돌멩이를 택한 것은 테라스에서 피해자를 기다리고 있을 때도 상대방에게 경계심을 주지 않는 물건, 부피가 나가지 않는 물건을 흉기로 삼고 싶었기 때문이야."

오오이시 살해에서는 수통이 흉기였다. 오오이시 본인이 테라스 테이블에 놓아둔 채 깜빡 잊고 방으로 돌아갔기 때문에 테라스에서 대기하던 범인 옆에 수통이 있는 것이 부자연스럽지 않았다. 하지만 가령 범인이 탁상시계를 들고 있었다면 어땠을까. 첫날의 사건을 연상케 하는 물건은 피해자에게 경계를 심어 주고 만다. 흉기 선택에 신중해지지 않을 수 없었으리라.

"게다가 가란의 추파는 절대 통할 리가 없어. 가령 가란이 범인이었다고 쳐도, 가란이 밖에서 불러도 다케우치는 절대로 문을 열지 않았을 거야. 가란은 격투기 경험자, 아니, 현역 선수였으니까."

고등학교를 졸업하고 프로레슬러 양성소에 다니기 시작한 가란은 2년 전부터 도쿄에 본사를 둔 여자프로레슬링 단체에 속해 있었다. 체구는 작아도 민첩한 동작과 몸을 날려 대담하고 정교하게 때리는 기술로 인기를 누리는 본격 레슬러이며, 특기는 점핑 니퍼드장외에 있는 상대방을 향해 링 에이프런을 달려가다가 뛰어내리며 가격하는 공격, 미사일 킥이다. 태권도 유단자이기도 해서 그녀의 발차기를 제대로 맞으면 대개는 기절하고 잘하면 죽을 수도 있다. 운이 좋으면 골절 정도로 끝날 수도 있지만.

"다케우치가 의심을 받을 때 가란은 '나와 오오이시가 싸우면 방 안이 엉망이 되기도 전에 결판날 것 같은데?'라고 말했었지. 가란을 전혀 모르는 당신은 '여자인 가란은 오오이시를 당할 수 없다'는 말로 들었겠지만 실은 그 반대야. 가란과 일대일로 붙으면 아무도 감당 못해. 놀랐나? 아니면 역시나, 하고 생각하나?"

무기를 내다버릴 때 가란은 "모두를 안심시키기 위해"라며 스턴건을 버렸다. 예전에 어느 팬에게 집요한 스토킹을 당한 가란이 거리에서 반격하다가 스토커가 부상당한 적이 있었다. 경찰이 과잉 방어라고 주의를 준 뒤로는 스턴건을 휴대하게 되었다.

"그 가란을 죽인 건 우라이가 아냐. 섬으로 도망친 가란을 뒤쫓기 위해 우라이가 고성능 헤드라이트를 사용했다고 했나? 하지만 우라이의 조명은 쓸 수 있는 상태가 아니었어."

갑자기 피로가 몰려와 가볍게 기침을 했다. 이렇게 말을 많이 하는 것이 오랜만이라 목이 몹시 말랐다.

"우라이는 배에서 디지털 디톡스니 뭐니 하면서 배터리 잔량이 별로 없는 스마트폰을 보여주었지. 보조 배터리를 가져오지 않았다고 했으니 우라이의 스마트폰은 첫째 날 배터리가 떨어졌을 거야. 그런데 사흘째 밤에 모두 테라스 테이블에 앉아 있을 때 우라이가 스마트폰으로 음악을 틀어주었지. 전기도 없는 섬에서 어떻게 스마트폰을 충전했을까.

몇 시간을 거슬러 올라가 다케우치 사체가 발견된 직후, 방에 있던 짐을 살펴볼 때를 기억하겠지. 다케우치가 섬에 가져온 건전지식 보조 배터리를 우라이는 유품이라면서 받아두었어. 배터리 속 AA건전지는 다케우치가 이미 사용해버렸지만, 자기 헤드라이트의 건전지를 넣으면 충전이 가능했으니까. 우라이는 헤드라이트가 'AA건전지 3개면 12시간은 버텨'라고 말했지. 보조 배터리에 맞는 규격이었던 거야.

우라이는 헤드라이트를 켜고 가란을 쫓아갈 수 없었어. 헤드라이트의 건전지는 이미 스마트폰을 충전하는 데 썼고, 그 전기도 우리에게 음악을 들려주는 데 사용했거든."

이것만이 아니다. 구조의 주장에는 사실을 왜곡하기 위한 기만

이 더 있었다.

"가란은 다케우치를 공격하다 저항을 받아 팔에 할퀸 자국이 생긴 거라고 했었지. 우라이는 그 상처를 의식하는 가란이 사체의 손가락을 절단하려고 방에서 나올 것을 예상하고 기다리고 있었다고. 하지만 가란은 다케우치를 죽이지 않았어. 그 상처는 할퀸 흔적이 분명하지만 아마 할퀸 사람은 다케우치가 아니라 이시다였을 거야."

구조가 끼어들었다.

"이시다 씨가 왜? 싸우기라도 했나?"

"싸운 게 아냐. 물에 빠진 이시다가 가란의 팔을 잡았을 뿐이야."

"물에 빠진 건 너였잖아."

야유 섞인 말투는 무시하기로 했다.

"다케우치 사체의 최초 발견자가 되자 가란은 다음에 자기가 당하리라는 것을 알았어. 그러자 갑자기 이시다가 '가란이 걱정이야' 하며 행동을 함께하기 시작했을 거야. 아까도 설명했듯이 가란은 체력이 장난이 아냐. 이시다는 가란이 바다를 헤엄쳐 건너려는 상황을 막으려 했겠지."

다음 표적이 자기라는 것을 알았을 때, 대담한 그녀는 위험하다는 사실을 잘 알면서도 바다를 헤엄쳐 건너려고 했으리라. 구조를 요청하기 위해, 친구를 구하기 위해. 가란은 내 정체를 눈치챘으면서도 나를 죽이려 하지 않고 섬을 탈출하는 길을 택하려했다. 이시다는 그런 가란을 말리고 싶었던 것이다.

"일단 물에 들어가고 나면 맥주병인 이시다는 말릴 방법이 없어. 가란은 말리는 이시다를 뿌리치고 바다로 뛰어들었지. 그러자 이시다는 뒤따라 뛰어들어 일부러 익사 위기에 빠져서 가란을 코티지로 돌아오게 만든 거야. 예상한 대로 가란은 이시다를 외면하지 않고 구조해서 코티지로 돌아왔어.

우리가 다케우치 사체에 대한 조사를 마치고 3호실을 나왔을 때 이시다와 가란이 테라스에서 비를 맞고 있었지. 가랑비였는데 두 사람은 마치 옷을 입고 수영이라도 한 사람처럼 온몸이 흠뻑 젖어 있었어. 내가 가란의 상처에 대하여 물었을 때 이시다는 당황해서 '나무에 긁혔어'라고 둘러댔지만, 그때 이미 나의 비밀을 가란에게 들은 상태였을 거야. 나를 의심하고 있었기 때문에 가란이 섬에서 탈출하려던 사실을 숨기고자 둘러댄 거지. 이건 전부 내 추측이지만, 아마 당신 주장보다는 사실에 더 가까울 거다."

"뭐, 그런 스토리가 있었다고 해도 이상할 건 없지. 인연이 오랜 히토 군이 아니면 나올 수 없는 추리군. 그런데 이야기를 되돌리자면, 가령 우라이 군이 조명을 사용할 수 없는 상태였다고 해도 내 조명도 쓸 만한 물건은 아니잖아. 랜턴식 회중전등으로는 숲으로 도망친 가란 씨를 쫓아갈 수 없어."

"쫓아갈 필요도 없었지. 당신은 쫓기는 쪽이었으니까."

"……뭐라고?"

"당신은 오오이시나 다케우치를 죽일 때처럼 아픈 척하며 테라스에서 쓰러져 있었어. 피해자들에게 '업어 줘'라고 말했겠지? 그들이 순순히 등을 돌리며 앉아 주었기 때문에 한 방에 해치울 수 있었겠지만, 가란에게는 다르게 부탁했어. 가란이 괴력을 가진 프로레슬러라는 사실을 몰랐던 당신은 체구도 작은 여성에게 업어 달라고 부탁하는 게 부자연스럽다고 생각해서 '부축해 줘'라는 식으로 말했을 거야.

아무리 가란이라도 바로 뒤에서 불시에 당한데다 온 힘을 실은 타격을 맞았으니 한 방에 녹다운 되었겠지. 하지만 당신이 묘하게 망설인 탓에 치명상은 입히지 못하고 반격을 당한 거야."

자취를 감춘 가란을 찾아서 호안도로를 함께 걸을 때 구조는 아스팔트 균열에 발이 걸려 넘어지고 말았다. 비명을 지를 만큼 아파했는데, 아마 가란에게 얻어맞은 상태여서일 것이다.

"아마 갈비 두세 대는 부러졌을걸. 여기서 살아 나가면 병원부터 가봐."

"내가 가란 씨 발차기에 맞아 갈비뼈가 부러졌다면 그 뒤 어떻게 가란 씨를 죽였다는 거지?"

"발차기라는 말은 하지 않았는데?"

"젠장, 잔말이 많네."

"당신은 랜턴을 비추며 숲길을 죽어라 도망쳤어. 숲속에 기사회생의 수단이 하나 있었으니까. 그게 뭔지는 곧 설명하지."

손바닥으로 가슴을 꾹 눌러 빨라진 박동을 억지로라도 누르려고 했지만 뜻대로 되지 않았다. 이제 온몸이 맥박을 치고 귓속에서는 해명海鳴 같은 굉음이 울리고 있었다.

탁한 공기를 환기시키려고 4호실 창문을 열었다. 조명이 없어도 달빛이 바다를 비추고 있었다.

"마지막으로, 우라이를 죽인 것은 이시다가 아냐. 당신은 우라이를 방에서 나오게 하려고 이시다가 불을 놓았다고 말했지만, 아까 내가 이시다의 라이터를 켰을 때 불꽃이 튀지 않았어. 이제 왜 그랬는지 알겠지. 가란을 붙잡으려고 바다로 뛰어든 탓에 주머니 속 라이터까지 물에 젖었기 때문이야."

"이시다 씨의 라이터가 언제 못쓰게 되었는지가 뭐가 중요해. 5호실에 불을 지른 뒤 라이터를 망가뜨렸는지도 모르지. 가란 씨를 위해 익사할 위험을 무릅쓰고 바다에 뛰어들었다니, 이건 전부 히토 군의 망상이잖아. 그 불에 탄 자국은 어떻게 설명할래?"

"라이터를 가지고 있던 것은 이시다만이 아니었어."

한 박자 두고 반응을 기다렸지만 구조는 입을 굳게 다물고 있었다. 문 너머에서는 그의 숨소리도 들려오지 않았다.

"가스라이터는 버렸어. 오오이시의 라이터는 나를 구조할 때 물에 젖어버렸어. 이시다의 라이터도 못 쓰게 되었고. 하지만 또 한 사람, 라이터를 가지고 있었을지 모르는 놈이 하나 있었어."

"……혹시 하시모토 군을 말하는 건가?"

"아니, 하시모토는 금연 중이었어. 그런데 그 사체에서는 담배 냄새가 났지."

"금연에 실패했던 건가?"

"그게 아냐."

물론 하시모토는 니코틴 냄새가 옷과 몸에 배어 있을 정도로 헤비스모커였다.

동정심이 들까봐 자세히 조사하지는 않았지만 가정환경이 나빴다고 들었다. 중학 시절부터 시너를 흡입했고 술, 담배 등 온갖 중독에 빠져 있었다.

그 시절 하시모토는 부모 역할을 하던 할머니를 막 여읜 참이라 행동거지가 많이 거칠어져 있었다고 한다. 자포자기한 그는 이시다를 비롯한 친구들에게 약물을 권했다. 이시다 등은 하시모토를 위로할 마땅한 방법을 알지 못하고 그의 권유에 따르고 말았다.

그러나 하시모토는 치료를 받으며 지원 단체에 참가하고 친구들과 어울리면서 조금씩 밝은 쪽으로 전진하고 있었다. 거북이걸음처럼 느렸지만 분명히 나아지고 있었다.

담배도 끊겠다고 했다. 아마 진심이었을 것이다.

"하시모토 사체에서 담배 냄새를 맡았을 때, 역시 끊지 못하고 몰래 피우고 있었구나, 라고 나도 생각했어. 하지만 아니었어. 놈은 제대로 금연하고 있었어. 1호실에서 발견된 그 사체는 하시모토가 아니었던 거야. 그건 아다시마 해상 코티지의 관리인, 진짜 구조 겐타로의 사체야. 너는 진짜 구조 겐타로를 죽이고 구조로 변신해서 대리인 흉내를 낸 거지? 그래서 이시다의 수첩이 신경 쓰였던 거야. 누가 어떤 순서로 살해되었는지 자세히 기록된 그 메모는 경찰 수사가 시작되면 가짜인 당신에게 불리하게 작용해. 수첩은 우라이에게 넘어가 있었으니까 우라이를 죽일 때 불태웠을 거야. 진짜 구조 겐타로 사체에서 빼낸 라이터를 사용해서."

"잠자코 들어주니까 점점 멋대로 지껄이는군. 내가 구조가 아니면 누구란 말이야."

"허풍 떠는 게 특기인 것 같은데, 덕분에 당신은 말실수를 여러 번 했어. 이봐, 이시다와 오오이시가 흡연자라는 걸 어떻게 알고 있었지? 안 피우는 놈들 앞에서는 담배를 꺼내지 않는다는 규칙을 지켰는데 말야. 왜 '그 병'이라고 했지? 나는 '약을 숨겨두고 있었다'고만 했지 그게 병에 들어 있다고는 말하지 않았어."

구조는──구조라고 부르지 말아야 하지만, 편의상──인정하려고 하지 않았다. 그렇다면 내가 말해주는 수밖에.

"봤겠지, 배에서. 당신은 그때 그 어부야."

우리를 아다시마까지 데려다준 어선의 주인. 두툼한 긴소매 맨투맨을 입고 헝클어진 장발과 커다란 마스크 때문에 나이를 짐작하기 힘들었던 추하고 음울한 어부였다.

그 모습이 지금 구조인 척하는 남자와 정확히 겹쳐졌다.

8월 9일 3시 51분

"당신이 구조 겐타로를 죽인 건 4일 아침, 아니면 그 이전일 거야."

닷새 전, 우리가 배에 타기 전이다. 그 어부와 구조 겐타로가 어떤 관계인지는 알 수 없지만 아마 그는 충동적으로 구조를 죽였을 것이다.

힘없이 문을 두드리는 소리와 그의 긴 한숨소리가 희미하게 들려왔다.

"우리를 배로 데려다주는 일을 맡았으니까 당신은 구조 겐타로의 스케줄을 어찌어찌 알고 있었겠지. 손님 일곱 명과 함께 아다시마로 건너와 1주일간 보살펴줘야 하는 일정이었는데, 그 관리인을 앞뒤 재지 않고 죽여 버렸어. 기다리다 지친 우리가 민박집 주인에게 연락해서 사건이 발각되면 곤란하겠지. 일단 상황을 모면하려고 당신은 '이 배에 승선 인원이 제한되어 있어서 구조는 나중에 따로 올 거다'라고 거짓말을 하고 우리만 먼저 섬에 보내주기로 했어. 배에서 우리 대화를 엿들었겠지. 그래서 누가 흡연자이고 누가 금연 중인지 알았을 테고. 우리가 구조의 얼굴을 모른다는 사실도 파악했지. 게다가 내가 섬에서 놈들을 몰살할 계획이라는 것도 눈치챈 거야."

그때 그는 조타실에 두었던 우리 짐을 멋대로 뒤져보고 있었다. 향후 대응을 계획하려고 우리에 대한 정보를 수집했을 것이다. 그래서 아이스박스를 조사하다가 이중바닥을 발견하고 케이블커터와 수상쩍은 페트병 2개가 숨겨져 있는 것을 발견했다.

아이스박스에는 1.2리터──여섯 명이 한 컵씩 마시고 죽는 데 필요한 양의 주스까지 들어 있었다. 다른 음료를 담아둔 비닐봉지들과 확실하게 분리되어 있었다. 그는 의아했을 것이다. 게다가 '섬에서 항구까지 헤엄쳐 갈 수 있나'라고 물었으니 그는 히토 기요쓰구라는 자를 주의 깊게 관찰하기 시작했으리라.

수상쩍은 작은 병, 케이블커터, 어중간한 용량의 주스 병. 그는 점과 점을 연결하여 히토 기요쓰구가 코티지에서 친구들을 살해할 작정임을 눈치챘다. 여섯 명이나 되는 사람을 계획적으로 살해한다면 극형을 면할 수 없다. 내가 자살할 생각이라는 점도 예상할 수 있었을 거다.

"구조 겐타로를 충동적으로 죽이고 만 당신은 사체를 어떻게 처리해야 할지 알 수 없었어. 처음에는 우리를 섬에 데려다 준 뒤 매장하거나 바다에 가라앉힐 생각이었겠지만, 배에서 나의 계획을 알게 되자 이렇게 생각하게 된 거야. 이 히토 기요쓰구라는 자가 여기 있는 모두를 죽일 계획이라면 그 참에 구조를 죽인 죄까지 떠넘길 수는 없을까. 사체 하나 늘어나는 게 대수는 아니지 않나. 구조 겐타로는 불운하게도 히토의 복수극에 휘말려들어 죽었다──그런 이상적인 흐름을 탈 수는 없을까, 하고.

우리를 코티지로 데려다준 뒤 당신은 항구로 돌아가 구조의 사체를 배에 싣고 다시 섬으로 돌아왔어. 긴 머리를 자르고 마스크를 벗고 두꺼운 옷을 벗고 코티지 관리인다운 복장으로 갈아입었지. 그렇게 구조 겐타로로 변신하고 우리에게 접근한 거야. 다행히 배에서 들은 대화에 따르면 우리는 구조의 얼굴을 모르니까 구조와 닮을 필요는 없었지. '아까 본 음침한 어부와는 다른 사람'으로 보이기만 하면 됐던 거야. 그리고 당신은 밝고 친절한 행동, 전혀 다른 인상을 연출하는 데 성공했어. 우리는 깨끗이 속아서 당신을 구조 겐타로라고 믿어 의심치 않았지."

그가 구마모토 사투리를 쓰지 않고 표준어로 말한 이유도 지금은 알 수 있다. 다른 지역에서 이주했다고 했지만, 그건 그의 설정이었다. 내가 신분을 감추기 위해 '태어난 곳은 도쿄이고 대학 진학을 위해 오사카로 왔다'는 거짓 이력을 만든 것처럼.

지방 사투리 자체가 하나의 공통항이 된다. 구마모토 사투리를 쓰던 어부와 지금 눈앞에 있는 구조라는 인물 사이의 공통항을 하나 지우기 위해 그는 사투리를 감추었다.

잠시 침묵을 지키던 그는 초조감을 이기지 못한 듯 말을 시작했다.

"내가 구조 겐타로인 척하는 어부라고? 아주 재미난 발상이긴 한데, 그럼 배는 어디 정박시켜 두었지? 내가 사체를 배에 싣고 왔다면 배는 아직 섬 잔교에 있어야지. 하지만 뜬다리 잔교는 텅 비어 있어. 코티지 우드테라스에서는 언제든 뜬다리 잔교가 보이잖아."

"배를 감추는 데 딱 맞는 곳이 있지 않나? 배 숨긴 후미. 그 만 안쪽에 묶어두면 가파른 절벽 덕분에 섬 안에서는 배가 보이지 않지."

그가 "허어" 하고 맥없이 웃는 소리가 들렸다.

"우리가 처음 만난 것도 그 후미 근처 숲이었지. 당신이 비탈을 굴러 떨어질 뻔한 우리를 도와주고, 후미에 접근하지 말라고 경고했잖아. 꽤 사람 좋은 인상이었지만, 돌이켜 생각해보면 당신이 큰 짐을 메고 후미까지 곧장 찾아온 것은 부자연스러웠어. 뜬다리 잔교에 내렸다면 먼저 관리인동에 짐을 부려놓았을 테니까. 후미에서 곧장 올라오다가 우리와 마주쳤지?"

그는 배를 들킬까봐 '저 후미는 위험하니까 가까이 가지 마시오'라고 여러 번 경고했다. 첫날 바비큐 자리에서 엉성한 괴담을 들려준 것도 우리를 후미에서 떼어놓기 위해서였을 것이다.

"구조인 척하며 코티지에 들어온 당신은 내가 모두를 살해하기를 기다리기만 하면 되었지. 전원 사망을 확인하면 피해자들 사이에 구조의 사체를 섞어 놓고 마치 대량 살육의 피해자 가운데 하나처럼 보이게 하는 거야. 그리고 코티지를 떠나 8월 10일 아침에 예정대로 배를 몰고 와서 시치미 뗀 얼굴로 최초 발견자가 될 생각이었어. 당신은 우리를 배에 태워줄 관리인이 아니니까 아다시마만 벗어나면 그냥 외부인이 되는 거야. 경찰 수사가 시작되어도 코티지에서 지낸 사람이 한 명 더 있었음이 드러날 염려가 없지. 하지만 상황은 당신이 바라는 대로 진행되지 않았어."

그가 그린 그림에는 딱 하나 중대한 결함이 있었다.

"나는 비소 주스로 여섯 명을 한꺼번에 죽일 계획이었거든. 욕심대로라면 추리소설에 흔히 나오는 것처럼 한 명 한 명 해치우고 싶었지만, 그렇게 하면 피해자가 늘어날수록 남은 사람들의 경계심이 강해져서 살인의 난이도가 높아질 테고, 무엇보다 효율이 나쁘지. 한번에 살해하는 것이 최선이었지만 당신도 아이스박스를 뒤져보고 대강 짐작했다시피 그 독살 계획은 당신에게 아주 불리한 것이었어.

만약 계획이 실행되면 코티지에는 독극물로 죽은 여섯 명의 남녀와, 자살한 나의 사체가 뒹굴게 돼. 거기에 독극물이 아닌 방법으로 살해된 구조 겐타로의 사체가 누워 있다면 섬에 도착한 경찰이 어떻게 판단할까. 아마 당신은 구조를 둔기 같은 것으로 때려 죽였겠지. 독살된 여섯 명과 타살된 한 사람——한 명만 살해 방법이 판이하게 다르면 부자연스럽지 않을까. 그 사체만 철저하게 검시할지도 몰라. 내 계획에 무임승차하는 것이 얼핏 최선책처럼 보였겠지만, 사실 당신은 내가 독살을 실행하지 못하게 막아버렸던 거야. 독살을 막는 데는 피살된 사체 하나만 있으면 충분했거든. 코티지 안에서 살인이 일어나면 서로가 서로를 믿지 못하게 돼서 자기가 가져온 음식이 아니면 안 먹을 테니까."

피살된 사체 하나만 있으면 충분하다고 말했지만, 그것은 구조가 나를 대신하여 여섯 명 모두를 살해해야 된다는 의미이다. 내가 전혀 모르는 살인이 일어나면 살인을 계획하던 나도 경계하며 행동을 하지 않게 될 테니까. 사체 하나 감추기 위해, 구조 겐타로 살해라는 살인죄 하나를 지우기 위해 무관한 사람을 여섯 명이나 죽이다니, 어지간한 인간이라면 못할 짓이다. 그러나 그의 경우는 처한 상황이 특수했다.

그가 손을 대지 않아도 어차피 내가 모두를 죽일 테니까. 피해자들은 조만간 독살될 예정이었다는 핑계가 살인에 대한 심리적 부담을 가볍게 만들어버린 것이다.

"여섯 명을 제 손으로 죽인 뒤 거기에 구조의 사체를 섞어 놓고 나에게 모든 죄를 씌운다. 그게 당신의 목적이었어. 당신은 처음부터 경찰 수사가 시작된 이후만 생각하고 있었지."

문 너머에서 반론이 돌아오는 일은 없었다. 범행을 인정하는 듯했지만, 나는 개의치 않고 계속 말했다. 시간을 벌기 위해서이기도 하고 복잡하게 얽힌 생각을 정리하기 위해서이기도 했다.

"전화선은 내가 끊었으니까 수고를 덜었다고 생각했겠지. 처음에 당신은 구조의 사체를 관리인동으로 옮기기로 했어. 구조의 사체는 다른 여섯 구의 사체와 마찬가지로 코티지의 각 객실에 장시간 방치되어 있던 척해야 했어. 배에 둔 사체를 계속 거기 놔둘 수는 없었으니까. 누구에게도 들키지 않고 사체를 둘 수 있는 장소는 타인이 드나들 일이 없는 관리인동뿐이었어. 밤중에 이목을 피해 옮기려고 했지만 그 전에 한 가지 문제가 생겼지. 바로 옆방에 있는 하시모토가 방을 교환하자고 부탁하지 않았나?"

하시모토는 벌레라면 질색을 하는 겁쟁이였다. 우드테라스 벤치 위에 거미가 기어가는 것을 보고 요란하게 비명을 지르며 달아난 적도 있다.

그런 상황을 생각하니 한 가지 가설이 떠오른다. 문을 부수고 모두가 1호실로 들어갔을 때 이시다는 너무나 처참한 사체 상태에 충격을 받아 랜턴을 떨어뜨렸다. 그때 랜턴 불빛이 방 한쪽 구석을 비추는 순간 거북이등거미가 기어가는 모습이 보였다.

"커다란 거미가 기어다니는 1호실에서 하시모토가 편안하게 지냈다고는 도저히 생각할 수 없어. 벌레가 나왔으니 방을 바꿔달라고 하시모토가 부탁하자 당신은 부탁을 들어줬겠지. 방을 바꿀 뿐이니 구조의 사체를 1호실로 옮기면 된다고 생각하고. 문제는 그것이 하시모토와 당신 사이에서만 이루어진 합의였다는 거야."

1호실에서 하시모토의 짐이 사라진 것을 발견한 우리는 범인이 모종의 목적으로 바다에 던져버렸을 거라고 믿었지만, 방을 교환했으니 관리인동으로 옮겨져 있었을 것이다.

"만조가 되는 22시 전후가 사체를 옮길 기회였어. 당신은 하시모토와 바꾼 1호실 창문만 열고 불청객이 들어오지 않도록 출입문은 잠가둔 채 밖으로 나갔어. 그리고 '배 숨긴 후미'로 가서 정박해둔 배를 몰아 1호실 발코니 바로 밑까지 왔지. 만조라서 배 바닥이 바위에 부딪힐 염려도 없고 해수면과 발코니도 가까워지니까. 조위 상승을 이용해 사체를 1호실 발코니로 끌어올리려 한 거야. 와이어 한쪽에 사체를 묶고 다른 한쪽을 난간으로 던져 올린 다음 난간에 걸린 와이어를 잡아당겨서 사체를 1호실 발코니로 끌어올렸겠지. 한 사람 힘으로는 어렵없다고? 당신 배에는 앵커윈치가 장착되어 있잖아? 그걸 이용해서 와이어를 감으면 돼. 로프를 하나 더 난간에 던져 발코니에 올라가고, 난간 바로 밑까지 올려둔 사체를 발코니 안쪽에서 끌어올렸겠지. 난간 가로대에 남은 긁힌 자국은 범인이 하시모토의 짐을 버리다가 생긴 자국이 아니라 사체를 끌어올리던 와이어 자국이었던 거야. 이삿짐센터에서 냉장고처럼 큰 물건을 2층으로 매달아 올릴 때는 2층에서 끌어올리는 사람과 밑에서 짐을 쳐들어 주는 사람이 있는데, 당신은 혼자서 다 해냈으니 정말 대단해.

그런데 고생해서 사체를 1호실 바닥에 눕혔을 때 다시 문제가 생겼어. 바깥에서 오오이시가 외치는 소리가 들렸던 거야. 하시모토를 부르는 목소리. 당신과 하시모토가 방을 바꾼 것을 모르는 오오이시는 하시모토가 여전히 1호실에 있다고 믿고 전혀 반응을 하지 않는 하시모토를 걱정하고 있었어.

방을 바꿀 때 당신은 거기서, 그러니까 관리인동에서 하시모토를 죽였겠지. 첫 희생자로 하시모토를 택하는 바람에 하시모토는 오오이시와 따로 만나기로 한 약속을 지킬 수 없었고, 바람을 맞은 오오이시가 하시모토를 찾으러 온 거야. 하시모토의 사체가 관리인동에 있다는 것도 모르는 친구들은 1호실 밖에서 발을 동동 구르고 있었지. 만약 1호실에 누가 들어와 진짜 구조 겐타로를 발견하면 당신의 계획은 파탄 나. 오오이시가 도끼로 문을 부술 가능성이 머리를 스치자 더욱 불안해졌을 거야. 그러나 이미 1호실에 옮겨 둔 구조의 사체를 다시 발코니까지 끌어내 배로 옮기기에는 시간이 부족했지. 초조한 당신은 구조의 안면에 손을 써서 하시모토로 오인시키기로 했어."

구조를 자처하는 남자와 처음 얼굴을 마주했을 때부터 희미한 위화감을 느끼기는 했다. 코티지 주인인 우라이의 숙모는 구조의 외모에 대하여 '생긴 건 무섭게 생겼지만 상냥한 사람이니까 괜찮아'라고 했다는데, 그에게서는 전혀 '무서운' 인상을 느낄 수 없었다. 서른 살이라고 들었지만 거의 우리 또래로 보일 만큼 단정한 동안이었다. 그런데 1호실에서 발견된 사체가 하시모토가 아니라 진짜 구조 겐타로라면 '생긴 건 무섭게 생겼지만'이라는 평도 수긍할 수 있다.

"당신에게 다행이었던 것은 진짜 구조 겐타로의 용모가 하시모토와 조금 비슷했다는 거지. 키나 체형, 머리카락 색깔, 담배 취향까지 비슷하다면 도저히 속이기 힘든 얼굴만 망가뜨려 놓으면 되니까."

결정적인 단서는 사체의 옷이었다. 바비큐 때 하시모토는 니코짱 마크가 프린트된 티셔츠를 입고 있었는데 사체의 복장은 달랐다.

사람의 옆얼굴을 모티프로 한 그 그림으로 추측건대 다케우치가 좋아하는 밴드의 라이브 티셔츠였다. 나는 고개를 숙이고 다케우치가 다리에 감아 준 붕대 대용 수건을 살펴보았다. 이 수건에도, 다케우치가 쓰고 있던 모자 챙 안쪽에도, 그 사체가 입고 있던 티셔츠와 똑같은 심벌마크가 프린트되어 있었다.
 하시모토가 그런 옷을 가지고 있을 리 없다. 만약 라이브 굿즈를 구입할 정도로 그 밴드를 좋아했다면 당연히 다케우치의 소장품에 반응을 보였을 것이다. 다케우치라면 더 일찍 이 단서를 알아챘을지 모르지만, 사체를 발견한 당시 격하게 구토를 시작했기 때문에 복장을 확인할 여유가 없었을 것이다.
 "당신은 구조의 안면을 짓이겨놓은 뒤 발코니에서 바다로 뛰어내려 바로 밑에 세워둔 배로 도망쳤지. 경황이 없었을 텐데 비교적 매끄럽게 처리한 거야. 창 밑에 1호실 룸 키를 떨어뜨리는 실수를 제외하면. 출입구는 잠가두었지만 실내에 열쇠를 떨어뜨린 탓에 영문을 알 수 없는 밀실이 만들어진 거야.
 동남쪽 해안 절벽에 있는 후미는 1호실에서 가깝지. 서둘러 배를 몰아 후미로 돌아간 뒤 비탈을 뛰어오르고 산책로를 곧장 달리면 코티지로 돌아오는 데는 10분도 안 걸리지 않을까? 그날 밤은 날씨가 궂어서 배 엔진 소리는 천둥과 빗소리가 지워주었을 거야. 당신은 1호실 앞에서 혼란에 빠져 있는 우리에게 아무 일도 없었던 것처럼 합류했어. 나는 당신이 관리인동이 아니라 아다시마 쪽에서 나타나는 것이 이상해서, '대체 섬에서 뭘 하고 있던 겁니까?'라고 물었지. 당신이 공중전화박스 이야기를 꺼내는 바람에 더 추궁할 수 없었지만, 그때 당신은 후미에서 급하게 달려온 참이었던 거야. 그 뒤 1호실에 들어선 우리는 당신이 계산한 대로 거기 있던 구조의 사체를 하시모토라고 오해했어. 금발 염색한 머리나 사체에서 나는 니코틴 냄새가 오해를 부채질했지."

그는 다른 사람에게 지적당하기 전에 방이 밀실 상황이었다는 점을 지적하고 계획범행임을 암시해서 자신을 용의자 후보군에서 제외시키려고 했다. 그리고 우리는 설마 범인이 섬에 배를 감춰 두었다고는 생각지 못하고 1호실이 완벽한 밀실이라고 믿어 의심치 않았다.

첫 사체가 하시모토가 아니라는 사실이 밝혀지는 것이 그가 가장 두려워한 상황이었다. 안면 손상에서 특별한 의도를 알아내지 못하게 하려고 용모를 바꿀 필요가 없던 오오이시와 다케우치의 얼굴까지 망가뜨렸을 것이다.

"아까는 '내가 가란 씨 발차기에 맞아 갈비뼈가 부러졌다면 그 뒤 어떻게 가란 씨를 죽였다는 거지?'라고 했었지. 반격으로 다친 당신이 열세를 만회할 방법이 딱 하나 있었어. 후미에 묶어 둔 배에서 무기를 가져오는 거야. 그래서 숲속으로 도망쳐 들어갔지."

조타실 싱크대에 있던 낡은 식칼은 지금도 망막에 각인되어 있다.

우라이의 제안으로 코티지에 있는 위험한 물건을 전부 바다에 내다버린 밤, 그도 관리인동의 식칼을 버렸다. 의심을 살까봐 그 자리에서는 우라이의 지시에 따르는 수밖에 없었다. 때문에 오오이시, 다케우치의 살해에서는 칼이 사용되지 않았고 혀도 힘으로 뜯어낸 것처럼 불규칙한 단면을 보여주었다. 그러나 가란을 미처 죽이지 못하자 생명의 위험을 느끼고 조타실에 있는 식칼을 가지러 허겁지겁 달려갔던 것이다.

"내가 알고 있는 살인은 여섯 건이지만, 지금 이 코티지에는 모두 일곱 구의 사체가 있어. 관리인동에는 하시모토의 사체가, 1호실에는 하시모토로 꾸며진 구조의 사체가. 첫날밤에 사체를 방으로 옮겨두는 바람에 당신은 자기만의 공간을 잃었어."

마침내 결론이다. 목구멍이 긴장해서 목소리가 떨렸다.

"사후 열 몇 시간이나 지난 사체와 한 방에서 장시간 있게 되면 몸에 부패취가 배어서 의심을 사겠지. 가능하면 관리인동이나 1호실에는 들어가고 싶지 않았을 거야. 그러나 만난 지 몇 시간밖에 안 된 상황에서 누군가의 방에 들어가 함께 밤을 보내기도 쉽지 않아. 후미에 숨겨 둔 배에서 자도 되지만, 아무것도 없는 아다시마에 드나들다가 의심을 사서 숨겨둔 배를 들키는 사태만은 피하고 싶었겠지. 그래서 당신은 우드테라스 벤치에서 자기로 한 거야.

테라스에 혼자 누워 있으니 살인을 수행하기에도 좋았어. 친구의 안부를 확인하려고 방을 나온 사람은 테라스 벤치에 누워 있는 당신을 보고 어디가 많이 아픈 거라고 오해하고 제 발로 다가와 주었으니까. 당신이 테라스에서 잔다는 사실을 알면 방 안에 방치해 둔 사체의 존재를 눈치챌 수 있으니까 상대방을 죽여야 했어. 최초 발견자만 노릴 생각은 없었던 거지. 다만 자기 죄를 숨기려고 기계적으로 한 명 한 명 살해해 나갔을 뿐이고, 결과적으로 친구를 걱정하는 착한 사람부터 살해된 것뿐이야."

내가 마지막까지 살아남은 것도 납득할 수 있었다. 그들을 친구로 여기지 않고 전혀 걱정하지 않았으므로 그들의 안부를 확인하려고 나가지도 않았다. 강력한 동기를 가진 나를 마지막까지 살려두고 싶었던 그에게도 비정한 인간이 마지막까지 살아남는 시스템은 나쁘지 않았을 것이다.

"이시다가 '사람들 짐을 점검해보고 싶어'라고 말했을 때, 방에 독약과 케이블커터를 숨겨둔 나는 동요를 감출 수 없었고, 그래서 친구들에게 의심을 받았지만, 사실은 당신도 그때 매우 당황스러웠을 거야. 당신이 묵고 있어야 할 관리인동에 하시모토의 사체가 있었으니까. 당신이 무서울 정도로 냉정해서 눈치채지 못했지만. 정말 연기가 뛰어나더군. 당신이 범인 찾기에 적극적이었던 이유도 이제는 알겠어. 낮 동안에는 될수록 자기 방에 들어가고 싶지 않았던 거야."

탐정 역할을 자임했지만 실은 그냥 시간을 죽이고 싶었을 뿐이었다. 혼란에 빠진 사람들을 위로하고 수사에 적극적으로 리더십을 발휘했던 것도 알고 보면 시간 죽이기였다. 모두를 살해할 때까지 시간이 남아돌았으니까 입으로만 친절한 말을 하며 우리를 희롱하고 있었던 것이다.

"다만 한 가지 알 수 없는 게 있어. 가르쳐주었으면 좋겠군. 당신은 왜 구조의 혀를 잘랐지?"

그는 우리와 초면이었다. 우리가 혀 절단에 트라우마를 안고 있다는 것을 알 리가 없을 텐데 왜 구조의 혀를 잘랐을까. 사체의 혀가 잘려 있다는 사실에 심상치 않은 반응을 보이는 일행을 보고 뭔가 눈치를 채고 두 번째 이후의 살인에서도 혀를 절단했겠지만, 첫 번째 사체——구조 겐타로의 혀를 절단한 이유를 알 수 없었다.

발밑에서 쿵 하는 강한 진동이 느껴졌다. 그가 문을 걷어차고 있었다.

"글쎄, 왜라고 생각하지?"

"……구조 겐타로가 혀 피어싱이라도 했나?"

진짜 구조 겐타로가 혀 피어싱을 했다면 피어싱이 없는 하시모토와 닮게 만들려고 최종 마무리로 혀를 잘랐다고 해도 이상할 것이 없다. 여름이라 사후 경직도 빨리 풀릴 테니 악관절을 벌리고 혀를 자르는 일은 어렵지 않았을 것이다.

그러나 만약 사체의 입이 벌어져 있지 않았다면 우리는 굳이 입 속까지 확인하려고 하지 않았을 가능성이 크다. 혀를 자를 필요는 없었을 것이다.

"혀 피어싱? 절반은 맞다고 해두지."

그의 목소리가 묘하게 슬프게 들린다. 그는 더는 설명할 생각이 없어 보였다.

"뭐랄까. 히토 군이 갑자기 머리가 좋아진 건가? 우정의 힘인가?"

"말이 되는 소리를 하시지."

"하지만 말이야, 자네 얘기를 믿으면 모두 착한 놈들이 되어 버리는데?"

그는 속삭이듯이 말했다.

"오오이시 군은 범인을 업어주려고 등을 돌리고 앉았다가 살해되었다, 다케우치 군의 수건은 자네 다리를 지혈하기 위해 사용했으니 증거품이 아니다, 가란 씨의 팔에 남은 긁힌 상처는 물에 빠진 친구를 구하다가 생긴 것이다, 우라이 군은 친구들을 위로하려고 음악을 들려주느라 배터리를 다 써버렸다, 이시다 씨의 라이터는 친구를 말리기 위해 바다에 뛰어든 탓에 물에 젖어 버렸다――끝내는 친구를 걱정해서 방에서 나왔다가 모두 살해되었다, 이런 말인가? 자신이 하는 말이 믿어져?"

"그게 사실이니까."

"호오, 히토 군은 그렇게 이해해도 괜찮은가보군."

"범행을 인정하지?"

"물론. 나는 해냈어. 물러터진 자네를 대신해서 내가 다 죽여준 거 아닌가."

통렬한 야유였다. 독약을 준비하고 연락수단을 끊어 놓고도 최후의 선을 넘지 못한 나는 그의 눈에는 물러터진 놈처럼 보였을 것이다.

하지만 물러터진 게 뭐가 문제야. 너와 같은 생각이 근본적으로 잘못된 거 아닌가.

"겁쟁이가 뭐가 나빠. 실제로 사람을 죽이는 놈보다는 훨씬 분별 있는 거잖아."

"유감이지만 분별 있는 사람은 비소를 구입하지 않아."

"사실 놈들을 죽일 생각은 없었어."

말을 뱉고 보니 신기하게도 처음부터 그렇게 생각했던 것 같은 기분이 들었다.

복수 계획을 세울 때는 제정신이 아니었다. 온전한 사고를 하지 못하고 스스로 돌아볼 여유도 없이 거반 넋을 놓은 상태로 지냈다. 그러던 어느 날 갑자기 여섯 명을 죽일 절호의 기회가 찾아오고 말았다.

"꼼꼼하게 준비는 다 해놓고 무슨 소리 하느냐고 웃겠지만."

실은 죽이고 싶지 않았다.

원수를 갚느니 못 갚느니는 내 미래와 내 인생과는 아무 관계도 없다. 내가 놈들에게 우정에 가까운 애착을 품고 있던 것과도 관계가 없다. 기다 선배조차 관계가 없다.

그 누구와도 그 무엇과도 상관없는 일이다. 다만 죽이고 싶지 않았을 뿐이다.

"이봐, 정신 차려."

초조한 목소리가 날아왔다.

"죽이고 싶지 않았다니, 마음에도 없는 소리 하지 마. 소중한 선배의 인생을 망가뜨린 놈들이잖아. 아무도 반성하지 않았어. 우라이 군은 네 정체를 안 순간 너를 범인 취급을 하고 자기들이 린치한 상대는 죽지 않았는데 자기들을 죽이는 건 너무한 거라는 식으로 지껄였잖아."

"놈들이 전혀 반성하지 않았다는 건 이 세상 누구도 증명할 수 없어. 궁지에 몰려서 그만 변명처럼 말했을 수도 있어. 인간이니까 어쩔 수 없어."

"그럼 이시다 씨는? 엎드려 용서를 구하는 게 고작이었지. 자기 살 생각뿐, 히토 군 선배 생각은 요만큼도 하지 않더군. 결국은 너를 죽이려고 했잖아. 내가 지켜주지 않았으면 히토 군은 벌써 죽었어."

"내가 먼저 죽으면 곤란하니까 이시다를 죽였을 뿐이잖아. 당신이 해치지 않았다면 이시다도 생각이 바뀌었을지 몰라."

반사적으로 대꾸하며, 이건 아닌데, 라고 생각했다. 나는 이런 말을 하고 싶었던 게 아니다. 놈들을 비호해주고 싶었던 게 아니다.

놈들이 과거 행동을 후회하는지 어떤지는 아무도 모른다. 반성하지 않는지도 모르지만, 설사 그렇다고 해도 나에게 놈들을 죽일 권리가 생기는 것은 아니다. 놈들이 기다 선배를 때려서는 안 되었던 것처럼 나도 놈들을 죽여서는 안 되는 것이다. 애초에 사람을 죽일 자격이나 조건이란 것은 존재할 수 없다.

"호오, 대단하시네. 거의 성인군자구만."

신경질적인 웃음소리가 높이 울렸다. 표정은 보이지 않지만 입가에 차가운 조소를 띠고 있음을 알 수 있었다.

"마음씨 고운 히토 군에게 한 가지 좋은 걸 가르쳐줄까. 자네 추리는 거의 맞아. 다만 한 가지 오류가 있어. 자네는 하시모토 군이 오오이시 군과 만나기로 해 놓고 나타나지 못한 이유는 내가 하시모토 군을 이미 죽인 상태였기 때문이라고 했지. 하지만 나는 그때까지 하시모토 군을 건드리지 않고 있었어."

그의 말투에서 우월감 같은 것이 느껴져 불온한 예감이 엄습했다.

"믿을 수 없어. 하시모토가 그 시점에 살아 있었다면 왜 오오이시와 했던 약속을 펑크 냈지?"

"하시모토 군은 자네의 비밀을 알고 있었지? 자네가 이름과 이력을 속이고 접근했다는 거. 이시다 씨에 따르면 그 비밀을 처음으로 알아챈 것은 하시모토 군이고, 아다시마로 오기 직전에 가란 씨에게 알려줬다고 하더군."

"무슨 말을 하고 싶은 거지?"

"하시모토 군은 의외로 의리를 아는 인간이었다는 거지. 히토 군이 복수를 위해 그룹에 접근했다는 걸 알고도 자네를 믿고 자네 정체를 아무한테도 말하지 않았어. 외딴섬으로 함께 여행하기로 결정되자 만일의 가능성이 뇌리를 스쳐서 그제야 가란 씨에게 상의했겠지. 비밀을 털어놓을 상대로 가란 씨를 택한 것은 아마 비상시에 대비하기 위해서였을 테고. 가란 씨라면 비상시에 히토 군을 막아줄 신체 능력이 있고 입도 무거운 것 같더군. 두 사람은 너를 많이 좋아했으니까 '히토가 거짓말을 하는 데는 뭔가 특별한 사정이 있는지도 모른다. 다른 사람한테는 말하지 말자'라고 맹세했어. 그런데 코티지에 도착한 뒤 자네에 대한 믿음이 무너졌지.

하시모토 군이 자네가 전화선을 끊는 장면을 목격했거든."

설마. 주위에 아무도 없다는 걸 확인했는데.

하지만 돌이켜 생각해보니 전화선을 끊고 테라스로 돌아왔을 때 하시모토만 보이지 않았다. 그때 하시모토가 내 뒤를 따라다니고 있었다면.

"히토 군이 뭔가 흉계를 꾸미고 있는 게 분명해지자 하시모토 군은 고민했어. 히토 군의 비밀을 모두에게 알려야 하나? 아니면 친구로서 입 다물고 있어야 하나. 고민 끝에 오오이시 군한테만 비밀을 알리기로 한 게 아닐까? 오오이시 군은 자네를 그룹에 소개한 사람이고 자네와 가장 친했으니까. 하시모토 군은 오오이시 군과 상의하려고 밤에 둘이 만나자고 제안했지."

반박하고 싶지만 말이 나오지 않았다.

"약속을 잡은 건 좋았지만 아마 충격이 컸겠지. 하시모토 군은 압박감을 견디지 못해 약속을 펑크 내고 도망쳐버렸어. 때문에 오오이시 군이 1호실 앞에서 소동을 벌였지만…… 그때 하시모토 군이 어디 있었을 것 같나?"

1호실 앞에서 그런 소동이 벌어지고 있는데도 나타나지 않았다면 코티지에는 없었을 것이다. 그렇다면 섬 쪽으로 도망치고 있었을까?

"구조의 사체를 하시모토 군인 것처럼 만든 뒤 나는 급하게 배를 몰아 후미로 갔지. 한시라도 빨리 일행에 합류하지 않으면 의심을 살 테니까. 산책로를 달리고 있는데 어떤 목소리가 들렸어.

숲을 비춰보니 하시모토 군이 혼자 웅크리고 앉아 울고 있더군. 아무도 없는데 엉엉 울면서 누군가에게 사죄하는 것 같았어. 나는 그 자리에서 놈을 때려죽이고 코티지로 돌아갔지. 어차피 놈을 제일 먼저 죽일 생각이었으니 잘된 셈이야. 이미 1호실에 하시모토 군의 사체가 누워 있었으니까, 살아서 코티지에 돌아와 버리면 하시모토 군이 두 명이 되고 마니까. 진짜 쪽 사체는 히토 군이 말한 대로 나중에 관리인동으로 옮겼어."

하시모토가 눈물을 흘리는 모습을 한 번도 본 적이 없지만 캄캄한 숲에서 혼자 웅크리고 엉엉 우는 모습은 쉽게 상상할 수 있었다. 그 뒤로 몰래 다가가 가차 없이 때려죽이는 그의 뒷모습도.

"죽일 생각은 없었다고 했지만 이게 다 히토 군 탓이야. 자네가 어리석은 계획을 세우지 않았다면 나도 일행을 전부 해치지는 않았을 거야."

"남 탓 하지 마. 네가 죽인 거야. 무관한 사람을 여섯 명이나 죽이다니, 정상이 아냐."

"정상이 아니라니, 칭찬이군. 히토 기요쓰구 군, 아니, 이노우에 기요쓰구 군이라고 불러야 할까. 나는 이노우에 군과는 달리 사랑을 위해 사람을 죽일 수 있는 사람이니까."

사랑을 위해. 그 자리에 전혀 어울리지 않는 말이 튀어나와서 크게 놀랐다.

나는 그를 전혀 이해하지 못했다. 진짜 나이, 본명, 그리고 범행 동기도 알지 못한다. 나는 문으로 손을 뻗어 나뭇결대로 손가락을 움직이며 물었다.

"왜 구조를 죽였지?"

"흠. 그거, 꼭 말해야 해? 너에게 말해줘서 무슨 득이 되지?"

"너 혼자만 알고 있는 건 불공평하잖아."

"이봐, 구조 겐타로는 살해되어야 마땅한 최저 최악의 쓰레기였어. 이시다 씨 일행과 같은 수준, 혹은 그 이상의 쓰레기였지. 그래서 처음에 나도 자네에게 크게 공감했었어. 얼마나 집념 있고 열정적인가, 하고 감탄했지. 자네라면 내가 구조를 죽인 것을 이해해줄 테고, 뭣하면 죄를 나 대신 짊어지고 자살해 줄 거라고 생각했어. 하지만 아무래도 자네는 그런 인간이 아닌 것 같군."

"역시 마지막에는 나를 자살로 몰아넣을 생각이었나."

"그래. 이노우에 군은 이제 죽어줬으면 좋겠어. 그러니 자네가 기분 좋게 죽을 수 있도록 안 돌아가는 머리를 쥐어짜서 최선의 스토리를 생각해두었는데."

"내가 왜 죽어."

"이제 설득은 포기했다. 가능하면 자살로 보이도록 죽여주지. 다행히 시간은 남아도니까."

슥슥 불쾌하게 긁는 소리가 고막을 흔들었다. 그가 손톱으로 문을 긁는 소리였다.

"내일 아침에도 배는 오지 않아. 왜냐하면 너희를 배에 태워주라고 의뢰를 받은 사람이 나거든. 방 안에서 버텨도 소용없어. 객실을 다 뜯어내서라도 너를 끄집어낼 거다."

구조에게 아직 말하지 않은 사실이 있었다. 아다시마로 오기 전에 써둔 유서——범행성명이다.

시각은 4시 반. 일출까지는 1시간 정도 남았는데 창밖의 하늘은 동트기 직전 특유의 짙은 청색으로 물들어 있었다. 문서 공개까지 앞으로 3시간 반.

"아, 지금 뭔가 꾀를 부리는 것 같은데?"

머릿속을 읽은 것처럼 말해서 나도 모르게 긴장했다.

"이노우에 군, 혹시 누구한테 알려두고 왔나? 경찰이 예정보다 빨리 올 수도 있나? 진짜 영악하군. 솔직하게 말해봐. 나는 여기 있으면 안 되는 사람이니까."

발언은 점점 거칠어지지만 잠긴 문을 파괴할 수단은 없는 듯했다. 우라이의 제안대로 위험한 물건을 내다버리기를 잘했다. 여기 오오이시의 도끼가 있었다면 문은 벌써 부서졌을 것이다.

"그럼 나도 영악한 말 한 마디 해볼까. 이시다 씨는 아직 살아 있어."

"거짓말."

"거짓말이라고 생각하면 계속 방 안에 있어도 좋아. 어차피 불태우거나 문을 부숴서 쳐들어갈 거니까. 네가 나오지 않으면 이시다 씨는 지금 바로 죽는다."

손바닥을 펴고 일회용 라이터를 지그시 쳐다본다.

이시다는 호흡을 하지 않았었다. 맥박도 없었다. 살해된 것이다. 하지만, 하는 목소리가 머릿속에서 들린다. 만약 살아 있다면, 호흡을 재개했다면?

"분명히 말하는데, 정말 살아 있거든. 이리 나와서 나랑 얘기 좀 하자. 네가 순순히 자살해 준다면——구조 살해 죄까지 뒤집어써 준다면 이시다 씨를 위해 배를 내줄 수도 있어. 지금 병원으로 데려가면 늦지 않을지 몰라."

어느새 그의 달콤한 말에 귀를 기울이고 있었다. 이시다는 잠시 기절한 것인지도 모른다. 일단 방을 나가서 확인하는 게 좋지 않을까. 이자도 당장 나랑 몸싸움하는 상황은 피하고 싶을 것이다.

살아 있으면 좋겠다는 바람을 나는 다양한 표현으로 조합해보고 있었다. 침대 사이드테이블의 금고에서 케이블커터를 꺼내 주머니에 숨기고 문을 열었다.

어두운 바깥은 새벽녘의 희미한 빛을 받고 있었다. 서로 얼굴을 겨우 알아볼 정도로 희미한 빛. 무기는 전혀 들고 있지 않음을 보여주려는 듯 그는 양팔을 펴고 문 앞에 서 있었다. 나는 깊은 숨을 한 번 쉬고 우드테라스로 나섰다.

"이시다는······."

이시다는 정말 무사한가? 그렇게 말하려다가 입술을 꼭 다물어 버렸다. 벤치 뒤에 아까와 똑같은 자세로 쓰러져 있는 이시다가 있었다. 종이처럼 새하얀 얼굴. 팔다리 근육은 망가진 장난감처럼 축 늘어졌고 손가락 끝에도 아무런 기운이 느껴지지 않았다. 죽은 것이 확실했다.

내 손을 꼭 쥐고 "나는 히토를 도울 거야"라며 웃던 이시다의 얼굴이 떠오른다. 내가 잠을 자지 못한다고 했을 때는 "그럼 오늘 밤은 계속 얘기나 하자"라고 흔쾌히 받아주었다.

──히토가 졸릴 때까지 나랑 같이 있자.

흠칫 뒤를 돌아보았다. 어느새 그가 내 바로 뒤에 있었다.

오싹할 정도로 무기질적인 목소리가 귓가에 울렸다.

"순진한 놈 같으니. 죽어라."

순간 배에 강렬한 충격과 열감을 느끼고 비틀거리며 뒷걸음질 쳤다. 시선을 조심스레 아래로 향하니 오른쪽 옆구리에 칼이 박혀 있고 칼날에서 피가 방울방울 떨어지고 있었다. 조타실에서 본 식칼──가란의 목을 찌른 식칼이다. 그제야 예리한 통증이 온몸을 치달아 엉덩방아를 찧으며 쓰러졌다.

"어디 덤벼 보시지."

그의 도발이 머릿속을 꽝꽝 뒤흔들어 격렬한 어지럼증이 왔다. 그는 꼼짝도 않고 서 있었다. 손에 낀 비닐장갑은 나의 피에 젖어 뚝뚝 핏방울을 떨어뜨리고 있었다.

"친구가 살해돼서 분하겠지. 그 배에 박힌 칼을 뽑아서 날 찔러."

어느새 볼이 젖어 있었다. 분하다. 분해서 견딜 수 없었다.

녀석들을 더 빨리 만났으면 좋았을 것이다. 가령 우리가 같은 고등학교에 다녔다면 아마 친해졌겠지. 하시모토가 약물을 권해도 거절하고 이시다가 응하려고 해도 뜯어말렸을 것이다. 상가에 불을 질렀다면 내가 신고했을 것이다. 누군가 기다 선배를 때리려고 하면 목숨을 걸고라도 말렸을 것이다.

내가 비밀을 털어놓았다면 녀석들도 사실대로 말했을까. 대화를 해서 서로 상처를 드러낼 수 있었을까.

회한과 안타까움이 연료가 되어 증오의 불길을 피어 올렸다. 네가 내 친구를 죽였지.

상체를 일으켜 그를 노려보았다. 배에 박힌 식칼 자루를 더듬어 찾는 순간 뜻밖에 우라이의 말이 떠올랐다.

──지문을 남기지 않으려고 하는 거군요. 나는 생각도 못했는데. 구조 씨는 정말 침착하세요. 정말 대단하세요.

그는 조사할 때면 늘 비닐장갑을 끼었다. 그리고 지금도 끼고 있다. 현장 보존을 위해서가 아니라 자신의 흔적을 코티지에 남기지 않으려고 그랬던 것이다. 경찰의 눈을 피해 모든 죄를 나에게 씌우려 하고 있다.

"그렇게 유인해서 내가 칼자루 잡기를 기다리는군. 흉기에서 범인의 지문이 나오지 않으면 부자연스럽겠지. 자살처럼 보이려면 자연스럽게 묻어 있는 내 지문이 필요해."

"눈치 빠르네." 그의 웃는 얼굴이 신경질적으로 굳어졌다.

얼마 남지 않은 기력을 쥐어짜내어 일어섰다. 상처가 벌어졌는지 왼쪽다리에 감긴 다케우치의 수건에 다시 피가 스멀스멀 번졌다.

떨리는 손을 바지 위로 미끄러뜨려 주머니에서 케이블커터를 꺼냈다. 오른손에 쥔 케이블커터로 그의 시선이 빨려들었다. 순간 세 걸음을 내디뎌 그에게 달려들었다. 목깃을 꽉 쥐고 가란에게 맞아 부러졌을 갈비뼈를 노렸다. 이시다의 라이터를 꽉 쥔 왼쪽 주먹을 배에 꽂아 넣자 그가 몸을 웅크리며 고꾸라졌다.

저주하는 것처럼 작게 중얼거리는 소리가 들렸다. "이제 됐어, 그만 죽어라."

그는 벌떡 일어나 내 배에 꽂힌 식칼로 달려들었다. 칼이 더 깊이 파고들어 격렬한 통증에 몸을 비틀었다. 고통스럽다. 이놈을 죽이고 싶다.

몽롱한 의식 속에서 팔을 아무렇게나 휘둘렀다. 그가 커터 날을 피해 몸을 젖혔다. 내가 다시 옆구리를 노리고 발을 날리자 그는 격하게 기침하며 벌렁 자빠졌다.

나는 그의 몸에 올라탔다. 멱살을 쥐고 뒤통수를 바닥에 쾅쾅 내리찧었다. 몇 번을 내리찧자 조용해졌다. 나는 그의 셔츠를 놓고 그 목덜미를 케이블커터로 내리찍었다.

이놈을 죽이고 싶다. 내 친구를 죽이고 그 죄를 나에게 덮어씌우려 한 극악한 자를, 장사지내고 싶다. 내 손으로 죽이지 않으면 이 격렬한 분노를 가라앉힐 수 없을 것이다. 지금 이놈을 죽이지 않으면 나는 앞으로 평생 악몽에 시달리며 살아야 한다.

눈, 코, 혀, 팔다리, 손톱에 이르기까지 잘게 토막내는 거다. 그렇게 망상하며 그를 내려다보다가 나의 눈이 그의 손가락에 멈추었다. 비닐장갑에 가려진 10개의 손가락. 수도 없이 깨문 탓에 살갗이 벗겨지고 손톱이 너덜너덜해지고 붉은 피가 배어 있다.

그제야 정신이 들었다.

"똑같은 실수를 반복하진 않아. 나는 너를 죽이지 않아."

케이블커터를 던져버렸다. 그가 웃었다.

"정신이 말짱한 친구로군."

아니야, 하며 고개를 저었다.

무시해오던 감정을 이제는 소중하게 받아들이고 싶어졌을 뿐이다.

까딱 잘못하면 나도 상대방처럼 될지 모른다는 식으로 생각하진 않는다. 나와 그는 다른 인간이다. 하지만 그가 한 발짝 어긋나지 않았다면. 그가 나고 자란 환경이, 상황이, 배운 언어가 아주 조금이라도 달랐다면. 나락을 굴러 떨어지듯 죄를 거듭하는 일도 없었을지 모른다.

"이봐, 너도 실은 죽이고 싶지 않았지?"

"갑자기 웬 잠꼬대 같은 소리야."

"하시모토를 숲에서 우연히 발견하고 죽였다고 했지만, 아마 거짓말일 거다. 배 숨긴 후미에서 몸싸움이 벌어져서 어쩔 수 없이 죽인 거 아냐?"

첫날 저녁, 하시모토는 4호실로 돌아가려고 하는 나를 불러 세우고 구조 행세를 하던 그를 노골적으로 의심하는 말을 했었다. 녀석은 늘 촉이 좋았다.

——히토는 저 사람, 어떻게 생각해?

──이상한 놈 같아. 손톱 깨무는 버릇이 있어.

돌이켜보면 하시모토는 조타실의 짐을 들어내던 어부의 손을 가만히 지켜보고 있었다. 그 손이 몹시 거칠고 손톱 끝이 갈라지고 위로 말려 있음을 알아차린 것이 틀림없다. 그리고 구조 행세하는 남자가 손톱을 깨무는 모습을 보고 어부의 갈라진 손톱을 떠올렸다.

심하게 상한 어부의 손톱은 손톱을 뜯는 버릇 때문이 아닌가. 관리인도 그런 버릇이 있던데, 두 사람이 뭔가 관계 있는 건가. 그렇게 하시모토는 구조 겐타로 행세를 하는 남자가 그 어부와 동일인물이라는 답을 끌어낸 것이다.

"그날 하시모토는 '중요하게 할 얘기가 있으니 22시에 네 방으로 가겠다'고 오오이시와 따로 만날 약속을 잡았지. 아다시마 왕복 배편을 맡은 어부가 무슨 까닭인지 관리인으로 변신한 사실을 알아차린 하시모토는 오오이시에게 상의하려고 했던 거야. 오오이시가 도끼라는 강력한 무기를 가지고 있으니, 수상한 자가 난동을 부리면 즉각 반격하라고 말하려 했는지도 모르지."

그러나 하시모토는 오오이시에게 위험을 경고할 수 없었다. 약속 시간이 되기 전에 '구조'의 수상한 행동을 알아챈 것이다. '구조'는 하시모토와 방을 바꾼 뒤 코티지를 빠져나가 아다시마로 건너갔다. 하시모토는 그를 미행하여 사실을 알아냈다. '구조'가 배 숨긴 후미에 어선을 숨겨둔 것, 그 배에 낯선 남자의 사체가 실려 있는 것.

"당신은 배에서 우리 대화를 엿듣다가 배 숨긴 후미라는 장소가 있다는 것을 알았어. 그래서 그 후미에 구조의 사체를 버리자고 생각한 거야. 어때, 그렇지?"

우라이는 배 숨긴 후미에 대하여 "섬 안쪽 깊숙이 들어와 있는데다 조용하고 파도가 없다"고 말했다. 그 말을 들은 그는 조용한 후미에 사체를 버리면 파도에 떠밀리다 발견될 염려가 없으며, 물고기 밥이 되어 흔적도 없이 사라질 때까지 안심할 수 있지 않을까 생각했다.

"당신은 진짜 구조의 사체를 배 숨긴 후미에 던진 뒤 구조 행세를 하며 며칠 동안 우리 시중을 들다가 아무 일도 없던 것처럼 보내려고 했어. 섬을 떠나 오사카로 돌아가면 우리와 '구조'의 관계는 사라지니까. 그런데 사체를 후미에 던지려다 하시모토에게 목격되자 졸지에 살해해버렸어. 틀어진 계획을 수습하려고 애쓰다 돌이킬 수 없게 되었지. 처음부터 우리를 죽일 생각은 없었던 거야."

그는 고개를 살짝 저었다. "그건 네 바람이지."

나는 그의 오른손에서 비닐장갑을 벗겼다. 그 오른손 손목을 잡고 내 입가로 끌어다가 새끼손가락 제1관절을 물어뜯었다. 귀를 찢는 절규를 바로 옆에서 들으며 입에 문 물체를 꿀꺽 삼켰다.

내 목울대가 꿈틀하는 것을 보고서야 그는 비명을 멈췄다. 어이가 없다는 듯 눈을 휘둥그레 뜨고 이쪽을 응시했다. 나는 불안한 걸음으로 4호실로 돌아가 베란다 문을 통해 발코니로 나갔다.

난간에 기대어 뒤를 돌아다보았다.
"바라는 대로 죽어주지. 여기서 뛰어내리면 만족할래?"
"잠깐만."
그는 여전히 문 가까이에 쓰러져 있었다.
"운이 좋으면 내 사체는 회수되어 사법해부로 온몸이 잘게 잘리겠지. 위장에서 섬에 없는 누군가의 손가락뼈가 발견되면 경찰은 어떻게 판단할까."
"잠깐만!"
그는 울음을 터뜨릴 것처럼 표정을 일그러뜨리고 발코니 쪽으로 기어왔다. 이런 얼굴이 가능한 사람인가, 하며 조금 뜻밖이라고 느꼈다.
사랑을 위해 사람을 죽일 수 있다고 했지만, 그는 누구를 위해 구조 겐타로라는 남자를 죽였을까.
"당신이 구조를 죽인 동기가 무엇이든 관심 없어. 어떤 이유가 있든 용서받을 수 있는 일이 아니야. 확실하게 보상해."
"내가 잘못했다. 부탁이니까 내 얘기 좀 들어봐!"
나는 다시 한 번 그의 뼈가 불거진 얼굴 윤곽과 치켜 올라간 눈초리를 지그시 바라보았다. 그는 동안이 아니라 아마 나이에 맞는 외모일 것이다. 진짜 나이는 우리와 별로 다르지 않겠지.
기침을 하며 난간 위로 몸을 내밀었다.
"살인을 정당화해선 안 돼."
내가 바보였다. 나의 개인적 복수는 결국 더욱 커다란 폭력에 삼켜지고 말았다.

공포는 느끼지 않았다. 오히려 지난 몇 년 중에 가장 평온한 마음으로 나는 바다를 향해 거꾸로 뛰어내렸다.

상처가 붉은 빛으로 물든다. 바닷물이 붉게 물드는 것을 보고 새벽이 가까움을 알았다. 파도에 밀리고 있을 때 어디선가 오오이시의 목소리가 들리는 것처럼 느꼈다.

지금 구해줄게! 기요쓰구, 이리 나와!

이제 돌아갈 수 없어, 하고 속으로 대답했다. 끝도 없는 곳까지 헤엄쳐오고 말았다. 이제 혼자서는 돌아갈 수 없다. 그렇게 생각하는데도 몸뚱이는 산소를 찾아 멋대로 허우적거리기 시작했다.

나는 하시모토와 이시다의 대화를 떠올렸다.

──사람이 물에 빠지면 부력 때문에 몸의 2퍼센트는 수면 위로 나오게 되어 있대. 첨벙첨벙 허우적거리면 팔다리는 수면 위로 나오겠지만 코와 입이 가라앉으니까 죽고 말겠지. 누운 자세로 가만히 있으면 얼굴이 그 2퍼센트가 되기 때문에 함부로 움직이지 않는 편이 낫다는 거야.

──하지만 물에 빠져서 당황해버리면 자기도 모르게 양팔을 허우적거리며 살려달라고 소리치겠지. 누운 자세로 가만히 떠 있으면 호흡은 할 수 있을지 모르지만, 그래서는 아무도 네가 물에 빠졌다는 걸 모르잖아.

──물에 빠진 본인이 아니라 주위 사람들이 소리쳐주면 되니까. 이시다가 빠졌을 때는 아마 우리도 함께 빠졌을 테니까 도움

청하는 일은 다른 사람에게 맡겨둬.

익사할 지경인데 아무도 소리쳐주지 않는다. 바다에서 꺼내줄 사람도 없다. 나를 생각해주는 친구는 모두 나 때문에 죽었다.

기다 선배는 벌써 몇 년이나 만나지 못했다.

내가 하시모토 그룹의 신원을 혈안이 되어 조사하고 있을 때, 오오이시의 직장에 잠입했을 때, 친구놀이를 하고 있을 때, 기다 선배는 축구부 단톡방을 나가 전화번호를 바꾸고 행선지도 알리지 않은 채 이사하고 말았다.

나는 기다 선배를 대신해서 외쳐야 했다. 뭐라고 한 마디라도 말하면 가라앉아 버릴 테니까 기다 선배는 입을 다물고 누군가 대신 외쳐주기를 기다리고 있었는데. 살려달라고 내가 곁에서 힘껏 외쳐야 했다.

기다 선배가 상처받았다는 것을 알았을 때 나의 내부에서 뭔가가 손상된 기분이 들었다. 어떤 희생이라도 무릎쓰고 복수해야 한다고 생각했다. 흡사 노예 같다. 야만스럽고 음습하고 유해한 정신이다. 만약 그것이 동료들과 함께 땀을 흘린 청춘시절에 배양된 정신이라면, 슬프다.

먼 바다로 마냥 떠밀려가면서 나는 아다시마를 바라본다. 간조를 맞이하고 있는 해상 코티지는 마치 하늘로 밀려 올라가는 것처럼 아득히 멀어 보였다.

제2막 ● 등장인물 일람

요코시마 마리아 … 오사카시 환경국 동부클린센터 직원
닛타 이쿠코 … 오사카 부경 스이타 경찰서 형사
세나 다마키 … 오사카 부경 스이타 경찰서 형사
마나베 … 오사카 부경 스이타 경찰서 형사과장
기다 요헤이 … 히토 기요쓰구의 선배
—
구라마치 고스케 … 첫 번째 피해자
미조구치 사토시 … 두 번째 피해자
고바야시 데루코 … 세 번째 피해자

건조한 전자음이 심장박동처럼 규칙적으로 울린다. 귀를 기울여 들으니 착신음이었다.

이 방은 새카만 페인트를 치덕치덕 칠한 것처럼 어두워서 스마트폰 액정화면이 유일한 조명이다.

화면에 표시된 상대방 이름을 힐끗 확인하고는 바로 스마트폰을 엎어 두었다. 벌써 세 번이나 무시했지만 착신음은 전혀 그칠 것 같지 않다. 착신 거부로 설정해 버릴까 몇 번이나 생각했지만, 나중에 어떤 일이 있을지 몰라 결정을 내리지 못했다.

착신음은 일단 끊겼다가 10초도 지나기 전에 또 시끄럽게 울렸다. 나는 다시 스마트폰으로 손을 뻗어 통화 버튼을 가만히 쳐다보았다. 손아귀에 힘이 들어가 스마트폰에서 찌걱찌걱 언짢은 소리가 났다.

"이제 그만."

어느새 착신음은 점점 커져서 고막을 찢을 것 같은 음량으로 변했다. 스마트폰을 벽에 던져도 그치지 않는다. 놈은 나를 해방시켜주지 않을 것이다. 영원히.

"그만하라니까!"

불쾌한 소리를 없애고 싶은 일념으로 그렇게 외치는 순간 방으로 눈부신 빛이 날아들었다.

베갯맡으로 손을 뻗는다. 알람을 끄며 반사적으로 혀를 찼다. 땀이 비 오듯 흐르는 것은 더위 탓만이 아니다. 꿈을 꾼 것 같다. 익숙해져버린 악몽이다.

문득 시선을 밑으로 내리니 오른손 엄지에서 피가 나고 손톱 끝이 까슬까슬해져 있다. 자는 동안 입으로 깨문 모양이다.

8월 2일 수요일 오전 6시 50분. 네 번째 알람은 최후통첩이다. 당장 안 일어나면 출발 시간까지 30분도 안 남게 된다.

맹장지 너머에서 희미한 소리가 흘러나온다. 오빠가 텔레비전을 켰는지 아침뉴스 소리가 흐르고 있다. 아나운서의 담담한 목소리가 막 깨어난 머리에 울린다.

〈다음은 지난달 27일 오사카부 스이타시의 주택에서 남성이 살해된 사건에 대한 속보입니다.〉

에사카역 근처 단독주택에서 목이 졸려 죽은 사체가 발견된 사건을 말하나보다, 하고 멍하니 생각했다.

〈살해된 사람은 그 집에 사는 고등학교 교사 구라마치 고스케 씨, 55세입니다. 현장에는……〉

맹장지가 드르륵 열렸다. 오빠가 언짢은 표정으로 나를 내려다본다.

"오빠, 오늘 출근하는 날인가?"

대답이 없다. 오빠는 턱짓으로 '일어나' 신호를 보내고 킁, 콧소리를 내더니 주방 쪽으로 돌아갔다. 오빠는 늘 대꾸가 없다.

오빠는 방문 돌봄 업체에서 간병인으로 일한다. 교대근무제여서 쉬는 날이 일정하지 않다. 아마 오늘은 쉬는 날일 텐데, 나 때문에 일찍 일어난 걸까.

"쯧, 깨우지 않아도 일어난다니까."

끙, 기합을 주며 윗몸을 일으킨다. 걷어찬 타월이불이 발치에 뭉쳐져 있다.

좁은 주방에 계란 부치는 냄새가 감돈다. 텔레비전에서 흘러나오는 뉴스는 스이타시 살인사건에서 다른 뉴스로 바뀌어 있었다.

스튜디오의 아나운서가 거대한 해설 보드를 가리키며 말했다.

〈오늘 아침 주목 뉴스입니다. 구마모토현 아마쿠사시 무인도 일곱 명 살해 사건이 발생한 지 3년이 지났습니다.〉

텔레비전 앞에 서 있는데 오빠가 멋대로 채널을 돌려버렸다.

"아, 뭐야, 지금 보고 있는데!"

오빠는 불쾌한 듯 볼 근육에 힘을 준다. 텔레비전 앞에서 노닥거리지 말고 빨리 출근 준비해, 라고 말하고 싶은 것이다. 양치질과 세수를 번개처럼 끝내고 주방을 들여다보니 아침식사가 차려져 있다.

"아침밥 필요 없다고 몇 번을 말해."

투덜거리며 접시를 집어 들고 선 채로 계란프라이만 먹었다. 구운 식빵도 있었지만, 그냥 두면 오빠가 점심에 먹을 거라고 생각하고 손도 대지 않았다.

"나 출근한다. 오빠는 오늘 어디 가나?"

고개를 젓는 오빠. 뭔가 할 말이 있는 표정이어서 "뭐?" 하고 물었지만 오빠는 잠자코 다시 고개만 젓는다.

"그럼 다녀올게."

선크림을 대강 바르고 모자를 깊이 내려썼다. 화장할 시간도 없고 할 생각도 없다. 작업이 시작되면 땀에 흠뻑 젖어 베이스 메이크업까지 얼룩덜룩해지기 때문에 이 일을 시작하고부터는 민낯이 기본이 되었다.

7시 15분. 현관을 뛰어나가는 순간 습기와 열기가 온몸을 감싸 나도 모르게 숨을 멈췄다. 구름 한 점 없는 푸른 하늘과 강렬한 열기를 발산하는 태양이 얄밉다. 꼭 필요한 물건만 넣은 숄더백을 등으로 돌려 메면서 공공임대 아파트 단지의 계단을 뛰어 내려갔다.

나와 오빠는 5층짜리 임대 아파트의 맨 위층에 산다. 꽤 오래된 아파트여서 욕실은 몹시 비좁지만 전차 역에서 걸어서 다닐 수 있는 3DK 아파트인데도 임대료가 월 5만 엔으로 엄청나게 저렴

하다. 불만이 있을 수 없다──는 말은 역시 거짓말이고, 승강기가 없는 건 어떻게 좀 해줬으면 좋겠지만.

자전거 주차장으로 뛰어가 자전거의 2중 자물쇠를 풀고 바닥을 박차며 안장에 올라탔다. 처음 오사카에 왔을 때는 거리에 자전거가 너무 많아 매번 놀랐지만, 지금은 나도 매일 자전거를 탄다. 지형이 평평해서 자전거 통근이 별로 힘들지 않다.

히라노구는 오사카시의 24개 구 가운데 인구가 가장 많다. 북부 가미 쪽에는 공장이 밀집하여 주택가라는 인상이 없지만 구의 남부──우리가 사는 기레우리와리역 주변에는 임대 아파트 단지나 아파트, 연립 등이 빽빽이 들어서 있고 국도변에 슈퍼마켓이나 식당이 많아 제법 번화하다고 할까 북적거리는 분위기다. 그런가 하면 구의 중심지 히라노에는 지금도 오래된 사찰과 신사, 옛 민가, 해자 유적 같은 문화재가 남아 있어서 같은 구라도 지역에 따라 분위기가 전혀 다르다.

내 일터인 오사카시 환경국 동부클린센터는 이쿠노구에 있어서 히라노 지역을 관통하듯 북상해야 한다. 통근 시간은 편도에 약 30분. 요즘은 취침 시간이 점점 늦어지니 기상 시간도 자연히 늦어져서 허둥대는 아침이 많다. 하지만 머리는 묘하게 개운하다.

나가이 공원 거리를 동쪽으로 달린다. 우리와리 공동묘지 교차로에서 좌회전하여 잠시 직진. 대로가 끝나면 오래된 상가주택이 띄엄띄엄 나타난다.

히라노고는 오사카에서 가장 먼저 개발된 마을이라고 한다. 헤이안 시대에 사카노우에 다무라마로8세기 말부터 9세기 초에 걸쳐 오랑캐로 여겨지던 동북부의 토착세력과 싸워 평정한 무장. 교토 기요미즈데라의 창건자로 알려져 있다의 차남 사카노우에 히로노가 개발했다고 하며, 교통과 상업의 요충지로 어느 시대나 번영했다고 들었다. 전국 시대에는 집락 주변을 환호라 불리는 해자로 두른 자치도시가 있었단다. 히라노 시가지에는 지금도 환호집락 구역이 남아 있다.

JR야마토 선로를 넘고 히라노역을 지나 국도 479호를 열심히 달린다. 지하철 기타타쓰미역 출구를 보며 좌회전하면 동부클린센터에 도착한다. 오늘도 아슬아슬하게 지각을 면했다. 3층 여성 탈의실을 향해 급하게 뛰었다.

오사카시 환경국 산하 동부클린센터는 히가시나리구와 이쿠노구의 환경정비――쉽게 말하면 각 가정의 쓰레기를 수거하는 시설이다. 나는 이곳에서 수거 작업원 겸 운전기사로 일한다.

로커 문을 번개처럼 열자 푸른색이 시야로 날아들었다. 얇은 여름 작업복은 선명한 하늘색이다. 작업복을 입고 시각을 보려고 스마트폰을 집어 드니 오빠가 보낸 라인이 와 있다. 평소처럼 간결하고 무뚝뚝한 글이다.

〈세상이 뒤숭숭하니 싸돌아다니지 말고. 늦을 것 같으면 연락해.〉

지난달 오사카 부내에서 살인사건이 두 건이나 일어났다. 하나는 오늘 아침 뉴스에도 나온 스이타시의 살인사건이다. 피해자 남성은 주택에 혼자 살았다고 하는데, 집에 침입한 범인에게 목이 졸려 죽었다고 한다. 지난주 수요일에 일어난 사건이며, 강도살인인지 원한에 의한 살인인지 자세한 내막은 아직 밝혀지지 않았다.

다른 한 건은 스이타 살인사건 사흘 뒤인 지난주 일요일 오사카 시내에서 일어났다. 다이쇼구 노상에서 젊은 남성이 칼에 찔려 죽어 있었다고 한다. 묻지마 살인이라고 하니까 오빠 충고대로 밤길을 조심하는 편이 좋을지도 모르겠다.

이모티콘만 보내고 스마트폰을 작업복 주머니에 넣었다. 수거 작업 중에도 센터와 연락할 일이 많아서 스마트폰 휴대가 허용된다.

머리를 한데 묶고 'OSAKA CITY' 로고가 자수된 모자를 쓰고 로커 거울을 향해 혀를 길게 내밀었다. 3년 전까지 뚫려 있던 혀 피어싱은 완전히 메워졌다.

밖으로 나오니 작업복 차림의 직원들이 모여 있었다.

"좋은 아침, 마리아."

욧짱이라 불리는 요시다가 다가오며 인사해서 "좋은 아침" 하고 응답했다.

"오늘은 욧짱이 운전하나?"

"응."

다 함께 안전체조를 하며 욧짱과 수다를 떠는데 업무주임 기노시타——기이짱이 다가와 미팅 내용을 간결하게 전해주었다.

"좋은 아침. 오늘은 도로공사도 없다니까 평소처럼 작업 잘해 달라는 내용. 열사병 조심하고."

"예, 알았어요. 그럼 가자."

내가 반말을 섞어 말하지만 욧짱과 기이짱은 쉰 살이 넘는 아저씨들이다.

오사카시 클린센터 수거작업원은 대부분 남성이고, 오랫동안 채용이 없어서 평균연령이 높다. 기능직 중에 젊은 여성은 나 혼자여서, 작년 4월에 근무하기 시작할 때는 매우 튀는 존재였다. 아저씨들도 처음에는 나를 어떻게 대해야 좋을지 몰라 당황했다가, 얼마 지나지 않아 '젊은 여자'인 내가 외계인이나 희귀동물이 아니고 똑같은 인간임을 깨달았다고 한다. 그 뒤로 일하기가 한결 편해졌다.

욧짱을 비롯한 세 사람이 한 조를 이루어 프레스식 소형 수거 차량으로 생활쓰레기를 수거한다. 한 사람이 운전을 하고 두 사람이 수거하는 역할이다.

성격은 너그럽지만 동작은 빠릿빠릿한 욧짱과 믿음직한 베테랑 기이짱과 파릇파릇한 마리아 짱. 올해 4월에 편성된 이 3인조는 내가 생각해도 팀워크가 꽤 좋다.

센터 옆에는 쇼핑몰 주차장 못지않은 큰 차고가 있는데, 그곳에 작업복과 깔맞춤인 하늘색 수거차량이 죽 정렬해 있다. 운전석에 앉은 욧짱에 이어서 내가 가운데 조수석에 올라탔다. 소형 프레스 차량에는 조수석이 두 자리여서 세 명이 나란히 앉는다.

"열라 덥네. 욧짱, 역시 내가 운전하는 게 낫겠어."
"순서대로 하자고. 마리아는 내일이잖아."
"쪼잔하긴."

수거차량은 아무나 운전할 수 없다. 오사카시 클린센터는 환경국이 정한 연수를 받지 않으면 운전을 허락하지 않아서 나도 작년에 강습을 받으러 다녔다.

나는 수거차량 운전을 좋아한다. 좁은 골목을 누비는 것도, 새 아파트가 들어설 때마다 새로운 경로를 익히는 것도 좋아한다. 이렇게 재미난 차량은 달리 없지 않을까.

욧짱이 운전하는 소형 프레스 덤프 차량은 가치야마 거리를 서쪽으로 달리다가 좌회전하여 이마자토 거리를 남하했다. 수요일의 첫 수거 작업은 이쿠노구 남부 다지마 지역에서 실시한다. 동부클린센터와 가까운 곳이다.

다지마에 도착해 수거 작업을 맡은 기이짱과 내가 차에서 내려 차량 뒤쪽으로 돌아갔다. 뒤쪽 바디에 부착된 조작 패널의 버튼을 눌러 반입 장치를 기동시키자 욧짱이 천천히 액셀을 밟아주었다.

주택가 도로에는 각 가정에서 내놓은 쓰레기봉투가 나란히 놓여 있다. 우리는 차량 속도에 맞춰 반투명한 일반 쓰레기봉투를 잇달아 투입구로 던져 넣었다.

해는 아침부터 가차 없이 내리쬔다. 오늘은 최고기온이 35도를 가볍게 넘을 것이다. 3분도 지나기 전에 작업복 색깔이 변해버릴 만큼 땀에 젖었다. 작업용 폴리아미드장갑 속은 사우나처럼 후끈거렸다.

수거 차량은 마침내 다지마 6초메 동쪽 변두리에 있는 7층짜리 임대 아파트 앞으로 접어들었다. 나는 재빨리 수거차량 뒤로 돌아가 손을 쳐들었다.

"오라이, 오라이!"

수거 차량은 나의 수신호에 따라 후진하며 아파트 부지로 들어왔다. 쓰레기장 옆에 멈추자 욧짱도 운전석에서 내려왔다.

이 아파트 쓰레기장은 사방을 콘크리트로 두른 대형 창고식 쓰레기장——흔히 보이는 유형의 수거장이다. 수거일 새벽이면 관리인이 문을 열어놓기로 되어 있어서 잠겨 있지 않았다.

노출콘크리트 벽면이 보이지 않을 정도로 쓰레기장 내부는 쓰레기봉투로 가득 차 있었다. 축축한 쓰레기냄새가 마스크 너머로 코를 찌른다. 형광등이 고장 나기 직전인지 회색빛이 깜빡거리고 있었다.

"자, 들어가요!"

뒤에서 "오케이!" 하는 욧짱의 대답이 들려왔다. 나는 쓰레기장 안으로 발을 들여놓았다.

이곳은 입구가 좁아 쓰레기봉투를 손에서 손으로 전달해 들어내야 한다. 내가 입구에 있는 기이짱에게 봉투를 던지면 기이짱이 받아 욧짱에게 건네주고 욧짱이 수거 차량으로 던져넣는다.

쓰레기를 3분의 1쯤 들어냈을 때 쓰레기더미에서 검은 봉지가 보였다. 나는 길게 한숨을 흘렸다. 오사카시는 따로 규격 쓰레기봉투를 지정하지 않아서, 내용물이 보이는 투명 봉투라면 뭐든지 쓸 수 있다. 색이 조금 들어간 반투명 봉투라도 개의치 않지만 이렇게 속이 전혀 안 보이는 까만 봉투는 규칙을 대놓고 위반한 것이다.

"돌아버리겠네, 도대체 몇 번을 말해야 알아들어."

"잔소리할 필요 없고, 그냥 경고 딱지나 붙여."

기이짱이 재촉하는 대로 나는 오렌지색 스티커를 꺼냈다. 규정을 위반한 쓰레기에는 계도용 스티커를 붙인 다음 회수하지 않고 그대로 놔둔다.

이 까만 봉투는 크기도 다른 쓰레기봉투보다 두 배쯤 컸다. 일반적인 45리터들이 쓰레기봉투보다 훨씬 통통한 걸 보면 70리터쯤 될지도 모르겠다.

스티커를 붙이느라 봉투 표면을 문지르다가 나도 모르게 손을 움찔 움츠렸다.

——감촉이 뭐 이래. 사람 몸을 만질 때처럼 물컹해.

가만 보니 봉투는 다양한 형상의 쓰레기들을 마구 꾸겨 넣었는지 크게 비뚤비뚤한 형태였다. 들어보려고 매듭 부분을 잡아 봤지만 너무 무거워 꼼짝도 하지 않는다.

"근데 이거. 엄청 무거운걸……."

"응?" 기이짱이 의아한 표정이 되었다. 수거장 밖에서 욧짱이 "뭔데?" 하고 물었다.

불길한 예감이란 딱 이런 경우를 말하는 거겠지, 하고 머릿속 한쪽에서 감탄하고 있었다. 호기심이 무서움을 이겨서 나는 매듭을 풀었다.

제일 위에 놓여 있는 것은 혀였다. 척 봐도 도톰한 분홍색 물체의 표면이 거칠거칠하다.

틀림없는 사람의 혀다. 나는 말문이 막혔다.

"그게 뭐야? 음식물쓰레기야?"

뒤에서 내용물을 들여다본 기이짱이 억, 하고 입을 틀어막았다. 쓰레기장 내부여서 알아채는 데는 시간이 조금 걸렸다. 봉투에는 구토를 부르는 악취가 감돌고 있었다.

봉투 아가리를 크게 벌리자 시야로 날아든 것은 아마도 견갑골 같았다. 인간의 등판이 눈앞에 있었다. 넓적다리, 장딴지, 그리고 팔. 머리도. 헝클어진 머리카락 때문에 얼굴은 전혀 보이지 않지만 그것이 인간의 머리임은 분명히 알 수 있었다.

여러 토막으로 잘린 사람 몸이 봉투에 꽉 차 있고, 전부 흥건한 피에 흠뻑 젖어 있다. 그러나 나는 피의 빨강보다 오싹하도록 푸르스름한 그 피부에서 눈을 뗄 수 없었다.

*

틈새로 뭔가가 미끄러져 나와 찰싹, 소리를 내며 발밑에 떨어졌다. 피범벅이 된 지갑이다. 이 사람의 소지품일 것이다.
돌아다보니 욧짱과 기이짱이 핏기 가신 얼굴로 돌부처럼 서 있었다.
"이거, 역시 경찰에 신고해야겠지?"
그렇게 말한 순간 우리는 모두 퍼뜩 정신이 들었다. 데구루루 구르듯이 쓰레기장을 뛰어나와 문을 꽝 닫았다.
"나, 전화 통화라면 질색이니까 욧짱이 신고해. 기이짱은 센터에 연락해줄래?"
엄청난 사건에 휘말렸으니 우리 수거 차량은 오늘 작업하긴 틀렸구나. 그렇다면 다른 차량들이 작업을 분담하도록 한시라도 빨리 센터에 연락해야 한다. 이런 비상사태에 쓰레기 수거부터 걱정하다니 왠지 우스웠다.
욧짱은 110번을 누르고 스피커폰 모드로 바꾸었다. 토막 난 사체를 발견했다고 고하기 무섭게 〈몇 시에 발견했습니까?〉〈지금 혼자 계세요?〉 등 연거푸 질문이 날아왔다. 스마트폰 너머의 긴박감이 생생하게 전해져서, 역시 예삿일이 아니구나, 라고 새삼 느꼈다.
〈파출소에서 경관이 당장 갈 테니까 자리에 그대로 계세요. 그리고 제일 가까운 경찰서——이쿠노 경찰서로군요. 거기에서도 연락이 갈 테니까 언제든 휴대폰을 받을 수 있게 해두세요.〉
스마트폰을 주머니에 넣으며 욧짱이 혼잣말처럼 말했다.

"우리, 액막이라도 해야 하는 거 아냐?"

우리 세 사람은 바로 얼마 전에도 수거 작업을 하다가 소소한 사건에 휘말린 적이 있다. 한 달쯤 전인 7월 7일이었다. 이쿠노구 샤리지 지역에서 오전 작업을 할 때 노상에 쓰러져 있는 한 남성을 발견했다. 50대 내지 60대로 보이는 남성이었는데, 의식이 없고 호흡을 하지 않았다.

허둥대는 옷짱과 기이짱에게 소방서에 연락하라고 말하고 구급차가 올 때까지 내가 나서서 인공호흡과 심장마사지를 했다. 지금 상황과 어딘지 비슷한 것 같다. 다행히 남성은 병원에서 의식을 찾았다고 했고, 우리는 소방서에서 감사장을 받았다.

순찰차가 5분도 지나기 전에 도착했다. 제복경관 두 명이 내렸다. 경관 하나는 내 장갑을 보고 "맨손으로 만지지는 않았군요?" 하고 다행이라는 표정을 지으며 말했다.

우리에게 상황을 간략하게 들은 뒤 제복경관들은 쓰레기장 안으로 들어갔다가 곧장 어두운 표정으로 나왔다.

기이짱이 동부클린센터에 연락하자 기능총괄주임 오쿠무라가 몹시 낭패한 반응이었다고 한다. 오쿠무라는 체구도 바위처럼 듬직하고 웬만한 사고에는 눈 하나 깜짝하지 않는 사람이며 전에도 작업하던 직원이 수상한 물건을 발견한 일이 여러 번 있었다는데, 설마 관할 구역에서 토막 사체가 담긴 봉투가 나올 줄은 생각도 못했을 것이다. 기이짱이 경관에게 "우리 회사 책임자를 불러도 되겠습니까?"라고 묻자 경관이 "그렇게 해주십시오!"라고 말

허리 자르듯이 대답해서 오쿠무라를 이곳으로 부르기로 했다.
　제복경관이 출동한 지 15분 후에 슈트를 입은 형사 같은 사람 네 명이 암행순찰차를 타고 왔다. 아파트에서도 구경꾼이 웅성웅성 몰려나오자 경찰은 결국 쓰레기장을 블루시트로 가렸다. 그 뒤에도 멀미가 날 만큼 잇달아 경관들이 출동해서 나는 도중에 인원 헤아리기를 그만두었다.
　센터에서 달려온 총괄주임 오쿠무라와 함께 우리는 경찰의 쉴 새 없는 질문에 대답해야 했다. 아파트 주차장에 마지막으로 도착한 것은 순찰차가 아니라 차분한 검정색 왜건이었다. 왜건에서 어깨에 잔뜩 힘이 들어간 남자 몇 명이 내렸다.
　옆에서 기이짱의 힘없는 목소리가 들려왔다.
　"저건 부경 수사1과인데……."
　기이짱은 많이 지친 모습이다. 사체를 발견하고 벌써 3시간 이상 지났다.
　"부경 수사1과가 뭔데? 살인사건을 수사하는 형사들인가?"
　"나도 잘은 모르지만, 아마 그럴걸."
　"그럼 처음에 달려온 슈트 입은 사람들은 뭐지? 그것도 형사 아닌가?"
　"관할서 사람들 아닌가?"
　"응? 뭐가 다른 거지?"
　슈트를 입은 무리가 우리를 향해 똑바로 걸어왔다. 슈트 무리의 선두──인공 눈썹을 붙인 것처럼 속눈썹이 긴 30대쯤 돼 보이는 형사가 "현장 발견 당시 상황에 대하여 묻겠습니다"라고 말했다.

친절하고 온화한 제복경관들의 말투와는 달리 속눈썹 형사의 목소리는 딱딱했다. 속눈썹 형사 바로 뒤에서 투블럭과 까까머리의 중간쯤 되는 머리모양을 한 젊은 형사가 냉큼 메모를 준비했다.

"여러분이 이 아파트의 쓰레기 수거를 담당하시는군요. 정확히 몇 시에 발견했습니까?"

"8시 45분."

반사적으로 대답했다. 같은 질문을 여러 번 받은 터라 단답형 문제집 풀이를 집요하게 요구받는 기분이었다.

"쓰레기장에 들어가기 전에 뭔가 이상한 점은 없었나요?"

"별로요."

"근처에 수상한 사람은 없었습니까?"

고개를 젓는다.

"그럼 악취가 났다거나?"

"여름엔 원래 냄새가 심하니까. 뭐 별로."

"늘 세 분이 이 아파트의 쓰레기를 수거합니까?"

여기에는 오쿠무라가 대답했다.

"수요일의 일반 쓰레기 수거라면, 이 지역은 기노시타, 요시다, 요코시마 세 사람이 담당합니다."

"그렇군요. 그럼 쓰레기봉투를 처음 발견한 사람은 어느 분이죠?"
 최초 발견자를 묻는다. 내가 말없이 손을 들었다.
 "여기 젊은 여성분. 에에, 성함이……."
 "요코시마 마리아."
 "정말 미안합니다만, 저희와 잠깐 동행해주시겠습니까?"
 "네?"
 나는 속눈썹 형사의 얼굴을 빤히 쳐다보았다. 동행해 달라니, 형사드라마 같은 데서 범인한테 하는 소리 아닌가?
 "나는 범인이 아닌데?"
 "압니다. 하지만 조사가 급한 상황입니다."
 나는 도움을 청하듯 욧짱과 기이짱과 오쿠무라를 차례대로 쳐다보았지만 "작업 걱정은 하지 말고 다녀와"라는 소리나 듣고 말았다. 상황을 이해할 수 없어 두리번거리던 나는 형사 두 사람이 양쪽에서 이끄는 대로 어느새 왜건을 타고 있었다.
 이쿠노서라면 가쓰야마 거리에 있을 텐데 차량은 이마자토 거리를 곧장 달렸다. 길을 잘못 들었다고 일러주고 싶었지만 차내 분위기가 너무 무거워 입을 떼지 못했다.
 운전하는 형사 말고는 다들 스마트폰으로 누군가와 전화 통화를 하고 있었다. 좁은 차내에서 저마다 말하고 있으니 귀를 쫑긋 세워도 대화 내용을 짐작할 수 없었다.
 차량은 이마자토 교차로에서 나가보리 거리로 들어섰다. 가는 내내 교차로를 확인한 것은 수거 차량을 운전하는 직업에서 생긴 버릇이다. 가미초 거리를 곧장 북상하던 차량은 바바초 교차로에서 좌회전했다.

동남쪽 모서리가 호를 그리듯 움푹 팬, 독특하게 생긴 건물이 눈앞에 있었다. 오사카 부경본부 본청사이다. 주차장에 멈추자 조수석의 형사가 안전벨트를 풀면서 내 눈도 쳐다보지 않고 말했다.

"이제 부경 본부로 갈 겁니다. 요코시마 씨, 당신은 지금 위험한 상황에 처해 있습니다."

"뭔 소리예요?"

"곧 자세한 설명이 있을 겁니다."

물을 때는 신나게 물어놓고 자기가 마땅히 해줘야 하는 설명에는 인색하네. 들이받고 싶은 심정을 억누르며 잠자코 그를 따라갔다.

나는 경찰 조직 편제를 거의 모른다. 부경 본부와 경찰서의 차이도 모르고, 애초에 왜 나를 이곳으로 데려왔는지도 모른다. 묻고 싶은 것은 산더미 같지만 대답해 줄 것 같은 형사는 한 명도 보이지 않았다.

드라마나 영화에서 종종 보는 조사실로 데려가려나 보다 했지만, 좁은 회의실 같은 방으로 안내해 놓고 혼자 남겨놓았다. 나는 하는 수 없이 맨 끝 열의 장의자에 앉았다.

그 방에는 복도로 나가는 문 외에 아마도 다른 방으로 연결되는 것으로 보이는 출입구가 하나 더 있었다. 여러 사람의 구둣발

소리와 긴박한 분위기가 문 너머에서 전해져온다. 누가 나를 상대할지를 놓고 이야기하는 듯했다. "내가 대응하지"라는 허스키한 남성 목소리가 들렸다.

곧 형사 하나가 방으로 들어왔다. 40대 후반이나 50대 정도로 보이는 아저씨였다. 까만 머리를 올백으로 넘기고, 예리한 각도로 올라간 눈썹이 이목구비 중에서 또렷한 존재감을 드러내는 얼굴이었다. '이글이글'이라는 의태어가 잘 어울리는 강인해 보이는 형사였다. 생긋생긋 웃지만 상하관계에 까다로울 것 같은 사람이네, 하고 속으로 멋대로 예측해보았다.

"미안해요, 여기까지 오시게 해서. 무서웠죠? 나도 형사 생활 오래 했지만 그런 사체는 거의 본 적이 없어요."

아저씨는 마나베라고 자신을 소개했다. 건네받은 명함에는 스이타 경찰서 형사과장이라고 적혀 있어서 아무래도 부경 수사1과 형사와는 다른 듯하다.

스이타 경찰서에서 일하는 사람이 왜 오사카시에 있는 걸까. 조금 생각하니 감이 왔다. 그러고 보니 스이타시에서도 최근 살인사건이 있었던 것이다.

"혹시, 이거 연속 살인인가요?"

마나베는 "감이 좋네"라며 웃었다. 갑자기 반말을? 하는 생각도 들었지만, 나도 직장동료 아저씨들한테 스스럼없이 반말을 하므로 개의치 않았다.

마나베가 맞은편 의자에 앉으며 물었다.

"요코시마 마리아 씨라고 했던가? 7월 하순 오사카 부내에서 발생한 두 건의 살인사건에 대해서는 알고 있나?"

스이타시 사건과 다이쇼구 사건을 말하는 듯하다. 뉴스에서 조금 들은 정도라고 대답하자 마나베는 책상 위에 손깍지를 끼고 상체를 기울였다.

"첫 번째 사건 현장은 스이타시였어. 지난주 목요일, 7월 27일 밤이었지. 에자카역 근방 단독주택에서 목이 졸려 살해된 남성이 발견되었어. 피해자는 구라마치 고스케라는 55세 남성으로, 사체를 처음 발견한 사람은 구라마치의 먼 친척인 미조구치 사토시라는 젊은 남성이야."

"미조구치 사토시라면 어디선가 들어본 이름 같은데?"

"미조구치도 그 나흘 뒤에 살해되었으니까. 뉴스에서 들은 거 아닐까."

"음? 어떻게 된 거죠?"

"두 번째 사건이 알려진 것은 구라마치 살해로부터 사흘 뒤인 7월 30일 새벽. 다이쇼구의 노상에서 한 남성이 온몸에 칼이 찔려 쓰러져 있다는 신고가 들어와 경찰이 출동했지만 피해자는 이미 죽어 있었어. 피해자 이름은 미조구치 사토시, 30세. 미조구치 사체의 최초 발견자는 마침 지나가던 인근 주민 고바야시 데루코라는 65세 여성이었어. 그리고 다시 사흘 뒤 아침, 그러니까 오늘 아침이지. 당신이 발견한 토막사체는 아마 고바야시 데루코라고 봐도 틀림없을 것 같군."

그렇게 여러 토막으로 절단되어 있었는데 어디 사는 누구인지 벌써 알아냈단 말인가. 아니 그것보다 아까부터 같은 이름이 반복해서 등장한다는 점이 더 신경 쓰였다.

"영문을 모르겠네요."

"최초 발견자가 연속으로 살해되고 있는 거지. 먼저 구라마치 고스케가 살해되었어. 그 사흘 뒤 구라마치 사체의 최초 발견자 미조구치 사토시가 사체로 발견되었어. 다시 사흘 뒤 미조구치 사체의 최초 발견자 고바야시 데루코가 사체로 발견되었어. 대체로 이틀 간격으로 사체가 나왔고, 더구나 세 사체 가운데 두 사람은 직전 사건의 최초 발견자라는 거야."

마나베가 의미심장하게 말을 끊고 이쪽으로 시선을 보낸다.

"즉, 당신이 다음 희생자가 될 가능성이 높아."

"나, 누구한테 당할 만한 짓을 한 기억이 없는데?"

"구라마치와 미조구치는 먼 친척이었지만 교류는 조금 있었던 것 같아. 그래서 구라마치가 죽은 걸 미조구치가 발견한 거지, 그러나 고바야시 데루코의 경우는 구라마치나 미조구치와 전혀 접점이 없어. 현재 고바야시와 다른 피해자들의 접점은 미조구치의 사체를 발견했다는 점 하나뿐이야. 당신이 누구한테 당할 만한 일을 한 적이 없어도 범인은 사체를 최초로 발견했다는 이유만으로 당신을 죽이려 할지 몰라."

나는 "세상에" 하고 중얼거렸다.

"범인은 왜 최초 발견자를 죽이려고 하는 거죠?"

"우리도 몰라. 진짜 희한한 놈이지."

마나베가 분하다는 듯 낯을 찡그리는 모습을 보면서 나는 왠지 맥이 빠진 것처럼 멍하니 있었다. 보통은 공포를 느껴야 하지만 너무나 현실성이 없어서 꿈을 꾸는 것 같았다.

——다음에는 내가 표적이라고? 그냥 평소처럼 쓰레기 수거하다가 토막 난 사체를 발견한 것뿐인데?

아, 그러고 보니 쓰레기봉투에서 피범벅이 된 지갑이 미끄러져 나왔었지.

"지갑에 면허증이 들어 있었어. 덕분에 고바야시 데루코의 신원을 바로 특정할 수 있었지만, 그건 마치 범인이 '내가 요전 번 사체의 최초 발견자를 죽였다'라고 통고하는 것 같아서 화가 나더군. 경찰을 얼마나 희롱해야 만족하려는지. 즉시 기동수사대와 제복조를 보내 현장 주변을 조사시켰지만 범인은 쓰레기장에 토막 사체를 버리고 진즉에 사라진 것 같아."

그 아파트의 순회관리인요일이나 시간을 정해두고 여러 아파트를 동시에 관리하는 사람은 쓰레기장을 새벽 5시에 열어 두었다고 한다. 5시부터 8시 45분 사이라면 누구라도, 그야말로 아파트 주민이 아니라도 쓰레기장에 출입할 수 있었다는 말이다. 쓰레기 수거는 8시 반 이후이므로 5시 개방은 너무 이른 것 같지만, 관리인의 일정 때문이라면 어쩔 수 없는 일이다.

요즘 아파트 쓰레기장 중에는 쓰레기 수거 시간대에만 자동적으로 문이 열리도록 타이머 기능이 있는 전자자물쇠가 장착된 곳도 있다. 그러나 사체가 버려져 있던 곳은 오래된 아파트였다. 당연히 쓰레기장 주변에는 방범 카메라도 설치되어 있지 않았다.

"아니, 아파트 보안설비 같은 것에는 관심 없어요. 나는 앞으로 어떻게 하면 되죠?"

"아, 미안하게 됐어요. 우선 연락처를 물어도 될까? 신분증 같은 건 있나?"

오늘은 내가 운전하는 날이 아니지만 만일을 위해 운전면허증을 가지고 다닌다. 면허증을 내밀자 마나베는 면허증에 있는 주소를 메모했다.

"허어, 2001년생이군. 스물두 살. 젊네. 혼자 지내나?"

"아뇨, 동거인이 있는데."

오빠와의 관계를 뭐라고 설명해야 좋을지 몰라 말을 맺지 못했다.

"남성 동거인? 애인과 지내는 건가?"

"남자랑 사는 건 맞지만, 남녀 사이 같은 게 아니라 그냥 오빠 같은 사람이라고나 할까요."

"이부형제나 이복형제 같은 건가?"

"그런 건 아니지만."

요즘 아이들은 문란하다니까, 라는 듯한 눈초리를 보내지만 오빠는 그냥 오빠일 뿐 서로 손가락 하나 건드린 적도 없다. 아니, 애초에 누구랑 살든 나의 자유 아닌가.

마나베는 뒤쪽 문을 열고 얼굴만 내밀어 "닛타, 세나!" 하고 누군가를 불렀다. 문 너머 방에 다른 형사들이 대기하고 있는 듯했다.

방으로 두 사람이 들어왔다.

한 사람은 30대 중반쯤 되는 여성. 회색 슈트는 조금 후줄근하지만 몸에 잘 맞아 보였다. 까만 직모를 단단히 묶었고 아몬드 형 눈이 야무지다. 금욕적인 운동선수 같네, 하고 생각했다.

또 한 사람은 20대 후반이나 막 서른 살쯤 되었을 것으로 보이는 남성이다. 아마 여성 형사보다 나이가 적을 것이다. 볼륨 있는 헤어스타일과 튀어나온 입이 특징이어서 오리너구리 같은 귀여운 구석이 있다. 마나베와는 달리 형사처럼 보이지 않는 두 사람이었다.

나란히 쉬어 자세를 취한 두 사람 옆에서 마나베가 말했다.

"이쪽은 닛타 순사부장과 세나 순사장. 앞으로는 주로 두 사람이 당신을 경호할 거야."

"경호?"

"뭐, 특수본부가 임시로 편성한 신변경호팀이지. 24시간 내내 밀착 경호할 거야."

"네? 처음 듣는 얘기인데요?"

"급하게 결정된 거니까."

닛타──운동선수처럼 생긴 형사와 눈길이 마주쳤다. 그녀가 이쪽으로 뚜벅뚜벅 걸어오자 감귤류와 꽃이 섞인 듯한 좋은 향이 난다. 향수처럼 느끼하지 않은 것을 보면 아마 핸드크림 냄새 같다. 그녀는 낭랑한 목소리로 말했다.

"스이타서 형사과 강력계 주임 닛타 이쿠코입니다."

명함을 받아들면서 나는 혼잣말로 "이쿠코"라고 이름을 중얼거렸다. 30대 정도로 보이는데 이름이 고풍스럽다.

문득 시선을 느끼고 고개를 들었다. 이쿠코가 내 얼굴을 빤히 쳐다보고 있다.

"응? 왜요?"

"미안합니다. 요코시마 씨 얼굴이 왠지 낯이 익어서요."

"아하."

"우리, 어디서 만난 적이 있나요?"

남자들이 수작 걸 때나 하는 말을 진지하기 짝이 없는 얼굴로 하는 바람에 나도 모르게 웃고 말았다.

"아마 뉴스에서 봤겠죠. 아, 내가 무슨 나쁜 짓을 한 건 아니고."

노상에 쓰러진 사람의 생명을 살리는 데 공헌했다며 구 소방서에서 감사장을 주었다. 그 일은 지난달 상순에 일어났지만 표창을 받은 것은 지난주 금요일이었다. 지방뉴스에 짧게 나왔고 인터넷 기사에도 나왔으니까 어쩌면 뉴스를 통해 내 얼굴을 보았는지도 모른다. 그렇게 말하자 이쿠코는 납득한 표정으로 고개를 끄덕였다.

다음으로 오리너구리 같은 형사——세나에게 명함을 받았다.

"세나 다마키라고 합니다! 잘 부탁합니다."

"오, 명함이 되게 귀엽네."

세나는 빙글빙글 웃으며, "감사합니다—"하고 고개를 까딱했다. 지방자치단체의 동물인형 캐릭터 같은 외모도 귀엽지만 맥 빠진 목소리도 귀엽다. 오빠를 비롯한 남자들은 '귀엽다'고 하면 왠지 기분 나빠하지만 세나는 특별히 개의치 않는 모습이다.

인사가 끝나자 마나베는 "그럼" 하며 방을 나가려고 했다.

"잠깐만, 여전히 뭐가 뭔지 모르겠는데. 갑자기 개인경호원 같은 사람들을 붙여두면 어쩌라는 건지?"

"걱정 말아요. 여기 닛타가 자세히 설명해줄 거니까. 그리고 아가씨, 20살이 넘었으면 나이도 먹을 만큼 먹었는데, 이젠 손윗사람한테 제대로 경어를 쓸 줄 알아야지. 닛타. 뒤를 부탁해."

그러는 당신은 20살이 넘었으면서 왜 경어를 안 쓰는데? 그렇게 쏘아주고 싶었지만 마나베는 내가 입을 떼기도 전에 회의실을 나가버렸다.

남은 세 사람은 말없이 얼굴을 마주보았다. 어색한 침묵을 깨려는 듯이 세나가 밝은 목소리로 말했다.

"아, 제가 뒤쪽 주차장에서 차를 가져올게요. 현관 앞에서 기다려주시죠—"

*

부경 본부를 나서니 세나가 현관 앞에 차를 대놓고 있었다. 가장 흔한 회색 세단이다.

차에 올라타자 조수석의 이쿠코가 이쪽을 돌아다보았다.

"요코시마 씨, 어때요, 식사할 수 있겠어요?"

토막 사체를 목격한 나를 걱정해주는 듯하다.

"의외로 괜찮을 것 같기도."

"다행이군요. 어디 가서 점심 먹으며 얘기할까요?"

세나는 "배짱이 두둑하시네"라고 억양 없이 말하며 차를 출발시켰다.

"뭐 먹고 싶은 거 있나요?"

"굳이 묻는다면 라멘?"

"라멘……은 식당에 오래 있기 힘들 것 같군요."

"그럼 뭐든 상관없어요."

세단은 가미초 거리를 남쪽으로 똑바로 달려서 덴노지 구청 근처 패밀리레스토랑으로 들어갔다. 일단 핫샌드와 드링크바를 주문한 뒤 나는 테이블 위로 몸을 내밀며 일부러 강하게 말했다.

"상황이 전혀 이해 안 되네. 닛타 씨와 세나 씨는 어떤 조직의 어떤 사람이죠? 뭐야? 지금 무슨 수사를 하는 건가요?"

그때까지 포커페이스를 유지하던 이쿠코가 비로소 미간을 찡그리며 미안한 표정을 짓더니,

"불안하게 해드려서 죄송합니다."

하고 머리를 깊이 숙였다. 사과를 원해서 한 말은 아니었기에

조금 당황했다.

"아까는 마나베 씨 때문에 조금 언짢으셨죠. 혼란스럽게 해드려서 죄송합니다. 괜찮으시면 처음부터 설명 드려도 되겠습니까?"

"……좋아요."

"먼저, 수사본부라고, 들어보셨나요?"

이쿠코가 토트백에서 수첩을 꺼냈다. 귀여운 코알라 캐릭터가 각인된 군청색 수첩이다.

"와, 귀엽네."

이쿠코는 진지한 표정으로 "그렇죠?" 하며 코알라를 가리키고 나서 백지 페이지를 펴더니 경찰 조직도를 그리기 시작했다. 진지하게 기초부터 알려줄 모양이다.

"보통은 오사카시 이쿠노구에서 일어난 사건은 이쿠노서에서 담당하고, 스이타시에서 일어난 사건은 스이타서 담당이라는 식으로 사건이 발생한 지역을 관할하는 경찰서가 수사를 맡습니다. 하지만 살인 등 중대한 안건일 경우 수사본부라는 것이 설치되어 오사카부 경찰본부, 즉 오사카의 경찰 전체를 관할하는 조직과 관할 경찰서가 함께 수사하게 되죠. 수사본부는 기본적으로 사건이 발생한 관할서에 설치됩니다. 관할서라는 것은 방금 말한 것처럼 사건을 관할하는 경찰서를 말합니다."

"관할서라면 알지. 〈춤추는 대수사선〉에서 아오지마 군이 일하는 곳이죠, 아마?"

"젊은 분이 잘 아시네요."

"친가의 이웃집 할아버지가 야나기바 도시로를 좋아해서 재방송을 같이 봤었죠. 그 드라마, 엄청 재밌거든."

"압니다. 저도 영화보다 드라마 버전을 좋아합니다. 다만, 이번 연속 살인사건은 스이타시, 오사카 다이쇼구, 이쿠노구까지 광범위한 지역에서 발생해서 사건을 관할하는 관할서도 스이타서, 다이쇼서, 이쿠노서 등 세 곳이나 됩니다. 그래서 예외적으로 부경본부에 수사본부가 설치되었죠. 그것도 보통 수사본부가 아니라 특별수사본부. 부경에서 이 일련의 사건을 사회에 심각한 영향을 미치는 중대사건으로 인식하고 있는 겁니다. 여기까지 이해가 안 되는 점 있습니까?"

"왠지 알 것 같네."

이쿠코와 세나는 스이타서, 즉 관할서 형사과에 소속된 형사라고 한다. 아까 회의실에서 만난 마나베라는 아저씨는 형사과장이고 이쿠코와 세나의 직속 상사일 것이다.

첫 번째 살인사건——스이타시에서 살인사건이 일어나자 일찌감치 이튿날 점심에 스이타서에 수사본부가 설치되었으므로 이쿠코를 비롯한 스이타서 형사들은 본부 수사1과에서 파견된 수사반과 함께 수사를 시작했다고 한다. 그런데 7월 30일 다이쇼구에서 두 번째 사건이 벌어졌다.

"첫 번째 사건과의 관련성이나 광역성을 감안해서 스이타서에 있던 수사본부를 부경본부에 재설치하고 규모도 커졌습니다. 백

명 규모로 수사에 임하게 된 겁니다. 지금은 더욱 확대되어 백오십 명에서 이백 명 정도는 되지 않을까 합니다."

"어? 잠깐만. 이백 명이나 되는데 내 경호에는 꼴랑 두 명을?"

"상부도 어려움이 많습니다. 사실은 더 엄중한 태세로 경호하고 싶지만 '최초 발견자가 연속으로 살해되었다고 해서 그다음 최초 발견자까지 표적이 될까' 하며 애초의 전제조건을 의심하는 의견도 있다고 하니까요. 요코시마 씨로서는 두 명의 경호가 불안할지 모르지만, 곧 추가 인력이 배치될 겁니다. 괜찮습니다, 세나 씨는 경험이 풍부한 검도 고수에 기량도 상당하니까요."

이쿠코의 왼쪽에 앉은 세나가 테이블에 턱을 괴면서 "이래봬도 부경 무술대회에서 패한 적이 없어요—" 하며 웃는다.

"닛타 씨는? 닛타 씨도 검도 고수예요?"

"검도는 안 합니다."

"그럼 육탄전 고수? 그걸 뭐라고 하더라, 체포술?"

"저는 뭐, 그거죠. 최선을 다 합니다."

"어째 좀 불안한데."

그러는 사이에 주문한 메뉴가 나와서 일단 식사에 집중하기로 했다. 이쿠코와 세나는 카레를 주문했는데, 두 사람은 내가 핫샌드 한 조각을 먹는 동안 접시를 깨끗이 비워버렸다.

"엄청 빠르게 먹네."

"형사는 다들 이래요—."

"좋겠다, 부러워라. 난 먹는 게 느려서."

"급하게 먹는 건 당뇨병으로 가는 지름길이니까 천천히 먹는 편이 좋아요."

이쿠코는 종이냅킨으로 입가를 닦으며 추가로 파르페를 주문했다. 커피젤리선데가 나오자 수첩 커버에서 미니사이즈 시내 지도를 꺼내 테이블에 펼친다.

오사카시를 중심으로 하는 지도 위 세 지점에 펜으로 표시를 했다. 스이타시, 다이쇼구, 그리고 이쿠노의 다지마. 모두 살인사건이 발생한 장소다.

"앞의 두 사건을 요코시마 씨에게도 간단히 설명 드리죠."

"그거 말해도 괜찮은 건가요—? 내부 규칙에."

세나가 옆에서 끼어들었지만 이쿠코는 태연했다.

"졸지에 경찰의 경호를 받아야 한다니 납득이 가지 않으실 테니까. 요코시마 씨도 일련의 사건이 보여주는 특수성을 알아두시는 게 좋을 듯해요."

몹시 반가운 말이어서 이쿠코를 신뢰하고 싶은 마음이 부풀고 말았다. 내가 너무 촐랑거리는지도 모르겠다.

점심시간은 벌써 지나서 우리 좌석 주변에는 손님이 아무도 없다. 사건 이야기를 조금 더 여유롭게 해도 괜찮을 것 같다.

"먼저 첫 번째 사건——구라마치 고스케 살해에 대하여. 7월 27일, 에자카역에서 도보로 15분 정도 거리에 있는 단독주택에서 구라마치가 목이 졸려 살해된 채 발견되었습니다. 사인은 교사, 즉 끈 모양의 물건에 목을 졸린 겁니다. 목울대 부분에 있는 갑상

연골이라는 연골이 골절되어 있었다니 매우 강한 힘으로 압박한 거죠. 사망 추정 시각은 전날 20시에서 23시 사이였습니다."

"그럼 26일 밤에 살해되었다는 거네요?"

"그렇습니다. 현장에 범인 것으로 보이는 지문이나 머리카락은 남아 있지 않았습니다. 범인은 창문 일부를 깨뜨린 뒤에 크레센트 잠금장치갈고리 모양의 걸쇠를 회전시켜 잠그는 시건 장치를 풀고 침입한 것 같은데 대단히 수완이 좋습니다. 당초에는 전문가에 의한 강도 살인도 의심했지만 뭔가를 훔친 흔적이 보이지 않아 개인적 원한에 따른 살인이 유력시되었습니다."

나는 테이블 밑에서 스마트폰을 슬쩍 꺼내 검색창에 '스이타 시', '살인사건' 같은 검색어를 입력했다. 뉴스 목록 페이지가 뜨자 심상치 않은 기사가 맨 위에 표시되었다. 구라마치 고스케 생전의 스캔들을 보도한 기사 같았다.

오사카 시내 사립 고등학교에서 교사로 일하던 구라마치는 오랫동안 여자 배구부 고문을 맡았는데, 살인사건이 일어나기 꼭 1주일 전에 체벌과 폭언이 문제가 되어 6개월 정직 처분을 받았다. 즉 구라마치 고스케라는 피해자는 자택 근신 중에 살해된 것이다.

나는 흥미 본위로 물어보았다.

"구라마치 고스케 주변에 수상한 사람은 없나요?"

체벌 교사라면 여러 사람에게 원한을 사지 않았을까? 그러나 이쿠코는 천천히 고개를 저었다.

"그게…… 수사본부가 가장 주목한 것은 최초 발견자 미조구치 사토시였습니다. 구라마치의 주변 관계를 조사해보니 제일 원한이 깊었음직한 인물이었어요."

"그래요? 두 번째로 살해된 그 사람?"

"미조구치 사토시는 구라마치 사촌형의 아들입니다. 구라마치에게는 종조카이고 미조구치에게는 종숙이라는 관계였지요."

"먼 친척 같은 거네. 그런데 어떤 상황이기에 친척 아저씨를 죽이고 싶었을까."

"구라마치 고스케는 독신이고 친한 친구도 없었고, 사촌형 미조구치 다이스케 씨, 즉 미조구치 사토시의 부친에게 정신적으로 완전히 의존 중이었다고 합니다. 돈도 200만 엔 정도 빌렸고."

"금전 문제라고요?"

"아뇨, 그쪽은 그다지 중요하지 않습니다. 구두 약속을 통한 부채가 갈등을 빚는 일은 흔하지만, 미조구치의 부친은 제대로 차용증을 받고 빌려주었습니다. 지불 기한과 상환 방법까지 정확히 정해져 있었으므로 대체로 원만했을 겁니다. 미조구치는 구라마치가 자기 부친에게 너무 의존적이고 집 안에만 틀어박혀 지내는 것을 못마땅하게 생각했던 거죠. 구라마치는 품행도 그다지 바르지 않았다니 미조구치로서는 연을 끊어버리고 싶었지만, 아버지는 사촌동생 구라마치에게 관대하기만 했습니다. 미조구치는 '아버지가 돌아가시면 내가 그놈을 돌봐야 할 판이라 미치겠다'고 주위에 종종 불평했다고 합니다."

"그렇군."

"구라마치 고스케는 살해되기 1주일 전에 직장에서 문제를 일으켜 정직 처분을 받았습니다. 미조구치는 그 일을 계기로 절연장을 들이밀려고 7월 27일 19시경 스이타시에 있는 구라마치의 집을 찾아갔다가 구라마치의 사체를 발견한 겁니다. 수사본부는 사체 발견 타이밍이 아무래도 수상하다고 보았습니다. 지금까지 구라마치를 철저히 회피하며 지내오던 미조구치가 구라마치가 살해되고 이튿날에 때마침 방문하다니, 마치 집 안에 사체가 쓰러져 있는 걸 알고 있었던 것 같지 않은가 싶어서 말이죠."

이야기만 들어봐도 미조구치가 수상해 보인다. 하지만 미조구치에게는 완벽한 알리바이가 있다고 이쿠코는 말했다.

"미조구치는 덴노지 우에혼마치에 있는 히로카와 의과대학 부속병원에서 간호사로 일했습니다. 구라마치가 살해된 시각으로 추정되는 26일 밤은 마침 야근하는 날이라 여러 간호사와 의사, 환자가 근무 중인 그를 보았습니다. 목격 정보를 종합해 보면 덴노지의 히로카와 병원에서 스이타시의 구라마치 집까지 이동해 살인을 저지르기는 어려울 것 같습니다."

그래도 이쿠코는 미조구치를 의심했다고 한다. 그를 만나 사정 청취를 할 때 대본을 준비해둔 것처럼 답변하는 모습이 내내 마음에 걸려서였다. 뭔가 뒷사정이 있는 것은 아닐까 의심했지만, 이제 더는 증언을 끌어낼 수 없게 되고 말았다. 미조구치 사토시가 살해되었기 때문이다.

"두 번째 살인이 드러난 것은 7월 30일이었습니다. 다이쇼구의 니시이즈오 운동공원이라고 아세요? 국도 43호를 서쪽으로 직진하면 나옵니다만, 안에 운동장이 있는 꽤 큰 공원입니다."

"거기 알아요."

"그 공원 바로 옆 도로에 미조구치가 쓰러져 있었습니다. 30일 새벽에 산책하던 주민이 발견했습니다. 사인은 출혈성 쇼크사. 윗배를 칼에 찔려 간장이 손상된 것이 치명상이었던 것으로 보이는데, 그밖에도 여러 군데에 찔리거나 베인 상처가 있었습니다. 사망 추정 시각은 0시에서 2시 사이. 밤길을 걷다가 불시에 찔린 것 같은 모습이었습니다."

미조구치는 살해 현장에서 100미터쯤 떨어진 아파트에 혼자 살면서 직장인 대학병원에 자전거로 통근해왔다고 한다.

"29일 밤, 미조구치는 후쿠시마구의 친가에 들렀습니다. 친척이 모여 구라마치 고스케의 장례 준비를 상의하는 자리에 참석한 겁니다. 상의는 밤이 늦어서야 끝나서 미조구치의 부모는 아들에게 자고 가라고 권했지만, 그는 마다한 채 막차를 타고 돌아갔답니다. 아마 다이쇼역에서 자기 아파트로 걸어가다가 변을 당했겠지요. 그 사체를 발견한 것이 고바야시 데루코라는 여성입니다. 다이쇼구에 살고 새벽 산책이 일과였다고 합니다. 피를 흘리며 쓰러져 있는 미조구치를 발견하고 크게 당황했다고 들었습니다."

"고바야시 씨라면, 내가 발견한 사람이네."

"네. 부인의 사체는 아직 자세히 조사하지 못했지만, 검시관에 따르면 8월 1일 전후에 사망한 것 같다고 합니다. 사망 추정 시각을 더 좁히려면 사법해부를 해야 하는데, 그렇게 토막 난 상태이니 조금 어렵겠지요. 사체 이야기를 해도 될까요?"

"괜찮아요."

핫샌드는 거의 다 먹었다.

"요코시마 씨가 발견한 까만 봉투에서는 양팔, 양다리, 둔부, 흉부, 장기 등 신체 부위 대부분이 나왔습니다. 그리고 두부도. 범인은 왠지 피해자의 운전면허증까지 봉투에 넣어 두었습니다. 사체의 얼굴을 볼 수 있어서 신원은 금방 판명되었습니다. 사인은 두부 손상으로 짐작됩니다. 측두골에 함몰골절이 있었다고 합니다. 둔기로 때려죽인 뒤 토막을 낸 겁니다."

"운전면허증을 넣어 둔 것은 계속 최초 발견자를 죽이고 있다는 범인의 의사표시라고 들었는데, 사실이에요?"

"그럴 가능성이 큽니다. 대체로 살인범은 사체를 처분할 때 신원 특정을 방해하려고 머리나 손가락을 없애버리고 싶어 하는데, 이 범인은 굳이 남겨 두었으니까요. 얼굴 사진이 있는 신분증을 함께 넣어 둔 것도 피해자가 누구인지 파악하기를 바랐기 때문인지 모릅니다."

"이상하네."

"고바야시 씨 살해에는 그밖에도 이상한 점이 있습니다. 구라마치가 집 안에서 살해되고, 미조구치가 자택 부근 도로에서 살해되었다는 데서도 알 수 있듯이 지금까지 범인은 피해자의 생활

권으로 스스로 들어가서 살인을 저지르고 사체를 현장에 방치해두었습니다. 그러나 고바야시 씨만은 어디서 살해되었는지 알 수 없습니다."

"살해 현장을 모른다는 거네요."

"네. 범인은 고바야시 씨를 어디선가 살해하고 해체한 뒤, 토막 낸 사체를 봉투에 담아 이쿠노구의 아파트 쓰레기장까지 옮긴 겁니다. 사체를 옮기려면 범인도 이동해야 하므로 목격될 리스크가 높아지는데도 범인은 그걸 감수한 겁니다."

"그건, 뭔가 아파트 쓰레기장에 오는 수거원 눈에 띄게 하려고 일부러 옮겨놓은 것 같은데."

봉투에 넣기 쉽게 사체를 토막 내고 이 더운 날 일삼아 아파트 쓰레기장까지 무거운 봉투를 옮긴다. 내 눈에 띄게 하려고 그런 것 같잖아, 라고 생각했다. 설마 정말 그랬을까, 범인이 나를 사체의 최초 발견자로 만들어 다음 표적으로 삼으려 했던 걸까.

농담처럼 말했는데 이쿠코는 부정해주지 않았다. 테이블이 갑자기 조용해져서 멀리 떨어진 테이블의 포크가 접시에 닿는 소리까지 들렸다.

그때까지 잠자코 듣기만 하던 세나가 미소 지으며 입을 열었다.

"뭐— 범인의 표적이 정말로 요코시마 씨인지 어떤지는 알 수 없습니다. 저는 이 사건을 ABC 살인의 일종이라고 봅니다."

"ABC 살인이라니, 그게 뭐지?"

"애거사 크리스티의 유명한 추리소설에 『ABC 살인사건』이란 작품이 있습니다. 거기 나오는 트릭이랄까 연속 살인의 구조가 이 사건과 비슷해 보입니다. 아, 스포일러 해도 괜찮을까요—?"

"괜찮아요, 난 그런 거 신경 안 쓰니까."

"다행이군요. 간단히 정리하자면 이름이 A로 시작되는 동네에서 이니셜이 AA인 인물이 살해되고, 이름이 B로 시작되는 동네에서 이니셜이 BB인 인물이 살해되고, 이름이 C로 시작되는 동네에서 이니셜이 CC인 인물이 살해되고…… 이런 식으로 알파벳 순서에 따라 사람들이 잇달아 살해되는 기묘한 연쇄 살인이 일어난 겁니다. 피해자들 사이에는 접점이 전혀 없고 알파벳 순서라는 법칙만 있어요. 범인은 무슨 목적으로 그 법칙에 따라 살인을 저지르고 있는가, 라는 것이 소설의 최대 수수께끼인 겁니다—."

"헐. 범인이 미친 거 아냐?"

"한데 범인은 지극히 냉정하게 광기 어린 연속 살인을 해나간 겁니다. 정말로 죽이고 싶었던 대상은 많은 피해자 가운데 한 사람뿐이었고, 다른 피해자들은 범행 목적을 숨기기 위해 희생된 거죠—."

다른 피해자들은 억울하게 날벼락을 맞은 건가. 불쌍해서 어쩌나. 나는 낯을 잔뜩 찡그렸다.

"정말로 죽이고 싶은 사람만 죽이면 살인 동기가 드러나 수사의 손길이 자기에게 뻗치리라는 사실을 잘 아니까 전혀 무관한 사람을 여러 명 죽여서 엉뚱한 법칙을 만들었습니다. 광기에 사로잡힌 범인이 언어놀이를 위해 살인을 거듭하는 것처럼 연출한 겁니다—."

"알파벳을 한 바퀴 돌겠다니, 바보 아녜요? 알파벳이 26개나 되는데, 사람 한 명 죽이자고 스물다섯 명이나 끌어들여?"

"진짜 표적을 죽인 뒤 적당한 선에서 멈추어도 되니까 꼭 스물여섯 명을 다 죽여야 하는 건 아니겠지만, 뭐 당연히 바보죠. 소설이니까 재미있지, 현실에서 흉내를 내자면 범인의 리스크가 너무 큽니다. 하지만 일련의 사건은 어딘지 ABC 살인 패턴을 닮지 않았나요? 최초 발견자라는 피해자의 공통점을 통해서 마치 범인이 재미를 위해 최초 발견자를 골라서 죽이고 있는 것처럼 보인다는 점도 그렇고. 소설에서 'ABC라면 이번에는 동네 D에서 살인이 일어날 것이다!'라고 무서워하는 것처럼 새로운 최초 발견자가 된 요코시마 씨 신변이 위험해진 것도 그렇고—."

"구라마치, 미조구치, 고바야시 세 사람을 죽여서 진짜 표적을 이미 죽인 거라면 범인은 이제 나까지 죽일 필요는 없는 거 아닌가?"

그렇게 묻자 세나는 얼른 눈길을 피하며 쓴웃음을 지었다.

"흐음, 가령 진짜 표적을 이미 죽였다고 해도 '최초 발견자 연속 살인'이라는 콘셉트를 확실히 하기 위해 최초 발견자를 한 명쯤 더 죽이고 싶어할 수 있겠지요. 사실 구라마치는 최초 발견자가 아니니 최초 발견자는 아직 두 명밖에 살해되지 않은 겁니다. 게다가 진짜 표적이 요코시마 씨일 가능성도 있습니다—."

"그럼 큰일이네. 결국 내가 위험한 거잖아."

이쿠코의 헛기침소리가 들렸다. "요코시마 씨를 너무 겁주지 말아요"라고 세나를 나무랐다.

"괜찮습니다. 범인이 체포될 때까지 우리가 요코시마 씨를 빈틈없이 경호할 테니까 범인의 뜻대로 되지 않을 겁니다. 이야기가 달라집니다만, 오늘 아침 요코시마 씨가 사체를 발견했을 때 주위에 수상한 사람은 없었습니까—?"

고개를 저었다. 수거차량이 아파트에 도착한 것이 8시 40분 정도였다고 기억하는데 9시 전은 아무래도 미묘한 시간대다. 오사카시 중심가에 일터가 있는 사람은 이미 집을 나갔을 시간이고, 슈퍼마켓이나 쇼핑센터는 아직 문을 열지 않은 시간이므로 거리에는 사람이 적다. 즉 수상한 사람을 보았다면 반드시 기억하고 있을 테지만, 다지마 지역에서 누군가와 스쳐지나간 기억은 없었다.

"하지만 쓰레기장은 아침 5시부터 열려 있었어요. 범인은 아침 일찍 쓰레기장에 사체를 버리고 내가 발견할 때는 다른 곳으로 도망갔을 것 같은데?"

"단정할 수는 없습니다."

이쿠코는 심각한 표정을 지으며 아이스커피를 입으로 옮겼다. 아까 세나가 ABC 살인 이야기를 하는 동안 드링크바에서 가져온 모양이다.

"뉴스에 피해자나 용의자의 개인정보가 나온 적은 있지만, 사체를 발견한 사람의 얼굴이나 이름은 보도되지 않죠? 최초 발견자가 누구였는지 범인이 알게 될 테니까. 즉 범인이 최초 발견자를 연속으로 죽이기 위해서는 사체를 발견할 사람을 예측하거나 사체를 감시하여 최초 발견자가 누구인지 알아낼 필요가 있습니다. 미조구치는 구라마치의 친척이므로 만약 범인이 구라마치의 주변 관계를 잘 아는 인물이라면 미조구치가 사체를 발견할 거라고 예측할 수 있었을지 모릅니다. 그런데 미조구치의 사체를 발견한 고바야시 데루코는 우연히 지나가던 주민이고 다른 피해자들과 아무 접점도 없었습니다. 그러므로 나는 고바야시 씨가 사체를 발견하는 장면을 범인이 지켜보고 있지 않았을까 생각합니다."

"지켜보고 있었다?"

"미조구치가 쓰러져 있던 도로변에는 임대 아파트 단지가 줄지어 있습니다. 범인은 미조구치를 노상에서 찔러 죽인 뒤 단지로 도망쳐 들어가 어느 모퉁이에서 사체를 감시하지 않았을까요."

도로에 면한 단지에서 얼굴만 내밀고 미조구치의 사체를 감시하는 범인의 모습을 상상해보았다.

이쿠코가 말하고자 하는 바를 그제야 이해할 수 있었다. 고바야시가 사체를 발견하는 장면을 범인이 감시하고 있었다면 내가 쓰레기장에서 고바야시의 사체를 발견할 때도 범인은 가까이서 내 얼굴을 몰래 관찰하고 있었을지 모른다. 나는 어깨를 부르르 떨었다.

"이야, 이쿠짱, 머리 엄청 좋네."

"이쿠짱?" 하고 진지한 얼굴로 따라 해보는 이쿠코에게 나는, "그럼 이쿠짱도 나를 마리아짱이라고 부르든지"라고 가볍게 말했다.

"내 경호 같은 거 하지 말고 그 똑똑한 머리로 다른 형사들을 지휘하면 좋을 텐데."

"제가 부경 수사 방침과 상사의 지시에 따르는 처지라서. 일단 미조구치 사체가 발견된 다이쇼구 노상 주변, 고바야시 사체가 발견된 이쿠노구의 아파트 쓰레기장 주변에 대한 탐문을 강화해야 한다고 과장님에게 말씀드려 놓기는 했습니다만. 그런 방향으로 차분하게 수사가 진행되면 조만간 범인의 흔적을 찾아낼 거라고 봅니다."

뭔가 숨은 뜻이 있는 말처럼 들렸다. 이쿠코의 제안은 매우 예리하게 들리는데, 수사본부의 주류 의견과 다른 걸까?

"혹시 수사가 제대로 진행되지 않고 있나요?"

"수사본부가 혼란에 빠진 것은 사실입니다"라고 이쿠코는 깨끗이 인정했다.

"사실 요코시마 씨가 고바야시 데루코의 사체를 발견함으로써 최초 발견자가 연속으로 표적이 되고 있다는 규칙의 신뢰성이 높아졌습니다. 그때까지는 고바야시 씨가 그냥 최초 발견자이며 구라마치, 미조구치 사건과는 아무 관련이 없다고 보고 있었으니까요."

세나도 개운치 못한 표정이다.

"수사본부는 갈팡질팡하고 있어요— 오늘 아침까지만 해도 상부에서는 변태의 범행이라 단정짓고 과거 간사이권에서 흉악한 사건을 저지른 전과자 목록을 뽑았습니다. 이 잡듯이 뒤지라고 지시했었죠. 윗사람들도 좀 냉정해졌으면 좋겠어요."

잘은 모르지만 경찰도 힘든 점이 많구나.

나는 문득 생각이 난 것처럼 드링크바로 가서 멜론소다를 가져와 빨대 봉지를 찢으며 "근데요" 하고 말을 꺼냈다. 이쿠코의 정중한 해설 덕분에 세 건의 살인사건은 얼추 파악했지만, 아무래도 한 가지 묻고 싶은 것이 있었다.

"쓰레기봉투를 열 때 제일 위에 피해자의 혀가 있었던 기억이 나는데 범인은 왜 사체에서 혀를 자른 거죠?"

팔다리를 자른 이유는 상황을 상상해 보면 쓰레기봉투에 넣기 쉽도록 할 목적이라고 이해하지 못할 바도 아니다. 하지만 혀는 굳이 자르지 않고 그냥 두는 게 편할 텐데?

내 머릿속에는 당연히 그 사건이 떠올랐지만 굳이 내 입으로 말하지는 않았다.

이쿠코가 세나를 힐끔 쳐다본 다음 말했다.

"실은 세 건 모두 사체에서 혀가 절단되어 현장에 버려져 있었습니다. 생활반응이 없는 것으로 보아 범인은 피해자를 죽인 뒤에 굳이 혀를 자른 것 같습니다."

"네? 세 건 모두?"

"최초 발견자가 표적이 된다는 법칙이 드러나기 전부터 스이타 건과 다이쇼구 건을 연속 살인사건으로 다루었던 까닭은 미조구치와 구라마치가 친척이라는 이유도 물론 있었지만, 사체의 혀를 잘랐다는 수법이 같았기 때문입니다. 요코시마 씨, 혹시 히토 사건을 아십니까?"

"물론."

흥분을 애써 억제하는 듯한 이상한 목소리가 되고 말았다.

3년 전――2020년 8월 9일, 구마모토현 아마쿠사시의 가미시마 앞바다에 있는 아다시마라는 작은 무인도에서 일곱 구의 타살체가 발견되었다. 살해된 일곱 명 가운데 한 사람은 아다시마 해상 코티지 관리인이고, 나머지 여섯 명은 히가시오사카시의 고등학교 출신이며 학창 시절부터 친했던 동창 그룹의 멤버였다.

범인은 피해자들과 친하게 지내던 젊은 남성――히토 기요쓰구. 히토는 세상과 격리된 무인도에서 그들을 죽인 뒤 모든 사체에서 혀를 잘랐다.

사건은 범행성명이라는 문서가 인터넷에 올라오며 세상에 드러났다. 히토 기요쓰구는 그 범행성명이 8월 9일 오전 8시에 업로드 되도록 설정해 두고 아다시마로 여행을 갔다. 이렇게 색다른 설정 때문에 '히토 사건'은 세간의 큰 주목을 받았다.

고등학교 시절, 히토 기요쓰구에게는 친한 선배가 있었다. 같은 축구부였고 학생기숙사의 룸메이트였던 선배는 하시모토 료마를 주범으로 하는 고등학생 그룹에게 집단 폭행을 당하다가 혀를 깨무는 바람에 그만 절단되었다고 한다.

히토 기요쓰구는 맹렬하게 분노하며 복수를 다짐했다. 그는 범인 그룹에 접근하여 친해진 뒤 무인도의 해상 코티지에서 일행을 모두 죽였다. 사체에서 혀를 절단하는 것도 잊지 않았다.

코티지 관리인 구조 겐타로까지 억울하게 죽은 탓에 히토를 난폭한 살인마라고 보는 여론이 대세이긴 했지만 인터넷에서는 히토를 동정하는 목소리도 많았다.

"설마 그 사건과 관계가 있다고? 하지만 히토 기요쓰구는 식물인간 상태일 텐데?"

일곱 명을 죽인 뒤 히토는 칼로 자신의 배를 가르고 바다에 뛰어들어 자살을 꾀했다. 하지만 사건이 드러난 당일, 아마쿠사 가미시마 앞바다를 떠다니다가 발견되어 구마모토현 구급의료센터로 실려 갔다. 의식이 없는 중태였다.

"네, 히토는 물에 뛰어들어 저산소뇌증에 따른 천연성 의식장애, 즉 식물인간 상태가 되었습니다. 구마모토 현경은 그를 범인으로 보고 수사했지만, 의식이 회복될 전망이 없어 체포영장은 아직 청구되지 않았습니다."

체포 전인데도 용의자 이름이 세상에 알려진 것은 범행성명에 나오기 때문이다. 본명은 이노우에 기요쓰구이지만 그가 피해자들에게 접근할 때 사용한 가명이 더 유명했다.

"그럼 누군가 흉내를 내고 있나?"

"모방범일 가능성은 있습니다. 그 사건에서는 모든 사체의 혀가 잘려 있었다는 점이 주목받았으니까. 어쩔 수 없이 유사성을 의식하지 않을 수 없죠."

세나도 떨떠름한 표정이다.

"이번 사건에는 꽤 엄중한 함구령이 떨어졌어요. 최초 발견자가 연속으로 살해되고 있다는 사실에 대해서는 요코시마 씨의 안전을 위해 보도관제가 실시되고 있고, 히토 사건과 관련지어 소동이 벌어질 것을 우려한 상부에서 혀 절단이라는 사실을 매스컴에 공개하지 않았습니다. 요코시마 씨도 다른 사람에게 말하면 안 됩니다. SNS도 안 돼요—."

얌전히 고개를 끄덕이지만 내심 기대가 커졌다. 나는 그 사람 히토 기요쓰구를 남이라고 생각하지 않는다. 히토 사건과 모종의 관련이 있다니 순간 흥미가 솟아났다.

"피해자들은 뭔가 나쁜 짓을 해서 혀가 잘린 건가요?"

그렇게 묻자 이쿠코는 허를 찔린 듯 잠깐 눈이 휘둥그레졌다.

"첫 피해자 구라마치라는 사람은 체벌로 문제를 일으킨 교사잖아요?"

"……뭘 보셨는지 모르지만 인터넷 정보를 그대로 믿지는 마세요."

출처가 불분명한 인터넷 뉴스이기는 했지만 이쿠코의 반응을 보니 사실이라는 생각이 들었다. 역시 구라마치 고스케는 악인이었던 것이다.

히토 사건을 흉내 낸 거라면 범인의 목적은 복수이거나 악인을 심판하는 것이리라. 그렇다면 구라마치 고스케는 체벌로 물의를 일으킨 탓에 살해되었겠지. 미조구치 사토시, 고바야시 데루코가 살해된 이유는 분명하지 않지만 은밀히 나쁜 짓을 저질렀는지도 모른다. 그들은 최초 발견자가 되었기 때문에 살해된 것이 아니라 범인에게 벌써부터 지목되어 있었을 것이다.

그렇게 생각하다가 문득 '잠깐만' 하고 고개를 갸우뚱했다. 그렇다면 내가 다음 표적이 된 이유도 내가 나쁜 짓을 했기 때문이란 말인가? 그런 기억은 없는데?

황망해하고 있는데 이쿠코가 "요코시마 씨" 하고 불러서 고개를 번쩍 쳐들었다.

"앞으로 어떻게 할지 이야기해볼까요? 상황이 이러하니 요코시마 씨를 24시간 내내 경호해야 합니다. 잠시 직장을 쉬시고 경찰 시설에 와주시면 좋겠습니다만……."

"싫어요. 유급휴가는 쓰고 싶지 않아."

"그렇습니까. 그럼 작업하는 현장을 저희가 따라다니는 것은 가능할까요?"

"내가 하는 일이란 게 트럭 몰고 하루 종일 돌아다니는 건데. 이쿠짱 일행이 따라다녀도 괜찮을까."

현재 시각은 16시, 앞으로 30분이면 클린센터의 업무가 끝난다. 지금쯤이면 마지막 쓰레기를 소각장으로 옮긴 수거 차량이 센터로 돌아올 시간이다. 일단 직장에 연락해서 상사에게 이것저것 확인해보기로 했다. 전화 통화를 몹시 싫어하는 나는 스마트폰 전화번호부만 열어도 우울해진다.

오쿠무라는 무거운 한숨을 짓고 전화를 받았다. 물어보니 클린센터에도 경찰이 여럿 찾아와 질문을 퍼부었다고 한다. 아파트 쓰레기장에 있던 쓰레기를 전부 회수해서 조사하겠다느니 오늘 우리가 운행한 수거 차량을 이쿠노 경찰서로 가져간다느니 해서 하루 종일 난리도 아니었던 모양이다.

잠시 후 이쿠코가 전화를 바꿔달라고 했다. 나는 이때다 싶어 스마트폰을 넘겨주었다. 경찰이 나를 경호해야 한다고 하자 오쿠무라는 '순찰차가 수거 차량을 따라다닌다고요?' 하고 곤혹스러운 목소리로 말했다.

"아뇨, 일반 차량과 구별되지 않는 수사 차량으로 경호할 겁니다."

〈아, 그렇다면 뭐. 통행에 방해만 되지 않는다면 원하시는 대로 하세요.〉

내일은 내가 운전하는 수거 차량을 이쿠코 일행이 따라다닌다고 생각하니 제법 가슴이 설레기 시작한다.

전화 통화를 마치자 이쿠코는 "한 가지 더 부탁이 있습니다만" 하고 고심하는 얼굴로 입을 열었다.

"저희가 댁에 묵을 수는 없을까요?"

그렇게까지?

"오빠가 싫어할지 몰라요. 낯선 사람과 어울리는 걸 질색하는 사람이라."

"오빠라면 아까 말씀하신 동거인 말인가요? 죄송합니다, 마나베 씨와 한 대화를 본의 아니게 들어서."

"맞아요, 동거인. 오빠 같은 사람이니까 내가 멋대로 오빠라고 부르는 거죠."

혈연이 없으니 세간의 기준으로 보자면 나와 오빠는 '의붓오누이'라는 명칭조차 쓸 수 없다. 요컨대 우리는 한집에 살고 있을 뿐인 생판 남이다.

"하지만 오빠는 그냥 오빠예요. 남자가 아니란 말예요. 빼빼마른 남자는 내 타입도 아니고."

"그렇습니까" 하고 억양 없는 목소리로 맞장구를 치는 이쿠코. 남자와 단둘이 지낸다면 냉큼 동거니 애인이니 생각하게 마련이지만 이쿠코는 내 말을 그대로 받아들이는 듯했다.

"아무튼 오빠분과도 일단 만나서 이야기할 수 있게 해주세요."

"좋아요. 그럼 일단 오빠한테 라인 메시지를 보내야지."

간만에 스마트폰을 열어보니 오빠한테서 연락이 여러 개 와 있었다. 1시간 전에 〈뉴스 봤다. 괜찮냐?〉라는 메시지가 왔고, 그 뒤에도 부재중 전화가 두 통이나 왔었다. 나나 오빠나 전화 통화를 싫어하기는 마찬가지여서 이건 정말 드문 일이다.

이쿠노구에서 쓰레기 수거 작업 중에 사체가 발견된 사건은 이미 전국뉴스에 나간 모양이다. 오빠는 내가 최초 발견자라는 사실을 당연히 모를 텐데 불길한 예감이라도 들었나.

〈괜찮긴 한데, 곧 경찰과 함께 돌아갈게. 오빠를 만나고 싶대.〉

이쿠코가 전표를 들고 일어섰다. 죽치고 있던 패밀리레스토랑을 나와 일단 이쿠코 일행을 집으로 데려가기로 했다.

나는 세단 뒷좌석에 얌전히 앉아 집 주소를 알려주었다. 오사카 환상선 고가 밑을 서에서 동으로 통과한 수사 차량은 이쿠노 구청 앞을 지났다. 핸들을 쥔 세나가 오오이케바시 교차로에서 우회전하며 말을 건넸다.

"요코시마 씨는 내내 오사카에 사셨습니까?"

"아뇨, 구마모토 출신이에요. 오사카에 온 건 얼마 전이라, 아직 2년 반 정도밖에 살지 않았어요."

간사이 사투리를 금방 익혀서 오사카 토박이로 오해받는 일이 종종 있다. 오빠는 통 말이 없는 사람인데 내가 어디에서 간사이 사투리를 배운 것인지 정말 수수께끼다.

"왜 하필 오사카였죠?"

"음, 언젠가는 오사카에 살아봐야지 생각했었어요. 세나짱은 계속 여기에?"

"아뇨, 고향은 고치. 저도 오사카 토박이는 아니죠."

"호오."

이쿠짱은 어디 출신? 하고 조수석을 들여다보는데 좋은 향기가 살랑 풍겨왔다.

"이쿠짱, 이거, 핸드크림?"

"미안해요, 냄새가 독한가요?"

"아니, 좋아요."

무릎 위에 놓인 이쿠코의 손은 하얗고 반질반질해 보였다. 그리고 좋은 향기. 오늘은 쓰레기냄새와 피비린내만 맡았는데, 핸드크림 향기가 그걸 지워주는 것 같아 고마웠다.

국도 47호로 들어선 세단은 남쪽을 향해 직진했다. 이제 도착이 10분도 남지 않았을 때 이쿠코가 무거운 목소리로 말했다.

"요코시마 씨. 실례를 무릅쓰고 묻습니다만, 누구에게 원한을 산 기억은 없습니까?"

살짝 기분이 상했다.

"내가 완벽한 사람은 못 되지만 누구한테 원한 살 짓은 하지 않았어요. 적어도 살해당할 이유는 없어요."

"죄송합니다, 언짢은 걸 물어서. 요코시마 씨를 경호하는 데 필요한 정보를 얻고 싶었을 뿐입니다."

누구에게 원한을 사지는 않았는지 스스로 돌아보는 것은 고통이 따르는 일이다. 이쿠코는 나를 지키기 위해 필요한 정보라고 말했지만, 만약 내가 악한 인간이어서 누구의 원한을 산 과거가 툭툭 튀어나온다면 이쿠코 일행의 의욕도 떨어지리라. 우리가 이런 악당을 경호해야 하나, 하며.

"아까 ABC 살인은 한 명의 표적을 죽이기 위해 엉뚱한 희생자 여러 명을 끌어들이는 거라고 했잖아요? 만약 내가 범인의 진짜 표적이라면 이미 살해된 세 사람은 나 때문에 죽은 건가요?"

"설사 요코시마 씨가 진짜 표적이라고 해도, 그러니까 '연속 살인은 당신 때문이다'라고 말하는 사람이 있다면 사기꾼이니까 곧

이들지 마십시오."

"음, 그런 건가."

"그렇고말고요. 아무튼 뭔가 생각이 나면 말씀해주세요. 요코시마 씨가 누군가의 원한을 산 일이 있다고 해도 우리는 온 힘을 다해 경호할 겁니다."

고개 숙여 인사할 때 내가 아직도 작업복 차림이라는 걸 깨달았다. 평소 작업이 끝나면 직장 세탁실에서 세탁하지만 오늘은 옷 갈아입을 틈이 없었다. 사복도 로커에 넣어둔 상태. 이런 꼴로 집에 돌아가기는 처음이다.

결론부터 말하면 오빠는 경찰의 방문을 아주 싫어했다. 먼저 〈사전에 자세히 설명해.〉〈전화 한 통 정도는 할 수 있잖아.〉 하며 나에게 화를 냈다. 전화를 해도 제대로 대답도 안 하는 인간이.

이쿠코와 세나를 맞을 때도 죽지 못해 나온 사람처럼 낯을 찡그리고 있었다. 그렇게 노골적으로 기분을 드러낼 것까지야.

오빠는 전과자도 아닌 것 같은데 나와 처음 만날 때부터 묘하게 경찰을 싫어했었다.

우리 네 사람은 주방의 작은 좌식 탁자에 바짝 붙어 앉았다. 오빠가 전혀 말을 하지 않는다는 점은 이미 언질을 주었기에 이쿠코는 수첩을 꺼내 볼펜과 함께 오빠에게 내밀었다. 하고 싶은 얘기가 있으면 거기 쓰라는 뜻이다.

"앞으로 요코시마 씨 경호를 맡게 되었습니다. 닛타 이쿠코라고 합니다."

이쿠코는 나를 요코시마 씨라고 부른다. 요코시마라는 이름이 '요코시마邪 부정한 생각'를 연상시켜서 성을 빼고 이름으로만 부르는 쪽을 좋아하지만, 이쿠코가 발음하는 '요코시마 씨'의 울림은 매우 마음에 들었다.

이쿠코는 패밀리레스토랑에서 그랬던 것처럼 오빠에게 사건 개요를 설명했다. 같은 설명을 또 하려면 귀찮을 법도 한데 이쿠코는 변함없이 정중했다.

설명이 끝나고 "혹시 질문은 없습니까?"라고 이쿠코가 묻자 오빠는 펜을 빠르게 움직였다.

'왜 최초 발견자만 당하는 겁니까?'

"저희도 아직 모릅니다."

'닛타 씨는 어떻게 생각합니까?'

오빠는 의외로 설명을 충실히 들었는지 성실한 학생처럼 질문을 거듭했다.

"범인이 최초 발견자만 노리는 이유에 대하여 현재 4개의 패턴을 상정하고 있습니다. 첫째, 범인은 최초 발견자들에게 뭔가 불리한 장면을 목격당했다. 둘째, 최초 발견자를 노리는 것처럼 꾸미고 실은 피해자 각각에 원한을 품고 있었다. 셋째, 피해자 가운데 한 명만이 진짜 표적이고 다른 피해자들은 엉뚱하게 휩쓸린 것이다. 넷째, 사실은 최초 발견자를 노릴 의도는 없으며, 발각되지 않으려 하다 보니까 어느새 그렇게 되고 말았을 뿐이다. 우리가 생각해볼 수 있는 가능성은 대충 이런 것들이죠. 어떤 가능성도 배제할 수 없습니다."

이쿠코의 답변이 납득되지 않는지 오빠는 다시 펜을 움직였다.

'기간은?'

"범인이 체포될 때까지 요코시마 씨를 경호할 겁니다."

오빠는 입술이 일그러지도록 꾹 다물며, '기간은?'이라는 글자를 펜 끝으로 다시 톡톡 두드렸다.

"범인이 요코시마 씨에게 접근하기 전에 우리가 먼저 범인을 찾아내야 합니다. 수사본부는 사흘 안에 검거할 계획입니다. 물론 최대한 빨리 평소 생활로 돌아가게 해드리고 싶습니다."

오빠가 이쿠코 일행을 집에 묵게 하는 것은 공간적으로도 무리라고 말하자 이쿠코와 세나는 바깥에서 잠복하기로 했다. 우리는 주차장을 계약하지 않았기 때문에 이쿠코 일행이 직접 관리회사에 연락해서 허가를 얻어냈다. 단지 주변에 수상한 인물이 나타나지 않는지 밤새 감시할 계획인 것이다.

"차 안에서 철야는 아무래도 딱하잖아. 이쿠짱만이라도 여기서 자게 하면 안돼?"

오빠에게 부탁하는데 이쿠코가 끼어들었다.

"괜찮습니다, 차에서 밤새 잠복하는 건 늘상 있는 일입니다. 교체 요원도 올 겁니다, 아마."

덧붙인 '아마'라는 말이 안쓰럽게 들린다. 나는 "그럼 이만" 하며 이쿠코 일행과 현관에서 헤어졌다.

오빠는 저녁을 짓는 중이었는지 집 안에 생선구이 냄새가 가득했다. 주방으로 돌아가려는 오빠를 불러세웠다.

"나, 저녁밥 필요 없어."

낮에는 몹시 흥분해 있었지만, 오늘 일어난 사건을 돌이켜보니 밥맛이 뚝 떨어졌다. 애매한 시간에 핫샌드를 먹은 탓에 배가 6할쯤 차 있기도 했다. 오빠는 스마트폰 메모 앱을 띄워 뭐라고 타이핑을 하더니 나에게 보여주었다.

'괜찮아?'

"괜찮아. 좀 피곤할 뿐이야."

오빠는 생선구이 두 마리를 랩에 싸놓고 베란다로 나가 담배를 피우기 시작했다. 푸르스름한 연기가 띠처럼 옆으로 길게 흐른다.

오빠의 뒷모습을 보며 나는 말할 수 없는 불안에 싸였다.

그래서 작업복을 세탁기에 던져넣은 뒤 맨발로 베란다로 나갔다. 오빠 등을 만지니 얇은 피부와 불거진 갈비뼈가 바로 느껴진다. 요즘 더 야위었다. 처음 만날 때도 마른 체형이기는 했지만 이렇게 골격 표본 같지는 않았는데.

역시 저녁밥을 먹겠다고 할 걸 그랬나. 오빠는 자주 끼니를 걸렀고, 특히 내가 먹지 않으면 덩달아 거르는 일이 많았다.

오빠는 나에게 담배연기가 날아오지 않도록 입술을 오므려 연기를 멀리 토하고 담배 쥔 손도 멀리 뻗었다. 안으로 들어가라고 반대쪽 손을 살살 저었다. 나는 개의치 않고 옆으로 가서 난간에 기대었다.

"아, 냄새. 담배 좀 끊어."

당장 끊었으면 좋겠는데 오빠는 두 대를 피우고 나서야 담뱃갑을 집어넣었다.

"평생 만날 경찰을 오늘 하루에 다 봤네. 오빠는 부경 본부가 어디 있는지 알아? 나 오늘 거기 갔었어."

대답이 없으리라는 것은 알고 있으므로 개의치 않고 계속 말했다.

"처음 만난 마나베란 꼰대 형사는 짜증이 났지만, 이쿠짱과 세나짱은 좋은 사람 같았어. 그런 사람이 진짜 형사지. 딱딱하고 우중충한 사람들일 줄 알았는데, 의외로 보통사람들이라 안심되더라."

나는 이야기를 시작하면 좀처럼 멈추지 않는 인간이다. 대개 내 얘기만 하는데다 조금 성마른 편이라 또래 친구가 별로 없다. 하지만 오빠는 잠자코 들어준다. 내용을 제대로 따라오고 있는지 어떤지는 모르지만, 오빠와 같이 있는 시간은 의외로 마음이 편하다.

오빠가 스마트폰에 입력을 시작했다.

'정말 괜찮아?'

"괜찮다니까. 토막 사체를 발견했다고 하지만 요렇게 눈앞에서 본 건 겨우 30초 정도야."

'그게 아니라. 요즘 잠을 못 자잖아.'

나도 안다. 취침 시간이 날로 늦어지고 새벽녘까지 잠을 못 이루는 날이 계속되고 있다.

'병원에 한번 가서 진찰 받아.'

"이게 병은 아니잖아."

가끔 골치가 아프거나 몸이 나른해지기는 하지만 병원에 갈 정도는 아니다. 나는 아마 수면시간이 짧아도 별 영향이 없는 체질인 것 같다. 그렇게 말하자 오빠는 코에 잔주름을 만들며 정말 진저리가 난다는 표정을 지었다.

어쩌면 오빠는 감정표현이 풍부한 사람이 아니었을까. 나와 마찬가지로 수다스러운 사람. 근거는 없지만 왠지 그랬을 것 같다.

오빠는 말하는 게 서툴다. 낯을 가린다는 뜻이 아니라, 언어는 잘 이해하지만 구음장애라는 것이 있어서 발음을 똑바로 하지 못한다. 고등학교 때 교통사고를 당해, 뒷좌석에서 밖으로 튕겨나간 충격으로 스스로 혀를 깨물어 절단되고 말았다고 들었다. 혀의 일부는 수술로 접합했지만 재활을 제대로 하지 않아 말을 똑바로 할 수 없게 되었고, 이제는 입 놀리는 것도 귀찮아지고 말았다고 한다.

오빠의 구음장애를 고쳐주려고 한 적이 몇 번 있었다. "병원에서 재활과 언어요법을 받아보는 게 어때?", "입안에 보조기구를 넣어서 혀가 상악에 쉽게 닿도록 해주면 소리 내기가 쉬워진대"라고 인터넷에서 열심히 검색해서 제안한 적도 있다. 하지만 나는 의사가 아니고 오빠는 의욕이 없어서 그런 이야기 꺼내는 것도 그만두었다. 내가 권하지 않아도 본인이 누구보다 많이 고민하고 있겠지.

오빠가 베란다 난간에 윗몸을 맡기며 아래 주차장을 내려다보았다. 이쿠코와 세나가 탄 세단은 눈에 안 띄는 구석에 서 있었다. 나는 손을 크게 흔들어 주었지만 여기에서는 차 내부가 보이지 않는다.

문득 내 손을 석양에 비추어 보았다. 바짝 깎은 손톱은 피가 배어 있고 손등은 까칠까칠하게 상해서 이쿠코의 반질반질한 손등과는 딴판이다. 이쿠코처럼 핸드크림을 열심히 바르면 좋겠지만 나는 어릴 때부터 손에 뭘 바르기 싫어했다.

"내일부터 이쿠짱 일행이 나 일하는 데를 따라다닌대. 경찰이 수거 차량을 따라다니겠다는 거야. 재미있을 것 같지 않아?"

오빠는 또 스마트폰을 꺼내 '위기감을 가져'라고 입력했다.

"근데 이상하게도 전혀 무섭지가 않거든. 무슨 드라마나 영화의 주인공이 된 기분이야."

오빠는 어이없다는 눈초리로 나를 쳐다보고 길게 탄식했다. 그러고 보니 이렇게 스마트폰 메모장을 이용해서 오빠와 필담을 나누는 것도 오랜만이었다.

*

자린고비여서 밤에는 에어컨을 끄기 때문에 아침마다 지옥을 본다. 무더위 탓인지 나는 거의 한숨도 이루지 못하고 아침을 맞았다.

오늘도 오빠는 예고없이 맹장지를 열었다. 출근하는 날이어서인지 한층 기분이 안 좋아 보였다. 오빠는 문지방 위에 선 채 맹장지를 주먹으로 세 번 두드렸다.

"두드리지 않아도 벌써 일어났다니까!"

주방 텔레비전에서는 평소처럼 아침뉴스가 흘러나오고 있었다. 어제 본 토막사체 소식이 보도되지 않을까 하고 들여다보니 오늘도 히토 사건이 언급되고 있었다. 히토 기요쓰구가 의식을 회복한 것도 아니고 수사에 무슨 진전이 있는 것도 아니었다. 최근 '#당해도_싸'가 오랜만에 SNS 인기 해시태그 순위에 올라서 화제가 되고 있다.

히토 사건이 일어난 직후, 어느 주간지가 범행성명 전문을 실어 히토가 피해자들을 증오하게 된 원인——즉 피해자들의 과거 행적에 대하여 가차없이 폭로했다. 그 기사에 나온 '당해도 싼 가해자들'이라는 문장을 계기로 SNS에서 '#당해도_싸' 해시태그가 유행하고 피해자들이 과거에 저지른 상해 사건의 자세한 내용이 널리 알려졌다.

그 해시태그는 지난달 28일, 주인공이 적에게 복수하는 내용의 인기 TV드라마가 방송되면서 다시 떠올랐다. 고등학교 동창 친구를 잃은 주인공이 몇 년 뒤 범인을 살해한다는 줄거리가 히토 사건을 연상시켜서 이상하리만치 유행했다.

"당해도 싸?"

텔레비전에 비친 출연자가 사건으로부터 3년이나 지난 지금 왜 히토 사건이 번번이 SNS에서 화제가 되고 있는지 견해를 말하려는 참이었는데 오빠가 멋대로 텔레비전을 꺼버려서 다음을 볼 수 없었다.

세수를 하고 어슬렁어슬렁 세면실을 나오자 오빠는 눈썹을 바삐 움직이며, '내가 설거지할 테니까 너는 얼른 먹어'라는 표정을 지었다. 2년 이상 같이 살다 보니 얼굴만 봐도 무슨 말을 하고 싶은지 알 수 있다. 지금은 '이제 슬슬 지각할 시간인데'라는 표정이다.

"에헴. 오늘은 이쿠짱이 차로 데려다줄 테니까 평소보다 여유로 운걸. 아, 그러고 보니 자전거를 직장에 두고 왔구나."

이번에는 '됐으니까 얼른 먹기나 해'라는 표정으로 쳐다봐서 햄에그를 빵에 얹어 입안에 구겨 넣었다. 오늘은 오빠도 아침밥을 먹었다.

이쿠코 일행과 만나기로 한 장소는 단지 주차장이다. 아래로 내려가니 이미 주차장 출구에 세단이 서 있었다.

나란히 집을 나선 오빠는 어쩐 일로 수사 차량 옆까지 따라와 꾸벅 인사하고 몸을 돌려 자전거 주차장 쪽으로 걸어갔다. 보호자나 되는 것처럼 행동하니 내 몸이 다 근질거린다. 자전거로 통근하는 오빠는 우리를 두고 금세 단지를 빠져나갔다.

"안녕하세요."

이쿠코가 조수석 유리를 내렸다. 운전석에서 핸들을 잡은 사람은 세나가 아니라 낯선 남자였다.

아니, 정확히 말하면 전혀 모르는 얼굴은 아니었다. 어제 만나지 않았나. 투블럭과 까까머리 사이쯤 되는 머리모양을 한 젊은 형사였다. 나는 차에 올라타며 물었다.

"세나짱은?"

"교대했습니다. 지금 수사본부에 돌아가 있어요"라고 말하는 이쿠코.

그러자 운전석 남자가 웃음을 꾹 참으며,

"세나짱? 녀석이 만만하게 보였구만" 하고 작은 소리로 말한다.

넌 뭐야, 라는 말이 목구멍까지 올라왔다. 내가 특별히 세나짱을 만만하게 본 것은 아니다. 이름도 귀엽고 좋은 사람 같아서 사이좋게 지내고 싶은 마음에 세나짱이라고 부르는 건데.

말없이 운전석을 노려보자 이쿠코가 말했다.

"이쪽은 고토 씨입니다. 부경 본부 수사1과 형사죠. 세나 씨 동기라고 합니다."

"오늘은 세나짱이 근무하지 않는 건가요?"

"저와 고토 씨가 경호할 겁니다."

세단이 단지 주차장을 출발했다. 세나짱이면 좋았을 텐데, 하고 생각하는데 고토가 말을 걸었다.

"여기 자전거 도둑 많죠?"

"네?"

"아침에 시간이 있어서 역까지 걸어 봤는데 바닥에 낙서가 많더 군요. 이런 땅값 싸고 아스팔트 상태가 안 좋은 동네는 치안이 나쁘다고 할 정도는 아니지만 자전거 같은 걸 가져가는 좀도둑이 많죠."

주머니에서 자전거 열쇠를 꼭 쥐고 완전 무시하기로 했다. 자기소개보다 먼저 꺼낸 말이 그 따위란 말인가. 경박한 놈. 당장 마음의 셔터를 내리고 고토와의 인연을 인간관계 쓰레기통에 메다꽂아 버렸다.

이쿠코가 나무라는 투로 "고토 씨" 하고 불렀지만 고토는 개의치 않고 내처 말했다.

"어제는 많이 무서웠죠?"

"별로."

"괜찮은 척할 거 없어요. 수거원이 발견했다고 해서 작업복 입은 아저씨를 상상했는데 이렇게 젊은 여성이 최초 발견자여서 깜짝 놀랐어요. 그쪽은 왜 쓰레기 수거원이 되었죠?"

"그러는 그쪽은 왜 경관이 되셨나?"

내가 되묻자 룸미러 속의 고토가 입을 멍하니 벌렸다.

"할 수 있겠다 싶으면 하는 거지 직업 선택에 다른 이유가 필요한가? 하지만 우습게 보지 말아요. 수거원은 상당한 기술직이니까. 그쪽의 사회과목 현장학습에 장단 맞춰줄 기운 없으니까 말 걸지 말아요."

운전도 수거 작업도 담당 구역 경로도 다 익히고 암기했다. 이쿠노구와 도세이구라면 이름도 없는 좁은 골목까지 샅샅이 알고 어디든 찾아갈 수 있다. 운전도 당신보다 훨씬 잘해. 적절한 쓰레기 처리 방법도 어떤 쓰레기가 위험한지도 알고 동네 골목에 쓰레기가 방치되게 놔둔 날이 하루도 없다고.

어서 나이 들고 싶다. 아줌마가 되고 싶다. 누가 "왜 당신 같은 젊은 여성이 수거원이 됐지?"라고 얕잡아보는 투로 물을 때마다 신물이 난다.

차내에 침묵이 감도는 가운데 동부클린센터가 가까워지고 있었다. 고토는 나는 물론이고 이쿠코하고도 한 마디도 하지 않았다. 이쿠코의 표정도 딱딱했다. 내가 망쳐놓은 분위기가 제일 큰 원인이겠지만, 이쿠코와 고토 사이에 있는 고랑이 피부로 느껴졌다.

수거 차량 차고에 다른 차량을 세울 수는 없으므로 세단은 센터 부지 안에 있는 세차 시설 앞에 세워두게 했다. 내가 차에서 내리자 이미 출근해 있던 직원들이 일제히 쳐다보았다. 다들 토막 사체 소식을 알고 있는 것이다.

1층 사무소에 얼굴을 비치자 오쿠무라가 가까이 오라고 슬며시 손짓했다. "어제는 정말 고생 많았지"라고 말머리를 놓은 뒤 목소리를 낮췄다.

"어제 말이야, 형사들이 센터에 몰려와서 이상한 것만 묻더군."

그에 따르면 형사들은 "외부인이 수거 차량의 작업 경로를 알 수 있는가"라는 질문만 집중적으로 던졌다고 한다.

"그래서 수거 차량 경로 같은 건 당연히 공개하지 않는다고 대답했지. 쓰레기 내놓는 요일이라면 시 홈페이지에 안내해 놓았지만. 그러자 이번에는 '그럼 외부인이 요코시마 마리아 씨의 작업 경로를 예측하고 사체를 가져다둘 수는 있을까?'라고 물어서 얼마나 놀랬는지 몰라."

"그래서 뭐라고 대답했는데?"

"어렵겠지만 불가능하지는 않다고 했지."

"뭔 소리야. 그걸 어떻게 알아내?"

"만약 어느 지역 주민이 매주 월요일과 수요일 정해진 시각에 요코시마가 작업하는 모습을 봤다고 쳐. '아아, 저 직원은 월요일 수요일에 이 골목에 오는구나' 하고 자연스럽게 알겠지. 요코시마 같은 젊은 여성은 우리 회사에 드무니까 눈에 확 띄잖아. 스토커라도 생기면 자네 경로를 예측하는 정도는 가능하지 않겠어? 게다가 요코시마는 지난주 소방서에서 표창을 받아서 뉴스에 얼굴과 이름도 잠깐 나왔으니까……."

쓰러져 있던 남성을 발견하고 내가 심장마사지를 해준 사실을 알았을 때 오쿠무라는 눈물을 글썽이며 "요코시마는 정말 용기 있어"라며 열심히 칭찬해주었지만 지금은 불안한 기색이 역력하다.

"요코시마, 정말 괜찮겠어? 진짜 어떤 놈이 노리고 있는 거 아냐?"

"괜찮아, 괜찮아. 정말 걱정할 거 없다니까."

시업 시간이 되어 기이짱과 옷짱을 만나보니 두 사람 모두 하루 만에 반쪽이 되어 버렸다. 특히 기이짱은 성격이 섬세해서 "어제는 아무것도 못 먹었어"라고 말했다.

"아, 맞다, 오늘은 작업할 때 경관이 따라다닐 테니까 신경 쓰지 마."

이쿠코 일행의 수사 차량을 가리키며 말하자 욧짱은 "뭐어?" 하고 요란하게 놀랐다.

"경찰이 왜 따라다닌대?"

"……나를 지키기 위해서래나 뭐래나."

검지에 프레스 차량의 키 링을 걸고 얼굴 옆에서 빙빙 돌렸다. 오늘은 내가 수거 차량을 운전하는 날이다. 슈퍼마켓이나 상가가 밀집된 폭이 좁은 도로를 담당하기 때문에 당연히 힘드리라 예상된다.

나는 세단 운전석의 고토를 노려보았다.

"아, 짜증나."

목요일의 첫 수거 작업은 이쿠노구 북서부에 있는 모모다니 지역에서 한다. JR환상선 모모다니역 동쪽에 있는 지역으로, 선로를 끼고 덴노지구와 마주하고 있다. 상가 세 곳——'고코토 상가', '고코토 중앙상점회', '고코토히가시 상가'로 구성된 오사카 코리아타운이 유명하며, 점점 강해지는 한류 붐 때문인지 요즘은 거기 들릴 때마다 관광객을 노린 상점들이 늘었다.

평소처럼 셋이서 수거 차량을 타고 이쿠노구 서부를 향해 출발했다. 차에 장착한 후방카메라 모니터를 확인하면서 가끔 고개 돌려 직접 눈으로 살펴보았다. 수사 차량은 수거 차량 15미터 뒤를 바짝 따라오고 있었다.

모모다니에 도착하자 기이짱이 가만히 말했다. "그냥 이대로 집에 가고 싶네."

"기이짱 집이 요 근처지?"

"응, 저 모퉁이만 돌면 바로야."

기이짱은 재일한국인 3세다. 직장에서는 통명일본 거주 재일한국인이 차별을 피하고자 일본풍 이름을 통명으로 사용하곤 한다을 쓰지만 본명은 이정훈이다. 1910년 한일합방 후 토지조사사업으로 농지를 잃은 기이짱 할아버지는 1922년 '기미가요마루' 운항이 시작되자 그 배를 타고 이카이노――지금의 이쿠노로 건너왔다고 한다. 코리아타운은 관광지이기 전에 재일한국인의 생활공간이었다.

식당이나 사업체에서 배출하는 업소 쓰레기는 클린센터 관할이 아니어서 수거 차량은 상가 옆을 그냥 통과하여 주택가로 향한다.

욧짱과 기이짱이 수거 차량에서 내렸나 확인한 뒤 밀집 시가지의 좁은 골목을 아슬아슬하게 지나가며 일정한 속도로 운전했다. 욧짱과 기이짱은 뒤쪽 세단을 힐끔거리며 양손으로 집어 올린 쓰레기봉투를 열심히 투입구로 던져 넣었다.

이 골목을 곧장 나아가면 오른쪽에 폭 3미터쯤 되는 막다른 곳이 나타난다. 막다른 골목에 있는 쓰레기를 수거하기 위해 나는 후진을 시작했다. 평소처럼 반 클러치로 액셀을 밟을 때 방금 전까지 "오라이, 오라이"를 외치던 욧짱이 갑자기 당황한 목소리로 "스톱!" 하고 외쳤다.

창유리를 내리고 뒤쪽을 살펴보니 차간 거리를 충분히 확보하지 않은 세단이 수거 차량 바로 뒤에 바짝 다가와 있었다.

나는 창밖으로 고개를 내밀고 소리쳤다. "아, 짜증나! 뒤로 빼!"

수사 차량은 기이짱의 유도로 천천히 후진했다. 핸들을 쥔 고토가 못마땅한 듯 입술이 일그러져 있는 것이 보였다.

"또 이러면 당장 세나짱으로 교체해 달라고 할 거야!"

조수석에서 이쿠코가 어깨를 흔들며 웃는 모습이 희미하게 보였다. 나는 이쿠코를 향해 브이 사인을 보내고 운전을 재개했다.

*

9시 20분경 첫 수거 작업을 마치고 욧짱과 기이짱이 노상에서 쉬는 동안 쓰레기를 가득 실은 수거 차량을 운전해서 혼자 미나미히라노 청소공장으로 향했다.

쓰레기 수거 작업은 수거 차량이 수거 지역과 소각 공장을 왕복하며 이루어진다. 정해진 경로대로 움직이다가 수거 차량의 쓰레기 칸이 가득 차면 운전사 혼자 수거 차량을 몰고 소각 공장으로 가서 적재된 쓰레기를 부린다. 그동안 운전사를 제외한 수거원들은 다음 경로로 걸어서 이동하여 준비하고 있다가 수거 차량이 돌아오면 수거 작업을 재개한다. 이 사이클을 오전에 두 번 오후에 두 번 한다.

동부클린센터가 수거를 맡은 지역에는 소각장이 없어서 우리가 수거한 쓰레기는 히라노구 남부에 있는 미나미히라노 청소공장에 가져가게 되어 있다.

운송 시간이 길어 운전사는 혼자 움직이는 시간이 많아진다. 그러나 오늘은 고토가 운전하는 수사 차량이 뒤를 따라다니고 있다.

왠지 바보스럽다고 느꼈다. 아무리 범인이 나를 죽이고 싶어 한다지만 백주대낮에 노상에서 작업 중인 사람을 거리낌없이 공격하려고 하지는 않으리라. 옷짱과 기이짱이 늘 곁에 있으니 이목도 걱정될 테고. 오늘 작업이 끝나면 이쿠코에게 내일부터는 따라다니지 않아도 된다고 말해야 할지도 모르겠다.

나가이 공원 거리를 달리면서, 우리 집 근처네, 하고 멍하니 생각했다. "이대로 집에 가고 싶네"라는 기이짱 말이 뇌리를 스쳤다.

나는 혼자 집에 있을 때면 늘 멍 때리며 허무하고 무의미한 시간을 보낼 뿐이라 집에 빨리 가고 싶다고 생각한 적이 거의 없다. 하지만 이제 그 임대 아파트는 돌아가고 싶은 집이 되어 있었다.

미나미히라노 청소공장은 우리 단지 남쪽의 히라노구에서도 남쪽 끝에 있다. 다카노 대교를 통해 야마토가와를 건너면 바로 나온다. 야마토가와가 마쓰바라시와 오사카시의 경계라고 생각하기가 쉽지만, 이 근방에는 에도 시대 초기에 야마토가와 수로 변경 공사가 이루어지기 이전의 경계가 그대로 남아 있어서 야마토가와 남안 쪽에도 히라노구 영역이 곳곳에 남아 있다.

소각 공장에 도착한 나는 부지 안으로 차를 몰았다. 이쿠코 일행이 탄 수사 차량은 수거 차량 출입이 잦은 공장 안까지는 따라 들어오지 못하고 입구 근처 도로에 차를 세웠다.

전광판에 표시된 안내를 따라 플랫폼으로 향했다. 플랫폼이란 쓰레기를 피트로 투입하는 넓은 공간을 말한다. 투입구가 여러 군데 있어서, 수거 차량은 투입구를 통해 플랫폼보다 더 넓은 구덩이로 쓰레기를 떨어뜨린다. 이번 계량에서는 3번 투입구를 지정받았다.

3번 투입구로 가니 게이트가 이미 자동으로 열려 있었다. 후진하여 게이트 앞에 멈추고 운전석에 앉은 채 하차 장치를 가동시켜 차량 짐칸을 높이 쳐들어 쓰레기를 쏟아낸다.

옆 투입구에는 일반 승용차가 서서 쓰레기 반입 절차를 밟고 있었다.

미나미히라노 청소공장은 환경국 클린센터 수거차량이 수거한 쓰레기뿐만 아니라 허가업자가 수거한 쓰레기나 일반 가정에서 나온 쓰레기도 받아주고 있다. 일반인이 쓰레기를 승용차로 싣고 올 때는 불법 쓰레기 반입을 막기 위해 공장 직원이 투입구까지 와서 감시하는 것이 규칙이었다.

승용차 주인은 골프웨어 같은 폴로셔츠를 입은 남성이었다. 나이는 30대, 아니 40대일까. 그가 투입구에서 쓰레기봉투를 구덩이에 던져 넣기 시작했다. 그때 옆에서 보고 있던 직원이 "아, 잠깐만!" 하고 소리쳤다. 창밖에서 들리는 대화가 왠지 신경이 쓰여서 나는 운전석 창유리를 조금 내렸다.
"그 쓰레기, 잠깐 기다려요!"
"왜요?" 하고 폴로셔츠 남자가 고개를 든다.
"내용물을 확인해도 되겠습니까?"
투명한 비닐봉지에는 긴 막대 모양의 물건이 들어 있었다. 낡은 대걸레 같았다. 직원이 말했다.
"죄송합니다만 이건 대형 쓰레기네요. 우리는 받지 못하게 되어 있습니다."
"네? 별로 큰 것도 아닌데요."
"막대 모양은 1미터가 넘으면 대형 쓰레기로 분류됩니다. 다른 쓰레기도 가장 긴 변의 길이가 30센티가 넘으면 대형쓰레기고요."
대형쓰레기의 기준은 의외로 인색하다. 이는 어느 지역이나 대체로 마찬가지여서, 이용자가 양해하는 수밖에 없다. 그러고 보니 내 고향 구마모토 아마쿠사는 대형쓰레기 기준이 뭐였지?
──슈트케이스는 어떻게 버리면 되냐?
하아. 나는 길게 한숨을 지었다. 언짢은 목소리를 떠올리고 말았다. 돌이키기 싫은 기억을 머리에서 몰아내려고 이마를 찰싹 치는데 갑자기 거친 목소리가 들렸다.
"뭐라고? 이게 어떻게 대형쓰레기라는 거야!" 폴로셔츠 남자가 발끈했다. "소각장 속에서 부러뜨리면 되잖아!"
"여기에는 파쇄 설비가 없습니다. 마이시마 쪽 공장으로 가져가시면……."

"귀찮게 왜 이래!"

짜증을 내며 위협했다. 직원은 상황을 수습하려고, "죄송합니다" "폐를 끼쳐 죄송합니다"라고 연방 사과하며 고개를 조아렸다.

당장 수거 차량에서 뛰어내려 "막대가 걸려서 기계가 고장이라도 나면 당신이 책임질 거야?"라고 폴로셔츠의 멱살을 잡고 흔들어주고 싶은 충동에 휩싸였지만, 꾹 참았다. 성숙한 어른이니까. 플랫폼에서 직원의 제지를 받고 발끈하는 사람을 종종 보아 왔고, 우리도 종종 그런 제지를 당한다.

언젠가는 수거 시간이 거의 다 끝났을 때 쓰레기봉투를 들고 나온 주민이 있어서 직접 봉투를 건네받은 적이 있다. 어쩐지 예감이 좋지 않아 봉투 속을 살펴보니 투명한 봉투 속에 전자담배 본체가 그대로 들어 있었다.

수거 작업원, 아니 수거 차량에게 전자담배나 보조 배터리에 내장된 리튬이온 배터리는 심각한 적이다. 약간의 마찰로도 불이 날 수 있어 부주의하게 투입구에 던져 넣으면 매우 위험하다. 그래서 "전자담배는 빼주시겠습까?"라고 부탁했는데, 상대방이 요란하게 혀를 차는 게 아닌가.

전자담배 때문에 우리 센터 차량이 불탄 적도 있다. 공장 플랫폼에서 불이 붙은 채 달리는 수거 차량을 보기도 했다. 혀를 차도 이쪽에서 차야 마땅하지만, 그때 나는 "죄송합다, 규정이 그래서!"라며 고개를 숙였다.

소각 공장 피트에 투입 작업을 마치고 머리를 열심히 조아리는 직원을 곁눈으로 보면서 플랫폼을 떠났다. 소각 공장을 나서자 부지 밖에서 기다리던 세단이 다시 뒤를 따라왔다. 조금 전에도 고토에게 가시 돋친 말을 던지고 좋아했지만 이제는 그런 기분도 사라지고 없었다.

모모다니로 돌아와 다음 경로에서 수거 작업을 하고 두 번째 소각 공장 반입까지 마치면 점심시간이다. 오후에는 신이마자토와 히라노를 왕복하다 보니 어느새 16시가 되었다.

세탁기를 돌려놓고 샤워를 했다. 오늘 아침 이쿠코는 "아무 데도 들르지 않고 댁까지 직행해 드리겠습니다"라고 선언했었다. 이쿠코 눈에는 내가 퇴근 후 번화가에서 노는 걸 좋아하는 아가씨처럼 보였는지 모르지만, 나는 친구가 없어 기본적으로 혼자다. 퇴근하면 늘 집으로 직행한다.

옷을 갈아입고 차량으로 가보니 운전석에 고토가 보이지 않았다. 어느새 교대했는지 세나가 돌아와 있었다. 반갑게 손을 흔들자 안에서도 손을 흔들어 응해주었다.

뒷좌석에 올라탄 순간 "죄송합니다"라는 이쿠코의 목소리가 차 내에 울렸다. 나에게 하는 말은 아니고 누군가와 전화 통화를 하고 있었다. 스피커폰으로 설정해 둔 것도 아닌데 이쿠코의 스마트폰에서는 상대방 목소리가 새어나왔다. 남자 목소리였다. 상대방은 몹시 흥분했는지 악을 쓰는 소리가 가끔 들렸다.

〈……그런 식으로 할 거면…… 그냥 때려치워…… 나가 죽어!〉

나가 죽어, 라는 말이 유독 또렷하게 들렸다. 나는 깜짝 놀라 이쿠코와 세나의 옆얼굴을 번갈아 쳐다보았다. 그러나 세나는 무릎 위에 둔 제 손을 가만히 보고 있을 뿐 전혀 동요하는 기색이 없다. 이쿠코도 평소처럼 포커페이스를 하고 있다.

"네. ……네. 말씀하신 대로입니다. 죄송합니다."

이쿠코는 멍한 눈빛으로 앞쪽을 응시한 채 마지막으로 다시 한 번 "죄송합니다"라며 사과하고 통화를 마쳤다.

"누구?"

"마나베입니다. 형사과장."

"왜 혼난 거예요?"

그러자 이쿠코가 주저했다. 대신 세나가 "고토가 고자질해서 그래요"라고 불만스레 말했다.

세나에 따르면 고토는 세나와 교대하기 위해 특수본부로 돌아오기 무섭게 오늘 있었던 일을 이쿠코의 상사 마나베에게 보고했다고 한다. 내가 운전석의 고토에게 짜증을 내며 소리쳤을 때 이쿠코가 웃었던 것이 고까웠는지 "닛타 순사부장이 경호 대상과 한통속이 되어 나를 웃음거리로 만들었다"고 말했고, 그러자 마나베가 불처럼 화를 내며 이쿠코에게 연거푸 전화를 걸었던 것이다.

"에? 뭐야 그 자식. 고자질이나 하고. 담에 만나면 죽여 버려야지."

"아무리 그래도 죽이는 건 곤란합니다."

수사1과 형사라는 자가 상사에게 고자질을 하다니, 그런 고토도 밴댕이소갈딱지지만, 겨우 그만한 일로 "나가 죽어!"라고 폭언을 퍼붓는 마나베도 최악이다. 당장 성토 대회라도 열고 싶었으나 이 쿠코가 더 이상 언급하고 싶어 하지 않는 것 같아서 화제를 바꾸기로 했다.

"수사에 좀 진전은 있었나요?"

시동을 걸려던 세나가 손길을 멈추고 뒷좌석을 돌아보았다.

"범인이 타고 다닌 것으로 보이는 차량이 발견되었습니다."

"오, 굉장한 진전이네!"

그게 그렇지도 않아요, 하고 세나가 천천히 고개를 저었다.

"어제 20시경 가시와라시에 차량 도난 신고가 들어왔어요. 도난당한 차량은 흰색 하이트 웨건 경차거든요. 그런데 비슷한 시각에 야오시 다카야스의 논둑길에 방치된 하얀 경차를 순찰 중인 야오서 지역과 순사가 발견했습니다."

차량을 도난당한 사람은 가시와라시에 사는 60대 여성. 단독주택에서 혼자 살다가 6월 말에 딸이 다리에 골절상을 입자 딸 내외의 아파트에서 집안일을 거들며 지냈다고 한다. 딸의 상태가 좋아져서 간밤에 가시와라시의 자택으로 오랜만에 돌아와 보니 차고에 차량이 보이지 않아 피해 신고를 했다.

범인은 피해자 집에 침입하여 차 키를 훔쳤다. 아무리 도난 방지 장치가 되어 있어도 키를 도난당하면 경보도 울리지 않는다.

"장기간 비어 있는 집을 노렸으니 범인은 물건 보는 눈이 아주 좋은 거죠. 처음에는 차량 절도단 짓인 줄 알았습니다. 그런데 도난 차량이 전혀 손상되지 않은 채 그리 멀지 않은 곳에 방치되어 있었다는 점이 의아해 조사하다가 그 차량이 그냥 가시와라시에서 야오시로 이동한 것이 아니라는 사실을 알아냈습니다."

"연속 살인범이 그 도난 차량을 사용했다고요?"

"바로 그겁니다. 넘버를 추적해 보니 도난 차량은 두 건의 살인 사건 현장인 다이쇼구와 토막 사체가 발견된 이쿠노구를 운행했다는 겁니다. 유료 구간은 교묘하게 피해 다닌 것 같은데, 감시카메라가 고속도로에만 있는 건 아니니까. 주칸오사카중앙환상선의 약칭이나 국도 25호, 43호 등 여러 간선도로에서 범인이 탄 것으로 보이는 차량이 기록되어 있습니다."

교통량이 많은 도로에 설치된 차량번호판 자동판독장치는 도난 차량 특정이나 도주 차량 추적에 이용되기도 한다고 옆에서 이쿠코가 가르쳐주었다.

"운행 경로로 추측건대 도난 차량은 두 번째 사건과 세 번째 살인에서 이동수단으로 사용되었습니다. 범인은 우선 지난달 29일 밤 가시와라시에서 차량을 훔쳐 타고 마쓰바라시나 히라노구, 히가시스미요시 등을 경유하여 다이쇼구의 니시이즈오 운동공원으로 향한 것 같습니다. 그곳에서 미조구치 사토시를 살해. 다음으로 그 차량이 감시카메라에 인식된 시각은 어제——8월 2일 새벽이었습니다. 범인은 미조구치 살해 후 다이쇼구나 그 부근에 숨어서 고바야시 씨를 살해하고 사체를 토막 낸 뒤 어제 아침에 이쿠노구의 그 쓰레기장으로 향한 겁니다. 그리고 어제 14시경 이쿠노구에서 오사카 시외로 차를 몰았습니다. 차를 버리러 하치오시로 간 거죠."

"범인이 하치오시에 차를 버리고 어디로 도망쳤는지는 알 수 없나요?"

"주위에 방범 카메라가 없었습니다. 목격 정보도 기대할 수 없고. 범인은 과속감시카메라를 염려했는지 마스크와 선글라스를 착용하고 이 한여름에 코트까지 입어서 과속감시카메라 화상으로는 체형을 알 수 없었습니다. 아마 남성일 것으로 생각되지만요. 물론 차량에 남은 지문이나 모발을 분석 중이지만, 범인이 남긴 것인지는 아직 알 수 없습니다."

"그럼 상황은 아무것도 변한 게 없는 거네?"

"그렇습니다."

쳇.

나는 뒷좌석에서 크게 기지개를 켰다.

문득 신경이 쓰여서 물었다.

"이쿠짱, 점심 먹었어요?"

이쿠코는 잠깐 뜸을 두고, "먹었어요"라고 말했다.

"우리도 교대로 휴식을 취하고 있으니까 걱정하지 말아요."

말은 그렇게 해도 이쿠코는 내가 아는 한 계속해서 차 안에 있었다. 동성인 만큼 나로서는 이쿠코가 있어주면 든든하다. 그러나 왜 이쿠코만 항상 내 곁을 지키고 있는지 의문이었다.

나가 죽어, 라는 마나베의 노성이 여전히 귓속에 남아 있어서인지 불안해진 나는 쉴 새 없이 손톱을 깨물고 있었다. 혹시 이쿠코는 자유롭게 행동할 수 없는 몸일까.

"세나짱, 잠깐 어디 좀 들렀다 가도 되죠?"

"멀지만 않다면요."

"다이쇼구의 니시이즈오 운동공원에 가보고 싶어요."

범인은 미조구치 사토시가 살해된 현장에 버티고 앉아 고바야시 데루코가 사체를 발견하는 장면을 지켜본 게 아닐까, 라고 이쿠코는 예상한 바 있다. 살해 현장 주변을 탐문해서 목격 정보를 확보하고 싶다는 말도 했었다. 한데 내 경호에 열중하느라 이쿠코 본인이 하고 싶은 수사를 전혀 못하고 있는 것이다.

그렇다면, 내가 같이 가면 되잖아.

"이쿠짱, 같이 수사하자고요."

고마워할 줄 알았는데 이쿠코는 떨떠름한 얼굴이었다.

"목격 정보 수집은 인해전술이 기본입니다. 나 혼자 돌아다녀본들 이제 와서 새로운 정보를 얻기는 힘들 거예요. 게다가 경호 대상을 데리고 다니며 수사할 수는 없습니다."

"그럼 나는 세나짱과 차에서 기다리고 있을게요. 내가 불쑥 니시이즈오 운동공원에 가고 싶다고 해서 이쿠짱은 동행했을 뿐이고, 내가 세나짱과 차에서 잡담을 그칠 기미가 없기에 잠깐 주변을 돌아봤을 뿐! 이렇게 말하면 누가 뭐라겠어."

이쿠코는 할 말이 있는 눈치였지만 세나가 먼저 "그거 좋은 생각이네요"라고 찬성해 주었다.

수사 차량은 가쓰야마거리를 서쪽으로 달렸다. 퇴근길 정체가 시작되었는지 길이 조금 막혔다. 30분쯤 달리다가 국도 43호로 들어가 기즈카와를 건넌 후에 조금 더 달리자 니시이즈오 운동공원이 보였다.

오빠가 라인으로 〈몇 시에 오냐?〉라고 물어서 〈이쿠짱 일행과 산책하고 갈게〉라고만 답신했다.

다이쇼구는 마치 바다에 떠 있는 섬처럼 기즈카와, 시리나카와, 오사카만이 사방을 에워싸고 있다. 구 안에 전차 역은 다이쇼역 하나밖에 없지만 시내와 직결되어 있어서 입지는 매우 좋다. 역 주변에 새 아파트가 많이 들어섰는데 특히 사건이 일어난 공원 근처 아파트는 인기가 좋다고 한다.

운동공원 옆 도로——현장이 된 노상에는 분필 흔적이 남아 있었다. 미조구치 사토시가 이곳에 쓰러져 있었다는 표시다. 도로변에는 낡은 임대 아파트 단지가 늘어서 있다. 외벽의 페인트는 당장이라도 벗겨져나갈 것처럼 금이 가 있어 이상한 위압감을 풍겼다.

세나가 부근에 차를 세우자 이쿠코는 잠시 창밖을 바라보다가 이윽고 "산책 좀 하고 올게요"라며 나갔다. 말로는 반대했지만 역시 이쿠코도 직접 수사를 하고 싶었을 테지.

그동안 나와 세나는 차에 남아 예정대로 잡담을 나누었다.

"세나짱, 하나 물어봐도 돼요? 혹시 이쿠짱이 직장에서 괴롭힘을 당하고 있나?"

"왜 그런 생각을 하죠?"

"이쿠짱이 내 경호를 강제로 떠맡은 거죠?"

교대 요원이라던 고토는 금세 교체되었는데 이쿠코는 교체도 없이 내내 여기 있다. 업무 배치가 너무 불공평하지 않은가.

"수사1과가 업무를 왕창 떠넘긴다거나. 고토란 형사, 인상이 별로였거든."

"고토가 인상은 별로죠. 그렇다고 닛타 씨가 부경 본부에 찍히거나 그런 건 아닙니다. 다만 고토처럼 이상한 쪽으로 촉이 좋은 자는 누가 조직에서 따돌림당하고 있는지를 귀신처럼 알아보니까요."

세나는 뺨을 문지르며 서글픈 듯이 숨을 토했다.

"이쿠짱이 스이타서에서 왕따예요?"

"관할서 형사과장 마나베란 사람 있었죠? 그 사람이 우리 직속 상관인데, 닛타 씨가 그 사람한테 찍혀서 스이타서 형사과에서 따돌림당하고 있어요. 그래서 고토 같은 자가 함부로 구는 겁니다. 최악이죠."

세나는 "경찰 조직에서는 계급이 절대적입니다"라고 덧붙였다.

경찰에서는 상관에게 거슬러서는 안 되며, 명령하면 대답은 예스만 허용되는 듯하다. 하지만 이쿠코는, "이거 이상하지 않나요?", "이렇게 하는 게 좋지 않을까요?"라고 상대방 계급이 무엇이든 솔직하게 의견을 말하는 사람이다. 그런 열린 태도가 환영받을 때도 있고 실제로 작년까지만 해도 형사과장은 이쿠코를 높이 평가했다. 그러나 올해 4월 인사이동으로 마나베가 부임하고부터 분위기가 달라졌다고 한다.

"닛타 씨는 마나베 과장 자체를 부정한 적은 한 번도 없는데 과장이 제품에 피해망상에 빠져서요. 기성 가치관이 고루하다는 이야기에 자기 인격을 부정당했다고 느꼈는지 닛타 씨를 마구 몰아세웠어요."

"몰아세우다니, 어떻게?"

"동료들과 섞이지 못하게 떼어놓는 겁니다. 6월에 스이타서에 수사본부가 설치되었을 때도 닛타 씨한테만 성과를 기대할 수 없는 잠복감시를 맡겼죠. 이번에도 그래요. 요코시마 씨를 경호하자면 수사본부 회의에 거의 참석할 수 없어 정보교환이 어렵고 결국 공을 세울 수도 없게 됩니다."

"그런 걸 관할서 형사과장이 멋대로 정해도 되나? 수사본부가 설치되면 수사1과가 지휘하는 거 아닌가요?"

"관할서 수사원의 업무 배치는 형사과장 권한이라서. 마나베 과장은 본부 수사1과에서 일한 적이 있어서 윗사람들한테 말발이 서거든요."

마나베는 작년까지 나니와서에서 강력계 계장으로 일했고 경부로 승진하여 스이타서로 전근했다. "능력 있는 사람이긴 합니다"라고 세나는 말하지만, 정말 능력이 있다면 부하를 학대하지 않겠지.

"아무리 말해도 안 통하는 놈은 있게 마련이니까."

"실은 그런 거 생각도 하기 싫거든요. 나도 비슷한 부류라서."

세나는 볼륨 있는 머리카락을 손가락으로 만지작거리며 쓸쓸하게 말했다.

"나도 외모와 말투가 이 모양이라 과장한테 별로 호감을 사지 못하고 있어요. 왕따끼리 어울리듯이 닛타 씨와 친하게 지내고 있는 겁니다. 왠지 미안하네요, 요코시마 씨한테 이런 얘기나 하고."

"와아, 진짜 걱정되네."

"뭐, 괜찮습니다요. 제가 종종 수사본부에 돌아가 닛타 씨에게 수사 상황을 슬쩍 알려주고 있거든요. 오늘도 아침회의에 참가하고 왔어요. 이래봬도 기억력이 꽤 좋습니다."

"세나짱, 검도도 잘하고 머리도 좋고?"

"머리 쪽은 별로예요. 기억력만으로는 형사 일에 별 보탬이 안 됩니다. 감이 좋아야 하는데, 그 점에서 닛타 씨는 감이 좋다고 할까 상상력이 풍부합니다. 일을 잘하니까 형사과장도 완전히 무시하지는 못하죠."

외부인인 나도 이쿠코의 능력이 출중하다는 것쯤은 알 수 있다. 그렇다면 이쿠코를 더 중용해야 조직의 업무 효율이 좋아질 텐데?

"갑질이네."

"뭐, 가벼운 갑질이죠."

"가볍긴, 전혀 안 가벼워요. 제대로 된 갑질이구만."

"아뇨, 정말이지 이 정도는 일상다반사예요. 경찰 내에는 갑질이 진짜 많습니다. 갑질하는 놈들을 전부 잘라버리면 조직이 돌아가지 않을 정도예요. 계급이 올라갈수록 비리는 은폐되고요. 경찰서나 파출소 안에서 권총으로 자살하는 경관이 가끔 있잖아요. 그렇게라도 하지 않으면 은폐되고 마니까 그러는 거거든요."

"……이쿠짱도 권총 가지고 다니는 거 아니죠?"

"사복 수사관은 기본적으로 권총을 휴대하지 않습니다. 이번 경호도 특수경봉이 전부입니다."

"그건 또 그것대로 걱정이네."

그때 갑자기 차창 두드리는 소리가 들리는 바람에 깜짝 놀라고 말았다. 30분도 지나지 않았는데 이쿠코가 돌아온 것이다.

조수석에 탄 이쿠코에게 물었다.

"뭐 좀 알아냈어요?"

"덕분에요."

"난 아무것도 한 게 없는데."

"아뇨, 정말 요코시마 씨 덕분입니다. 어젯밤에 우리에게 손을 흔들어주셨죠?"

기억 난다. 간밤에 오빠와 베란다에 나가 있을 때 이쿠코 일행이 타고 있는 차량을 향해 손을 흔들었었다.

"그때 제 눈에는 5층에 있는 마리아 씨 얼굴이 전혀 보이지 않았어요."

"그게 무슨 관계라도?"

"범인은 미조구치를 찌른 뒤 도로변 단지 내 층계참에 숨어서 최초 발견자가 나타나기를 기다리고 있었을 것으로 예상됩니다. 문제는 그 거리를 내려다볼 수 있는 층계참이 너무 많아 위치를 특정하기가 어렵다는 거죠. 하지만 범인이 최초 발견자 얼굴을 확인하고 싶어 했음을 염두에 둔다면 층수는 제한됩니다."

옆 단지를 올려다보았다. 우리가 사는 곳과 구조가 비슷한 5층형 단지로, 층계참과 베란다가 살해 현장을 향하고 있다.

5층형 단지에는 층계참이 4개 있다. 범인이 최초 발견자의 얼굴을 똑똑히 보려면 아래쪽 층계참 2개, 즉 1층에서 3층 사이 층계참이 한계일 거라고 이쿠코는 예측했다. 그래서 단지의 1, 2, 3층에 있는 집으로 좁혀서 탐문했던 것이다.

"제가 방문한 집은 이미 수사본부 형사들이 탐문을 마친 곳이지만 발소리에 대해 물었더니 새로운 증언이 나왔습니다."

"발소리?"

"경찰이 탐문할 때는 대개 '뭔가 본 것은 없는가'를 묻습니다. 물론 어떤 소리를 들었는지도 묻지만, 지금까지는 '공원 옆 도로에서 다투는 소리를 듣지 못했는가'라는 식으로만 질문했기 때문에 제대로 된 증언이 나오지 않은 모양이에요. 7월 29일 심야부터 이튿날 30일 새벽까지 단지 층계참이나 계단 쪽에서 발소리가 들리지 않았는지를 물어보았는데 '그러고 보니 계단을 올라가는 소리를 들었다'는 증언이 나왔습니다."

이쿠코는 차량 정면에 보이는 아파트의 2층과 3층 사이 층계참을 가리켰다.

"증언해준 주민은 2층에 사는 20대 남성입니다. 발을 끄는 것처럼 걷는 소리를 들었다고 합니다. 교대근무로 일하는 분이라, 7월 29일은 귀가가 늦었다네요. 새벽 1시경에 계단 쪽에서 발소리가 들려서, '일요일 심야까지 일하는 사람이 나 말고도 있었나. 아니면 밤늦게 놀다 들어오나' 하고 생각했기 때문에 기억한다고요."
아마 범인의 발소리일 것이다. 범인은 층계참으로 올라가 노상의 미조구치 사체를 지켜보고 있었으리라.
"오! 결정적인 발견이네!"
"결정적인 발견은 아닙니다. 추리한 내용의 근거를 찾고 싶었을 뿐이어서."
어디까지나 냉정한 이쿠코. 하지만 눈동자가 반짝반짝 빛나고 있다.
"⋯⋯기다리게 해서 죄송합니다만 잠깐 장소를 옮겨도 괜찮을까요? 근방에서 한 군데 더 확인해두고 싶은 게 있어요."
"물론이죠! 우리, 그냥 산책하고 있을 뿐이잖아요."
니시이즈오 운동공원 거리를 벗어나자 이쿠코는 세나에게 지시해서 상가 근처 편의점 주차장에 차를 세우게 했다.
"여기? 편의점은 왜?"
"미조구치 사토시가 퇴근길에 종종 이용하던 편의점입니다."
"피해자의 단골 편의점까지 조사해요?"
만약 내가 미조구치이고, 단골 편의점까지 샅샅이 조사한다는 사실을 알게 된다면 조금 부끄러울 것 같다. 경찰이 본부에 "피해자는 퇴근길에 이 편의점에서 자주 감자칩을 샀다고 합니다"라든지, "지갑에 현금이 없어 ATM을 이용하는 모습이 목격되었습니다"라고 진지하게 보고한다면 얼마나 부끄러울까.
"경찰이라고 피해자의 모든 걸 파악하고 있는 건 아닙니다. 미조구치의 경우는 특별합니다. 그는 원래 용의자였으니까."

애초에 미조구치는 구라마치 고스케를 살해한 혐의를 받고 있었다. 다만 알리바이가 완벽해서 추궁하지 못했다.

"미조구치의 알리바이――근무하던 대학병원과 집 사이의 경로를 조사하기 위해 그의 얼굴 사진을 들고 이 편의점에 탐문하러 온 적이 있습니다. 아직 스이타서에 수사본부가 설치되어 있을 때죠. 미조구치의 증언에 허위는 없는지 확인하고 방범 카메라를 확인하는 중에 점원에게 '이 손님과 친한 점원이 한 사람 있습니다'라는 말을 들었거든요."

미조구치는 이 편의점의 단골이었다. 퇴근길에 편의점에 들를 때 자주 마주치는 점원이 있어서 계산대에서 대화를 나누기도 했던 모양이다. 그러나 탐문하러 갔을 때 해당 점원은 심한 감기로 장기간 병가 중이었다.

"그때는 알리바이 확인이 주요 목적이었기 때문에 흘려들었습니다. 사체로 발견된 미조구치에 대한 혐의가 사라졌으니 이제 아무도 이 편의점에서 탐문한 내용을 기억하지 않겠지만, 저는 그 점원에게 미조구치 이야기를 듣고 싶었습니다. 평소 그는 어떤 물건을 구입했는지, 어떤 손님이었는지, 어떤 인물로 보였는지."

"왜 그런 게 궁금했죠?"

"아마 여전히 미조구치를 의심하고 있었던 거겠죠."

이쿠코는 의미심장한 말을 남기고 차에서 내렸다. 나와 세나도 시선을 나누며 따라 내렸다.

이쿠코와 세나가 경찰수첩을 슬쩍 내보이고, "사와모리 씨 계십니까?"라고 묻자 키가 큰 남성 점원이 계산대에서 나왔다. 그가 사와모리인 듯했다.

"방범 카메라요?"

"아뇨, 잠깐 묻고 싶은 게 있어서요."

"밖에 나가서 말씀하실까요? 물품 창고는 좁아서."

사와모리는 미조구치 사토시가 죽었다는 것조차 알지 못하고 있었다. "최근 가게에 들르지 않는다 했더니 돌아가셨군요" 하며 슬픈 듯 눈을 가늘게 떴다.

"미조구치 씨와 친했다고 들었습니다만."

"친구 같은 사이는 아니지만 가끔 얼굴을 보면 '오늘 많이 덥네요' 같은 인사말을 나누기는 했습니다. 아, 한번은 '늘 고생하십니다'라며 우리 편의점에서 커피를 사서 저한테 준 적도 있습니다. 좋은 분이었어요."

"미조구치와 개인적인 이야기를 나눈 적은 있습니까?"

"간호사로 일하시던 분이죠? 일 얘기는 조금 들은 게 있습니다. 하루도 편한 날이 없다고 했죠. 그 이상은 모릅니다."

세나도 질문했다. "미조구치 씨가 누구와 함께 편의점에 온 적은 없나요?"

"아뇨, 없어요. 늘 혼자였습니다."

"주로 뭘 사던가요?"

"다양합니다. 퇴근길에 도시락을 사는 경우가 많았고 과자 같은 것도 샀습니다. 가끔 세제나 화장지가 떨어졌다고 달려오기도 했고요."

지극히 평범한 동네 단골손님이라는 인상이었다고 한다.

"그러고 보니 하나 이상했던 점이 있네요. 가끔 저기 공중전화를 이용하곤 했어요."

사와모리의 시선이 향하는 곳을 쳐다보았다. 도로 건너 보도에 전화박스가 있었다. 요즘은 보기 드문 시설이다.

"바깥 쓰레기통을 치우러 갔을 때 미조구치 씨가 전화박스에 들어가 있는 모습을 몇 번 봤습니다. '결제할 때는 스마트폰으로 잘만 해놓고 왜 굳이 공중전화를 사용할까, 이상하네' 하고 생각했습니다."

이쿠코가 물고 늘어질 기세로 물었다.

"공중전화는 얼마나 자주 이용하던가요?"

"글쎄…… 몇 개월에 한 번? 하지만 통화시간은 늘 길었던 것 같습니다. 10엔짜리 동전이 떨어졌는지 우리 계산대에서 전화카드를 구입한 적도 있습니다."

사와모리의 증언은 이쿠코에게 중요했던 모양이다. 차로 돌아오자 미간을 찡그리며 "요즘 시대에 공중전화라니"라고 혼잣말을 했다.

"통화 기록을 남기지 않으려고 공중전화를 이용했는지도 모르죠. 문자나 전화통화 이력에 이름을 남기고 싶지 않은 사람과 연락하고 있었던 걸까요?"

"가령 누구?"

"모릅니다. 우리가 아직 파악하지 못한 인물과 뭔가 뒤가 켕기는 거래를 하고 있었는지도 모르고요."

"뒤가 켕기는 거래?"

"가령 구라마치 고스케를 살해하는 일을 논의한다거나."

나는 상체를 젖히며 놀랐다. 세나도 작은 소리로 "에?" 하는 소리를 냈다.

"공범이 있다는 소리?"

"공범이 아니라 주범이죠. 미조구치는 구라마치 고스케 살해에 관한 한 알리바이가 완벽하니까요."

"그러니까…… 그게 뭔 말이죠?"

"만약 미조구치의 지시로 구라마치를 죽인 제삼자가 있다면, 그 제삼자가 일련의 사건에 깊이 개입되어 있을 가능성이 있습니다. 구라마치 살해 후 동료들 간에 갈등이 생겨 미조구치를 죽인 걸지도 몰라요."

"그래요? 그럼 공중전화로 통화한 상대가 누구인지를 알아내면 되겠네요?"

이쿠코는 시선을 이리저리 움직이며 씁쓸한 표정을 지었다.

"미조구치의 사체가 발견된 후 주변 관계를 조사하기 위해 컴퓨터나 휴대전화 등 필요한 물건은 경찰에서 이미 다 회수해 갔습니다. 데이터를 분석하는 중이지만, 현재로서는 수상쩍은 인간관계가 있었다고 보지는 않는 듯해요. 그 상대방과는 오로지 공중전화만 이용해서 연락했을 가능성이 높습니다. 그렇다면 통화 상대를 찾기가 어렵겠지요."

"허."

"통화 상대와 공범 관계일지 모른다는 것도 저의 망상 같은 거니까요. 가령 이 망상이 사실이라면, 구라마치를 죽인 후 동료들 간에 갈등이 생겨 미조구치를 살해하는 일도 충분히 있을 수 있겠지만, 고바야시 데루코, 즉 미조구치 사체의 최초 발견자까지 죽인 이유는 알 수 없습니다."

모처럼 새로운 단서를 잡았나 했는데, 아쉬웠다.

석양이 정면에서 비쳐들고 있었다. 이쿠코와 세나가 눈짓을 교환했다. "요코시마 씨" 하고 이쿠코가 새삼스럽게 내 이름을 불러서 나도 모르게 자세를 바로 했다.

"구라마치 살해와 미조구치 살해는 가는 실로나마 연결되어 있는 것처럼 보이지만, 고바야시 살해는 완벽하게 독립되어 있습니다. 범인은 피해자들의 인간관계의 고리에서 벗어나 있는 고바야시를 일부러 죽인 겁니다. 즉 범인에게는 최초 발견자 살해라는 모티프가 매우 중요했던 겁니다."

"흠."

"그 범인이 사체를 토막 내서 쓰레기봉투에 담아 이쿠노구의 아파트 쓰레기장까지 힘들게 가져다 둔 겁니다. 요코시마 씨가 사체를 발견하게 하려고 했던 것 같습니다."

"흠."

"혹시 숨기고 있는 건 없나요?"

말하기 곤란한 기억들이 머리를 스치다가 결국 한 남자의 이름이 가슴에 남았다. 하지만 이쿠코가 한 말은 예상 밖이었다.

"오빠분은 귀가하셨을까요?"

"오늘은 아침 근무조니까 벌써 집에 있을 거예요."

이쿠코는 오빠를 만나게 해달라고 애원하듯 말했다.

"여기 세나 씨는 한 번 본 얼굴은 결코 잊지 않습니다."

"아까 세나짱한테 들었어요. 기억력 하나는 끝내준다고."

"요코시마 씨 오빠의 얼굴을, 본 적이 있다고 합니다."

이쿠코가 무슨 말을 하는지 이해할 수 없었다. 내 표정을 보고 이쿠코는 "요코시마 씨는 몰랐군요" 하고 중얼거렸다.

*

간밤에 우리 집에서 오빠를 만난 순간, 세나는 파출소 근무 시절에 겪은 일이 떠올랐다고 한다. 3년 전 세나는 히라카타서 지역과 소속으로 파출소에 근무하고 있었다.

2020년 8월 9일, 당직을 막 끝낸 참이었다. 8시가 지나서 교대를 기다리며 인수인계 준비를 하고 있는데 한 청년이 파출소로 뛰어들었다.

"무슨 일입니까?"

물어도 대답이 없어 의아하게 생각했다. 저지에 샌들을 신고 있어서 방금 집을 뛰어나온 것처럼 보이며 손에 노트 한 권을 들고 있었다. 청년은 노트를 펴고 거기에 글을 쓰기 시작했다.

〈이상한 글이 인터넷에 올라왔습니다. 도와주세요.〉

그는 한 마디도 하지 않고 글씨만 써나갔다. 그 글에 따르면 SNS나 게시판 사이트에 '범행성명'이라는 제목의 괴문서가 올라왔는데, '복수를 위해 여섯 명을 무인도에 모아 놓고 살해했다'고 적혀 있다는 것이었다. 그는 범행성명을 올린 사람이 자기가 아는 사람이라고 확신하는 듯했다.

세나는 청년의 안내로 그 글을 읽었다. 장난으로 올린 글이라고 하기에는 잘 정돈되어 있고 문장이 생생했다. 아무래도 예감이 나빠서 무인도의 위치를 검색하고 관할 경찰서에 연락하기로 했다. 그 뒤로 벌집을 쑤신 듯 대소동이 일어났다. 청년이 세나에게 보여 준 문서는 히토 기요쓰구의 범행성명이었다.

청년의 이름은 기다 요헤이. 고등학교 시절 집단 린치를 당한 일이 있다고 했다. 기다 요헤이는 히토 기요쓰구의 고등학교 운동부 선배이며, 히토가 하시모토 료마를 비롯한 여섯 명을 증오하게 된 계기였던 집단 린치 사건의 피해자였다.

기다 요헤이──오빠 이름이네, 하고 멍하니 생각했다. 히토의 범행성명에 집단 린치 피해자의 개인정보는 나오지 않아서 나는 그 이름을 지금까지도 알지 못했다.

세나는 주저주저 입을 열었다.

"오빠분은 저를 기억하지 못하는 기색이었는데 저는 첫눈에 알아봤어요."

세나가 거짓말을 할 리가 없다는 것은 알지만 믿기지 않았다. 오빠가 히토 기요쓰구의 선배라고? 혀가 짧은 것은 교통사고 때문이라고 했는데? 하지만 생각하면 생각할수록 앞뒤가 맞았다.

"기다 씨와는 어떻게 알게 된 겁니까? 같이 지내게 된 계기는요?"

"히토 기요쓰구가 다니던 고등학교를 구경하러 갔다가 우연히 알게 됐어요."

"히토의 출신 고등학교를? 왜 간 거죠?"

왜 갔을까. 나도 모르겠다. 다만 나는 히토를 깊이 동정하고 있어서 가보지 않을 수 없었다고 생각한다.

——내가 죽도록 싫어하는 놈도 죽여준 사람이니까.

오빠를 처음 만난 것은 2020년 연말이었다.

아마쿠사 가미시마 북부에 이가사키라는 작은 항구가 있다. 나는 이가사키에서 태어나 자랐고 3년 전까지도 거기 살았다. 이가사키 항에서 북서쪽으로 약 8킬로미터 해상에 아다시마라는 무인도가 있는데, 2020년 8월 9일, 그 섬에서 남녀 일곱 명의 타살체가 발견되었다. 세간에서 말하는 히토 사건이다.

히토 사건이 발생하고 약 4개월 후 나는 이가사키를 떠났다. 약속된 일자리도 없고 기댈 곳도 없었지만 더는 그 항구마을에 살 수 없어서 오사카로 향한 것이다.

마침 그때 게이코가쿠인 고등학교 학생기숙사가 재건축을 위해 철거된다는 소문을 들었다. 히토 기요쓰구가 학창시절에 다녔던 학교다. 운동부가 강해서 히토 기요쓰구를 비롯한 축구부원은 모두 기숙사 생활을 했다고 한다. 연말까지는 공터로 정리될 거라는 말을 들으니 철거되기 전에 봐두고 싶었다. 나는 히가시오사카시의 게이코가쿠인 고등학교로 찾아갔다.

게이코가쿠인에 도착하니 철거 공사는 이미 진행 중이었다. 운동장 펜스 틈새로 들여다보니 크레인 차량이 학생기숙사 외벽을 무너뜨리는 모습이 보였다.

그날은 아침부터 눈이 내렸다. 너무 추워 손이 시렸지만 저 기숙사에서 생활하는 히토 기요쓰구의 모습을 상상하는 것은 즐거웠다.

푸르스름한 눈을 맞으며 철거 작업을 지켜보고 있는데 어느새 옆에 사람 그림자가 어른거렸다. 키가 크고 비쩍 마른 남자가 주머니에 손을 찌르고 서서 크레인 차량을 바라보고 있었다. 남자와 나는 말없이 1시간쯤 그 자리에 우두커니 서 있었다. 그러다가 우습게도 동시에 재채기를 했다. 나는 남자에게 말을 건네 보기로 했다.

"혹시 저거 보러 왔어요?"

남자는 나를 힐끗 쳐다보았지만 아무 말이 없었다. 그러나 무시당한 것처럼 느껴지지는 않았다.

"나는 히토 기요쓰구를 알고 싶어서 여기 왔어요."

남자는 스마트폰을 꺼내 메모앱에 입력을 해서 나에게 보여주었다.

〈이노우에 기요쓰구?〉

"나는 히토 기요쓰구란 이름이 더 좋은데. 그 이름이 더 어울려 보이네요."

〈왜 궁금한 거지?〉

"히토 사건에서는 젊은이들과 함께 코티지 관리인도 살해되었잖아요. 구조 겐타로라는. 그 사람, 내 남친이었어요. 죽었으니까 이제는 전 남친."

남자는 하얀 솜 같은 숨을 토하며 내 말에 귀를 기울였다.

"진짜 개새끼였는데 구조를 죽여줘서 고맙다는 기분이 절반, 내가 그 새끼를 죽이고 싶었는데 선수를 빼앗겨 분하다는 기분이 절반."

남자는 뭐라고 대답해야 좋을지 곤혹스럽다는 기색으로 잠시 스마트폰을 꼭 쥔 채 멍하니 서 있었다. 내가 계속 기숙사 철거 작업을 바라보고 있는데 남자가 불쑥 스마트폰을 들이밀었다.

〈식사는?〉

사실은 출출하던 차여서 그 남자와 밥을 먹으러 갔다. 꼬시려는 것 같지는 않았다. 남자는 나에게는 특별히 흥미가 없어 보였다.

"저기, 오늘 갈 데가 없는데. 나 좀 재워줘요."

밑져야 본전이라는 기분으로 부탁했는데 흔쾌히 수락하고 나를 집으로 데려갔다. 독신자용 연립아파트로, 히가시오사카시에 있는 히토의 학생기숙사에서는 꽤 멀었다. 당연하다는 듯이 침대를 양보 받아 간만에 푹 자긴 했는데, 철거되는 기숙사를 왜 보러 갔는지에 대한 대답은 미처 듣지 못했다. 그것이 기다 요헤이와의 첫 만남이었다.

그만 나가달라는 말이 없어 거기서 계속 지냈다. 1년 정도 빈둥거렸을까. 〈일을 해야지〉라고 역정을 내서 기능직 채용시험에 응시했다. 동부클린센터에서 일하기로 결정되자 오빠 직장과 클린센터 중간쯤인 지금의 임대 아파트 단지로 거처를 옮겼다.

히토 기요쓰구는 불쌍한 살인자로 알려져 있다. 존경하던 선배가 집단 린치를 당하자 복수를 통해 정신적 상처를 치유하고자 했던 슬픈 사람. 한편 정신이 이상한 살인마라는 의견도 있다. 구조 겐타로라는 무고한 코티지 관리인까지 죽였기 때문이다.

하지만 나는 알고 있다. 히토는 정의감이 강한 사람임이 틀림없다. 그래서 코티지에서 구조와 지내다 보니 그자의 비열한 인간성을 알게 되었고, 여섯 명을 살해하는 김에 그자까지 처리했을 것이다.

정말이지 나는 구조 겐타로에게 지독하다 싶을 만큼 시달렸다. 그때 히토 기요쓰구가 놈을 죽여주지 않았다면 내가 살해당했을지도 모른다.

이쿠코는 입술을 꼭 깨문 채 나의 이야기를 듣고 있었다. 나는 혼란스러웠다. 오빠가 왜 히토 기요쓰구와의 관계를 말해주지 않앉는지 알 수 없어서 슬펐다.

"오빠분을 만나러 갈까요?" 이쿠코가 조용히 말했다. "사실관계가 확인되면 수사본부에 보고하겠습니다."

"왜요?"

"일단은 중대한 사건의 관련자니까요. 이번 사건과도 모종의 관계가 있을지 모릅니다."

사체의 혀를 절단하는 살인사건이 발생했고, 그 사건에 히토 사건 관련자가 떠올랐으니 무시할 수 없을 것이다. 실은 당장이라도 본부에 보고해야 마땅하지만 오빠를 직접 만나 확인하기까지는 비밀로 해주겠다고 약속한 터였다.

이쿠코와 세나를 데리고 다시 집으로 갔다. 일을 마치고 돌아와 있던 오빠는 기분 좋게 빨래를 개키고 있었다. 내가 뒤통수를 찰싹 때리자 나를 노려보았다. 나도 분노를 담아 노려보았다.

오빠를 좌식 책상에 앉히고 이쿠코가 질문을 시작했다. "틀림없습니까?"라고 몇 번을 물어도 오빠는 입을 꾹 다문 채 고개를 끄덕였다. 마침내 세나가 스마트폰을 들고 밖으로 나갔다. 수사본부에 연락하려고 나갔을 것이다.

나는 무의식중에 오른손 엄지손톱을 깨물고 있었다.

"화났어요? 이쿠짱?"

"그렇지 않아요. 다만 두 사람 모두 앞으로는 숨기지 말고 말해주세요."

오빠는 전혀 주눅 들지 않고 이쿠코의 수첩에 글자를 적었다. 〈말

해달라니, 뭘요?〉

손을 바삐 움직이는 동안 오빠의 필압은 점점 강해졌다.

〈내가 이노우에의 지인이었다는 것과 이번 사건과는 무관합니다. 마리아와 구조도 전혀 관계없고.〉

"관계가 있는지 없는지는 우리가 판단합니다."

이쿠코가 단호하게 말했다. 분노했다기보다 슬퍼하는 눈빛이었다.

"뭐든지, 불안한 게 있으면 뭐든지 좋습니다. 우리에게 말해주세요."

이쿠코의 말을 들으니 가슴에 희미하게 소용돌이치던 감정의 실체가 무엇인지 비로소 깨달았다――나는 못 견디게 불안했던 것이다.

일단 의식하고 나자 속마음이 콸콸 넘쳐났다. 나는 오빠를 다그쳤다.

"오빠, 왜 거짓말했어?"

그러자 오빠가 눈길을 피했다.

"나를 뭘로 본 거야?"

오빠는 토라진 표정으로, 〈아무 생각 없어〉라고 썼다. 아무 생각이 없었을 리가.

오빠가 히토 기요쓰구를 어떻게 생각하는지 알고 싶었다. 철거되는 학생기숙사를 무슨 생각으로 보러 갔는지 듣고 싶었다.

"어이, 뭐라고 대답을 해. 왜 말해주지 않은 거야?"

〈부끄러워서.〉

"엉?"

〈그런 놈의 지인이라는 사실이 알려지는 게 싫었어.〉

"왜 그렇게 심한 말을 해? 히토는 오빠 원수를 갚으려고 놈들을 죽였는데."

〈나는 복수해 달라고 부탁한 적 없어.〉

오빠는 입꼬리를 올리며 냉소를 지었다.

〈그래서 너한테는 말하고 싶지 않았어. 증오하는 전 남친이 살해되었다고 좋아하는 녀석이 내 기분을 이해할 리 없으니까.〉

머리로 확 피가 쏠려 뺨이 후끈 달아올랐다. 욱하는 건 나의 나쁜 기질이다. 알지만 참을 수 없었다.

나는 오빠에게 소리쳤다.

"아무것도 모르는 건 너도 똑같아!"

나는 현관에 둔 오빠의 자전거 열쇠를 집어 들고——내 자전거는 센터에 둔 채 깜빡 잊고 있었다——단지를 뛰쳐나갔다. 자전거 주차장에서 오빠의 산악자전거를 난폭하게 끌어냈다. 19시가 지나서 땅거미가 지기 시작했다.

오빠의 다리 길이에 맞춰진 탓에 감당하기 힘들 만큼 안장이 높았다. 이쿠코가 급하게 쫓아 나왔지만 나는 개의치 않고 자전거 페달을 밟았다.

이쿠코는 열심히 뛰어서 쫓아왔다. "이런 시간에 어디 가려고요!"

"나가버릴 거야!"

"그만 돌아와요! 요코시마 씨는 위험한 상태예요. 범인이 어디서 공격할지 모릅니다."

"상관없어. 마음대로 덤벼보라지!"

금욕적인 운동선수 같은 풍모를 하고 있지만 이쿠코는 의외로 발이 느렸다. 왜 차를 타고 쫓아오지 않는지 의아했지만, 차 키를 세나가 갖고 있다는 사실이 바로 떠올랐다.

실은 바람을 가르며 달려서 눈에 고인 눈물을 날려버리고 싶었지만, 이쿠코를 의식해서 속도를 늦췄다. 이쿠코는 다 죽어가는 물고기마냥 헐떡이며, "우리 산책이나 할까요?"라고 말했다.

"요코시마 씨가 좋아하는 곳으로 가요."

*

잠시 주택가를 느릿느릿 달리다가 안장에서 내렸다. 자전거를 밀면서 걷자 이쿠코가 말없이 따라왔다.

나는 히라노 지구를 향해 북쪽으로 걸었다. 히라노라면 구마타 신사로 유명한 관광지이지만 내가 좋아하는 산책 코스는 분위기가 달랐다.

인파와 차량은 한신고속 고가 밑이 더 많은데도 굳이 주택가를 골라 걸었다. 20분쯤 걷자 좁은 길 건너로 빨갛고 귀여운 울타리가 보였다. 주택가 한복판에 있는 히라노역 유적 프롬나드――붉은 벽돌 포장산책로에 다다랐다.

"멋진 거리군요." 이쿠코가 미소 지었다.

"귀엽죠? 난카이히라노선이라는 전차 노선이 개통될 때 이 자리에 히라노역이 있었는데, 그 터에 이 거리를 조성한 거죠."

"사라진 전차역인가요?"

"그래요. 다니마치선에 있는 히라노역하고는 다른 역이에요."

구 난카이히라노선 히라노역 자리를 정비해서 만든 히라노역 유적 프롬나드에는 신호기 모뉴먼트가 몇 개 서 있다. 그 고풍적인 신호기가 귀여워서 히라노 근처에 볼일이 있을 때면 종종 산책하러 들렀다. 이쿠코는 주머니에서 스마트폰을 꺼내 주변 경치를 사진에 담았다.

오빠는 자기 이야기를 하고 싶어 하지 않았다. 말로 하는 것은 더욱 싫어했고, 필담이나 스마트폰을 사용한 대화도 달가워하지 않았다.

하지만 딱 한 번, 출생에 대하여 말한 적이 있다. 오빠는 히가시오사카시의 고등학교에 다녔는데, 고등학교 3학년 때 교통사고를 당한 뒤로 그 동네에서 지내기가 힘들어져 마키카타시의 친척 집에 신세를 졌다고 했다. 그 뒤 한때 오사카시에서 일자리를 찾아 친척 집을 나왔다고 한다. 교통사고를 당했다는 것은 완전한 거짓말이고, 마키카타시에 살 때 히토 사건이 일어나자 마키카타시 파출소에 달려갔다가 세나를 만났을 것이다.

아직 순진한 티를 벗지 못한 고교 시절의 오빠 모습을 그려보았다. 아마 무섭고 고통스럽고 불안해서 견디기 힘들었겠지. 오빠가 당한 처절한 고통을 나는 상상조차 할 수 없다.

히라노 혼마치거리 상가를 지나서 히라노 공원으로 들어갔다. 히라노고 히노지리구치 대문 유적지라고 새겨진 석비를 앞에 두고 우리는 멍하니 서 있었다. 다이묘 치하에 들어가지 않고 자치도시로 번영하던 히라노고는 마을 경비를 위해 환호를 파고 13개 대문을 만들었다는데 히노지리구치 대문도 그 가운데 하나였다고 한다.

이쿠코가 가만히 말했다.

"나이 차이가 너무 많지 않나요?"

"무슨 얘기예요?"

"요코시마 씨와 구조 겐타로 씨의 나이 말입니다. 사건 당시 그는 서른 살이었다고 알고 있어요. 3년 전이라면 요코시마 씨는 열여덟이나 열아홉이었겠죠. 교제를 시작할 때 요코시마 씨는 미성년이었지 않나요?"

"몇 살 먹은 남자와 사귀든 내 맘이지."

"훈계하려는 거 아닙니다."

"그럼 뭔데요."

"요코시마 씨와 그의 관계가 대등한 것이었다고 볼 수 없다면 무리하게 남친이라고 말하지 않아도 된다고 말하고 싶을 뿐입니다."

굳이 지적하지 않아도 후회하고 있다. 나는 뚱한 얼굴로 이쿠코에게서 시선을 거두었다.

"그런데 왜 요코시마 씨가 표적이 되었을까요. 기다 씨가 위협받는다면 그나마 이해가 가겠지만."

"왜 오빠가?"

"오빠분이라면 원한을 살 수도 있죠. 가령 히토 기요쓰구에게 가족을 살해당한 유족이 엉뚱한 분풀이 대상으로 기다 씨를 노린다거나. 하지만 요코시마 씨는 굳이 분류하자면 유족에 속합니다. 전 남친이라고 본다면."

물론 주위에서 보면 나는 구조의 애인이고 히토 사건의 피해자 유족에 가까운 처지인지도 모른다.

"구마모토에 살 때 히토 사건의 피해자 유족에게 전화를 받은 적이 있어요."

"무인도에서 죽은 여섯 젊은이의 유족 말이군요. 어느 피해자의 관계자였습니까?"

"우라이 게이지의 동생이라고 했었나. 이시다 지아키와 사귀고 있었다는 말도 했어요."

"무슨 일로 전화했나요?"

말문이 막혔다. 그다지 좋은 기억이 아니었다.

히토 사건이 알려지고 세 달쯤 지났을 무렵. 아마 11월 상순이었을 것이다. 아빠가 입원한 병원에 아침부터 병문안을 가 있던 나는 저녁 6시가 지나서야 귀가했다. 전날 밤에 잠을 제대로 자지 못한 탓에 졸음이 밀려와 거실에 누웠다가 악몽을 꾸었다. 이미 익숙해져버린 악몽——구조가 집요하게 전화를 거는 꿈이었다. 그날도 나는 꿈에서 착신음이 영원히 끊기지 않는 스마트폰을 어둠 속으로 던져버렸다.

깨고 보니 집전화가 울리고 있었다. 구조는 이미 죽었다는 것을 머리로는 알고 있지만 꼭 구조가 거는 전화 같아서 받고 싶지 않았다. 나는 수화기를 드는 데도 두려움을 느낄 정도가 되어 있었다.

"실은 받고 싶지 않았어요. 하지만 오빠가——기다 요헤이가 아니라 친오빠——받으라고 해서 어쩔 수 없이."

상대는 우라이라고 이름을 밝혔다. '히토 사건의 유족이 모여서 사건에 대하여 대화하는 자리를 마련했는데, 구조 겐타로 씨 애인 분도 참가하시지 않겠습니까?'라는 제안이었다. 형식을 갖춘 자조 모임은 아니고 참석 여부는 어디까지나 자유라고 했다.

"나는 욱해서 '말 같지 않은 소리 하지 마세요!'라고 소리쳤어요. 나는 구조가 죽은 게 전혀 슬프지 않고, 오히려 히토 기요쓰구가 고마울 정도니까 당신들 피해자 유족과 같은 부류로 보지 말라고. 애초에 죽은 사람들이 먼저 히토의 친구를 잔인하게 때렸으니 살해되어도 싸다고."

옆에서 듣던 친오빠가 놀라서 수화기를 낚아채어 상대방에게 사과했다. 한 명 있는 친오빠는 네 살 위니까 기다 씨와 동갑이다. 나와 사이가 좋지 않아 집을 떠난 뒤로는 연락하지 않고 있다.

"오빠가 나 대신 사과했지만, 내가 우라이와 이야기한 것은 그때

뿐이에요."

"피해자 유족에게 '살해되어도 싸다'고 말했다고요? 그 해시태그처럼 말했군요?"

이쿠코는 전에 없이 날카로운 목소리였다. 지금은 말조심을 해야 했다고 반성하고 있다. 변명밖에 안 되겠지만 당시 나는 악몽에서 막 깨어난 참이라 몹시 흥분한 상태였다.

"하지만, 나는 틀린 말을 한 적 없어요."

"살해되어도 싼 사람은 세상에 한 명도 없습니다."

"어째서죠? 눈에는 눈 이에는 이라고 하잖아요. 복수가 뭐가 나빠. 원수 갚는 게 그렇게 나쁜 일인가?"

"무슨 이유로든 사람을 죽여서는 안 됩니다. 사람이 사람을 죽이면 안 된다, 여기에는 어떤 예외도 인정할 수 없어요. 그런 전제조건이 없다면 우리는 사회를 신뢰할 수도 없고 타인에게 다가갈 수도 없습니다. 이 사람은 악인이니까 무슨 일을 당해도 된다든가 살해되어도 상관없다는 식으로 인간의 생사를 멋대로 판단하는 것은 지극히 잔혹한 일입니다. 슬픈 일이에요."

그렇게 말하고 이쿠코는 히라노 공원 출구를 향해 걷기 시작했다. 자전거를 끌고 천천히 이쿠코를 따라갔다. 너무 더워서 집에 에어컨이 그리웠다.

"억울하게 불이익을 당했을 때, 혹은 누군가 억울한 일을 당하는 현장을 목격했을 때, 못 본 척하지 않는 것은 물론 자연스러운 일입니다. 그런 감정이 없다면 나 자신도 지킬 수 없고 정의를 지킬 수도 없습니다. 하지만 우리는 결코 독선적인 복수심으로 사람을 재단해서는 안 됩니다. 법치국가에서는 형벌이 정해져 있지만, 그것도 엄청난 논쟁과 셀 수 없이 많은 경험 위에 성립한 겁니다. 물론 실수도 있습니다. 그래서 지금도 대화가 계속되고 있는 거죠."

이쿠코의 이야기는 추상적이고 난해해서 들으면서도 납득은 안 되네, 라고 생각했다. 하지만 이쿠코가 진심을 다해 설명하고 있다는 것은 알 수 있었다.

"아마도 인간은 증오를 버리지 못할 겁니다. 복수를 바라는 감정은 인간의 타고난 욕구일 테니까요."

"그럼 어떻게 해야죠?"

"폭력이라는 수단을 택하지 않아도 되는 방법을 끈기 있게 찾아 나가는 수밖에 없는지 모릅니다. 복수심을 없앨 수는 없어도 조절은 가능할지 몰라요. 어차피 없앨 수 없는 감정이라면 잘 관리하며 살고 싶지 않나요?"

나는 다시 오빠를 생각했다. '나는 원수 갚아 달라고 부탁한 적 없어'라는 오빠의 글씨는 들여다보는 이쪽이 슬퍼질 만큼 흔들리고 있었다.

오빠가 베란다에 나가 담배를 피우면 항상 조마조마하다. 당장이라도 상체를 내밀며 밑으로 추락할 것 같아서. 그래서 나는 늘 집 안에서 오빠의 등을 지그시 쳐다보며 감시한다. 언제 오빠가 베란다 난간에 발을 걸치더라도 즉각 뛰어나가 붙들 수 있도록.

이쿠코는 이야기를 하면서 왔던 길을 되돌아갔다. 나도 모르게 따라 걷고 말았지만, 그러고 보니 내가 집을 뛰쳐나왔었지.

관자놀이로 흘러내리는 땀을 손등으로 닦으며 이쿠코가 말했다.

"오빠도 걱정하고 있을 테니까 그만 돌아가죠."

"싫어." 나는 고개를 저었다. "오늘은 안 돌아가. 아니, 내일도. 따로 살 집 찾을 거예요."

"욱해서 뛰쳐나온 것치고는 너무 심각한걸요?"

"이젠 날 싫어할 테니까요."

"이제 와서 새삼 싫어할 리가요. 기다 씨도 불안했던 거예요. 요코시마 씨 못지않게."

"그런 거 몰라요. 아무튼 그렇게 말싸움을 하고 뛰쳐나왔으니 화해하긴 틀렸어요. 나는 누구랑 화해해본 적도 없고."

나에게 다툼이란 곧 관계의 파탄이었다. 친구든 남친이든 한번 싸우면 즉각 절교였다. 싸울 줄은 알아도, 서로 심하게 상처를 주고받은 사람에게 다시 다가선 경험은 없었다.

"요코시마 씨에게 오빠가 화해할 가치도 없는 사람이라는 건가요? 관계를 망가뜨린 채 그냥 끝내도 좋은 겁니까?"

"그런 건 아니지만……."

"그렇다면 아무 일 없을 거예요. 돌아갑시다."

길 잃은 아이의 손을 끌어주듯이 바로 앞을 걸어가는 이쿠코. 무거운 걸음으로 그 뒤를 따라갔다.

돌아가는 길에 이쿠코는 슬쩍 스마트폰을 조작하여 오빠에게 라인을 보내는 눈치였다. 간밤에 비상연락용으로 ID를 교환했지만 설마 이렇게 빨리 비상사태가 찾아올 줄은 생각도 못했다.

*

집에 도착하니 세나가 오빠를 상대로 구체적인 사정청취를 하고 있었다. 이쿠코와 세나는 곧 잠복 위치인 주차장으로 나가서 오빠와 단둘만 남았지만, 무슨 말을 해야 좋을지 알 수 없었다. 뭐라고 말을 건네야 할 텐데. 사과를 하고 싶지만 어떤 말로 사과해야 하나. 언급을 하지 않으면 없는 일이 될 것 같아서 나는 대화를 회피했다. 오빠는 원래 말이 없는 사람이라 표면상으로는 아무것도 변하지 않았다.

그날 밤은 다른 날보다 더 잠이 오지 않았다. 동틀 무렵에야 깜빡깜빡 졸기 시작했지만, 평소처럼 악몽에 놀라 깨어나기를 거듭하다가 아침을 맞았다.

전화 꿈을 꾼 날은 어김없이 안 좋은 일이 일어난다. 그저께 토막 사체를 발견했으니 아마 오늘도 변변치 못한 하루가 될 것이다.

오늘은 기이짱이 운전을 맡고 나와 욧짱이 수거를 한다. 금요일 오전 작업은 클린센터 남서쪽의 샤리지 지역에서 한다. 한 달쯤 전에 노상에 쓰러져 있는 남성을 구조했던 구역이다. 날씨는 쾌청하지만 마음은 무거웠다.

수거차량 뒤에는 오늘도 회색 세단이 따라다녔다. 교대 형사가 파견되지 않는지, 아니면 밤중에 내가 모르는 사이에 교대가 있었는지, 오늘도 경호 담당은 이쿠코와 세나였다.

샤리지 구역에는 신사와 사찰이 많고, 특히 이쿠노 신사와 샤리손쇼지가 인접해 있는 구역에는 오래된 거리가 남아 있다. 첫 번째 수거가 끝나서 샤리손쇼지 근처에서 기이짱의 수거차량이 도착하기를 기다리는데 욧짱이 불쑥 "이쿠노쿠라는 지명의 유래를 아나?"라고 말을 걸었다.

"아스카 시대에 이곳에 이쿠노 장자라는 큰 부자가 살고 있었대. 그래서 이쿠노구라고 불리게 되었다는 거야."

예전에 똑같은 이야기를 기이짱한테 들었지만 일단 "어 그래?" 하고 호응해 둔다.

"큰 부자 내외에게는 벙어리 아들이 있었대. 부부가 쇼토쿠 태자에게 아들 이야기를 하자 쇼토쿠 태자가 아들에게 '내가 전생에 너에게 맡겼던 사리를 이제 갚아라'라고 말했다는 거야. 그러자 아들이 입에서 사리 3개를 토해냈대."

"사리가 뭐지?"

"석가모니의 뼈."

"으엑."

"그런 얼굴 하지 마. 아무튼 사리를 토해낸 아들은 그때부터 거짓말처럼 말을 하게 되었지. 쇼토쿠 태자는 사리 3개 가운데 2개를 시텐노지와 호류지에 바치고 남은 하나를 이쿠노 큰 부자에게 주었대. 감격한 이쿠노 큰 부자가 그 사리를 공양하려고 절을 지었는데 그게 이 샤리손쇼지라는 거야. 쇼토쿠 태자와 인연이 깊은 절이라고 하니까 대단한 절이지."

쇼토쿠 태자가 실은 그렇게 대단한 위인은 아니었을지 모른다는 이야기를 얼마 전에 텔레비전에서 보았지만, 욧짱에게 찬물을 끼얹기 미안해서 아무 말도 하지 않았다.

"마리아가 오늘은 왠지 기운이 없네."

10시 전에 두 번째 수거 작업이 시작된다.

샤리지 1초메 끝에 있는 이름 없는 골목을 북쪽으로 올라가며 일하고 있을 때였다. 노상의 쓰레기봉투를 던져 올리는데 갑자기 뒤에서 날카로운 소리가 들렸다.

무슨 일인가 해서 돌아다보니 세나가 초조한 표정으로 경적을 연거푸 울리고 있었다. 이쿠코가 차에서 내렸다.

"요코시마 씨! 불!"

이쿠코가 입을 크게 벌리며 수거차량의 투입 장치 쪽을 가리켰다. 투입 장치 안에 있는 프레스판에서 회색 연기가 모락모락 피어오르고 있었다.

순간 온갖 생각이 머리를 스쳤다. 연기가 난다──불이 났구나. 리튬이온 배터리가 폭발해서 불이 났나? 아니면 가스를 빼지 않은 스프레이 통이 섞여 있었나? 아니, 원인이 뭐든 상관없다. 일단 불을 꺼야 한다.

나는 양손에 든 쓰레기봉투를 길가에 던지고 운전석 창문을 두드리며 소리쳤다.

"스톱! 기이짱 스톱! 서!"

수거차량이 멈추었다. 차체 옆에 달아 둔 소화기를 풀어내어 안전핀을 뽑았다. 훈련받은 초기 진화 요령을 필사적으로 떠올리며 수거차량 뒤로 돌아가 패널 버튼을 조작했다.

프레스 판을 열자 폐기물 칸 안에서 높이 50센티쯤 되는 불길이 오르고 있었다. 뜨겁다. 소름이 확 돋을 만큼 무서운 열기가 바로 눈앞에 있다.

"이쿠짱 물러서!"

뛰어오려고 하는 이쿠코를 제지하고 아스팔트에 무릎을 꿇고 호스를 쥐어들었다. 욧짱과 기이짱이 멀리서 뭐라고 외치는 소리가 들렸지만 못들은 척했다.

그때도 그랬다. 노상에 쓰러진 남자를 발견했을 때 나는 욧짱과 기이짱에게는 손도 대지 못하게 하고 혼자 구명 조치를 했다. 두 사람은 나와 다르게 마음이 따뜻하니까 섣불리 구명 조치에 나섰다가 이 남자가 죽기라도 하면 크나큰 자책감에 시달릴 것이다. 그렇다면 나 혼자 감당하는 게 낫다고 생각했다.

괜찮아. 나는 엄마가 집에서 쓰러졌을 때도 심장마사지를 해주었고, 엄마가 병원에 급히 실려 갔다가 죽었을 때도 아무렇지도 않게 지낼 수 있는 인간이니까, 괜찮아.

비상 사태가 닥치면 세 사람이 협력하라고 귀가 닳도록 들었다. 하지만 나는 언제나 내가 전부 떠맡는 게 낫다고 생각하고 만다.

다행히 불길 안쪽에 불쏘시개로 짐작되는──보조 배터리인지 전자담배인지 판별할 수는 없지만 길이 15센티쯤 되는 막대형 물체가 불길의 중심에서 새카맣게 변해 있는 것이 보였다. 그 불쏘시개를 향해 호스를 향하고 레버를 있는 힘껏 돌렸다.

약제 분사는 약 30초간 계속되었다. 분말소화기의 하얀 연기가 주위를 감싸 시야를 막았다. 불길이 전혀 보이지 않았다. 30초가 영원으로 느껴질 만큼 길었다.

"마리아! 괜찮아?"

연기 너머에서 욧짱 목소리가 들렸다. 그제야 시야가 열렸고, 조금 전까지 수거차량을 태워버릴 것 같던 불길은 꺼져 있었다. 폐기물 칸에는 먼지를 뒤집어쓴 쓰레기봉투만 가득 차 있다. 불끄기는 성공한 것처럼 보였다.

나는 안도의 한숨을 내쉬며 안전관리 매뉴얼을 떠올렸다. 초기 진화에 성공해도 소방서에 신고해야 한다고 했지. 수거차량도 점검해야 하니 아마 오늘 우리의 수거 작업은 많이 늦어질 테고, 따라서 센터에도 연락해야 한다.

그때 이쿠코가 날카롭게 외쳤다. "위험해!"

불길은 잡았는데 뭐가 위험하다는 거지.

등 뒤에서 이상한 소리가 났다. 후욱, 하고 길게 숨을 토하는 듯한 소리. 돌아보니 바로 뒤에 사람 그림자가 있었다. 그림자의 주인은 욧짱도 이쿠코도 아니었다. 분말형 약제가 안개처럼 떠도는 탓에 나는 그자의 접근을 알아차리지 못했던 것이다.

안개 속에서 나타난 사람은 낯선 남자였다. 몸을 잔뜩 낮추고 막대 모양의 물체를 꼬나들고 있었다. 일본도였다. 순간 하체가 굳어 버렸다.

나와 비슷한 또래로 보이는 청년이었다. 매끈한 피부와 밤송이 같은 까까머리가 시선을 끌었다. 체구가 작고 얼굴도 어려 보이지만 눈동자에 생기가 없었다.

청년은 숨을 깊이 들이마시고 갈라진 소리로 말했다.

"당해도 싸지?"

칼날에 비친 하늘이 파랗게 반짝였다. 청년이 팔을 천천히 쳐든다. 나는 꽁꽁 묶인 것처럼 칼날에서 시선을 뗄 수 없었다.

청년의 머리 위에서 멈춘 칼이 이내 힘차게 떨어진다──정신을 차렸을 때 나는 뜨거운 아스팔트를 구르고 있었다. 뒤에서 달려든 이쿠코가 온 몸으로 나를 막으며 내 어깨를 밀어서 넘어뜨린 것이다.

칼은 이쿠코의 등을 갈랐다. 방검조끼인지 뭔지를 입고 있는지 이쿠코의 등에서 딱딱한 소리가 울렸다. 슈트는 찢어졌지만 피는 나오지 않았다.

"너는 입 닥치고 죽기나 해!"

일본도를 든 청년이 입술을 잔뜩 일그러뜨리며 다시 칼을 휘둘렀다. 이쿠코는 내 몸을 몸으로 덮은 채 움직이지 않았다.

날 끝이 이쿠코의 왼쪽 어깨에 닿았다. 이번에는 날이 살까지 도달했다. 피가 튀었다. 칼에 베인 이쿠코보다 보고 있던 내가 더 크게 "아악!" 하고 비명을 질렀다.

청년이 다시 자세를 가다듬을 때 이쿠코가 뒤를 돌아보며 청년의 다리를 후리듯 오른쪽 장딴지를 찼다. 청년이 균형을 잃는 순간 다른 사람이 뛰어들었다. 특수경봉을 쥔 세나가 멈칫하는 청년을 향해 공기를 가르며 공격했다. 바늘구멍을 꿰는 듯한 정확성으로 청년의 어깨와 손목을 때렸다.

청년이 떨어뜨린 일본도가 둔한 소리를 내며 바닥에 떨어졌다. 세나는 청년을 넘어뜨려 강제로 엎드리게 했다. 청년은 잠시 버둥거렸지만 세나가 물 흐르는 듯한 동작으로 등을 팔꿈치로 가격하자 거품을 물고 조용해졌다. 팔을 뒤로 돌려 수갑을 채웠다.

"10시 32분, 총도법 위반, 상해 및 공무집행방해죄로 현행범 체포합니다. 닛타 씨, 괜찮아요?"

"괜찮아요. 본부와 이쿠노서에 연락하고 구급차 수배를 부탁합니다. 소방서에도."

"예!"

수사 차량에 탑재된 무선을 사용하기 위해 세나가 뛰어갔다. 어깨에서 나오는 피가 손목까지 흐르는데도 이쿠코는 세나가 떠난 자리에서 청년을 냉정하게 제압했다.

나는 엉덩방아를 찧은 채 움직이지 못했다. 뒤늦게 공포가 몰려와 온몸이 덜덜 떨렸다.

"괜찮아?"

욧짱 일행이 안색이 변해서 뛰어왔지만 이쿠코가 "위험하니까 물러나요!"라고 외치자 그 자리에 멈췄다.
청년은 입을 빼끔거리고 있었다. 발음이 분명하지 못해서 알아들을 수 없었다. 청년의 눈가에 눈물 한 방울이 천천히 흘러내렸다. 세나의 팔꿈치 공격이 아파서 우는 것은 아닌 듯했다.
"요코시마 씨, 다친 데는?"
이쿠코는 평소처럼 차분하게 물었다. 나는 고개를 저었다. 목구멍이 굳어 목소리가 나오지 않았다.
"이 사람을 본 적 있어요?"
"……몰라요."
"정말? 직장, 수거를 담당한 지역, 집 주변 등 어디에서든 이런 얼굴을 본 적 없었습니까? 초중고 동창은?"
청년의 얼굴은 정말 기억에 없었다. 적어도 내가 아는 사람은 아니다.
이 청년이 연쇄 살인사건의 범인일까? 어려 보이는 청년이 최초 발견자를 집요하게 추적해서 죽이고 아파트 쓰레기장에 토막 사체를 버리다니 도저히 믿기지 않았다.
"마리아 씨, 잘 들어요."
이쿠코가 상냥한 목소리로 말해서 움찔하며 고개를 들었다.
"저는 곧 구급차를 타고 병원으로 갈 텐데 큰 부상은 아니니까 걱정 말아요. 아마 그 사이에 당신은 부경 본부로 가서 사정청취를 받게 될 겁니다. 조사실에 불려가는 일은 없겠지만 수사1과 아저씨들이 이런저런 불쾌한 질문을 할지 모릅니다. 말하고 싶지 않으면 말 안 해도 되는데 다만 거짓말은 하지 말아주세요."

나는 급하게 고개를 끄덕였다. 잘 알아요, 라고 이쿠코를 안심시키고 싶었다.

"아마 저는 수사에서 배제될 겁니다. 하지만 뭐든 불안한 게 있으면 망설이지 말고 연락해요."

"배제되다니? 어째서?"

이쿠코는 미소만 지을 뿐 대답이 없다. 수사에서 물러나야 할 정도로 부상이 심한 걸까?

이쿠코의 다친 어깨를 바라보며 사람은 피를 얼마나 흘리면 죽는 걸까 하고 생각했다. 이쿠코는 나를 보호하려다가 죽게 되는 걸까?

머리가 어찔어찔하고 혼란에 빠져들 때 세나가 돌아왔다.

"괜찮아요, 곧 구급차가 올 테니까. 닛타 씨는 죽지 않아요."

세나의 말대로 5분도 지나기 전에 사이렌 소리가 다가왔다.

노상에 뿌려진 이쿠코의 피. 수갑을 차고도 뭐라고 계속 호소하는 청년, 규칙적으로 반복되는 사이렌 소리를 들으며 나는 가만히 입술을 움직였다.

"히토 기요쓰구는, 무서운 사람이구나."

무섭다. 사람을 해치는 것은 무서운 일이다. 일곱 명이나 되는 사람을 냉정하게 죽인 히토 기요쓰구가 갑자기 무서워졌다. 피 흘리는 피해자들을 보고도 그는 태연했을까?

이쿠노 신사 모퉁이에서 나타난 구급차가 길가에 멈추었다. 이쿠코가 말했다.

"저는 히토 기요쓰구가, 죽이지 않았다고 생각해요."

"네?"

"그는 틀림없이……."

구급차에서 내린 구급대원들이 뭐라고 말하려고 하는 이쿠코를 에워쌌다. 다음 말을 듣기 전에 이쿠코는 구급차에 실려 떠나버렸다.

구급차가 떠난 직후에 순찰차가 와서 일본도 청년을 연행했다.

나는 세나를 따라 오사카 부경본부 본청사로 향했다.

*

본부에 도착한 뒤에도 세나가 계속 곁을 지켜주었다.

고바야시 데루코의 사체를 발견한 직후에 들어갔던 작은 회의실 같은 방에서 대기하고 있자 형사 세 사람이 들어왔다. 수사1과의 고자질쟁이 고토도 있었다. 이들은 아마 수사1과 소속 형사들일 것이다.

세 사람 가운데 가장 연장자이며 스트라이프 넥타이를 맨 형사가 세나를 불렀다.

"세나 순사장, 이제 됐네. 가서 보고나 해."

세나는 나를 힐끔 보고 눈썹을 늘어뜨렸다.

"하시만."

"어서."

세나는 나를 향해 미안한 표정으로 목례를 하고 방을 나갔다.

그리고 스트라이프 형사의 사정청취가 시작되었다. 일본도 청년에게 공격당하던 상황을 자세히 설명해 달라고 요구하고, 그 청년이 아는 얼굴이었냐고 집요하게 물었다. 이미 차분해져 있던 나는 제대로 대답할 수 있었다. 고토는 스트라이프 형사 뒤에 앉아 나의 증언을 노트북 컴퓨터에 입력했다.

잠시 후 다른 형사가 와서 스트라이프 형사와 뭐라고 한참 소곤거리고 나갔다.

스트라이프 형사가 딱딱한 목소리로 입을 열었다.

"당신을 공격한 범인의 신원이 밝혀졌습니다. 우라이 히로키, 24세, 오사카시 거주, 무직. 아는 사람 아닙니까?"

"네."

"우라이 게이지의 동생이라고 하면 아시겠습니까?"

내가 숨을 삼키자 스트라이프 형사가 미간의 주름을 더욱 깊게 만들었다.

"요코시마 씨. 아마쿠사 가미시마 출신이죠?"

"네."

"히토 사건이 일어난 무인도에서 가까운 이가사키라는 항구마을에 살았죠? 더구나 히토 사건의 피해자 구조 겐타로 씨와 아는 사이였다고 들었습니다. 상당히 친한 사이였다고 하던데, 아닙니까?"

"네."

"히토 사건이 일어나고 세 달쯤 지났을 때, 그러니까 2020년 11월이군요. 우라이 히로키는 마음을 정리하려고 피해자 유족을 모아 히토 사건에 대하여 대화하는 모임 같은 것을 만들려고 했다더군요. 그때 요코시마 씨한테도 연락했다고 합니다만."

"전화는 받은 적이 있어요. 하지만 내가 거절해서 그 사람을 직접 만난 적은 없어요."

"그래요, 그 사람도 똑같이 증언했습니다. 그러나 당신과 통화한 내용 때문에 크게 분노했다고 하더군요."

나도 모르게 "네?" 하고 목소리를 높였다.

히토 사건의 피해자 우라이 게이지의 동생 우라이 히로키는 이시다 지아키의 애인이기도 했다. 형과 애인을 한꺼번에 잃고 마음에 깊은 상처를 입었던 거라고 스트라이프 형사는 말했다.

살인사건이라고 하면 세상 사람들은 피해자를 동정하고 걱정하는 목소리를 낸다. 그런데 히토 사건에서는 달랐다. 범행성명이 유출되어 피해자들의 과거 행적이 폭로된 탓에 세상은 히토 기요쓰구에게 동정적인 반응을 보였다. 피해자 유족들은 온갖 비난 속에서 오랫동안 고통을 받았다.

"우라이의 제안을 거절할 때 요코시마 씨가 피해자들에 대하여 '당해도 싸'라는 식으로 말했습니까?"

"……네. 혹시, 그것 때문에 나를 죽이려고 한 건가요?"

"우라이는 그 전화 통화를 하고 나서 몇 주 뒤에 요코시마 씨를 죽이려고 구마모토까지 찾아갔다고 합니다. 그때 요코시마 씨는 마침 이가사키의 고향집을 떠난 직후였던 거죠. 요코시마 씨를 찾지 못한 우라이는 살인을 포기하고, 그로부터 2년 반 동안은 요코시마 씨에 대한 원한을 잊어버리려 애썼다고 증언했습니다. 그러나 지난주 금요일──7월 28일 텔레비전 드라마를 계기로 '당해도 싸'라는 해시태그가 오랜만에 SNS 순위에 올랐잖아요. 그걸 보는 순간 트라우마가 되살아나 살인을 결심하게 되었다고 증언했습니다."

스트라이프 형사가 나를 배려했는지, "사소한 계기지만 이런 일도 있을 수 있죠"라고 덧붙였지만 아무런 위안도 되지 않았다.

"타이밍도 대단히 나빴던 것 같군요. '#당해도_싸'가 순위에 오른 지난달 28일이라면 마침 요코시마 씨가 구 소방서에서 감사장을 받은 날이었습니다. 지방 뉴스이기는 하지만 인터넷 기사에도 나왔고, 우라이는 그 기사를 보고 요코시마 씨의 직장과 담당 구역을 파악했다고 합니다. 말하자면 요코시마 씨가 엉뚱하게 원한을 산 거죠. 자기 가족이 누군가를 린치한 것은 생각하지 않고 요코시마 씨에게 분풀이한 겁니다."

스트라이프 형사는 진지한 얼굴로 그렇게 마무리 지었지만 나는 납득할 수 없었다. 그건 아냐, 라고 속으로 외쳤다. 우라이 히로키가 한 짓이 엉뚱한 원망에서 나온 것은 틀림없지만, 잘못된 원망이라는 한 마디로 정리될 수 있다고 생각할 수도 없었다. 이쿠코라면 이럴 때 뭐라고 했을까 생각하니 눈물이 나려고 했다.

수사1과 형사들은 여기서 잠시 기다리라는 말을 남기고 나갔다. 10분 정도 기다리자 낯익은 얼굴이 나타났다. 스이타서의 형사과장 마나베였다.

마나베는 일부러 소리가 나도록 의자를 당기고 내 맞은편에 앉았다.

"오늘은 그쪽이나 이쪽이나 힘든 하루였군."

웃기시네. 당신은 수사본부에 앉아 따뜻하게 지냈겠지만 나는 일본도를 든 남자에게 공격을 당했어. 가볍게 쨰려봐도 마나베는 개의치 않고 칼칼하게 갈라진 목소리로 계속했다.

"소방서에서 연락을 받았는데, 화재 원인은 리튬이온 배터리의 발화 때문이었다고 하더군. 그렇다면 우라이가 방화한 거라고 생각했는데, 그는 수거 차량을 몰래 따라왔을 뿐 화재에는 관여하지 않은 모양이야. 쓰레기 수거차량이 보조 배터리나 전자담배 때문에 불타는 것은 종종 있는 일이라던데. 정말이지 쉽지 않은 작업이겠어."

"닛타 씨는 괜찮나요?"

"아, 걱정할 거 없어. 오늘은 더 이상 사정청취가 없을 거야. 용의자를 구속했으니까 당신에 대한 경호는 일단 해제하기로 했어. 나중에 경찰에서 연락할 테니까 그때 경찰서로 와주면 돼."

그렇게 말하고 출입구를 가리켰다. 그만 돌아가라는 말이다. 나는 마나베에게 따져 물었다.
"닛타 씨는요? 정말 다친 데는 괜찮아요?"
"별거 아냐. 방검조끼를 입고 있었으니까."
"전치 몇 개월?"
"그 정도 스친 상처로 몇 개월이나 입원할 수는 없지. 그래도 이번 수사에서는 배제되었으니까 느긋하게 치료하기로 했어."
"왜죠? 왜 닛타 씨만 배제된 겁니까?"
"다친 사람을 쉬게 하는 게 당연하지. 게다가 닛타가 내내 당신을 경호했던 것은 따돌림 같은 게 아니야. 여성 형사가 적으니까 당신에 대한 배려로 배치했을 뿐이야."
"여성 형사가 닛타 씨밖에 없습니까? 그렇다면 조직 자체가 잘못된 거 아닌가?"
마나베는 짜증을 내며 위압하듯이 상체를 내밀었다.
"당신이 신경 써야 할 것은 닛타의 안부가 아니라 당신의 과거 행적 아닌가?"
"뭐라고?"
"당신, 구조 겐타로 씨와 사귀던 사람이면서 우라이 히로키와 전화 통화할 때는 히토 기요쓰구가 고맙다고 말했다지. 사람이 잔인해도 정도가 있지. 결국 당신이 우라이를 도발한 탓에 놈이 살인범이 된 거야. 그밖에 세 사람이나 엉뚱하게 휘말려 죽었고. 닛타도 당신을 보호하려다가 다친 거잖아. 단단히 반성해야 해."
마나베는 콧김을 씩씩거리며 주장하지만 나는 납득할 수 없었다. 뭔가 이상하다. 스트라이프 형사처럼 '우라이 히로키의 엉뚱한 원망 탓이다'라고 정리해버리는 것도 납득하기 힘들지만 마나베처럼 전부 내 탓으로 돌리는 것도 납득할 수 없었다.

나는 무릎 위에 올린 손을 가만히 응시하고 있었다. 손톱 끝에 피가 배어 있다.

정말 내 탓일까. 구라마치 고스케도 미조구치 사토시도 고바야시 데루코도 나 때문에 엉뚱하게 살해된 걸까. 문득 정신을 차리고 보니 나는 책상에 손을 짚고 일어서 있었다.

"특수본부에서는 우라이 히로키를 연속 살인범으로 생각하는 겁니까? 오랫동안 나를 원망하던 우라이가 오로지 나를 최초 발견자로 만들기 위해서 무관한 사람을 셋이나 죽였다고?"

"……거기까지는 알 수 없지만."

"내 경호를 해제한다는 말은 경찰이 연속 살인범을 체포했다고 판단한다는 뜻이잖아요? 우라이는 구라마치, 미조구치, 고바야시 세 사람을 죽여서 '최초 발견자만 연속으로 살해한다'는 규칙을 만들어 놓고 그다음에 나에게 사체를 발견하게 만든 뒤 죽이려 했다는 거군요? 나 하나만 죽이면 살해 동기 때문에 우라이가 제일 먼저 의심을 받을 테니까 전혀 무관한 세 명을 끌어들였다. 정말 그렇게 생각하세요? 우라이가 지난달 28일 '#당해도_싸' 해시태그가 유행하는 것을 보고 나를 죽일 결심을 했다는 거잖아요. 그렇다면 나에 대한 살해 계획은 7월 28일에 세웠겠군요. 하지만 첫 피해자 구라마치 고스케의 사체가 27일에 발견됐는데 시간적으로 이상하잖아요."

따져 묻자 마나베는 헛기침으로 얼버무리려고 했다. 경찰도 우라이 히로키 범인설이 비현실적이라고 생각하는 것이다. 나는 마나베의 코끝으로 검지를 들이밀었다.

"그리고 당신이 말하지 않아도 반성하고 있으니 다 아는 것처럼 떠들지 마! 당신이 할 일은 피해자에게 훈계하는 게 아니잖아. 난 당신 같은 것들이 제일 밥맛이야. 머리 좋고 일 잘하는 이쿠짱이 다른 의견을 제시한다고 고깝게 생각하고 학대나 하는 놈들. 관리직이 안 맞으면 때려치우는 게 어때?"

마나베 이마에 이내 핏대가 도드라졌다. 당장 이 여자를 때리고 싶어 못 견디겠다는 표정이지만 일단은 간신히 참는 듯했다. 마침내 마나베는 긴 한숨을 토하고, "이쿠짱이라고?" 하며 코웃음을 쳤다.

"그 여자가 뭐라고 했는지는 모르지만, 당신도 그 여자 거죽만 보고 속은 거야. 나는 특별히 닛타가 못마땅해서 괴롭히는 거 아냐. 닛타의 비밀주의 때문에 문제가 생기니까 그러는 거라고."

"비밀주의?"

"그래. 멋대로 혼자 움직이고 보고도 하지 않고 공을 독차지하려는 경향이 있어. 그런 문제행동이 눈에 띄니까 수사에서 배제하지 않을 수 없지."

"갑질에 대한 변명인가."

"요즘 젊은 것들은 뻑하면 갑질, 갑질. 분명히 말해두지만 경찰은 원래 상관의 엄격한 지도로 움직이는 조직이야. 그게 사회 분위기인지 뭔지는 모르지만 갑자기 유행어 쓰면서 시끄럽게 떠든다고 우리 방식이 바뀌지는 않아!"

반쯤은 농담을 섞어서 위악적으로 나오나 싶었는데 마나베는 진지한 눈을 하고 있었다. 믿기지 않지만 이자는 진심을 말하고 있는 듯하다.

말이 안 통하니 절망스럽다. 지금까지 이쿠코가 걸어왔을 험난한 길을 상상하지 않을 수 없었다.

"갑질로 굴러가는 조직이라면 빨리 무너져버려야지! 이쿠짱을 계속 괴롭히면 내가 가만두지 않아!"

그렇게 쏘아붙이고 부경 본부를 뛰쳐나왔다.

그림자가 길다. 벌써 6시간 가까이 갇혀 있어서 해가 많이 기울어 있다. 오늘 아침까지는 이쿠코와 세나가 곁에 있어 주었는데, 범인을 체포했으니 이제 경호는 해제한다는 말에 곤혹스러웠다. 왠지 버림받는 기분이었다.

집에 돌아갈 방법이 없어 난처했다. 어찌할 바를 모르고 있는데 눈앞 대로에 택시 한 대가 멈췄다. 내린 사람은 오빠였다. 냉큼 뛰어서 다가가자 오빠는 말없이 내 어깨를 잡았다.

"뭐하는 거야?"

평상복으로 입던 저지 차림이 아니라 직장에서나 입을 법한 훌륭한 저지를 입고 있다. 오빠는 오늘 근무일이었을 것이다.

"아, 세나짱한테 연락 받았어? 설마 날 걱정한 거야?"

오빠가 나를 걱정할 리 없다. 무슨 생각을 하는지 도통 알 수 없고, 남의 인생이 어떻게 되든 알 바 아니라는 얼굴로 살고 있는 사람이다. 그런데 오빠는 나를 꼭 안았다.

"무사해서 다행이다."

눈물지으며 그렇게 말하는데 그것이 오빠의 목소리임을 인식하는 데는 잠시 시간이 필요했다.

오빠 목소리를 듣기는 오랜만이었다. 아마 반년 정도? 반년 전에도 오빠가 자발적으로 말하진 않았다. 지상파 방송으로 공포영화를 같이 보다가 깜짝 놀라는 장면에서 "어억!" 하고 소리친 것이 다였다.

오빠는 말했다.

"무슨 일이 있어도 나는 마리아 편이니까."

"뭐래. 아무 말 대잔치?"

오빠는 내 등을 쓸어주며, "음" 하고 맞장구쳤다.

"무슨 일이 있어도, 라니 이상한 조건 달지 마. 내 이야기 잘 들어. 전부 듣고 나서 내 편을 들어도 들으라고."

"미안."

"나도 미안."

오빠 등에 팔을 두르고 힘을 주었다.

"이쿠짱 병문안하러 가고 싶어."

오빠는 잠자코 고개를 끄덕였다. 스피킹 모드는 벌써 끝난 듯하다.

그때 오빠의 스마트폰이 주머니 속에서 진동했다. 거의 동시에 내 스마트폰도 착신음을 울렸다.
세나의 메시지가 와 있었다.

*

"음, 이쿠짱."
내가 부르자 "왜요" 하고 대답이 왔다. 이쿠코는 전동 클라이닝 침상을 가동해서 상체를 일으켰다.
오늘이 토요일이라 다행이다. 아침부터 이쿠코의 병실에 있을 수 있기 때문이다.
"문병 선물로 들어온 젤리, 안 먹어?"
"저는 됐어요. 먹고 싶으면 먹어요."
"앗싸."
물론 병문안 선물로 사온 과자만 야금야금 집어먹지는 않고 이쿠코를 제대로 간병하고 있다. 젤리를 먹는 것은 어쩔 수 없어서다. 병실 냉장고는 선불카드를 구입해야 사용할 수 있는데, 차가워야 맛있는 젤리를 병문안 선물로 고르다니, 이쿠코의 동료들은 센스가 너무 없다.
나는 접이식 의자를 침상 옆에 놓고 젤리 포장에 들어 있는 스푼으로 딸기젤리를 떴다.

"나 때문에 미안해요."

"마리아 씨 때문이 아닙니다."

어제부터 몇 번이나 사과했고 그때마다 똑같은 대답이 돌아왔다. 이쿠코는 "자책할 필요 조금도 없어요"를 반복해서 말해주지만 그런 대답을 강요하는 것 같아 미안하다.

"마리아 씨가 걱정할 거 전혀 없어요. 그러니까 편하게 주무세요."

"잘 잤다니까요."

"거짓말이죠. 나보다 안색이 안 좋아 보여요."

이쿠코가 입원한 곳을 알려준 것은 세나였다. "내규 위반이니까 제가 알려줬다는 건 절대로 비밀입니다—"라며 평소처럼 느릿느릿한 목소리로 얘기했다.

샤리지 노상에서 다친 이쿠코는 덴노지 히로카와 의과대학 부속 병원으로 실려 갔다. 내의 타입의 방검조끼를 입고 있어서 어깨 부상으로 끝난 것 같다. 내일 아침에 퇴원하기로 되어 있다.

어제 저녁에는 오빠도 함께 병문안했지만 오늘은 일하러 갔다.

나는 휴일을 어떻게 보내야 하는지 모른다. 취미도 없고 오사카에 친구도 없으니 밖으로 놀러 나가는 일도 드물다. 오빠와 휴일이 맞으면 함께 영화 보러 가기도 하지만, 어떻게 시간이 갔는지 별로 기억이 나지 않는다. 그래서 오늘은 이쿠코와 함께 있을 수 있어 기쁘다.

이쿠코는 항상 진지한 얼굴이어서 솔직히 나를 어떻게 생각하는지 알 수가 없다. 이상한 여자가 따라다녀서 곤란해하는지도 모르지만, 말로는 "갈아입을 속옷을 사다주셔서 도움이 되네요"라고 해준다. 애인이든 부모든 이쿠코의 가족으로 보이는 사람은 한 명도 병문안을 오지 않았다.

점심식사는 12시에 나왔다. 이쿠코가 거의 다 먹었을 무렵 이쿠코의 스마트폰에 착신음이 울렸다. 세나의 전화여서 이쿠코는 스피커폰으로 바꾸어 주었다.

〈닛타 씨, 지금 통화 괜찮아요?〉

세나의 목소리에 하품이 섞여 있었다. 우라이 히로키의 체포로 수사가 갑자기 바빠졌는지도 모른다.

〈우라이 히로키 말인데요, 요코시마 씨를 살해하려고 스토킹한 사실을 인정했습니다. 하지만 다른 살인에는 전혀 무관하다, 나는 모르는 일이라고 완강하게 버티네요.〉

이쿠코는 차분한 모습으로 "그렇군요"라고 대답했다.

〈7월 26일 밤에는 집에 혼자 있었다고 하니까, 구라마치 고스케 살해 당시의 알리바이는 없는 겁니다. 그런데 두 번째 사건——미조구치 사토시가 살해된 것으로 추측되는 7월 30일 0시부터 2시까지라면 알리바이가 확실하다고 주장합니다. 교토에 있었다는 겁니다.〉

"교토에는 왜?"

〈요코시마 씨를 공격할 때 일본도를 휘둘렀잖아요. 교토의 공방에 연마를 의뢰했었는데 그때 찾으러 갔다는 겁니다. 29일 밤부터 가와라마치의 캡슐호텔에 묵었다고 해서 긴급하게 검증하는 중인데…… 솔직히 미묘합니다. 어떻게 보세요, 닛타 씨? 우라이가 전부 했다고 보세요?〉

"이건 그냥 느낌일 뿐이지만 우라이 히로키는 직선적인 사람처럼 보여요. 칼을 준비할 만큼 준비성 있는 반면 백주대낮에 당당하게 길에서 공격하는 무모한 구석도 있어요. 냉정하게 세 사람이나 죽일 수 있는 인물처럼 보이지 않습니다. 게다가 미조구치 사토시를 살해하기 위해 다이쇼구로 향할 때, 그리고 고바야시 데루코 씨 사체를 쓰레기장에 버리려고 이쿠노구로 향할 때 범인은 도난 차량을 사용했어요. 감시카메라에 선글라스와 마스크를 쓴 범인으로 추정되는 남자가 찍혀 있지만 우라이하고는 체격이 조금 달라 보였어요."

〈맞아요, 우라이 체구가 조금 더 작아 보이죠. 도난 차량에서 나온 지문도 주인 가족 것밖에 확인되지 않았습니다. 우라이 것으로 단정할 수 있는 유류물은 나오지 않았어요.〉

선글라스 남자를 우라이 히로키로 볼 것인지를 놓고 수사본부에서도 의견이 분분하다고 한다.

〈아무튼 이쪽 상황은 이렇습니다. 닛타 씨, 내일 퇴원이죠?〉

"네. 퇴원 후 잠시 쉬라고 하니까 그쪽으로 돌아갈 일은 없을 것 같습니다. 그동안 폐 많이 끼쳤어요."

〈천만에요. 모처럼 쉬는 김에 유급휴가 다 쓰세요.〉

통화를 마치고 이쿠코는 짧게 숨을 토했다. 한숨인지 심호흡인지 알 수 없다.

"이쿠짱, 역시 수사에서 배제된 거네. 미안해요, 나 때문에."

"관계없는 일이에요."

"아니, 내 탓일 거예요. 그 빌어먹을 상관 놈이 이쿠짱 말을 하나도 이해하지 못하잖아. 그만 열이 뻗쳐서 상소리를 날리고 말았네요. 그래서 더 어깃장을 놓고 있는지도 몰라요."

"근데, 뭐라고 했는데요?"

"이쿠짱을 계속 괴롭히면 가만두지 않겠다고 했죠."

이쿠코가 고개를 돌리며 쓴웃음을 짓는다.

"뭐, 수사에서는 배제되었지만 여기로 실려 와서 다행이에요. 무엇보다 미조구치의 직장이었으니까."

듣고 보니 이곳 히로카와 의과대학 부속병원은 두 번째 피해자 미조구치 사토시가 간호사로 일하던 병원이다.

"여기서 혼자 수사하게요?"

"아니, 저는 그냥 환자예요. 다만 병원 안을 잠시 산책하며 이런저런 얘기나 들어보는 거죠."

어이가 없어 이쿠코 얼굴을 쳐다보았다. "넘어져도 맨손으로는 일어나지 않는 사람이라서"라며 이쿠코는 손가락으로 장난스럽게 브이 사인을 했다.

미조구치가 일하던 진료과는 소화기내과. 이쿠코가 입원한 외과병동은 6층 A병동이고 소화기내과는 같은 층 B병동에 있다.

마침 급식차가 점심식사를 수거하러 왔다. 젊은 간호사가 베드 테이블에 놓인 쟁반을 거두었다. 목에 건 사원증에 '다카하시 요나'라고 적혀 있었다. 이쿠코가 밝은 목소리로 말을 걸었다.

"혹시 소화기내과의 미조구치 사토시 씨를 아세요?"

직구 같은 질문이었다. 다카하시는 "네?" 하고 의아한 눈초리가 되었다. 한순간 어깨가 긴장하는 것처럼 보이기도 했다.

"얼마 전 돌아가셨죠. 미조구치 씨."

"아, 예."

"여기서 열심히 일하셨다고 들었습니다. 혹시 얘기해본 적 있나요?"

"같은 층이라도 진료과가 다르면 만날 일이 없어서요, 미안합니다."

다카하시는 고개를 조금 숙인 채 바쁘게 물러났다. 너무나 냉랭한 태도에 나는 "헐" 하고 불만의 목소리를 흘렸다.

"저 간호사, 이쿠짱이 경찰이란 거 알고 있을 거야. 좀 제대로 상대해주면 좋으련만."

"병원 관계자들은 다 저래요. 비밀보장 원칙이 있으니까 경계심이 강하죠. 종종 피의자가 다쳐서 병원에 실려 가도, 수사 관계 사항 조회서라는 문서를 준비해가지 않으면 병원 측은 경찰이 찾아와도 환자 정보를 주지 않습니다."

"그치만 미조구치는 환자가 아닌데."

"개인정보 보호 의식이 단단히 박혀서 그래요. 자, 그럼 산책이

나 해볼까."

이쿠코는 침상에서 가볍게 빠져나갔다. 그녀가 향한 곳은 A동과 B동 사이에 있는 대화 공간이었다. 고참 환자 분위기를 물씬 풍기는 노파 세 사람이 구석 테이블에 앉아 차를 마시고 있었다. 다과가 없는 것은 식사 제한 때문일까? 소화기과 치료를 받는 환자들인지도 모른다.

이쿠코는 싹싹하게 "안녕하세요"라고 인사하며 옆 테이블에 앉았다. 나도 애써 밝게 웃으며 인사하고 이쿠코를 시중드는 친척인 척했다.

"에구, 젊은 분이 어쩌다가?"

"일하다가 살짝 어깨를 다치고 말았어요."

"고생이 많구랴."

이쿠코는 사람 좋은 웃음을 지었다.

"여기 병원, 참 좋네요. 제 어머니도 식도암 수술을 여기서 받았답니다. 아마 고니시 선생이셨을 거예요."

"고니시 선생? 내 담당 선생이네."

"정말요? 3년쯤 전에 입원했었는데, 어머니는 지금도 '선생님이 얼마나 친절하신지'라고 칭찬하세요. 아, 맞다, 미조구치 씨라는 간호사도 아주 잘해주었던 것 같더군요."

"미조구치 군 말이군. 친절하지, 그 아이는. 아, 근데 요즘 통 보이질 않네."

노파들은 얼굴을 마주보았다. 미조구치가 죽은 줄 모르고 있었다. 골든 리트리버 같은 머리를 가진 노파가 말했다.

"그러고 보니 미조구치 군, 직장을 옮길 거라고 하던데, 다른 병원으로 갔는지도 모르겠네."

"이직요?"

처음 듣는 소리였다. 이쿠코는 흥미진진한 모습이지만 니트모자를 쓴 노파는 즉시 정정해주었다.

"아니, 아니, 이직이 결정되었다고는 하지 않았어. 그게 아마 한 달인가 두 달 전인데, 우리가 여기 모여 있을 때였지. 뭔 얘기를 하다가 내가 바로 전에 입원했던 병원 얘기를 하는데, 옆에서 미조구치 군이 듣다가 '다음에는 그 병원에서 일하고 싶네요'랬지. 그래서 잠시 옛날 병원 이야기를 했을 뿐이야."

"그랬었나?"

"맞아."

이쿠코가 끼어들었다.

"그게 어느 병원이었죠?"

"후쿠센카이 병원이야. 히가시오사카시에 있는."

이쿠코는 스마트폰에 병원 이름을 슬쩍 입력했다. 그러자 세 번째 노파——귀여운 본홍색 파자마를 입었는데 눈초리는 매섭다——가 가만히 말했다.

"나는 그 미조구치란 애가 영 싫더라."

뜻밖의 강한 말투였다. 이쿠코가 계속 이야기하도록 유도했다.

"뭐가 싫으셨어요?"

"저번달 한밤중에 너스스테이션에서 다른 간호사를 들볶는 걸 봤거든. '사과해! 고개 숙여 사과하지 못해!' 이러더라고. 요즘 말로 갑질이지. 이제 겨우 1년차인 젊은 아가씨였는데."

그렇게 말하고 노파는 미조구치가 뱉은 말을 그대로 재현해 보였다. 뭔가 실수를 한 신참 간호사에게 미조구치는 꾸짖는 투로 이렇게 말했다고 한다.

──사과할 줄도 몰라? 고개를 숙이라고! 더!

아까 만난 다카하시라는 간호사는 미조구치라는 이름을 듣는 순간 몸을 사리는 것처럼 보였다. 어쩌면 미조구치는 과가 다른 간호사한테도 악평이 날 만큼 난폭한 인간이었는지도 모른다.

어련무던한 화제로 대화를 이어나가다가 우리는 지극히 자연스럽게 대화의 공간에서 빠져나왔다.

복도를 걸으며 물어보았다.

"이쿠짱 어머님이 여기 입원했었다는 거 진짜예요?"

"설마요. 병원 홈페이지에 있는 의사진 소개란에서 훌륭해 보이는 소화기과 의사를 찾아서 적당히 말해봤을 뿐이죠."

"헐."

*

병실로 돌아온 이쿠코가 침상에 걸터앉아 심란한 표정으로 슬리퍼를 응시한다. 옆에 앉으며 내가 물었다.

"뭐 알아낸 게 있어요?"

"마리아 씨에게 말해야 할지 말지 잠깐 고민 중이에요."

"뭔데요, 말해 봐요."

말해달라고 조르자 주저주저 입을 연다.

"미조구치가 전직하고 싶어 했다는 병원이 히토 기요쓰구가 입원해 있는 곳입니다."

"진짜? 하지만 잠깐만, 히토라면 구마모토 병원에 입원해 있지 않나?"

"상태에 변화가 없어 부모 집이 가까운 종합병원으로 옮겼어요. 구마모토 현경과 오사카 부경에서는 잘 알려진 이야기입니다."

히토 기요쓰구가 구마모토의 구급의료센터에 입원하고 반년이 지났을 무렵, 병원 측이 "우리는 급성기 병원이니 다른 병원으로 옮겨 달라"고 현경에 요구했다. 병원으로서는 기자들이 밤낮없이 병원에 진을 치고 있어서 불편할 것이고, 멀리 오사카에서 구마모토까지 오가야 하는 히토의 가족들도 부담이 컸을 것이다. 그런 연유로 히토는 2년 반 전에 특수질환 병동──척추손상이나 의식불명 등 장기 입원이 필요한 환자를 수용하는 병동──이 있는 히가시오사카시의 종합병원에 입원했다고 한다.

일련의 사건 배후에는 늘 히토 사건의 그림자가 어른거리고 있었다. 사체에서 절단된 혀. 우라이 히로키의 공격. 결정적으로 두 번째 피해자 미조구치 사토시가 히토 기요쓰구가 입원한 병원으로 옮기고 싶어 했다.

"하지만 그게 무슨 상관이죠?"

"가령 말예요, 교환 살인 과정에서 갈등이 생긴 결과라고 볼 수도 있을지 몰라요."

새로운 단어가 불쑥 튀어나와서 당황했지만, 미스터리에 그다지 흥미가 없는 나도 교환살인이라는 말의 뜻은 어쩐지 알 것 같았다. A가 B를 미워하고, C가 D를 미워하는 상황이라면, A 대신 C가 B를 죽이고, C 대신 A가 D를 죽인다. 살의를 품은 자들끼리 표적을 교환하여 살해함으로써 경찰의 수사를 회피하려는 방법이겠지.

"미조구치는 구라마치에게 원한을 품었고, 히토 사건의 피해자 유족인 우라이는 히토 기요쓰구에게 원한을 품었어요. 만약 미조구치와 우라이가 연결되어 있었다면 우라이가 구라마치 살인을 떠맡고 미조구치가 히토 기요쓰구 살인을 맡아서 교환 살인을 실행할 수 있죠."

우라이 히로키가 구라마치를 죽이면, 그동안 미조구치는 알리바이를 만든다. 그렇게 하면 동기라는 관점에서 가장 유력한 용의자인 미조구치가 경찰 수사를 회피할 수 있다. 실제로 경찰은 미조구치의 언동을 의심하면서도 완벽한 알리바이 탓에 더 추적하지 못했다.

그리고 이번에는 미조구치가 우라이를 대신하여 히토 기요쓰구를 죽인다. 미조구치가 히토 기요쓰구의 병원으로 이직할 수 있다면 병원의 보안은 확실히 뚫을 수 있으므로, 용태가 악화된 것처럼 꾸며서 죽일 수 있었을지 모른다.

"미조구치가 공중전화로 통화하던 상대가 우라이 히로키였던 거네! 단서가 잡힐까봐 공중전화로 교환 살인을 협의하고 있었던 거야. 하지만, 그렇다면 미조구치는 왜 죽은 거지?"

"우라이가 구라마치를 죽인 뒤 공범인 우라이와 미조구치 사이에 뭔가 갈등이 생겼는지도 몰라요. 관계가 깨져서 우라이가 미조구치를 죽인 거죠. 교환 살인 계획이 발각될까봐 두려워한 우라이는 미조구치의 사체를 발견한 고바야시 데루코 씨까지 죽여서 최초 발견자만 연속 살해된다는 규칙을 만들려고 했어요. 고바야시 씨의 사체를 마리아 씨에게 발견하게 하고 이참에 원한을 풀려고 했을지도 몰라요. 대체로 앞뒤가 맞는 스토리이기는 해요."

"대체로, 라니 완전히 납득할 수는 없다는 건가요?"

"그래요. 아무리 교환 살인을 덮고 싶다고 해도 전혀 무관한 고바야시 씨를 죽이기는 쉽지 않았을 겁니다. 게다가 '교환 살인을 들키고 싶지 않다'는 이유로 최초 발견자를 연속으로 죽인 사람치고는 마리아 씨를 습격한 행동이 너무 대담했어요. 나를 체포해 주세요, 라고 나선 거나 마찬가지였으니까요."

"동료 간에 갈등이 생겨서 미조구치를 죽인 시점에 우라이가 자포자기한 것인지도 모르잖아요? 어차피 자기가 벌인 짓은 전부 드러날 테니까 마지막 한번은 마음껏 죽여 버리자고 생각한 거 아닌가?"

"일리 있어요. 하지만 역시 우라이 히로키가 범인이었다면 사체에서 혀를 절단하지는 않았을 거라고 봐요."

이쿠코는 눈길을 내렸다. 눈동자에 슬픈 기색이 희미하게 비쳤다.

"우라이로서는 소중한 사람들이 살해되었고, 더구나 사체의 혀가 절단되었어요. 우라이에게 혀 절단은 트라우마를 건드리는 행위일 겁니다. 연속 살인을 연출하기 위한 방편으로 쓸 것 같지는 않아요."

내 의견은 달랐다. 소중한 사람이 혀를 절단 당했다면 원수를 갚을 때 상대방 혀도 잘라버리고 싶을 것이다. 구라마치 고스케는 우라이의 원수도 아니었지만, 분풀이 삼아 혀를 싹둑 잘랐다고 해도 이상하지 않다고 본다.

히토 기요쓰구도 친한 선배 기다 요헤이——오빠의 혀가 잘렸으니까 상대방 혀를 잘랐던 것이다. 하지만 일반인의 감각으로는 기이한 행동일까? 나는 침상 위에 더 깊게 고쳐 앉았다.

"그러고 보니 이쿠짱은 히토 기요쓰구가 살인을 저지르지 않았을 거라고 했었지? 왜 그렇게 생각해요?"

구급차가 도착하기를 기다릴 때 이쿠코가 하던 말을 마저 듣지 못했었다.

"제 고향이 규슈예요. 어릴 때 가고시마에서 살았고 초등학교 때는 미야자키에서, 중고등학교는 구마모토에서 다녔어요."

"정말? 구마모토라면 나랑 동향 사람이네."

"그래요. 졸업하고 이쪽으로 나와서 오사카 부경의 경관이 되었지만, 고등학교 동창 중에 구마모토 현경에 근무하는 친구가 있거든요. 히토 사건에 흥미가 있어서 당시 그 친구에게 수사 상황을 슬쩍 물어본 적이 있어요."

무인도로 건너간 여덟 사람 중에 일곱 명이 살해되고 히토 기요쓰구는 의식이 없는 중태였으므로 히토 사건의 수사관들은 당사자의 증언을 전혀 얻지 못했다. '범행성명을 준비했으므로 히토 기요쓰구가 범인일 것'이라는 견해가 지배적이었지만 현경에는 의아한 점이 많다고 주장하는 사람도 있었다.

"의아한 점이라면?"

"우선, 히토 사건에는 여러 종의 흉기가 사용되었는데, 그 어느 것에도 히토의 지문이 남아 있지 않았습니다."

"범인이 지문을 지우는 것은 흔한 일 아닌가?"

"들키지 않으려고 애쓰는 범인이라면 지문을 지우겠죠. 그런데 히토는 자신의 범행을 적나라하게 고백했을 뿐 아니라 자살까지 암시했습니다. 계획한 살인을 모두 마치면 경찰이 도착하기 전에 자살할 생각이었던 사람이 왜 굳이 지문을 지우려고 할까, 하고 의아해하는 수사관이 있어도 이상하지 않겠죠. 준비해 간 비소가 전혀 사용되지 않았다는 점도 부자연스럽습니다. 마리아 씨는 범행성명을 읽어봤어요?"

"네."

"히토는 범행성명에서 하시모토 료마를 비롯한 여섯 명을 죽이기 위해 비소를 준비했다고 했어요. 실제로도 그가 비소를 구입한 기록을 발견했지만, 아다시마에 있던 사체들은 주로 두부 외상으로 사망했고 독살된 사람은 한 명도 없었습니다. 범행성명을 읽어보면 용의주도한 사람이라는 인상을 받는데, 실제 범행 수법은 지극히 평범하고 주먹구구식이어서 묘한 불일치를 느꼈어요."

그 내용은 나도 알고 있다. 히토가 왜 섬에 가져간 비소를 사용하지 않았는가 하는 문제는 당시 주간지나 와이드쇼에서 자주 다루었다.

"복부의 상처도 의아해요. 히토 기요쓰구는 스스로 배를 찌른 후 바다에 뛰어들어 자살을 꾀했다고 하는데, 상처로 볼 때 칼날이 아래쪽을 향하고 있었다고 합니다. 보통 자살할 때는 칼날이 위를 향하죠. 주저흔도 전혀 없어서 마치 누구에게 찔린 것 같은 상처였다고 합니다. 그리고……."

"또 있어요?"

"가장 큰 의문은 구조 겐타로 씨까지 살해했다는 겁니다."

나를 배려하는지 이쿠코는 일단 말을 끊었다. 우리 둘의 시선이 얽혔다. 나는 이쿠코가 입을 열기를 기다렸다.

"이건 어디까지나 나의 개인적인 의견이에요. 좋아하던 선배가 처참하게 폭행당한 사실에 분노하고 아파하며 그토록 슬픈 범행성명을 쓴 히토 기요쓰구가 아무 죄도 없는 사람까지 죽일 거라고 생각할 수는 없어요. 행동에 일관성이 없습니다."

인간이 그렇게 일관성 있는 동물일까. 히토 기요쓰구도 완전무결한 성인은 아니지 않은가. '다소의 희생은 어쩔 수 없다'고 타협하고 거추장스러운 구조를 단칼에 죽였는지도 모른다. 구조의 사소한 언동에 화가 나서, '내친 김에 같이 죽여 버릴까. 여섯 명을 죽이나 일곱 명을 죽이나'라고 생각했을지도 모른다. 하찮은 이유로 구조까지 싸잡아 죽였을 가능성도 있는 게 당연한데 이쿠코가 너무 올곧게 생각하는 것 같았다.

"그럼 이쿠짱은 누가 죽였다고 생각해요?"

"누군지는 모릅니다. 다만 그 코티지에 제삼자가 섞여 들어갔을 것 같은 느낌을 금할 수 없습니다. 히토도 피해자였을지 모릅니다."

"범행성명은 전혀 관계가 없다는 건가요?"

"전혀 무관하다고 단언할 자신은 없지만, 범행성명 말고는 히토가 범인임을 뒷받침하는 증거가 아무것도 없어요. 그 문서가 진범에게 이용되었을 가능성도 있습니다. 물론 현장에는 제삼자의 것으로 보이는 유류물은 없었다고 하지만요. 아다시마의 코티지에 남아 있던 모발과 체액, 지문은 대부분 히토를 비롯한 여덟 사람의 것이었습니다."

"대부분이라고 하면, 여덟 사람 이외의 것도 있었다?"

"네. 코티지 주인 우라이 게이지의 숙모와 현지 청년 어부의 유류물도 나왔습니다. 그 청년이 여덟 사람을 섬에 데려다주는 일을 맡았다고 하는데, 사체를 제일 먼저 발견한 사람이기도 하니까 코티지에 지문이나 모발이 남아 있어도 이상할 것은 없습니다."

나는 "앗!" 하고 입을 벌렸다.

"그 최초 발견자라는 어부가 내 오빠예요. 기다가 아니라 친오빠."

나의 호적상의 오빠 요코시마 가즈미는 히토 사건의 사망자들을 처음 발견한 사람이다. 그렇게 말하자 이쿠코는 놀라서 눈이 휘둥그레졌다. 최초 발견자의 이름까지 기억하지는 못하고 있을 테니까 요코시마라는 성이 공통된다고 해도 우리의 관계까지 알아채지는 못했을 것이다.

"어부라 해도 고기잡이로 먹고살았던 건 아버지 대까지였고, 오빠는 낚시꾼을 위해 낚싯배를 운영하거나 작은 섬으로 송영하는 서비스를 하고 있었어요."

그렇게 관광객을 상대로 일하던 친오빠는 민박에서 일하던 구조 겐타로와 알게 되었다. 그래서 나도 그놈을 알게 된 것이다.

"구조는 선박 면허가 없어서 코티지를 관리하러 갈 때는 늘 오빠가 배에 태워 주어야 했어요. 3년 전 8월 4일도 구조의 부탁으로 여덟 사람을 아다시마에 데려다주었대요. 그리고 8월 10일에 데리고 나올 예정이었는데, 오빠가 날짜를 착각해서 9일에 아다시마로 갔대요. 거기 가 보니 사체들이 뒹굴고 있어서 경찰에 신고하려고 했지만 섬에 있던 전화가 고장나 있었다고 해요."

"많이 놀랐겠군요."

"그래서 허겁지겁 돌아오다가 배 밧줄에 새끼손가락이 말려들어 첫 마디가 떨어져나갈 정도로 크게 다쳤대요. 배로 먹고 사는 사람이 한심하죠."

"전해들은 이야기처럼 말하는데, 그때 마리아 씨는 오빠와 같이 살지 않았나요?"

"……네. 가출했을 때니까."

2020년 8월, 고등학교를 졸업한 나는 고향의 슈퍼마켓에서 아르바이트를 하며 아빠, 오빠와 함께 살았다. 하지만 그날——8월 3일 나는 오빠와 대판 싸우고 1주일간 가출했었다. 히토 사건이 일어날 때 나는 이가사키에 없었다.

이쿠코는 친오빠 이야기에 흥미를 느낀 듯했다.

"친오빠에게 직접 이야기를 들을 수 있을까요?"

"무리예요, 사이가 엄청 나쁘니까."

아니, 실은 연락처도 모른다. 전화번호부에서 오빠 번호를 삭제했기 때문이다.

엄마는 내가 중학교에 들어갈 즈음 심부전으로 세상을 떠났다. 2년 후 아빠도 뇌경색으로 쓰러졌다. 다행히 후유증은 심하지 않았지만 고기잡이를 그만두고 어선을 오빠에게 물려주었다.

그러나 두 번째 뇌경색으로 심각한 사지 마비가 남아서 아빠 혼자서는 배변과 목욕도 할 수 없게 되었다. 2019년 가을, 아버지의 재택 돌봄이 시작되었다. 아버지는 아직 40대였고 나는 고등학교 3학년이었다.

병원의 간병사가 돌봄 서비스를 신청해보라고 권해서 나는 친오빠에게 아빠를 시설에 넣는 문제를 상의했다. 그러나 오빠는 아빠가 아직 젊어서 양로원에 못 들어간다고 했다. 아빠도 "가족이 돌봐야지"라고 역정을 내서 나는 그런가보다 하고 체념하고 말았다.

아빠의 간병은 당연히 내가 떠맡았다. 아빠는 평소 아들을 편애했으면서도 간병은 딸이 해야 한다고 말했다. 나는 납득할 수 없었다.

결국 내가 아빠를 집에서 간병한 기간은 1년이 채 안 되었다. 아빠는 히토 사건이 발생한 직후 상태가 나빠져 입원했다가 그해 11월 말에 돌아가셨다. 12월에 아빠 장례가 끝나자 나는 오빠를 두고 이가사키의 고향집을 떠났다.

오사카에 나와서 반년 가까이 지났을 때 오빠가 고향집을 철거하겠다는 사무적인 연락을 한 적도 있었지만, 나는 "땅도 돈도 필요 없으니까 다시는 연락하지 마"라고 쏘아붙인 뒤에 전화를 끊었다. 친오빠와의 관계는 그게 마지막이었다.

"오빠가 지금 어디 사는지도 몰라요."

"그래요?"

왠지 분위기가 가라앉고 말았다. 이야기가 샛길로 벗어났지만, 일단 지금 알고 있는 사실을 정리해 보면 이렇게 되지 않을까.

구라마치, 미조구치, 고바야시가 죽은 연속 살인과 우라이 히로키의 공격은 3년 전의 히토 사건과 모종의 관계가 있을 가능성이 높다. 그리고 이쿠코는 우라이와 미조구치의 교환 살인을 확신하지 못하고 있으며, 애초에 히토 사건의 범인은 히토 기요쓰구가 아닐지도 모른다고 의심하고 있다.

의혹이 너무 많아 머리를 감싸 쥐고 있는데 이쿠코가 문득 미소를 지었다.

"여행이나 가볼까 생각하는 중이에요. 아사쿠사에라도."

"왜 거기예요?"

"물론 히토 사건의 의문점을 조사하러."

"에? 지금 벌어지고 있는 연속 살인은 어떻게 하고? 우라이 히로키는?"

"모든 것이 히토 사건과 연결되어 있는 느낌이 들어요. 그걸 놔두고는 나아갈 수 없어요. 그리고 유급휴가를 어떻게 쓰든 내 마음이니까."

이쿠코는 내일 오전에 퇴원하면 모레인 월요일부터 사흘간 유급휴가를 써서 아마쿠사 가미시마의 이가사키로 가볼 생각이라고 했다.

히토 기요쓰구 일행이 아다시마로 갈 때 이용한 이가사키항. 그 항구 마을은 내가 태어난 고향이기도 하다.

나는 아무 망설임 없이 소리쳤다.

"그럼 나도 유급휴가다!"

※

일그러진 형태로 빵빵해진 보스턴백을 안고 N700계 신칸센을 탔다. 가고시마주오행 신칸센 사쿠라547호는 시각표대로 8시 53분에 신오사카역을 출발했다.
"껌 필요해요?"
이쿠코가 물어서 그제서야 내가 또 오른손을 입으로 가져갔음을 알았다. 무의식중에 또 손톱을 씹으려고 했던 것이다.
"미안해요, 나이 먹을 만큼 먹은 여자가, 보기 흉하죠?"
"아뇨, 제가 껌을 씹고 싶었을 뿐이에요. 이거 맛 괜찮아요, 라즈베리맛."
이쿠코가 오른쪽 창가석, 내가 가운데, 오빠가 통로석에 앉았다. 오빠가 '흡연실 가까운 곳이 좋다'고 해서 3호차로 잡았는데, 오빠는 좌석에 앉기 무섭게 고개를 직각으로 꺾고 잠들어 버렸다. 이쿠코는 "피곤하신가 봐요" 하며 웃었지만, 피곤하기로 따지면 어제 퇴원한 이쿠코가 제일 힘들 것이다.
"기다 씨가 정말 괜찮을까요?"
"모르죠. 같이 가겠다고 제 발로 따라나섰으니까."
이쿠코와 함께 가고시마로 가서 히토 사건을 다시 조사하겠다고 하자 오빠는 당황한 표정으로 볼펜을 가져다가 손 밑에 있던 전단지 뒷면에 〈나도 갈게〉라고 썼다.

"이쿠짱은 히토 짓이 아닌 것 같다고 했어"라고 전했을 때 오빠는 티셔츠 자락을 꾹 잡아당기며 잠시 안도하는 표정을 지었다.

오빠가 히토에게 품은 복잡한 감정을, 제삼자인 나는 잘 모른다. 다만 오빠는 히토가 손에 피를 묻힌 게 자기 탓이라 믿고 있었던 것은 아닐까. 신경이 무뎌 보여도 섬세한 구석이 있는 사람이다.

"오빠가 행복해졌으면 좋겠어."

오빠의 잠든 얼굴을 보며 내가 말했다.

"잠시라도 웃을 수 있게 되었으면 좋겠어. 나는 뇌에 행복을 느끼는 부분이 고장나버렸지만 오빠는 아직 괜찮은 것 같거든."

"기다 씨도 마리아 씨와 같은 생각을 하고 있겠죠."

이쿠코는 밀담이라도 나누듯 목소리를 낮추었다.

"금요일 밤 기다 씨와 함께 병문안을 왔었잖아요. 마리아 씨가 편의점에 갔을 때 기다 씨와 잠깐 필담을 나눴어요."

"두 사람, 어느새 친해진 거예요?"

"기다 씨는 마리아 씨가 번듯하게 생활하는 모습을 볼 때까지는 살아 있고 싶다더군요. 하지만 가끔은 마리아 씨 인생에 기대고 있는 것 같아 불안하다고 했어요."

나도 모르게 웃었다. 무슨 이야기를 하다가 감상에 빠졌는지는 모르지만, 성격 까칠한 오빠가 이쿠코를 상대로 인생 상담을 했다는 사실이 너무 재미있었다.

"이쿠짱은 나랑 오빠가 이상해 보이지 않아요?"

"전혀요."
"정말?"
"살다보면 서로 의지하지 않으면 쓰러져버릴 것 같을 때도 있죠. 용케 지금까지 버텨왔구나, 젊은 사람들이 훌륭하네, 하고 생각합니다."

나는 견디지 못하고 이쿠코의 팔을 꼭 끌어안았다. 신칸센 차내는 냉방이 지나쳐서 이쿠코에게 찰싹 들러붙어 있기에 딱 알맞았다.

"이쿠짱은 권총 자살 같은 거 하지 말아요."
"뭐예요, 갑자기."
"이쿠짱, 말도 없이 멋대로 죽어버릴 것 같은 구석이 있거든."

경찰이 의외로 음습한 조직임을 나는 처음으로 알았다. 상하 관계가 극단적으로 엄격해서 사춘기 학생들을 몰아넣어 둔 교실처럼 음습하다. 그리고 숨이 막힌다고 지적하면 왕따를 당하고 마니 대책이 없다.

이쿠코가 "제가 걱정을 끼친 것 같군요"라며 웃었다.

"조직 내에서는 가끔 말이 전혀 안 통할 때가 있어서 절망해요. 무슨 말을 해도 달라지지 않을 거라고 체념하고 대화를 회피해버리는 게 저의 안 좋은 성향이죠."

"알아요. 한 대 패버리고 싶어진다니까."

"하지만, 그것도 그냥 태만일 뿐이에요. 이번 여행을 마치면 결판을 낼 생각입니다."

결판이 대체 무엇을 의미하는지 짐작도 할 수 없었지만 이쿠코는 뜻밖에 개운한 표정이었다.

신칸센이 구마모토역에 도착한 시각은 12시 6분. 아뮤프라자의 오무라이스 가게에서 느긋하게 식사를 하고 인터넷으로 예약해둔 렌터카를 받으러 갔다. 정산은 이쿠코가 했다. "이런 내역은 전부 경비로 처리할 수 있어요"라고 했지만, 우리가 경찰 조직에 대하여 하나도 모른다는 점을 믿고 거짓말을 하는 것 같았다. 대신 렌터카 운전은 내가 자청했다.

우선은 하마선 우회도로와 국도 445호선을 거쳐 가미마시키군 미후네마치로 향했다. 아마쿠사로 가기 전에 미후네마치를 먼저 들르는 것은 누구를 만나기로 약속해두었기 때문이다.

이제 곧 만날 사람은 구로다 가즈노리라는 사람이다. 정년퇴직 후 미후네마치에서 은퇴생활을 하는 그는 작년까지 아마쿠사 경찰서 지역과 소속으로 아마쿠사시 아리아케마치의 이가사키 파출소에 근무했다. 히토 사건이 알려졌을 당시, 아다시마 해상 코티지로 제일 먼저 출동한 경찰이었는데 이쿠코가 고등학교 동문부터 연줄을 더듬어 올라가 구로다와 만날 약속을 잡은 것이다.

구마모토역에서 30분 정도 달려서 미후네마치에 도착했다. 미후네카와가 내려다보이는 전원지대에 주택가가 있고, 그 가운데 구로다의 집이 있었다.

구로다는 가무잡잡한 피부에 근육질 체구를 가진 빠릿빠릿한 노인이었다. 우리를 중정에 면한 넓은 객실로 안내하고 "많이 덥죠?" 하며 얼음 띄운 녹차를 내주었다. 작은 파출소의 친절한 경찰 아저씨라는 인상이다. 구로다는 내가 이가사키에 살 때도 파출소에 근무하고 있었다니 동네에서 몇 번 마주쳤을 텐데 서로 얼굴은 알지 못했다.

우리는 구로다에게 신분을 감추지 않고 설명해두었다.

"그 섬은 내가 출동한 현장 중에서 제일 처참했어요."

반백머리를 어색하게 쓸어 올리며 구로다가 말했다.

"이가사키의 어부, 그러니까 여기 요코시마 씨의 오빠가 신고를 한 것이 8월 9일 아침 8시 반쯤이었습니다. 많이 놀랐는지 전화 통화로는 상황을 제대로 파악할 수 없었지만, 아다시마에서 사람이 많이 죽었다는 것은 알 수 있었지요. 일단 직접 만나 이야기를 들어보려고 이가사키항으로 가려고 했죠. 그런데 그때 아마쿠사서에서 연락이 왔어요. 누군가 아다시마에서 사람을 죽였다고 주장하는 괴문서가 인터넷에 올라왔다는 보고를 받았지요. 이거 아무래도 아다시마에서 뭔 일이 터졌구나 하는 불길한 예감이 들었습니다."

이쿠코가 질문을 끼워 넣었다.

"출동한 사람은 구로다 씨 혼자였나요?"

"아뇨, 지역과 동료들에게 지원을 부탁해서 세 명이 항구로 달려갔습니다. 최초 발견자 요코시마 씨가 항구에서 우리를 기다리고 있다가, '아다시마에서 사체를 발견했고 섬에 있는 전화가 고장나서 급하게 이가사키항으로 돌아왔다'고 파랗게 질린 얼굴로 말했습니다. 아다시마에 전화박스가 있는데, 그 전화선이 싹둑 잘려 있다고 했습니다. 요코시마 씨는 크게 놀라서 배를 몰고 오다가 로프 매듭에 손가락이 끼여서 새끼손가락 첫째 마디가 떨어져 나간 상태였어요. 실은 요코시마 씨에게 코티지를 안내해 달라고 할 생각이었는데, 손가락이 잘려 피가 뚝뚝 떨어지는 사람에게 부탁할 수는 없잖아요. 그래서 동료 한 명은 요코시마 씨를 병원에 데려다주고 나중에 상황을 물어보게 했습니다. 남은 두 경관이 연안 경비용 경찰 선박을 타고 아다시마로 갔습니다."

"요코시마 가즈미 씨는 코티지 관리인 구조 씨에게 손님들을 섬까지 데려다달라는 의뢰를 받았습니다. 원래는 8월 10일 배를 타고 가서 손님들을 섬에서 데리고 나올 예정이었다고 합니다."

이쿠코가 그렇게 말하자 구로다가 고개를 끄덕였다.

"날짜를 착각했다고 들었어요. 하지만 덕분에 사체를 하루 일찍 발견했으니 다행이었죠."

사건으로부터 만 3년이 지나려 하는데도 구로다의 입에서는 증언이 막힘없이 나왔다. 사건 직후 똑같은 질문을 여러 번 받았을 것이다.

"뜬다리 잔교에서 코티지로 올라서니 우선 지독한 부패취가 났어요. 여름에 고독사한 사람이 있는 집에 들어섰을 때와 똑같은 냄새여서 아마 사망 후 상당한 시간이 지난 사체일 거라고 짐작했습니다. 앞에 보이는 우드테라스에 여성 한 명이 쓰러져 있었는데, 이시다 지아키라는 사람의 사체였습니다. 사망 후 많은 시간이 지나지는 않았는지 부패취도 없었습니다. 그래서 숙박동 내부를 확인하며 다녀보니 각 방마다 사체가 하나씩 있었습니다. 냄새가 심한 사체도 있고 이시다 씨처럼 아직 부패가 진행되지 않은 사체도 있었어요. 동시에 죽은 것이 아니라 시간차를 두고 죽었다면 식중독도 아니고 사고사도 아니고 집단자살도 아니라는 거죠. 모든 사체의 머리에 상처가 있어서 타살이라고 판단했습니다."

"냉정하게 분석하셨군요."

"아뇨, 지금이니까 냉정하게 말하는 것이지 그때는 같이 출동한 동료와 함께 엄청 겁에 질려 있었어요."

구로다가 증언한 대로 피해자들의 사망 추정 시각은 며칠의 시간차가 있었다. 아마도 구조 겐타로, 하시모토 료마, 오오이시 유, 다케우치 슌스케, 가란 유이코, 우라이 게이지, 이시다 지아키 순서로 살해된 듯했다.

식은 차로 목을 적신 이쿠코가 마침내 핵심을 찌르는 질문을 던졌다.

"사건 당시 수사본부는 히토 기요쓰구를 범인으로 판단하고 있었나요?"

"저는 파출소 순사였으니까 이후의 수사 상황은 아무것도 모르죠."

"하지만 정보는 전해 들으셨겠지요. 그렇게 세상을 뒤흔든 사건이었으니까요."

구로다의 입꼬리가 쳐졌다. 방금 전까지 꼿꼿하던 등이 슬픈 듯 구부정해졌다.

"공개된 범행성명에 히토 기요쓰구라는 이름이 있었으니까 현경에서는 처음부터 그에게 혐의를 두고 있었던 것 같습니다. 범행성명을 올린 IP주소와 히토의 컴퓨터 접속기록이 일치한다는 사실이 밝혀지자 즉각 체포영장을 청구하려고 했어요. 하지만 히토가 깨어나지 않아 교착상태가 계속되었고, 사건에 대한 해석에서 부자연스러운 점을 지적하는 사람이 하나둘 나타나기 시작했습니다."

"흉기에 히토의 지문이 없다거나 비소가 사용되지 않았다는 점 말이군요?"

"네. 그것도 이상한 점이었죠. 하지만 내가 제일 의아하게 생각한 것은 히토가 죽지 않았다는 점입니다."

옆을 힐끔 보니 오빠가 어깨에 잔뜩 힘을 준 채 미간을 찡그리고 있었다.

"히토는 바다를 떠다니다가 구조되었는데 구조된 곳이 아다시마에서 5킬로미터 이상 떨어진 방파제 근처였습니다. 의식은 없었지만 그렇게 오래 바다를 떠다녔는데도 죽지 않았죠. 죽을 생각으로 바다로 뛰어들었다기보다 익사하지 않으려고 애썼던 게 아닐까 하는 생각이 들더군요."

복수를 완수하고 만족스럽게 목숨을 버린 게 아니라 누구에게 등을 떠밀려 바다로 떨어진 것일까. 구로다는 '아차!' 하는 표정으로 손을 입으로 막았다.

"근거 없는 말을 떠들고 말았군요. 방금 한 말은 제 바람이 섞인 의견입니다."

"구로다 씨는 히토가 범인이 아니었으면 좋겠다고 생각하십니까?"

"그럴지도 모르죠. 살해된 젊은이들이 있잖아요. 만약 히토가 범인이라면 그 젊은이들은 친구에게 살해된 것이 됩니다. 그래서는 구원받을 길이 없으니 딱하잖아요."

나도 모르게 항의하는 목소리를 내고 말았다.

"히토 기요쓰구는 피해자들의 친구가 아니에요."

"그래요. 히토는 몇 년 전에 신분을 속이고 피해자 그룹에 잠입했지요. 처음에는 견딜 수 없을 정도로 증오스러웠는지도 모릅니다. 하지만 오랫동안 어울리면 정이 들게 마련이죠. 수사 자료에는 히토와 피해자들이 놀고 있는 사진도 실려 있었는데, 그냥 친한 동료들로밖에 보이지 않더군요."

나는 그 말에 대꾸하지는 않았지만 내심 불만이었다.

아무리 오랜 시간을 함께해도 자신의 소중한 사람을 해친 놈들에게 우정을 느낄 수 있을까. 만약 히토가 하시모토 일행을 친구라고 인식했다면 그것은 오빠에 대한 배신일 것이다.

이쿠코는 몇 가지를 질문하고 우리를 돌아다보았다.

"두 사람은 뭐 질문하고 싶은 것 없나요?"

오빠가 주저주저 손을 들었다. 가져온 종이에 뭐라고 필기해서 구로다에게 보여주었다.

〈피해자 유족을 만나보셨습니까?〉

구로다는 눈을 가늘게 뜨며, "만났죠"라고 고개를 끄덕였다.

"피해자 중에 우라이 게이지라는 청년이 있었는데, 그 청년의 숙모 우라이 유미 씨가 당시 이가사키에서 민박을 운영하고 있었습니다. 아다시마 해상 코티지도 그분 소유였지요. 경찰서 사체 안치실에서 우라이 군의 신원을 확인할 때 너무 충격을 받아 혼절하셨어요. 마침 그때 제가 시간 여유가 있어서 우라이 유미 씨를 안내했었죠."

우라이 유미라면 기억에 남아 있다. 직접 만난 적은 없지만, 구조가 그 민박에서 일하고 있었기 때문에 종종 이야기를 들었다. 도시에서 이주한 사람치고는 현지인들과 가깝게 지낸다는 소문을 듣고 주변머리 좋은 사람인가보다 하고 생각했었다.

"유미 씨는 '조카가 코티지를 빌려달라고 했을 때 거절했어야 하는데'라고 한탄하며 울었습니다. 특히 그 사건은 피해자가 많았던 터라 사체의 신원 확인을 위해 오사카에서 많은 유족들이 속속 찾아와 경찰서 분위기가 아주 침울했죠. 다만 하시모토 료마 군의 유족들은 사체의 신원 확인을 할 수 없었어요. 애초에 사체가 심하게 훼손된 데다 부패가 빠르게 진행된 탓이라고 했습니다. 그게 참 안타까웠지요."

구로다는 감정이 격해졌는지 말을 잇지 못하고 티슈를 뽑아 눈가를 닦았다. 그리고 오빠를 쳐다보며, "정말 미안합니다"라고 사과했다.

"정말로, 미안합니다. 특히 이분에게는……."

오빠에게 놈들은 가해자이다. 하지만 오빠는 분노한 기색 없이 말없이 고개를 저었다.

구로다는 코를 풀고 고개를 들었다.

"그리고 우라이 씨 동생도 만나봤습니다."

우라이 히로키를 말하는 것이다. 나도 모르게 자세를 바로 했다.

"사체가 발견되고 몇 개월 지났을 때, 동생이란 청년이 이가사키에 불쑥 나타나 잠시 머물렀다고 합니다. 이가사키항에 멍하니 앉아 있는 모습을 몇 번 보면서 걱정을 했었죠. 요즘은 잘 지내고 있는지."

당시 우라이 히로키는 나를 찾아서 죽이려고 이가사키에 머물고 있었을 것이다. 구로다는 그가 나에게 일본도를 휘두른 사실을 모르고 있었다.

어느새 2시간 가까이 지나서 그만 떠나기로 했다. 현관으로 나와 배웅한 구로다는, "히토가 하루빨리 깨어나 진실을 밝혀주었으면 좋겠습니다"라며 다시 눈시울을 붉혔다. 눈물이 많은 사람이다.

구로다와 헤어져 렌터카로 돌아가면서 나는 중얼거렸다.

"못된 것들이 살해되었는데 저렇게 울 수 있다니, 대단하네. 존경스러워."

조금 비아냥거리는 말투가 되고 말았다. 이쿠코가 말했다.
"피해자가 어떤 사람이든 경찰은 전력을 다해서 수사합니다."
"진짜? 이쿠짱이나 구로다 씨처럼 친절한 사람은 그럴지 모르죠. 하지만 다들 속으로는 다른 생각을 하지 않을까? 만약 어린이 살인사건과 진짜 사악한 전과자를 죽인 사건이 동시에 발생한다면 어린이를 죽인 범인에 대한 수사에 더 정성이 들어갈 것 같은데?"
"피해자의 행동이나 겉으로 보이는 인상만 보고 의욕을 불태우거나 잃어버린다면 형사라는 일에 맞지 않는 사람이라고 생각해요. 착한 사람이 피해를 당한 때만 전력을 기울이는 경찰이라면 아무에게도 신용을 얻을 수 없게 됩니다."
이쿠코는 앞을 똑바로 바라보며 조수석 안전벨트를 맸다.

*

15시 반이 지나고 있었다. 이제 우도시로 갔다가, 다시 1시간 반 정도 달려서 우도 반도와 섬 몇 군데를 지나 가미시마로 갈 것이다. 어지간한 섬은 다리로 연결되어 있어서 아마쿠사 제도를 움직이는 데는 차량이 편리하다.
목적지는 가미시마 북부에 있는 아리아케마치의 이가사키라는 마을이다. 오우라카와 서안에 있는 작은 마을로, 그곳 곳에 이가사키항이 있다. 3년 전 히토 기요쓰구 일행이 이용한 항구이다.

핸들을 잡은 채 룸미러로 뒷좌석을 보며 오빠에게 말을 건넸다.

"히토는 어떤 사람이었어?"

특별히 지금 확인해야 할 것은 아니지만 왠지 물어보고 싶었다. 오빠는 잠시 생각하다가 무릎 위의 종이에 뭐라고 쓰기 시작했다. 운전 중이라 이쿠코가 대신 읽어주었다.

"성격은 별로였는데 자존심이 강하고 깐족거리는 구석이 있었다고 합니다."

"친했나 봐. 열 받게시리."

오빠가 목구멍 속으로 웃는 소리가 희미하게 들렸다. 오빠가 다시 뭐라고 썼고 이쿠코가 밝은 목소리로 읽었다.

〈하지만 누굴 죽일 만한 놈이라고는 생각하고 싶지 않아.〉

우도의 미스미 나들목을 우회전하여 미스미오야노 도로를 달리자 아마쿠사 5교 가운데 하나인 신이치고바시 덴조쿄가 전방에 나타났다. 프런트글라스가 온통 바다색이다. 파도가 햇빛을 반사하며 반짝이고 있었다.

우도 반도와 아마쿠사 가미시마 사이 바다에는 크고 작은 섬들이 여러 개 떠 있다. 오야노시마, 나가우라시마, 오이케시마, 마에시마 등을 관통하는 도로가 여러 다리를 거치며 아마쿠사 가미시마로 향한다. 그 5개 다리를 아마쿠사 5교라고 하며 1호교부터

5호교까지를 연결하는 도로는 진주 양식이 활발한 지역이라는 데서 '아마쿠사 펄라인'이라 불리고 있다.

덴조바시에 접어들 때 이쿠코는 다리 밑으로 펼쳐진 청록색 바다를 바라보며 "예쁘네요"라고 말했다.

토막 사체를 발견하고 경찰의 경호를 받고 일본도를 휘두르는 청년에게 공격을 당하는 등 파란만장한 며칠을 보냈지만, 지금은 그랬던 일이 전부 거짓말인 것처럼 평화로운 빛 속에 있었다.

"이쿠짱은 구마모토 어디에 살았어요?"

"시내 쪽이에요. 아마쿠사 제도는 처음입니다."

"이가사키에는 볼 게 아무것도 없으니까 어디 놀러 가고 싶은 데가 있으면 지금 말해요. 아, 이제 곧 오른쪽으로 아마쿠사 시로 상이 보일 거예요."

아마쿠사 제도는 일본 역사상 최대 규모의 반란이라는 시마바라-아마쿠사 봉기가 일어난 곳이다. 기독교도의 반란으로 알려졌는데, 세키가하라 전투 이후 시마바라-아마쿠사 지방은 기독교도가 탄압을 받고 막번 체제 하의 학정과 무거운 세금으로 허덕이던 곳이어서 반란군 규모가 서서히 커져갔다고 한다. 1637년 아마쿠사와 시마바라의 반란군 대표자가 모여 협의할 때 아마쿠사 시로가 반란군 총대장으로 추대되었는데, 당시 그의 나이 겨우 열여섯이었다.

오야노시마에 들어서자 곧 펄라인 오른쪽으로 아마쿠사 시로 상이 얼핏 나타났다. 이쿠코는 운전석 창으로 그 청동상을 응시했다.

아마쿠사 시로는 본명이 마스다 시로 도키사다이며, 오야노시마에서 태어났다고 전해진다. 그래서 오야노시마에 아마쿠사 시로 뮤지엄이나 커다란 동상이 있는 것이다.

"이가사키에 교회는 없나요?"

"교회는 시모시마 쪽에 많은데, 서쪽으로 한참 가야 해요. 유명한 사키쓰 집락유네스코 세계유산. 혹독한 기독교도 탄압을 피해 음지에서 사제 없이 신앙을 유지한 신도들이 살던 마을도 시모시마에 있어요. 이가사키에는 아무것도 없고."

"그래요? 마리아 씨 이름도 성모 마리아에서 왔을 거라고 생각했었어요."

"그런 말 자주 듣는데 그쪽 마리아하고는 관계없어요. 아빠가 좋아하는 여배우 이름이니까."

마쓰시마바시를 건너 가미시마에 상륙한 우리는 오른쪽에 나타난 아이쓰 나들목에서 마쓰시마 유료도로로 들어섰다. 지주 나들목을 나와 구라에카와를 건너자 바로 이가사키였다.

가미시마 중심부에는 오이다케, 도메키야마 등 많은 산이 줄지어 있다. 이가사키는 험준한 지형 탓에 농지가 적어서 주민들은 어업을 중심으로 생계를 유지했다. 지금은 그 어업조차 유가 인상과 후계자 부족, 마을의 과소화 때문에 소멸 위기에 있는, 요즘 지방 각지에 흔히 볼 수 있는 한계 집락이다.

현도 옆에 버스정류장이 나타났다. 정류장 건너편 공터로 들어가 렌터카를 세웠다. 히토 기요쓰구 일행은 노선버스를 이용해 이가사키로 왔다고 하니, 같은 길을 걸어보기로 했다.

차에서 내린 순간 바닷바람과 건초 냄새가 뒤섞인 듯한 동네 특유의 냄새가 났다. 고향집을 떠난 뒤 이가사키에 와본 것은 이번이 처음이다.

"항구마을이라고 해서 시야가 트인 풍경을 상상했었는데 의외로 나무가 많군요."

"산기슭 마을이니까요."

15분 정도 걷자 항구가 보였다. 소형 어선 10여 척이 고물을 부두 쪽으로 향하고 계류되어 있었다. 인기척이 없고 잔뜩 흐린 공기가 감돌고 있어서 항구는 더욱 쓸쓸해 보였다.

이가사키에 관광명소는 없어도 낚시 포인트는 풍부해 몇 년 전까지는 다른 지역에서 낚시꾼들이 많이 찾아왔는데, 요즘은 이렇게 한산하다. 히토 사건의 영향일까.

멍하니 먼 데를 응시하고 있는데 이쿠코가 내 눈을 들여다보며 물었다.

"뭘 보는 거예요?"

"……나도 모르게 우리 배를 찾고 있었네요. 친오빠가 고기잡이도 그만두고 다른 지방으로 떠났으니까 이제는 배도 없을 텐데."

"어떤 배였습니까?"

"'세이하쿠마루'라는 배인데 고물 쪽에 이름이 크게 적혀 있어서 항구에 오면 바로 찾을 수 있을 만큼 눈에 잘 띄었어요."

연안 어업을 하던 아버지는 정치망이나 저인망 등 다양한 방식으로 물고기를 잡아 우시부카항이나 혼도항에 팔았다. 아버지가 쓰러지고 오빠가 물려받은 뒤에는 여름철 문어 잡이 외에 세이하쿠마루가 어선으로 사용되는 일은 거의 없게 되었다.

사실 나는 그 배를 갖고 싶었다.

옆에서 오빠가 스마트폰에 뭐라고 입력해서 나에게 내밀었다.

〈아다시마는 어디지?〉

항구의 바깥 선착장으로 나가보니 서쪽으로 기운 해가 아마쿠사 바다를 반짝반짝 비추고 있었다. 경치 하나는 뛰어나게 좋다. 나는 북서쪽 수평선을 가리키며 "아다시마는 저쪽" 하고 말했다. 작은 그림자가 오도카니 떠 있었다.

"더 가까이 가야 육안으로 코티지를 살펴볼 수 있어요. 섬 남쪽 해안 절벽에 '배 숨긴 후미'라는 장소가 있다는데, 그것도 가까이 가지 않으면 안 보여요."

"배 숨긴?" 하고 묻는 이쿠코.

"아다시마에 전해 내려오는 헤이케 패잔병 전설 같은 거예요. 헤이케 가문 측이 그 후미에 배를 숨겨두었다는 전설도 있고, 패주하는 무사를 추격해온 겐지 측이 기습을 위해 배를 숨겨 두었다는 전설도 있어요."

"어느 쪽이 사실일까요."

"글쎄."

이마의 땀을 닦는데 멀리서 목소리가 들렸다.

"어이! 마리아! 가즈미! 돌아온 거야?"

돌아다보니 10미터 앞 항만도로에 미야모토 영감이 서 있었다. 여든 넘은 노인이라고는 보이지 않는 걸음으로 바깥 방파제를 향해 저벅저벅 걸어온다.

무슨 생각을 하는지 영감이 오빠의 어깨를 꽉 잡았다.

"그동안 잘 있었나? 가즈미 군까지 고향을 떠나서 걱정이 많았는데."

낯선 노인에게 덜컥 붙들린 오빠는 크게 당황해서 나에게 도와달라는 눈짓을 보냈다.

미야모토 영감은 오빠를 내 친오빠로 착각하고 있었다. 나도 난처했다. 기다 요헤이를 요코시마 가즈미로 착각하다니. 지금까지는 아무 생각이 없었는데, 듣고 보니 과연 기다는 머리를 짧게 친 가즈미를 조금 닮은 것도 같았다.

"영감님. 이 사람은 가즈미가 아녜요."

미야모토 영감은 눈을 휘둥그레 뜨고 오빠 얼굴을 뚫어져라 보았다. 그러더니 놀라서 오빠에게서 손을 떼고 나를 향해 획 돌아섰다.

"아, 그럼, 그건가? 애인? 결혼을 했어?"

"아녜요."

"뭐야. 남편을 데리고 돌아왔나 했더니."

미야모토 영감은 이가사키에서 오랫동안 소형 정치망 어선을 운영했던 어부로, 우리 할아버지나 아빠하고도 잘 알고 지낸 사람이다. 이쿠코 일행에게 그렇게 설명하자 영감은 "고기잡이는 작년에 은퇴했어"라고 쓸쓸하게 말했다.

"히토 사건을 취재하러 왔습니다. 프리랜서 작가 닛타라고 합니다. 마리아 씨에게 이가사키를 안내받고 있습니다."

이쿠코는 선량한 웃음을 지으며 천연덕스럽게 둘러댔다. "경찰인 줄 알면 필요 이상으로 경계하는 사람이 있어서 평소 직업을 밝히지 않습니다"라고 말하지만 너무 태연하게 거짓말을 하니 쓴웃음이 나오고 말았다.

미야모토 영감은 작가라고 하자 납득하는 모습이었다. 히토 사건 이후 이가사키에 취재하러 오는 사람이 많았다. 이쿠코는 화제를 히토 사건으로 바꾸었다.

"3년 전 8월 4일, 히토 기요쓰구 일행이 이곳 이가사키항에서 배를 타고 아다시마로 떠났다가 닷새 후 섬에서 사체로 발견되었죠. 마을 주민 중에 아다시마로 가는 히토 일행을 목격한 분이 있지 않을까요?"

"없어요, 없어." 영감이 손사래를 했다.

"그 젊은이들은 이가사키의 민박에 묵은 것도 아니고 동네를 산책한 것도 아니고 버스정류장에서 곧장 항구로 간 게 다였다니까. 4, 5년쯤 전부터 배를 운행하는 사람도 거의 없어졌고, 항구에서 젊은이들 일행을 보았다는 어부도 없었다오."

"그렇습니까. 그럼, 이 동네에서 히토 일행을 만난 사람은 배에 태워주기로 한 요코시마 가즈미 씨밖에 없군요."

"아마 그럴 거요. 가즈미도 날벼락을 맞은 거지. 배에 태워주는 일을 맡았을 뿐인데 끔찍한 사건의 최초 발견자가 되고 말았으니……."

미야모토 영감은 눈을 끔뻑거렸다.

"그해 겨울 마리아가 마을을 떠나자 가즈미도 이듬해 훌쩍 떠나버렸지. 여러 가지로 마음고생이 많았던 게야."

나를 책망하는 것처럼 들려서 "흠" 하고 냉담하게 대꾸하고 말았다. 영감이 당황하며 덧붙였다.

"마리아도 힘들었겠지. 설마 구조 씨까지 그렇게 말려들 줄 누가 알았나."

시골 동네는 좁다. 나와 구조의 관계를 모르는 사람이 없다. 아무리 그래도 여든 넘은 노인까지 나의 연애 편력을 알고 있다니, 불편하기 짝이 없다.

썰렁해지는 분위기를 느끼고 이쿠코가 끼어들었다.

"이 항구의 선박 출입항 관리 기록 같은 게 남아 있지 않나요? 있다면 꼭 봤으면 좋겠습니다만."

"여객선이 뻔질나게 드나드는 도시 항구라면 몰라도 이가사키에는 그런 서류가 없다오. 어협조합에 가입하지 않은 사람도 멋대로 정박할 수 있을 만큼 관리가 허술하다니까."

"……그렇군요."

대단한 정보는 얻지 못했다. 이쿠코는 "말씀해 주셔서 고맙습니다"라며 방긋 웃었다.

"그런데 이 근처에 '하마보'라는 민박집이 있죠?"

즉흥적으로 결정한 여행이지만 민박 정도는 출발 전에 예약해 두었다. 우라이 유미가 경영하던 대형 민박집도 지금은 사라지고 이가사키에 민박집은 '하마보' 한 곳뿐이었다.

"아, 그 민박집 말이군. 여기서 해안선을 따라 걷다 보면 바로 보일 거요. 얼마 전 새로 생긴 곳이니까 방이 깨끗할 거야."

미야모토 영감은 헤어질 때 "가끔은 고향에 들러" 하며 내 손을 잡아주었지만 이 일이 끝나면 다시 올 일은 없을 것 같았다.

해가 저물었다. 서둘러 렌터카를 타고 해안 제방을 따라 10분 정도 달렸다.

민박집은 바닷바람이 부는 곳에 있었다. 옛 민가를 개조한 듯한 소박한 목조건물. 등이 켜져 있어 레트로모던 분위기를 자아내고 있었다.

처마 끝에 문어가 매달려 있어 가슴에 그리움이 차올랐다. 문어 말리는 모습은 아마쿠사의 대표적인 여름 명물이었다.

문 앞에서 부르자 "예──" 하는 여성 목소리가 들리고 찰싹찰싹 슬리퍼 소리가 다가왔다. 문에 나타난 민박 스태프는 한순간 의아한 표정을 짓고 우리 얼굴을 차례대로 들여다보고는 입을 멍하니 벌렸다.

"어, 마리아?"

"응?"

불쑥 튀어나온 내 이름에 당황하여 반사적으로 상대를 노려보았다. 새까만 쇼트 보브를 한 젊은 여성. 3초간 기억의 서랍을 뒤져서야 기억을 떠올릴 수 있었다.

"혹시 미유……?"

"역시 마리아구나! 웬일이니, 얌전한 머리색을 하고!"

그러는 미유도 많이 차분해 보였다. 고등학교 때는 둘 다 머리를 분홍색으로 염색하고 시골 항구 마을을 활보했는데. 미유는 이가사키에서는 몇 명 안 되는 동창이며, 그 시절에는 그럭저럭 사이가 좋았다.

"내 동창 오가타 미유."

이쿠코와 오빠에게 소개하자, "지금은 후지모토야" 하고 미유가 옆에서 정정해주었다.

"오, 후지모토 선배랑 결혼했구나. 축하해."

"고마워. 하마보도 남편이랑 함께 운영하고 있어."

미유가 오빠 얼굴을 빤히 쳐다보며 빙글빙글 웃었다.

"혹시 남친? 아니면 결혼했어?"

"천만에."

질색하듯 말하는데, 왠지 슬퍼진다. 미유와 오랜만에 만나서 반가운데 한순간에 기억을 떠올리고 말았다. 나는 이 동네의 이런 점이 싫었다.

하루 2식에 2박, 남녀가 방을 따로 쓰기 위해 방 2개를 예약해두었다. 우리는 2층 다다미방을 받았다.

"식사는 19시야. 미안하지만 내가 지금 어린이집에 갔다 와야 해서 잠깐 집을 비울게."

"어린이집?"

"아들이 있어. 이제 곧 두 살!"

그럼, 하며 미유는 씩씩하게 손을 흔들고 계단을 내려갔다. 나는 간만에 뭍에 올라온 우라시마 다로_{일본판 용궁신화인 설화 제목이자 주인공 어부의 이름} 같은 기분으로 미유의 뒷모습을 바라보았다.

저녁식사를 마치고 세 사람이 방에 모여 있을 때 마침 세나에게서 전화가 왔다. 우리가 이가사키에서 히토 사건을 재조사한다는 것은 경찰에서도 세나만 알고 있다. 출발하기 전 병원에서 확보한 미조구치 사토시에 대한 정보도 공유하고 있었다.

그의 첫 마디는 〈최악입니다. 고토와 한 조가 되었거든요〉였다.

〈이제 그놈이라면 이가 갈립니다. 나도 아마쿠사에 따라갔어야 하는데.〉

세나에게는 힘이 닿는 대로 미조구치 주변을 조사해 달라고 부탁해 두었는데, 고자질쟁이 고토와 한 조를 이룬 탓에 자유롭게 움직이지 못하는 듯했다. 내가 이쿠코의 스마트폰에 얼굴을 가까이 대고 "아구창을 날려버려!"라고 기세를 올리자 〈담에 도장에서 대련할 때 메다꽂아버려야죠〉라고 대답한다. 씩씩하게 활약하고 있는 것 같아 다행이었다.

수사 상황은 별로 좋지 않은 모양이다. 우라이 히로키 외에 거

론되는 용의자가 없었다. 우라이는 범행을 완강하게 부인하는 중이다.

〈우라이는 일단 이쿠노구에서 저지른 상해죄와 요코시마 씨에 대한 살인예비죄로 검찰에 넘겼습니다. 현재 수사본부의 방침은 재체포를 위해 일단 우라이의 신원을 샅샅이 조사해보자는 느낌이랄까요. 조만간 검찰청에서 요코시마 씨도 소환할 것 같으니까 돌아오면 연락 주세요.〉

그것으로 통화가 끝난다 싶었는데, 세나는 〈거기 기다 씨가 있으면 바꿔주세요〉라고 말했다.

오빠는 얼굴을 마주하고 대화하는 것도 힘들어하지만 전화통화는 더욱 못한다. 오빠가 고개를 젓자 수화기 너머에서 세나가 〈듣기만 해도 됩니다〉라고 부드러운 목소리로 말했다.

〈오늘 점심을 먹은 식당 근처에 이노우에 기요쓰구 군이 알바를 하던 이삿짐센터가 있더군요.〉

오빠의 눈동자가 살짝 흔들렸다.

〈고토의 눈을 피해 슬쩍 직원에게 물어보았는데 이노우에 군은 성실하게 일했다고 합니다. 지금도 믿기지 않고 믿지도 않는다는 직원이 많았습니다. 그뿐입니다. 정보다운 정보가 없어서 죄송하네요.〉

오빠는 역시 말이 없었다. 하지만 입술은 '감사합니다'라는 모양으로 움직였다.

객실 맹장지를 열어보니 구조와 친오빠가 나란히 앉아 있었다. 두 사람 모두 술을 마셔서 얼굴이 발갛다.

구조는 기분이 좋아 보였다. 오빠 어깨에 팔을 두르고 입을 크게 벌리고 웃고 있었다.

"이봐, 가즈미. 사과하라니까."

친오빠——가즈미는 고개를 숙이고 있어서 표정을 알 수 없었다. 가즈미는 작은 소리로 말했다.

"……미안합니다."

"안 들려."

"미안합니다."

무엇이 그리 우스운지 구조는 미친 듯이 웃었다.

"배에 힘 주고 더 크게!"

"미안합니다!"

구조와 가즈미가 장난치는 것은 늘 있는 일이다. 하지만 지금은 가즈미가 고개를 숙이고 있는 게 어쩐지 불안했다.

"이봐, 고개를 더 숙여야지!"

구조는 가즈미의 정수리를 연방 때리며 혀를 내밀고 웃었다. 그 혀에 은색 피어스가 박혀 있었다——.

이쿠코의 스마트폰 알람소리에 잠에서 깨어났다. 간만에 3시간

이상 잤다 싶더니 이상한 꿈을 꾸고 말았다.

구조가 등장하는 꿈은 대개 악몽이지만, 오늘 아침은 웬일로 언짢은 식은땀을 흘리지 않은 채 깨어났다. 꿈에서 나는 그냥 방관자여서, 과거 기억을 재생하듯 구조와 오빠의 대화를 가만히 지켜보았을 뿐이다.

아침식사는 8시가 조금 지나서 나왔다. 셋이서 방에 앉아 아침을 먹을 때 이쿠코가 물었다.

"아다시마는 어떤 곳이죠?"

입을 오물오물 움직이며 나는 고개를 갸우뚱했다.

"아다시마는, 나도 잘 몰라요. 원래 이가사키에서 7, 8킬로미터나 떨어져서 별로 가깝지도 않고. 이가사키 주민에게는 조금 떨어져 있는 무인도라고나 할까."

아마 2000년대 초, 적어도 2005년까지는 완전한 무인도로 변했다고 들었다.

"내가 조금 컸을 때는 유령이 나오는 섬이라는 말도 있었어요."

"무슨 사연이라도 있나요?"

"그런 거 없어요. 다만 주민은 다 떠났는데 새로 지은 해상 코티지만 남아 있으니 어딘지 오싹했던 거죠. 내가 어릴 때는 '어부가 코티지 창문에 어른거리는 사람 형체를 보았대'라는 괴담이 많았죠."

해상 코티지는 아다시마가 무인도가 되기 직전에 관광객 유치를 위해 지었다고 한다. 하지만 결국 제대로 이용되기도 전에 아다시마에서 주민들이 다 떠나고 말았다.

"마리아 씨는 아다시마에 가봤어요?"

가보긴 했지만, 이라고 말하려다가 그만두었다.

"아뇨."

실은 딱 한 번 아다시마에 가본 적이 있다.

10년 전, 열여섯 살이 된 오빠는 2급 소형선박조종사면허를 취득하여 떳떳하게 배를 운행할 수 있게 되었다. 나는 초등학교 6학년이었다. 그때만 해도 사이가 좋아서 "태워줘"라고 조르면 나를 배에 태우고 몰래 아다시마에 갔다.

'배 숨긴 후미'에 세이하쿠마루를 계류해 두고 부모나 마을사람들에게는 비밀로 하자고 말을 맞춘 뒤 섬과 코티지를 탐험했다. "이러다 들키면 혼날 텐데?"라고 묻자 친오빠는 이렇게 말했다.

──괜찮아. 오빠가 지켜줄게.

당시 친오빠는 '오빠가 지켜줄게'라는 말을 종종 했는데, 실은 아버지한테 배운 말이었다. 아버지는 고기 잡으러 나가거나 집을 오래 비울 때면 친오빠에게 "집을 부탁한다"라거나 "마리아를 잘 봐줘"라고 했으므로 동생은 오빠가 지켜주어야 한다는 생각이 자연스레 주입된 듯하다. 하지만 나는 그런 말이 싫었다. 왠지 무시당하는 것 같아서.

그리운 추억을 떨쳐내려고 이쿠코에게 물었다.

"히토 사건을 재조사해야 할 텐데, 어디부터 시작하죠? 히토 일행이 이 동네를 얼쩡거리지도 않고 곧장 아다시마로 건너갔다면 주민들 목격담도 없을 것 같은데."

"그래요. 우선은 우라이 히로키 목격담이 없는지 알아보고 싶어요. 구로다 씨도 우라이가 이가사키 항에 멍하니 앉아 있는 모습을 종종 보았다잖아요?"

"하지만 우라이는 나를 찾아 죽이려고 왔던 거잖아요. 히토 사건과는 무관하지 않나?"

"마리아 씨가 이미 이가사키를 떠났다는 사실은 우라이도 금방 알았을 겁니다. 그런데도 우라이가 한동안 머물러 있었던 것 같다고 구로다 씨가 증언했어요. 우라이가 이가사키에서 어떻게 지냈는지가 마음에 걸립니다."

나는 오빠에게도 물었다.

"오빠는? 어디 가고 싶은 데 없어?"

오빠는 일단 젓가락을 내려놓고 스마트폰 메모장을 띄웠다.

〈특별히 없어.〉

"아우, 의욕 좀 내봐."

배를 채운 우리는 민박집을 나와 탐문을 하기로 했다. 먼저 향한 곳은 '마루고토 스마일 휘트니스 이가사키'라는 우스꽝스러운 이름의 헬스장. 이쿠코가 "주민이 가장 많이 모이는 곳에 가고 싶어요"라고 해서 그곳으로 안내했다.

저출생 고령화가 가속화되는 마을에서 헬스장에 사람이 많이 모인다고? 라고 무시하면 곤란하다. 헬스장은 뜻밖에 노인들의 사랑방 역할을 한다. '마루고토 스마일'에는 헬스 구역 외에 탁구대나 실내 게이트볼용 매트가 깔린 다목적 홀도 있다. 내가 알기로는 이가사키에서 인구 밀도가 가장 높은 곳이다.

그런데 9시 개관 시간에 접수를 하고 들어가니 안에 아무도 없었다. 구색갖추기 용으로 몇 대 겨우 설치해 둔 트레이닝머신을 보고 이쿠코는 "마을회관 같은 헬스장이군요"라고 미묘하게 실례되는 감상을 말했다. 오빠는 '아무도 없잖아?'라고 말하는 표정으로 나를 쳐다보았다.

"이른 시간이라 한산하네. 10시, 아니 11시가 지나면 깜짝 놀랄걸?"

아무리 그래도 역시 사람이 너무 없었다. 나는 오빠에게 라켓을 쥐어주며 탁구 시합이나 하자고 했다.

"중학교 때 탁구로 나를 이기는 사람이 없었어."

심판을 보는 이쿠코가 물었다.

"마리아 씨, 탁구부였어요?"

"애초에 탁구부라는 게 없었어요."

기합을 주며 서브를 했는데 이내 빠르게 공이 돌아와 손도 대지 못한 채 쳐다보고 말았다. 탁구대 건너편에서 오빠가 씩 웃는다. 잊고 있었는데 오빠는 운동신경이 뛰어난 사람이다.

"의기양양하시네. 이 운동부 또라이."

그렇게 1시간가량 탁구를 치다 보니 짜증이 날 정도로 땀투성이가 되었다. 어느새 동네 노인들이 속속 모여들고 있었다.

오빠의 스매싱을 보고 "아이구 잘하네, 잘해!" 하고 소리친 것은 주점 노파였다. 성은 잊었지만 학교 다닐 때 인사하던 어른이라 낯이 익었다. 아니나 다를까 "마리아 짱?" 하고 저쪽에서 먼저 알은척을 했다.

"돌아왔구나. 아, 혹시 이분은 남편?"

"아녜요."

속공으로 부정하고 이쿠코를 쳐다보자 그녀가 기다렸다는 듯이 다가왔다. 이쿠코는 어제와 마찬가지로 허위 이력으로 자기소개를 하더니 히토 사건을 취재하고 있다고 설명했다.

"우라이 히로키라는 사람을 아십니까?"

스마트폰에 우라이 얼굴 사진을 띄워서 보여주며 물었다. 노파는 5초쯤 화면을 들여다보다가, "아아!" 하고 큰소리로 호응했다.

"본 적 있어요. 그 사건으로 형을 잃었다는 사람이지?"

"네. 사건 후 잠시 이가사키에서 지냈다고 들었습니다."

"맞아. 사건이 일어난 직후에 방송국 사람이나 기자들이 몰려와서 마을에 온통 낯선 사람들뿐이었는데, 그 사람들이 다 떠났을 때──그러니까 연말쯤에 이 청년이 찾아왔던 것 같아요. 여기에 두 달 정도 있었나? 오사카에서 학교에 다닌다고 했는데, 사건 후 학교도 그만두었다고 들었어요. 우리 주점 앞에 '히노데키친'이라는 식당이 있는데, 거기 자주 왔었지."

"어떻게 지내던가요?"

"그야 풀이 죽어 보였어요. 여기 있는 마리아 짱이 더 잘 알지 않나?"

갑자기 내 이름이 튀어나와 흠칫 놀라며 고개를 들었다.

"그래, 마리아 오빠 가즈미 짱이 그 청년과 친했잖아."

"……아뇨. 그런 얘기, 오빠한테 들은 적 없는데요."

"그래? 가즈미 짱이 그 청년과 자주 동네를 돌아다녔는걸."

나는 당황스러워서 "아, 네" 하고 애매하게 대답했다.

내가 이가사키를 떠난 것이 2020년 12월이었다. 주점 노파의 증언에 따르면 우라이는 나와 엇갈리듯 이가사키에 찾아와 2021년 2월경까지 머물렀을 것이다. 오빠 가즈미는 내가 집을 떠난 후 나를 죽이러 온 남자와 친해졌단 말인가?

11시경 점심식사를 할 겸 우라이 히로키가 자주 이용했다는 식당에 가보기로 했다. 가는 길에 이쿠코가 말했다.

"오빠가 우라이와 친했다는 거, 몰랐어요? 뭐 짚이는 건 없나요?"

"정말 몰랐어요. 내가 집을 떠난 뒤의 얘기니까."

하지만 친오빠가 우라이와 알게 된 계기라면 짚이는 점이 있었다.

"우라이 히로키가 우리 집에 전화했을 때 오빠가 옆에서 듣고 있었다는 얘기, 한 적 있죠? 내가 우라이에게 폭언을 퍼부었을 때 오빠가 놀라서 수화기를 빼앗아 들고 대신 사과했거든요. 오빠는 구조하고도 친했어요. 히토 사건이 일어났을 때도 나와는 다르게 슬퍼하는 것처럼 보였어요. 어쩌면 그 전화 통화를 계기로 히토 기요쓰구를 원망한다는 공통점 때문에 우라이와 친해졌는지도 모르죠."

히노데키친 주인은 아즈마라는 40대쯤으로 보이는 여성이었다. 오렌지색 앞치마가 잘 어울리는 발랄한 사람이며, 나와는 일면식도 없었다.

점심에 런치메뉴를 제공하고 저녁에 주점 영업을 하는데, 저녁 장사가 주력인 듯했다. 나는 이가사키에서 술을 마신 적이 없어서 이 식당을 모른다. 모르는 사람을 상대하는 쪽이 마음은 더 편했다.

돈카쓰카레 3인분을 주문했다. 점심을 먹기에는 조금 이른 시간이어서 우리 말고는 손님이 없었다. 카운터석에 앉아 카레를 먹으며 우라이 히로키 사진을 보여주자 아즈마는 바로 반응했다. 우라이는 2020년 12월 말부터 약 두 달간 이 식당에 종종 찾아왔다고 한다. "외식할 데가 여기밖에 없었으니까요"라며 아즈마는 웃었다.

"만취한 적은 없지만 술은 잘 마셨어요. 젊은 사람이 술을 마셔서 위험하다고는 생각했지만, 술 없이는 견디기 힘들었나 봐요."

아즈마 역시 우라이 히로키가 히토 사건 관계자라는 것을 알고 있었다.

"딱 한 번 다른 손님과 싸운 적은 있어요. 술에 취한 노인이 '너희 형이 함부로 사람을 때리니까 죽은 거지, 자업자득이야'라고 시비를 걸었거든요. '그렇다고 사람을 죽이냐'라고 고함치며 싸웠죠."

카운터석 구석을 보았다. 우라이가 거기에 자주 앉았는지 모른다. 말없이 스푼을 움직이던 오빠가 눈썹을 살짝 찡그렸다.
이쿠코가 물었다.
"혼자 와서 마셨나요?"
"처음 얼마 동안은 그랬어요. 하지만 곧 이가사키의 젊은이와 친해졌죠. 요코시마라는 청년인데 그 청년과 함께 식당에 오면서부터는 다른 손님과 다투지도 않고 조금 차분해졌어요."
"최초 발견자 요코시마 가즈미 씨 말이군요."
또 친오빠 이야기가 나왔다. 아즈마는 가즈미와 내가 오누이인 줄 모르는 듯했다.
"두 사람은 어땠나요?"
"어떠냐마나, 두 사람 다 뭐랄까, 어두운 인상을 풍기는 사람이라서. 저기 구석 자리에서 소곤소곤 얘기하곤 했어요. 다른 단골손님하고도 일체 말을 섞지 않았고, 무슨 밀담이라도 나누는 분위기였어요."
마을에서 친오빠와 우라이 히로키가 함께 다니는 모습이 자주 목격되었던 것일까. 친오빠가 우라이와 깊이 교류했던 것 같아서 왠지 불길한 느낌이었다.
설마 친오빠가 우라이를 부추겨서 나를 공격하게 했나, 하는 생각이 스쳤지만 바로 부정해버렸다. 왜냐하면 친오빠는 나에게 관심이 전혀 없었을 터이기 때문이다. 천성이 어두워 친구가 없던 친오빠는 비슷한 또래인 우라이라는 친구가 생기자 흥분해서 어울렸을 것이다.

"아즈마 씨는 요코시마 가즈미 씨를 전부터 알고 있었습니까?"

"뭐, 얼굴은 알고 있었죠. 가끔 동네에서 마주치는 장발머리 청년이라고 할까. 하지만 요코시마 씨가 어느날 갑자기 외모를 확 바꾼 적이 있었어요. 3년 전 여름, 항구에서 슈트케이스를 끌고 가는데 머리를 말끔하게 쳤더군요. 조금 놀라서, 전혀 얘기해 본 적도 없는데 나도 모르게 말을 걸고 말았지요. '머리 잘랐네요, 그게 훨씬 잘 어울려요'라고."

시내 거리에서 평소 전혀 알은척도 하지 않던 사람에게 거침없이 그런 말을 했다가는 경찰에 신고를 당할 수도 있지만, 시골에서는 그리 이상한 일도 아니다.

"슈트케이스를 끌고 가기에 '어디 여행 가세요?'라고 물었더니 '아다시마 해상 코티지에 손님들이 와서 배로 데려다줘야 해서요. 이건 손님 짐이에요'라고 무뚝뚝하게 말하더군요. 그런데 알고 보면 무서운 것이, 그게 8월 4일이었거든요. 히토 기요쓰구 일행이 요코시마 씨의 배를 탄 것도 8월 4일이었죠? 그렇다면 내가 그 피해자의 짐을 목격한 거네, 하고 생각하니 소름이 돋더라고요."

어느새 이야기가 조금씩 일탈하여 우라이 히로키가 아니라 친오빠에 대한 증언이 쌓이기 시작했다. 그래도 이쿠코는 흥미진진한 모습이었다. 카레 접시를 진즉에 비운 이쿠코가 카운터 위로 상체를 기울이고 계속해서 아즈마에게 질문을 던진다.

"그게 몇 시쯤이었나요?"

"정확히는 기억나지 않지만 아마 오후 3시쯤이 아니었을까."

"짐을 나르는 요코시마 씨를 보셨다면, 배를 타는 손님——히토 기요쓰구와 피해자 일행은 보이지 않던가요?"

"아뇨, 항구에는 요코시마 씨뿐이었어요. 손님만 먼저 섬에 데려다주고 짐은 나중에 가져다주려고 한 거 아닌가? 작은 어선이라 사람과 짐을 다 실어 나르기가 어려웠을 테니까."

"그렇군요. 이 얘기, 경찰에도 하셨나요?"

"그럴 리가요. 사건이 일어났을 때 파출소 순경이 '피해자 일행을 목격했다면 말씀해주세요'랬는데, 내가 본 건 슈트케이스 하나잖아요?"

입을 한일자로 꾹 다물고 심각한 표정을 하는 이쿠코. 명석한 사람이 무슨 생각을 하는지 나로선 알 수 없지만, 지금까지 모은 정보 중에 이쿠코를 고민하게 하는 뭔가가 있었던 걸까?

사실 나는 그때 기대한 것보다 성과가 너무 적다고 생각하고 있었다.

방금 새롭게 안 사실은 우라이 히로키가 히토 사건의 트라우마에 시달리며 이가사키에 장기간 머물러 있었다는 것, 그 기간에 내 친오빠와 꽤 친하게 지냈다는 것.

오늘 숙소에 묵으면 내일 저녁에는 신칸센을 타고 돌아가야 하는데.

식당을 나서자 오빠가 스마트폰 화면을 나에게 보여주었다.

〈마리아는 왜 친오빠를 싫어하지?〉

"그건 왜 물어?"

오빠는 뒷머리를 벅벅 긁고는 다시 메모장에 뭐라고 입력했다.

〈친오빠 얘기가 나올 때마다 무서운 얼굴을 하니까.〉

"그야 쓰레기 같은 작자였으니까."

〈어떤 사람이었는데?〉

가즈미는 부모님 못지않게 뇌에 녹이 슨 꼴통이었다.

"예전에 오빠한테 '아빠랑 엄마 좀 어떻게 해봐'라고 호소한 적이 있어. 집 안에서 나만 못살게 구니까 힘들어, 오빠도 잠자코 구경만 하지 말고 뭐라고 말 좀 해줘, 라고. 그랬더니 그 작자가 뭐랬는지 알아? 놀란 표정을 하고 '네가 학대당하고 있다는 거야?' 이러는 거야. 부모가 나한테만 엄격하고, 나만 학원에 보내주지 않고, 집안일을 전부 나한테 시키는 것이 오빠 눈에는 보이지 않았던 거지."

오빠는 엄마아빠밖에 모르지. 내가 그렇게 쏘아붙이자 친오빠는 고개를 갸웃거리며 도저히 이해를 못하겠다는 얼굴이었다. 왜 내가 어린 동생한테 이런 소리를 들어야 하지? 하는 표정이었다.

엄마가 세상을 떠나고 맞은 여름방학에 한창 반항기였던 나는 중학교 교칙을 무시하고 머리를 염색했다. 그러자 아빠가, "당장 머리 잘라!"라고 불처럼 화를 냈다.

도망치려 하자 가위를 들고 쫓아왔다. 정말이지 아빠한테 맞아죽는 줄 알았다. 그래서 오빠에게 "살려줘"라고 소리쳤다.

오빠는 나를 가려주고 아빠를 망설임 없이 때려뉘었다. 아빠는 커피를 쏟으며 다다미에 자빠졌다.
　나는 무서웠다. 그렇게까지 해주기를 바란 것은 아니었다. 경찰에 신고하거나 동네 어른들을 불러주기를 바랐을 뿐이다.
　하지만 오빠는 태연하게 쏘아붙였다.
　——네가 살려달라고 했잖아.
　그때부터 나는 오빠와 거리를 두게 되었다.

*

　히노데키친을 나온 뒤에도 동네에서 탐문을 계속했지만 이렇다 할 성과는 없었다. 이가사키 주민들은 누구나 히토 사건에 흥미가 많아서 미주알고주알 말하고 싶어 했다. 하지만 주간지나 수사 자료에서도 찾아볼 수 없을 귀중한 증언을 해주는 사람은 하나도 없었다.
　낮에 탁구를 칠 때는 활달하던 오빠도 해가 저물자 금세 패기를 잃었다.
　민박집에 돌아온 것은 19시 전이었다. 저녁을 먹은 뒤 이쿠코는 노트북으로 오늘 알아낸 것들을 기록하느라 여념이 없었다. 그래서 나는 오빠 방으로 가보았다.
　오빠는 마침 베란다에서 돌아오는 참이었다. 담배를 피웠는지

니코틴 냄새를 살짝 풍겼다. "아우 냄새" 하고 인상을 써도 오빠의 무표정은 변함이 없다. 나는 오빠의 짐을 멋대로 뒤져서 필통과 바인더 노트를 꺼내 오빠 가슴에 안겼다.

"말해봐."

오빠는 잠시 꼼짝도 하지 않고 멀거니 서 있다가 이윽고 다다미에 책상다리를 하고 앉아 펜을 잡았다. 그러나 막상 대화를 하려니 말문이 막혔다. 내가 말없이 종이를 응시하고 있자 오빠가 먼저 펜을 놀리기 시작했다.

〈요즘 잠은 잘 자냐?〉

글자는 괘선을 따라 반듯하게 정렬되어 있다. 오빠는 의외로 읽기 편한 필체를 갖고 있다.

"어제는 잠깐 잤어. 이상한 꿈을 꾸었는데, 늘 꾸던 것보다는 낫더라."

〈어떤 꿈?〉

"고향집 꿈. 친오빠랑 구조가 술을 마시는 모습을 지켜보기만 하는 꿈. 꿈이라기보다 예전 기억이 잠자는 동안 재생된다고나 할까. 구조는 친오빠보다 일곱 살이 많았는데, 친한 선후배처럼 사이가 좋았어."

아다시마 해상 코티지의 관리를 맡은 구조는 친오빠에게 손님들 송영 서비스를 부탁하면서 친오빠와 빠르게 가까워졌다. 오빠로서는 의지가 되는 쾌활한 선배가 생겼다고 느꼈을 것이다.

"꿈에서 구조는 친오빠 어깨에 팔을 걸치고 장난치는 투로 '사과해'라고 시비를 걸었어. 구조는 그런 식으로 실실 웃으면서 욕을 하거나 실례되는 짓을 하는 놈이었어. 특히 '고개 숙여!'라는 말이 입버릇이었지. 그런 일을 당해도 오빠가 전혀 화를 내지 않아서 나는 아마 사이가 좋으니까 난폭한 짓을 당해도 괜찮은가보다 하고 생각했는데, 지금 생각해보면 그것은······."

내가 말끝을 흐리자 오빠가 뒤를 이었다.

〈그래서는 친한 선후배 사이라고 말할 수 없어.〉

"하지만 두 사람은 정말 자주 어울렸거든."

〈나도 기요쓰구를 그런 식으로 대했어. 내가 잘못했다고 생각하고 있어.〉

문득 고개를 드니 오빠 이마에 땀이 희미하게 배어 있었다.

"오빠는 히토 기요쓰구를 어떻게 생각했어?"

짐짓 가볍게 물으려고 했지만 목소리에 긴장한 기미가 묻어 있었는지도 모른다.

오빠는 잠시 인형처럼 가만히 있었다. 나처럼 긴장한 것이다. 손가락에 힘이 들어간 탓에 이윽고 글자를 쓰기 시작하자 종이 구석에 주름이 잡혔다.

〈처음에는 죽여 준 게 기뻤어.〉

눈으로 그 글을 읽은 순간 나는 침을 삼켰다. 오빠는 지금까지 담아 두었던 심정을 토해내듯이 펜을 바삐 움직였다.

〈놈들에게 얻어맞다가 혀가 잘린 뒤로 나는 말하는 것이 두려웠고, 일상생활도 뜻대로 할 수 없게 되었어. 몇 번이나 자살하려

고 했어. 정말로 빌딩 옥상에서 뛰어내리려 한 적도 있어.〉
"정말?"
〈하지만 나는 소심한 놈이라 옥상에서 머뭇거렸지. 지나가던 사람이 119에 신고해서 출동한 소방대원이 구조 매트를 깔아줬어. 막상 뛰어내리고 보니 트램펄린처럼 매트 위로 튀어 올라서 도리어 기분이 좋더라.〉
"갑자기 웃기는 얘기 하지 마."
〈이런 얘기에 웃는 건 아마 너밖에 없을 거다.〉
오빠는 어이없다는 듯이 웃었다.
〈그러니까 녀석이 원수를 갚아줘서 기뻤어. 매일 죽고 싶은 생각뿐이었는데, 히토 사건으로 세상이 떠들썩할 때는 기분이 밝아졌어.〉
"지금은?"
〈슬퍼.〉
"왜?"
〈내가 녀석에게 그런 짓을 시킨 것 같다는 기분이 들어.〉
"오빠가 히토에게 부탁한 건 아니잖아."
〈꼭 말로 시키지 않아도 녀석은 나에게 명령을 받았다고 느꼈는지 모르지.〉
"하지만……."
〈내가 웃으며 탁구를 칠 동안에도 녀석은 병실에 누워 있는데 말이야.〉

잉크가 번진다. 오빠 눈에서 떨어진 눈물이 종이를 적셨다. 오빠가 우는 모습은 처음 본다. 그래서 상황을 이해하는 데 시간이 조금 걸렸다. 놀라기는 했지만 오빠가 눈물을 보여줘서 기뻤다. 오빠를 꼭 안고 등을 쓸어주었다.

인생 경험이 부족한 나는 우는 사람에게 무슨 말을 해줘야 하는지 알지 못한다. 이쿠짱이었다면 어떤 말을 했을까 상상하며 나는 뼈가 살짝 불거진 등을 계속 쓸어주었다.

"오빠 때문이 아냐. 오빠는 웃어도 괜찮아."

우리는 잠시 껴안고 가만히 있었다. 그러다가 쑥스러워졌는지 오빠가 나를 밀어내고 〈어서 목욕이나 해〉라고 썼다. 표정을 감추듯 고개를 숙이고 있지만 아까보다 안색이 많이 좋아진 것 같아서 나는 만족했다.

이쿠코에게 양해를 구하고 먼저 욕실로 들어갔다. 방으로 돌아오니 이쿠코의 목소리가 들렸다. 누군가와 통화 중이었다. 용건이 끝났는지 나를 보자 바로 전화를 끊었다.

"세나 짱?"

"네. 수사회의에서 논쟁이 벌어졌대요."

이쿠코에 따르면 수사관들은 지난 며칠간 본부에서 쪽잠을 자면서 조사했다고 하며, 세나도 많이 피곤해 보였다.

캡슐호텔 종업원과 이용객의 목격 정보를 통해 7월 29일 밤 시점에 우라이가 교토에 있었다는 사실이 증명되었다. 문제는 30일 0시부터 2시 사이의 알리바이인데, 호텔이나 역 주변 방범 카메라를 샅샅이 조사한 결과 우라이가 오사카에 돌아와 미조구치 사토시를 죽이기는 어려웠다는 결론에 도달했다고 한다. 방범 카메라 망을 피해 다녔다면 살인을 실행하지 못할 것도 없겠지만, 그 가능성은 지극히 낮다는 것이다.

우라이 히로키 범인설로 크게 기울던 수사본부는 그제야 원점으로 돌아가 피해자 세 사람의 주변을 꼼꼼하게 조사한다는 방침으로 바꾸었다.

"세나 씨가 운 좋게 미조구치 사토시의 주변인물을 조사하는 팀에 배치되었답니다. 편의점 공중전화로 연락하던 상대방을 반드시 찾아내겠다고 의욕을 불태우더군요. 허세인지는 모르지만."

수사본부는 이리저리 헤매면서도 가능성을 하나하나 짚어가며 전진하고 있는 것 같다.

이쿠코의 어깨를 가만히 응시하며 그 속에 숨은 흉터의 통증을 상상해보았다. 이쿠코도 당장 오사카에 돌아가 미조구치 주변인물 조사에 합류하고 싶은 걸까?

이쿠코는 내 시선을 의식하자 맞은편에 앉았다.

"마리아 씨."

"네?"

"손에 핸드크림 발라줘도 될까요?"

이쿠코는 가방에서 작은 튜브를 꺼내고 내 손을 잡았다. 이쿠코의 손은 목욕을 하고 나온 나보다 훨씬 따뜻했다. 보드라운 크림이 손등에 퍼져간다.

"이거, 쓴맛이 나나요?"

"아니, 먹어본 적이 없어서 모릅니다."

어릴 때 나는 종종 손톱을 깨물었다. 지금도 그 버릇이 남아 종종 손가락을 입에 넣고 만다. 엄마는 "볼썽사납게 그게 뭐니!"라며 꾸짖고 손가락 끝에 쓰디쓴 소독액을 발라주곤 했다. 상처에 묻으면 아프니까 그만두라고 해도 들은 척도 하지 않았다. 똑같이 손톱 깨무는 버릇이 있던 오빠 손가락에는 아무런 처치도 하지 않았으면서.

이쿠코의 핸드크림은 상쾌하고 좋은 향이 났다. 가벼운 감촉이고 끈적거림이 거의 없는 점도 마음에 들었다.

"근데, 이쿠짱은 왜 경찰이 됐어요?"

이쿠코는 주저 없이 대답했다. "자립하려고요."

"꼭 형사가 아니라도 자립할 수 있었을 텐데?"

"물론 형사일 필요는 없었죠. 대학 진학도 해보고 싶었어요."

"이쿠짱, 고졸이었구나. 왜 대학에 안 갔어요?"

"대학 학비와 생활비를 전부 스스로 해결해야 하는데, 알바 뛰는 것으로는 한계가 있어서죠. 먹여주고 재워주고 급료까지 준다고 해서 경찰학교에 들어갔습니다. 미안해요, 동기가 불순해서."

"이쿠짱 부모님은 학비 안 대줬어요?"

잠깐 생각하는 모습을 보이다가 이쿠코는 말했다.

"나도 규슈 출신이란 얘기는 했죠? 뭐랄까, 그 지방, 남존여비의 세상 아닌가요?"

"흠, 그러네요."
"쌍둥이 남동생이 있어요. 쌍둥이 동생과 함께 사는데 대우가 너무 달라서 늘 화가 났어요. 더는 참을 수 없어서 고등학교 졸업과 동시에 집을 나왔어요. 거의 의절하다시피 하면서."
이쿠코의 말에는 한 같은 것이 희미하게 서려 있다. 그거라면 나도 알지, 라고 속으로 연방 고개를 끄덕였다. 나도 가족이 싫었다. 집에 있는 시간도 거의 없으면서 독불장군처럼 구는 아빠도, 나한테는 엄하게 가르치려고 들면서도 오빠는 "가즈미 군"이라고 부르며 애지중지하는 엄마도, 그런 편애를 전혀 모르는 척하는 오빠도 못 견디게 미웠다.
"왜 오사카로 왔어요?"
"도쿄는 조금 무섭지만 간사이 정도라면 만만할 것 같고, 고향 규슈보다는 나을 것 같아서요."
"아아, 그 마음 알 것 같아요."
"오사카에는 그런 이유로 규슈에서 온 사람이 많은 듯해요. 하지만 결국은 다를 게 없었죠. 남성사회에 들어가야 했으니까."
이쿠코의 이야기는 거침이 없었다. 아마 가족과 화해하지 않았을 것이고, 앞으로도 화해할 생각이 없어 보였다. 당연한 일인지 모르지만 가족과 의절해도 잘 살아가는 사람이 눈앞에 있다는 사실만으로도 왠지 마음이 편해졌다.
"마리아 씨는 왜 클리닝센터에 취직했어요?"
"나도 할 수 있을 것 같다는 생각이 전부였어요."

"정말요?"

"흠. 갑자기 물으니까 모르겠네. 다만 어릴 때부터 항상 차 타는 게 좋았어요. 뭐든 좋으니까 큰 차를 타고 싶었을 뿐인지도 모르죠."

이쿠코는 어딘지 만족스러운 표정으로 고개를 끄덕이고는 문득 진지한 표정이 되어 내 앞에 단정하게 앉았다. 나도 덩달아 자세를 바로 했다.

"오빠에 대해서 몇 가지 질문해도 되겠습니까?"

이 경우 '오빠'는 친오빠 요코시마 가즈미를 가리키겠지.

"가즈미 씨는 3년 전 8월 4일 히토 일행을 배에 태워 아다시마에 데려다주고 9일 그들을 데리고 나오기 위해 배를 띄울 때까지는 아다시마에 가지 않았죠. 닷새간 가즈미 씨는 내내 이가사키에 있었나요? 아다시마에서 참극이 벌어지는 동안 가즈미 씨가 어디서 무엇을 하고 있었는지 마리아 씨는 아십니까?"

알리바이를 확인하려는 것일까. 설마 이쿠코는 친오빠가 히토 사건과 관련이 있다고 생각하는 건가?

무엇 때문인지는 모르지만 이쿠코가 내 친오빠에 대한 심증을 점점 나쁜 쪽으로 굳히고 있었던 것 같아 안타까웠다. 우라이 히로키와 친하게 어울리는 모습이 목격된 탓에 의심을 샀는지도 모른다.

그러나 나도 친오빠의 알리바이를 증명해줄 길이 없었다.

"전에도 말한 것 같은데, 친오빠가 히토 일행을 아다시마에 데려다주기 하루 전——8월 3일에 나는 오빠와 대판 싸우고 집을 뛰쳐나갔어요. 실은 아빠 간병을 해야 했지만, 전부 내팽개치고 친구 집을 전전했죠. 9일 한낮 뉴스로 아다시마에서 타살체가 발견되었다는 소식을 듣고 놀라서 집으로 돌아갔지만, 그때까지는 아빠하고든 오빠하고든 연락한 적이 없어요. 아빠도 그 직후에 상태가 악화되어 11월에 죽었으니까 그때 오빠가 무엇을 했는지는 아무도 모를 거예요."

"가즈미 씨하고는 왜 싸웠습니까?"

우리 오누이의 싸움이 히토 사건과 무슨 관계란 말인가. 그렇게 불평하고 싶었다. 하지만 이쿠코가 진지하기 짝이 없는 표정을 하고 있어서, 지금 밝히지 않으면 평생 아무한테도 털어놓을 수 없을 것 같았다.

"나는, 구조 겐타로와 사귀고 있었어요."

"네."

"하지만 실은 늘 헤어지고 싶었어요."

구조와 처음 만났을 때 나는 앳된 고등학교 1학년이었다. 그때 구조는 스물일곱 살. 만난 계기는 구조와 친해진 오빠가 그자를 집에 데려와서였다. 구조는 이가사키로 막 이주한 참이라 내 눈에는 도시 냄새 풍기는 멋진 성인처럼 보였다.

구조 흉내를 내서 몰래 혀 피어싱도 했고 고백을 받자 냉큼 받아들였다. 하지만 주변에서 반대할 것 같아 교제 사실은 비밀로 했다. 지금은 미성년을 건드리는 성인치고 제대로 된 놈이 없다고 생각하지만, 그때는 그런 판단을 할 수 없었다.

"고3이 되었을 때 구조가 위험한 남자라는 걸 알고 헤어지고 싶었어요. 하지만 고등학교를 졸업해도 구조는 나를 놓아주지 않고 '마리아와 사귄다'고 떠벌리고 다녔어요. 그러지 말라고 했지만 결국 부모님과 오빠도 알게 되었죠. 그래서 내가 헤어지자고 하자 난리를 치더군요. 내 사진을 확 뿌리겠다고 협박하고. 쉴 새 없이 협박 전화가 걸려왔어요."

이쿠코의 얼굴을 똑바로 쳐다볼 수 없어 고개를 숙이고 말을 이었다.

"어떻게 해야 할지 몰라서 오빠와 상의했어요. 오빠가 구조와 친하니까 설득해 달라고 부탁했죠. 하지만 들어주기는커녕 나보고 자업자득이라고 하더군요. 화가 나서 집을 뛰쳐나갔죠. 그게 8월 3일이었어요."

——네가 사진 같은 거나 찍히니까 그렇게 됐지.

오빠가 그렇게 말하는 순간, 그때까지 간신히 눌러 두었던 분노가 폭발했다.

"이제부터는 아빠 간병도 오빠가 알아서 해! 집안일도 다 알아서 해!"

"뭐? 그건 네 일이잖아."

"그게 내 일이라고 누가 정했어?"

"그럼 네가 나 대신 가족을 먹여살릴래? 네가 할 줄 아는 거라곤 슈퍼마켓 알바뿐이잖아. 돈 벌 재주 없으면 집안일이라도 해야지."

"말은 바로하자! 아빠 간병 때문에 취직 준비도 못하고 대학에도 못 간 거잖아!"

나는 오빠한테 내 스마트폰을 집어던졌다. 그 순간을 노린 것처럼 착신음이 울리기 시작했다. 화면에 표시된 사람은 물론 구조였다.

"이 새끼가 밤낮없이 전화질이라 돌아버릴 것 같아. 이제 내 일만으로도 벅차. 오빠나 아빠 시중들고 있을 상황이 아냐."

속으로 가만히 중얼거렸다. 미안해요, 이쿠짱. 이건 거반 거짓말이에요.

사실 나는 그냥 가출했던 것이 아니다. 복수할 계획을 세우고 있었다.

구조를 죽여 버리기로 결심했다. 구조를 죽이지 않으면 평생 스마트폰 착신음에 흠칫거리고 잠도 못 자는 인생을 살 것 같았다. 그래서 구조를 매장할 자리를 찾으러 나갔다. 산에 묻을까 바다에 가라앉힐까를 고민하다가 히토 기요쓰구에게 선수를 빼앗긴 것이다.

처음에는 히토를 원망했다. 내 손으로 죽이고 싶었는데 재수없게 선수를 치냐, 라고 따지고 싶었다. 시간이 지나자 히토 덕분에 내 손에 피를 묻히지 않을 수 있었다는 사실에 고마움을 느끼게 되었지만, 지금은 또 다르다. 당시 나는 제정신이 아니었다. 궁지에 몰려 신경이 너덜너덜해지고 거의 온전한 사고를 못하는 상태였다. 그걸 자각하기까지 3년이나 걸렸다.

문득 손바닥에 열감이 뜨끈하게 느껴졌다. 무릎 위에 놓은 손이 쳐들린다. 이쿠코의 양손이 나의 차디찬 손을 감싸고 있었다.

"누가 뭐라고 해도 마리아 씨는 잘못이 없어요. 자책할 필요 없어요."

나는 이쿠코의 손만 보고 있었다.

"정말? 나, 잘못한 거잖아?"

"마리아 씨는 아무 잘못 없어요."

그래? 나는 아무 잘못도 없어? 이쿠코의 목소리가 머릿속에서 반복되고, 기억 속의 친오빠 목소리가 희미해져가는 느낌이었다.

누군가 그렇게 말해주기를 늘 바라왔다. 그때 친오빠가 곁에서 그렇게 말해주었다면 밤마다 악몽을 꾸지 않았을지 모른다. 친오빠와 연을 끊지도 않았을 것이고, 아마 죽고 싶어지는 일도 없었을 것이다.

"뉴스를 보고 놀라서 돌아와 보니 구조는 죽었고 오빠는 새끼손가락이 끊어진 상태여서 싸우고 자시고 할 계제가 아니었어요. 게다가 내가 간병을 거부한 탓에, 돌아가 보니 아빠는 고열에 시달리고 있었어요. 그래서 아빠를 입원시켰고, 세 달 뒤에 죽었죠. 그래도 나, 잘못이 없는 건가요?"

"정말 안타까운 일이군요. 그래도, 마리아 씨 혼자 책임질 일은 아닙니다."

"……."

"그게 2020년 8월 3일 있었던 일이 분명합니까?"
이쿠코는 그렇게 확인하고 표정을 씁쓸하게 일그러뜨렸다.

*

이가사키의 마지막 날 아침은 쨍하니 맑았다. 수평선에 하얀 뭉게구름이 뭉글거렸다.
체크아웃은 11시이지만 이쿠코는 일찌감치 일어나 빠릿빠릿하게 짐을 꾸렸다.
"가즈미 씨의 배 이름이 뭐였죠?"
불쑥 묻길래 나는 눈을 끔뻑거렸다. 왜 오빠 배 이름을 확인할까.
"세이하쿠마루 말예요? 혹시 이쿠짱, 우리 친오빠를 의심해요?"
주저주저 물어보자 이쿠코는 "네" 하고 명쾌하게 긍정했다.
"왜요?"
"아직은 말 못해요. 조리 있게 설명할 수 있을 만큼 재료를 모으지 못했습니다."
"나한테는 비밀로 하겠다?"
그만 따지는 말투가 되어버렸다. 이쿠코는 일손을 멈추었다.

"우리 오늘은 두 팀으로 나눠서 탐문해볼래요?"

미간을 찡그리며 "네?" 하고 되물었다. 이쿠코는 자신이 조사하는 동안 나와 오빠는 다른 조사를 해주었으면 좋겠다고 말했다.

"마리아 씨 일행은 미조구치 사토시에 대해서 조사해주세요."

"왜 미조구치가 나오죠?"

"미조구치가 이가사키에 온 적이 있는지 확인해 주었으면 합니다."

D3사이즈 사진 한 장을 내밀었다. 미조구치 사토시의 프로필 사진이었다.

"이 사진을 주민들에게 보여주고 여기서 본 기억이 있는지 확인해주실 수 있을까요?"

증명사진인지 얼굴이 선명하게 찍혀 있다. 아마 중요한 수사 자료일 것이다. 이런 사진을 이쿠코에게 받은 사실은 아마 비밀로 해야 할 것 같았다.

미조구치 사토시가 이가사키라는 마을과 어떻게 연결되는지 나로서는 짐작도 할 수 없었다. 하지만 이쿠코에게 뭔가 생각이 있을 것이다. "조사가 끝나면 자세히 설명할게요"라는 이쿠코의 말에 순순히 따르기로 했다.

이쿠코는 하마보 주인에게 짐을 맡기고 한 발 먼저 마을로 갔다. 12시에 만나기로 하고 잠시 따로 움직이는 것이다. 오늘 일정을 전하려고 오빠 방에 가보니 오빠의 짐은 절망적일 정도로 정리되지 않은 상태였다.

하마보 처마 밑 벤치에 앉아 오빠가 짐 정리를 끝내기를 기다리고 있는데 마침 미유가 자전거를 타고 돌아왔다. 아들 유토 군을 어린이집에 데려다준 듯하다. 보스턴백을 안고 있는 나를 보자 미유는 씩 웃으며 말했다.

"오, 이제 돌아가는 거니? 2박3일도 눈 깜빡할 사이로구나."

"그래. 진짜 몇 초 같았어."

미유는 자전거를 뒷문에 세우고 "영차" 하며 벤치 빈자리에 앉았다.

"마리아, 오사카에 산다고 했지? 무슨 일 해?"

"쓰레기 수거 작업."

"오. 그런 데는 남자가 더 많겠지?"

진저리를 내며 고개를 끄덕인다.

겨우 3년간 떨어져 있었는데 미유는 많이 변해 있었다. 중고생 시절의 미유는 한창 반항기여서 아무도 손댈 수 없는 맹수 같았다. 나와 비슷한 정도, 아니 어쩌면 나보다 더한 상습 가출 학생이었고, 주변 사람에게는 조금도 흥미 없다는 얼굴을 하고 다녔는데.

"남자밖에 없는 직장이지만 내 또래 남자는 없어."

"뭐야? 하지만 오사카는 사람이 워낙 많잖아. 여기서는 만날 수 없는 유형의 남자도 있겠지?"

"그렇겠지."

"어때 마리아, 누구 좋은 사람 없어?"

"시끄러."

그렇게 쏘아붙이고 격하게 후회했다. 하지만 일단 입 밖으로 튀쳐나간 말은 멈출 줄 몰랐다.

"남친이니 애인이니, 그런 거 묻는 게 제일 빡쳐. 왜 그렇게 촌스럽냐. 누구 뒷담화 말고는 오락거리도 없지. 진짜 떠나길 잘했어, 이 그지 같은 동네."

전부 틀림없는 본심이다. 다만 필요 이상으로 가시가 돋쳐 있었다.

미유는 입을 멍하니 벌리고 있다가 이윽고 주먹을 꽉 쥐며 나를 노려보았다.

"……네가 갑자기 사라져서 다들 얼마나 걱정했는지 알아?"

"누가 걱정해 달라고 부탁하든?"

"언제부터 그렇게 대단해지셨어? 네가 언제부터 도시 사람이라고 우릴 보고 촌스럽니 시골이니 하는 거야. 하루하루 열심히 노력하는 사람들을 대놓고 무시하니까 기분 좋니? 우리도 다들 열심히 살고 있어."

반사적으로 반박하려다가 왠지 이쿠코의 얼굴이 떠올라 그만두었다. 숨을 토하고 아랫배에 힘을 주었다. 나는 쥐어짜는 목소리로 "미안" 하고 작은 소리로 말했다.

"말이 너무 심했어. 미안. 미유는 이가사키에서 열심히 살고 있는데."

미유는 눈을 휘둥그레 뜨고 나를 빤히 쳐다보았다. 내가 사과했다는 사실이 도저히 믿기지 않는 듯했다.

"나도 미안해. 마리아가 이곳에 좋은 추억이 별로 없다는 걸 알면서도."

"적어도 미유하고는 연애 얘기 하고 싶지 않았어."

"그래. 미안해."

어색한 침묵이 한동안 이어진 뒤, 캄캄한 동굴을 손으로 더듬어 탈출하듯이 우리는 어련무던한 이야기를 나누었다. 유미의 아들 이야기라든지 나의 직장 이야기 같은 것들.

매일처럼 같이 몰려다니던 우리는 어느새 전혀 다른 생활을 하고 있었다. 하지만 대화를 나눠보니 의외로 즐거웠다. 20분 정도 지나자 오빠가 현관으로 나왔다.

"가끔 들러."

"그래, 또 보자."

다시는 돌아오지 않을지 모른다고 생각하면서도 "담에 보자" "화이팅하자"라고 인사하고 나는 미유와 헤어졌다.

괜찮냐? 라고 확인하듯 오빠가 내 얼굴을 들여다보았다. "괜찮아!"라며 그의 등을 매섭게 때리고 바닷가 제방길을 걸었다.

"주민들에게 사진을 보여주며 다니라고 하는데, 정말 그렇게 조사하면 충분한 걸까. 미조구치가 여기에 왔었다는 증거도 없는데."

미조구치의 사진을 태양에 비춰보았다. 미조구치는 눈이 시원하게 생기고 얼굴 윤곽이 여우처럼 새초롬했다.

"어디부터 시작할까?"

내가 묻자 오빠는 스마트폰에 뭐라고 톡톡 입력했다. 내 주머니에서 라인 착신음이 울렸다. 바로 옆에 있는 오빠가 보낸 메시지가 표시되어 있었다.

〈식당이나 구멍가게처럼 손님을 상대하는 곳이 좋을 것 같다.〉

"왜?"

〈미조구치가 이곳 출신은 아니겠지? 이가사키에 왔다면 그런 가게에서 뭔가 구입하거나 사먹었을 거야.〉

"제법 날카로운걸."

어제 들렀던 히노데키친이 있는 거리에는 주점과 작은 슈퍼마켓, 잡화점이 있다. 그리고 이가사키항 근처에 낚시가게가 있고 현도 변에 약국 체인점이 있으며, 그밖에는 외부인이 들를 만한 곳이 없다.

히노데키친 주인인 아즈마나 주점 아주머니에게 미조구치 사진을 보여주었지만 성과는 없었다. 그들은 모두 이런 도시 남자는 본 적이 없다고 말했다.

11시 반경에 우리는 별다른 기대 없이 '오다이라 낚시용품센터'로 향했다. 바다낚시, 배낚시를 전문으로 하는, 주로 마니아를 상대하는 낚시가게였다. 이가사키항에서는 제방낚시로도 제법 훌륭한 감성돔을 노릴 수 있고, 포인트도 가까워서 배낚시도 수월한 편이다. '오다이라'는 낚싯배 렌탈도 해서 멀리 아마쿠사까지

나가는 낚시꾼들에게 인기가 많은 가게라고 들었다.

주인 오다이라는 내가 잘 아는 사람이다. 가게에 들어서자 오다이라 아저씨가 "오오, 마리아!"라고 반갑게 외쳤다. 목청이 큰 사람이라 고막이 징징 울렸다.

"잘 왔어. 마리아가 돌아왔다는 소문을 듣고 기다리고 있었잖아."

"아, 네, 오랜만이네요."

적당히 인사하고 미조구치 사진을 내밀었다.

"지금 사람을 찾고 있어요. 아저씨, 혹시 이 사람 본 적 있어요?"

오다이라는 안경을 이마로 올리고 입술을 꽉 깨문 채 사진을 빤히 들여다보았다. 곧 "아하——" 하고 숨을 토했다.

"겨울에 낚시하러 왔던 사람이네."

나는 오빠와 얼굴을 마주보았다.

"정말요? 정말 이 사람 맞아요? 겨울이라면 언제 적 겨울? 작년 겨울?"

"그렇게 한꺼번에 물으면 어떡해. 이 사람이라면 똑똑히 기억하지. 작년인가 재작년인가, 아니 그 전인지도 모르지만, 연초에 젼어 낚시 하러 온 것은 분명해."

오다이라는 덥수룩한 턱수염을 쓸면서 미조구치를 떠올리려고 애쓰는 것 같았다. 오빠는 스마트폰 메모 앱을 띄우고 글을 입력해서 나에게 보여주었다.

〈이 손님 얼굴을 왜 기억하고 있는지 물어봐. 아마 뭔가 인상에 남는 일이 있었을 거야.〉

고개를 끄덕이고 오다이라에게 돌아섰다.

"아저씨, 이 손님 얼굴은 왜 기억하는 거예요?"

"왜냐하면…… 이 사람, 처음에는 여기서 미끼만 사다가 부두 낚시를 했는데, 잠시 후 다시 가게에 들어와, '이곳이 마음에 듭니다. 언젠가 배낚시도 해보고 싶네요'라더군. 우리 가게에는 합승 배낚시나 전세 낚싯배를 홍보하는 전단지를 비치해 두고 있잖아. 그걸 가지러 일부러……."

말을 하다 보니 기억이 선명해졌는지 오다이라는 "아!" 하고 더욱 커다란 목소리로 말했다.

"생각났다! 재작년 1월이었다! 그때까지만 해도 가즈미 군이 어선을 운영하고 있었지. 그래서 가즈미 군의 전단지를 그 사람에게 주었어. 이런저런 얘기를 하고 있는데 마침 가즈미 군이 가게 앞을 지나가길래 그 자리에서 소개해줬지."

"이 손님을, 오빠에게?"

"그렇다니까. 가즈미 군이 그다지 사교적인 사람이 아닌데도 그날은 꽤 적극적으로 손님과 얘기해서 금방 친해지더라고. 그리고 '오늘은 바쁜 일 없으니까 배를 띄워도 좋을 것 같군요'라고 하더군. 아마 그날 두 사람이 배낚시를 갔을 거야. 가즈미 군도 부친이 돌아가신 데다 마리아도 집을 떠나서 기운이 없었는데, 또래 친구와 놀러가고 싶었는지도 모르지."

정수리에서 핏기가 싹 가시고 다리가 후들거렸다. 오빠가 부축해주었지만 현기증은 진정되지 않았다.

우라이 히로키에 이어서 미조구치 사토시도 이가사키에 왔던 것이다. 그리고 그곳에는 늘 오빠 요코시마 가즈미의 그림자가 있었다.

불길한 예감은 금세 구체적인 꼴을 갖추며 부풀어갔다.

*

갈 때와는 반대로 아마쿠사 5교의 5호 다리에서 1호 다리 쪽을 향해 아마쿠사 펄라인을 달렸다. 나는 핸들을 잡은 채 조수석의 이쿠코에게 탐문 결과를 보고했다.

"이쿠 짱 쪽은 성과가 있었나요?"

이쿠코는 내 질문에는 대답하지 않았다.

"마리아 씨에게도 기다 씨에게도 안 좋은 소식을 전해야겠군요."

에어컨을 너무 세게 틀어서 조금 추웠다. 나는 양해도 구하지 않고 창유리를 다 내려 미지근한 공기를 차내에 채웠다. 단단하게 한데 묶은 이쿠코의 머리카락은 바람을 맞아도 흐트러지지 않았다.

"오늘 오전에 바다로 나가 봤습니다."

귀를 의심했다. "네? 이쿠짱이? 어떻게?"

"그제 항구에서 만난 미야모토 씨가 고기잡이는 은퇴했지만 배는 아직 가지고 있다고 해서. 그분에게 아다시마에 가까운 해역까지 데려다 달라고 부탁했습니다."

"왜요?"

"'배 숨긴 후미'를 가까이서 보려고요. 조용하고 풍광 좋은 후미더군요. 작은 어선이라면 충분히 지나갈 수 있는 폭이었고요. 미야모토 씨에게 물어보니 '세이하쿠마루'만 한 배도 그곳에 계류가 가능하다고 했습니다."

의문은 깊어지기만 했다. 아다시마에 상륙할 때는 보통 배 숨긴 후미 같은 곳보다 코티지 앞 뜬다리 잔교에 계류하게 마련이다. 이쿠코가 왜 그 후미에 관심을 보이는지 알 수 없었다.

"또 한 가지. 구마모토 현경에 근무하는 지인에게 히토 사건의 피해자들이 코티지에 가져갔던 짐에 대하여 조사해달라고 부탁했습니다. 지인이 창고에서 당시 자료를 끄집어내서 확인한 결과 코티지에서 발견된 피해자들의 가방 종류 중에 슈트케이스는 없었다고 합니다."

수사 자료에 따르면 하시모토 료마는 메신저백, 가란 유이코는 콤팩트한 보스턴백, 그 외 사람들은 배낭을 가져갔다고 한다. 그게 무슨 상관이냐고 물으려다가 나는 입을 다물어버렸다.

히노데키친 주인 아즈마는 8월 4일 15시경 항구에서 슈트케이스를 끌고 가는 가즈미를 목격했다. 가즈미는 그 슈트케이스가 손님의 짐이라고 증언했었다.

피해자의 짐 중에 슈트케이스가 없었다면 오빠는 대체 누구의 짐을 옮기고 있던 것일까.

"그 슈트케이스 속에 구조 겐타로의 사체가 들어 있었던 겁니다. 구조를 살해한 것은 요코시마 가즈미 씨일 겁니다."

"……잠깐만."

"마리아 씨, 지금부터 제가 하는 말은 전부 상상입니다. 아무런 물증도 없는 정황 증거를 종합해서 구성한 허술한 추리일 뿐입니다. 그래도 마리아 씨에게 제일 먼저 말해줘야 한다고 판단했습니다. 히토 사건의 진범은 가즈미 씨라고 생각합니다."

한 마디도 할 수 없었다. 룸미러를 보았다가 오빠와 눈길이 마주치고 말았다. 오빠도 놀라서 얼굴이 굳어 있었다.

"8월 3일, 마리아 씨가 친오빠에게 구조의 스토킹 문제를 이야기했을 때 가즈미 씨는 바로 구조에게 달려갔을 겁니다. 처음부터 죽일 생각이었는지, 아니면 말다툼을 하다가 폭력으로 치닫고 말았는지 지금으로서는 알 수 없죠. 아마 충동적으로 살해했을 겁니다."

그럴 리가 없다. 오빠는 내 말에 귀를 기울여주지 않았다. 사진이 찍힌 네 잘못이라는 말까지 했다.

그런데 어찌된 일인지 담판을 위해 구조에게 달려가는 가즈미의 모습은 울고 싶을 만큼 생생하게 머릿속에 그려졌다.

가즈미는 거친 사람이다. 집 안의 중요한 일도 나에게 한 마디 말도 없이 결정해버린다.

"가즈미 씨는 구조의 사체를 매장하거나 바다에 던질 생각이 없었습니다. 그러나 손님을 배에 태워 섬에 데려다주기로 약속되어 있던 그는 구조가 이튿날부터 코티지 관리인으로서 히토 기요쓰구 일행을 도와주기로 되어 있다는 것도 알고 있었습니다. 만약 구조가 사라져서 히토 일행과 연락이 되지 않는다면 히토 일행은 구조의 고용주 우라이 유미에게 연락해서 항의하게 되겠죠. 그러면 구조를 찾기 시작할 것이고 자칫 살인이 드러날지도 모릅니다. 그래서 가즈미 씨는 구조인 것처럼 행동하기로 한 겁니다. 그런데 일곱 명의 젊은이들과 지내던 가즈미 씨는 히토 기요쓰구가 친구 여섯 명을 살해할 계획이라는 것을 눈치 챘습니다. 정말로 살해할 마음이 있었는지는 알 수 없지만, 히토가 섬에 비소를 가져갔으니 그걸 보고 짐작을 했는지도 모릅니다. 가즈미 씨는 일단 이가사키항으로 돌아와 구조의 사체를 슈트케이스에 담아 아다시마로 옮겼습니다. 세이하쿠마루를 배 숨긴 후미에 감춰두면 피해자 일행의 눈에 띄지 않았을 겁니다. 가즈미 씨는 히토 일행을 모두 죽이고 그 사이에 구조의 사체를 섞어 놓으려고 한 겁니다."

나도 모르게 끼어들었다. "섞어 놓는다고?"

"구조가 히토 기요쓰구에게 살해당한 것처럼 꾸며 놓는 겁니다. 히토에게는 여섯 명을 죽일 만한 동기가 있습니다. 사체 여섯

구 사이에 구조의 사체가 섞여 있다면 대량 살인에 억울하게 휘말린 것처럼 보일 테니까요."

설사 가즈미가 구조 겐타로를 죽인 게 사실이라고 해도 나머지 여섯 명까지 죽였다고 단정할 수 있을까? 히토 기요쓰구는 평소 피해자들을 증오하고 있었으니까 구조를 제외한 여섯 명은 히토가 죽였을지도 모르지 않나.

룸미러에 비친 오빠도 같은 의문을 제기하려는 것 같았다.

"히토 기요쓰구는 살해에 관여하지 않았을 겁니다. 히토가 여섯 명을 죽였다면 준비해 간 비소를 사용했을 테니까요. 가즈미 씨는 구조의 사체가 자연스럽게 섞이게 하려고 남은 사람들을 전부 죽인 겁니다. 평범한 정신 상태라면 한 건의 살인을 감추기 위해 여섯 사람을 몰살해버리는 짓은 하지 못합니다. 다만 히토 기요쓰구가 여섯 명에게 깊은 원한을 품고 있다는 특수한 상황—— 가즈미 씨가 해치지 않아도 조만간 히토가 여섯 명을 죽였을 거라고 예상할 수 있는 상황에 처하자 과감한 증거 인멸 작전을 떠올린 겁니다. 그리고 가즈미 씨는 히토에게 죄를 뒤집어씌우기 위해 모든 사체에서 혀를 절단했어요."

손이 떨려 핸들 조작이 불안할 정도였다. 렌터카는 나가우라시마, 오이케시마, 마에시마 등 세 섬을 통과하여 오야노시마로 들어섰다. 우도 반도가 바로 옆이다.

"처음으로 가즈미 씨에게 느낀 의아한 점은 약속된 날짜보다 하루 먼저 배를 타고 섬에 도착한 탓에 비극을 처음으로 발견한 사람이 되었고, 크게 놀라 이가사키항으로 급하게 돌아오다가 새끼손가락이 절단될 만큼 크게 다쳤다는 말을 들었을 때였습니다. 아무리 당황했다고 해도 늘 배를 몰던 어부가 손가락이 밧줄에 끼여 잘리다니, 얼마나 당황했으면 그랬을까 싶었습니다. 데리러 가기로 한 날짜를 하루 착각하는 실수까지 겹쳐졌다는 점도 수상했습니다. 혹시 가즈미 씨는 그 코티지에 있었던 것은 아닐까. 피해자 가운데 한 사람의 저항으로 새끼손가락을 다치자 한시라도 빨리 치료받기 위해 거짓 상황을 둘러댄 게 아닐까. 그런 엉뚱한 상상이 머리를 스쳤던 겁니다."

나는 이쿠코의 추리를 들으며 오빠의 잘린 새끼손가락에 대한 주변 사람들의 반응을 떠올렸다. 미야모토 영감은 이렇게 말했다. "잘린 손가락을 들고 병원에 달려갔으면 잘 붙여 주었을 텐데 왜 그러질 않았나." 오빠가 "바다에 떨어뜨렸어요"라고 대답하자 어처구니없다는 표정이었다.

"하지만, 그 추리는 이상해요. 오빠가 아다시마에 가 있었을 리 없어요. 내가 집에 없었거든요. 아무리 오빠라도 거동도 못하는 아빠를 집에 혼자 두지는 않았을 거예요."

"마리아 씨 아버님은 히토 사건 직후에 상태가 나빠졌죠?"

이쿠코의 말에 아, 하며 숨을 삼켰다.

3년 전 8월 9일, 오랜만에 집에 돌아와 보니 아빠는 완전히 쇠약해져 있었다. 목욕도 며칠이나 거른 듯했고 방수 시트는 분뇨로 엉망이었다. 내가 며칠간 집을 비운 탓이었다.

"마리아 씨의 가출을 가즈미 씨도 알고 있었으니까 그동안은 가즈미 씨가 아버님을 간병하든 방문 돌봄 서비스를 신청하든 뭔가 조치를 취했어야 합니다. 하지만 가즈미 씨는 아버님이 쇠약해지도록 방치했어요. 가즈미 씨가 정말로 히토 일행을 배에 태워주는 일만 맡았다면 아버님을 간병할 여유는 충분히 있었을 겁니다. 아무것도 할 수 없었던 이유는 집에 없었기 때문이 아닐까요?"

"아니에요. 왜냐면, 그건."

"아버님을 간접적으로 죽이는 것과 같죠."

뒷좌석에 있는 오빠의 시선이 느껴졌다. 나는 말없이 다음을 재촉했다.

"여섯 명을 죽이고 구조의 사체를 섞어 놓은 가즈미 씨는 최초 발견자인 것처럼 행동했습니다. 이가사키항은 이용객이 별로 없어서 선박 입출항 기록도 없으니 세이하쿠마루가 항구에서 닷새간이나 보이지 않았다는 점을 아무도 알아채지 못했습니다. 하지만 그 후 가즈미 씨는 늘 불안하게 지냈을 겁니다. 미처 죽이지 못한 히토 기요쓰구가 의식을 회복하면 가즈미 씨의 공작이 만천하에 드러날 테니까요. 하지만 입원 중인 히토를 죽이기는 어려운 일입니다. 어느 병원인지 알아내도 병원 출입구에 방범 카메라가 있을 것이고, 칼을 휘두르면 경비원에게 붙잡힐 겁니다. 가즈미 씨는 자기 손에 피를 묻히지 않고 히토를 죽일 방법을 궁리하다가 자기 대신 히토를 죽여줄 법한 인물을 찾게 됩니다. 맨 처음 주목한 사람은 히토 사건의 피해자 유족입니다. 히토 기요쓰구가 범인이라 믿고 원한을 품고 있는 유족을 이용하려던 거죠. 그래서 가즈미 씨는 우라이 히로키가 마리아 씨에게 전화했을 때, 그와 적극적으로 인연을 맺으려고 했던 겁니다. 마리아 씨가 우라이에게 폭언을 했을 때 옆에서 수화기를 빼앗아 대신 사죄하고, 우라이가 이가사키에 머물 때도 친절하게 대해주었습니다. 그를 조종해서 히토를 죽이게 하려고요."

그래서 두 사람이 사이좋게 돌아다니는 모습이 동네에서 종종 목격되었나.

"우라이가 이가사키를 떠난 뒤에도 두 사람은 연락을 계속했던 게 아닐까요? 그러나 우라이는 격정적인데다 앞뒤 재지 않고 행동하는 경향이 있는 사람입니다. 그래서 가즈미 씨는 히토 살해 계획에 그를 이용하기가 어렵겠다고 판단했습니다.

다음으로 주목한 사람은 미조구치 사토시입니다. 바다낚시를 하려고 이가사키에 온 미조구치는 간호사 면허가 있고 친척 구라마치 고스케를 죽이고 싶을 정도로 증오하고 있었습니다. 그래서 미조구치에게 '나도 죽이고 싶은 놈이 하나 있다'는 식으로 떠본 겁니다. 아무리 그래도 '사실은 내가 히토 사건의 범인이고, 히토가 깨어나기 전에 죽이고 싶다'는 식으로는 말할 수 없으니까, 구조 겐타로의 친구로서 히토를 증오한다는 설정으로 접근했을 겁니다. 가즈미 씨는 미조구치와 교환 살인을 약속했습니다. 가즈미 씨가 구라마치를 살해하고, 그동안 미조구치가 히가시오사카 후쿠센카이 병원──히토가 입원한 병원으로 이직할 준비를 합니다. 그리고 간호사 미조구치가 사고 혹은 건강 악화에 따른 사망인 것처럼 위장하여 히토를 죽입니다. 각자가 실행하는 살인에는 동기가 없기 때문에 살인범이 용의 선상에 오를 일은 없습니다. 미조구치가 이가사키를 떠난 뒤에는 공중전화 등 추적이 어려운 수단으로 연락하며 준비했겠지요. 미조구치의 스마트폰이나 컴퓨터를 아무리 뒤져도 가즈미 씨 흔적이 나올 리 없었지요. 그들은 아마쿠사의 이가사키라는 항구마을에서 우연히 만나 낚시를 한 번 했을 뿐인 사이였으니까."

그래서 가즈미가 구라마치 고스케를 살해한 것이라고 이쿠코는 말했다. 미조구치는 약속한 대로 완벽한 알리바이를 확보하고 천연덕스럽게 최초 발견자처럼 행동했다.

"가즈미 씨는 미조구치와 교환 살인의 파트너가 되었다고 믿었는지 모르지만, 사실은 미조구치에게 이용당했던 게 아닐까요? 왜냐하면 계획대로 구라마치를 죽인 가즈미 씨와는 달리 미조구치는 히토 기요쓰구를 살해할 준비를 거의 하지 않았으니까요."

"미조구치는 오빠한테만 살인을 하게 하고 자기 손에는 피를 묻힐 생각이 없었다는 건가요?"

"'내가 히토를 죽이고 네가 구라마치를 죽이는 거다'라고 구두 약속을 하는 것은 간단하지만 실제로 살인을 결행하자면 많은 어려움이 있습니다. 이미 목표를 이룬 미조구치는 굳이 위험을 감수할 필요가 없습니다. 그러나 배신당한 가즈미 씨는 납득할 수 없겠지요. 그래서 미조구치는 가즈미 씨를 멀리하려고 했던 게 아닐까요?

최초 발견자로서 구라마치 고스케의 집에 들어갈 때 미조구치는 구라마치의 혀를 절단했습니다. 사법해부 결과 구라마치의 혀는 사후에 절단된 것으로 밝혀졌어요. 혀를 절단한 것은 실행범 가즈미 씨가 아니라 최초 발견자 미조구치였던 겁니다. 그리고 미조구치는 공중전화로 가즈미 씨에게 연락해서 협박했습니다. '구라마치의 혀를 잘랐으니까 경찰은 히토 사건을 염두에 두고 과거 관련자들을 조사할 것이다. 수사망에 걸려들기 싫으면 더 이상 내 앞에 얼쩡거리지 마라'라는 식으로. 미조구치는 가즈미 씨의 협력자라는 처지에서 탈출했습니다. 뿐만 아니라 구라마치 살해범이 가즈미 씨임을 알고 있는 위험한 인물이 되었지요. 가즈미 씨는 입막음을 위해 미조구치 사토시를 살해했습니다."

협박을 당하자 입막음을 위해 살해하다니, 즉흥적이고 충동적인 범행이다. 정말 친오빠답다는 생각이 들었다.

가즈미는 두뇌 회전이 빨라, 위기에 직면하면 임기응변이 가능한 사람이다. 그러나 충동에 휩싸여 스스로 위험한 길로 돌진해 버리는 일도 종종 있다.

"미조구치를 죽이기 전부터 가즈미 씨는 각오를 하고 있었을 겁니다. 미조구치가 사체의 혀를 잘라서 히토 사건을 떠올리게 만들어 두었으니 조만간 수사관들도 그 방향으로 추적할 것이다. 히토 사건이 재조사되면 자기 이름이 수사 선상에 오를 것이다.

그때 가즈미 씨는 마리아 씨를 생각했습니다."

"나를?"

이쿠코는 고개를 크게 끄덕였다.

"다시 우라이 히로키 이야기로 돌아갈까요? 그는 이가사키를 떠난 뒤에도 히토 사건에 연연하고 있었습니다. 그리고 '#당해도_싸'라는 해시태그가 유행하던 지난달 28일, 마리아 씨의 예전 폭언을 떠올리며 살의를 품었습니다. 우라이는 마리아 씨의 동선을 알아내고 일본도까지 준비했습니다. 가즈미 씨가 언제까지 우라이와 연락하고 있었는지는 모르지만, 아마도 가즈미 씨는 우라이가 마리아 씨를 살해할 계획이라는 것을 눈치 챈 게 아닐까요? 구라마치 살해가 언제 발각될지 모를 상황이어서 가즈미 씨는 초조했습니다. 우라이가 언제 마리아 씨를 죽일지 모른다. 게다가 나도 언제 체포될지 모른다. 마리아 씨를 어떻게 지켜야 할까를 궁리하던 가즈미 씨는 마침내 미조구치가 했던 혀 절단이라는 연출을 이용하기로 합니다."

"그게 무슨……."

이쿠코가 무슨 말을 하려는지 알 것 같아서 숨이 막혔다.

"미조구치의 혀를 절단해서 연속 살인이라는 점을 강조하고, 나아가 미조구치 사체의 최초 발견자를 죽임으로써 일련의 살인 사건이 최초 발견자를 노린 연쇄 살인이었다는 식으로 의미부여를 한 겁니다. 그리고 마지막 사체를 마리아 씨가 발견하게 한다면 마리아 씨가 다음 표적인 것처럼 믿게 만들 수 있다."

이쿠코의 포커페이스가 무너지는 것을 곁눈으로도 알 수 있었다.

"우라이 히로키로부터 마리아 씨를 지키고 싶다. 그 바람 하나로 가즈미 씨는 전혀 무관한 고바야시 데루코 씨를 살해했습니다. 그 사체를 마리아 씨가 발견하게 해서 경찰이 마리아 씨를 경호하도록 유도한 겁니다. 바로 마리아 씨를 지키는 것이 이 연속살인의 목적이었습니다."

모든 것이 가즈미의 생각대로 되었을까? 사체의 최초 발견자가 된 나는 경찰의 경호를 받게 되었고 우라이가 일본도로 공격할 때는 이쿠코가 몸을 던져 막아주었다.

나는 힘없는 목소리로 반론했다.

"친오빠가 그런 짓을 할 수 있을 리 없어요. 사체를 발견한 것이 전부인 무고한 사람을 죽이다니."

"평범한 신경이라면 감당할 수 없는 일이겠지만 가즈미 씨라면 자신이 파멸하는 미래도 예측할 수 있었을 겁니다. 그렇게 많은 사람을 죽였으니 어떤 의미에서는 자포자기하고 말았겠지요."

정말로 오빠가 그랬을까? 아다시마에서 처음 만난 젊은이들을, 구라마치 고스케를, 미조구치 사토시를, 사체를 처음 발견했을 뿐인 고바야시 데루코를. 구조 겐타로를, 정말 죽였을까?

아연실색해 있는데 뒷좌석에서 오빠의 손이 넘어와 어깨를 가만히 건드렸다. 히토 기요쓰구가 살인마가 아닐 수 있다는 가능성에 안도할 줄 알았는데 오빠는 왠지 고통스러운 듯했다.

나는 말했다.

"친오빠를 직접 만나서 확인해야겠어."

"그래요." 이쿠코의 목소리는 어둡게 가라앉아 있었다. "아까도 말했듯이 히토 사건은 물증이 없으므로 범인의 자백 없이는 진상을 알 수 없습니다. 가즈미 씨가 진실을 말해주기를 바랄 뿐입니다."

이쿠코의 추리에는 한 가지 오류가 있는 것 같았다. 아다시마의 살인사건에 대하여 이쿠코는 가즈미가 사체의 혀를 절단한 것은 '히토에게 죄를 뒤집어씌우기 위해'서라고 말했지만 사실은 그게 아니었다.

구조 겐타로는 상대를 조롱할 때 혀를 쏙 내밀며 웃는 버릇이 있었다. 그 혀 중앙에 박힌 피어스──여고생이던 내가 동경하던 혀 피어스는 구조가 웃을 때마다 음울하게 번쩍였었다.

여러 사체에서 혀가 절단되어 있던 것은 히토에게 죄를 뒤집어씌우기 위해서가 아니라 구조의 사체 양상과 일치시키기 위해서일 것이다. 히토의 소중한 선배가 린치를 당하다가 혀의 일부를 잃은 것과는 아무 관계도 없다. 가즈미는 그저 구조의 혀를 잘라버리고 싶었던 것이다.

히토 사건으로부터 한 달쯤 지났을 무렵. 가즈미가 이상한 말을 했었다.

──슈트케이스는 어떻게 버리면 좋겠냐?

나는 무엇보다 오빠가 말을 건넸다는 사실에 놀랐다. 소 닭 보듯 지내왔는데 무슨 바람이 불었나, 하고 의아했다.
 가즈미가 버리려던 슈트케이스는 그 전년도에 구입한 새것이었다. 왜 버리려는지 의아했지만 그 이상으로 '자기 아쉬울 때만 말을 섞으려고 하네'라는 감정이 앞서서 나는 못들은 척했다.
 지금이라면 대답해줄 수 있다.
 아마쿠사시에서 지정한 쓰레기봉투에 담을 수 없다면 대형폐기물 스티커를 구입해야 해. 오빠의 슈트케이스는 1미터가 넘는 큰 가방이니까 대형쓰레기용 스티커를 붙여서 내놓아야 해. 그 정도는 직접 알아봐, 홈페이지에 다 나와 있으니까. 그리고······.
 "증거물 버리지 마, 이 찌질아."

*

 신칸센 열차가 출발한 뒤에도 이쿠코는 데크에 선 채로, 시간이 한참 지나도 좌석으로 돌아올 기미가 없었다. 이가사키에서 수집한 정보와 그것들을 조합해서 세운 추리를 전화로 여러 사람에게 전하고 있는 것 같았다. 오사카 부내에서 발생한 연속 살인 사건이 구마모토 현경 관할인 히토 사건과도 연결되어 있다면 보고할 내용도 방대해질 것이다.
 나와 오빠는 말없이 좌석에서 기다렸다. 이쿠코는 1시간쯤 지나서야 3호차로 들어왔다.

"세나 짱은 뭐래요?"

"세나 씨한테는 알리지 않았습니다. 내용이 너무 많아 일단 마나베한테만 전해두었습니다."

"갑질이나 일삼는 그 과장? 또 싫은 소리 하지 않던가요?"

"일단 알겠다고 했습니다. 혼란스러워하더군요."

이쿠코는 내 옆에 앉자 "무서운 얘기 하나 해도 될까요?"라고 말했다. 나는 고개를 통로 쪽으로 기울이며 듣는 자세를 취했다.

"마리아 씨가 병실에서 먹었던 젤리 있죠?"

"응, 맛있었죠."

"실은 그거 가져온 사람이 마나베 과장이었어요. 눈물을 흘리며 병실에 들어와, '닛타가 무사해서 정말 다행이야'라더군요. 아무래도 내가 과장한테 찍혔던 건 아닌 것 같아요."

한 박자 두고 나서 내가 쏘아붙이듯이 말했다. "헐, 대박."

"오싹하죠? 지금까지 그렇게 대했던 것도 저를 아끼는 마음에 지도하느라 그랬던 거랍니다. 아끼는 부하에게 나가 죽어, 라고 말한다는 게 좀 믿기지는 않지만."

이쿠코가 우라이 히로키의 칼부림에 다치자 큰 충격을 받았는지 이후로 마나베의 태도가 부드러워졌다고 한다. 히토 사건에 대해서도 신중하게 다루겠다고 약속한 모양이다.

이쿠코가 찍힌 게 아니었다면 아무 문제도 없는 건가. 하지만 아끼는 부하라서 폭언을 한다니 아무래도 납득이 안 되고, 이쿠코에게 비열하게 갑질한 과거가 사라지는 것도 아니다.
"이대로 괜찮은 건가요?"
"일단 이 건이 일단락되면 제대로 이야기해볼 생각입니다. 그 정도 갑질로 처벌을 결정할 조직은 아니지만, 후배들을 위해서라도 자리를 마련할 필요가 있어요."
"좋아요. 싸울 일이 생기면 날 불러요."
농담을 날려보지만 기분은 나아지지 않았다.
요코시마 가즈미는 아빠가 죽자 고향집을 철거하고 이가사키를 훌쩍 떠났다. 어디로 갔는지는 아무도 모른다. 정식으로 수사가 시작되면 가즈미에 대한 대대적인 수색이 진행될 거라고 이쿠코가 말했다.
앞으로 어떻게 해야 할까. 친오빠 일은 물론 마음에 걸리지만, 이미 체포된 우라이 히로키도 머리에서 떠날 줄 모른다.
"근데, 이쿠짱. 살인예비죄니 상해죄니 하는 게 무거운 죄예요?"
노상에서 수갑을 차고 눈물을 흘리던 우라이의 얼굴이 내내 망막에 어른거렸다. 가즈미의 죄를 뒤집어쓸 일은 없어졌지만, 일본도를 들고 사람을 공격한 죄는 남아 있다.
이쿠코는 리클라이닝 시트를 조금 눕히고 천천히 기대었다.
"신경 쓰지 말아요. 마리아 씨는 무슨 일이 생겨도 절대 나 때문이라는 식으로 생각하지 말았으면 해요."
이쿠코가 그렇게 말해주어도 전부 내 탓인 것 같았다.

구조가 내 사진을 찍게 했다. 그 말을 듣고 화가 난 친오빠가 구조를 죽였고, 그밖에도 여러 사람을 해치고 말았다. 히토는 의식불명에 빠졌고 기다 요헤이는 자책감에 시달리고 우라이 히로키는 히토를 원망했다.

그리고 가즈미는 또 사람을 죽였다. 그것도 전혀 무관한 사람을, 나를 위해서.

"비열한 방법으로 마리아 씨를 옭아매려고 한 구조야말로 죗값을 치러야 했습니다."

이쿠코는 나를 똑바로 쳐다보며 단호하게 말했다.

"다만 가즈미 씨의 방법은 옳지 않습니다. 구조를 죽이고 그 죄를 숨기기 위해 살인을 거듭한 가즈미 씨에게는 크나큰 책임이 있습니다. 그 바탕에는 마리아 씨에 대한 사랑이 있었는지 모르지만, 많은 무고한 사람을 죽인 파멸적인 행위를 이타심이나 헌신, 자기희생 같은 아름다운 말로 치장할 수는 없어요."

"그래요."

"하지만 경찰에도 책임이 있어요. 만약 가즈미 씨가 경찰을 믿었다면, 직접 구조를 처벌하기보다는 경찰을 만나 동생의 피해를 상의했을지도 모릅니다. 그런 신뢰를 얻지 못했다는 점에서 경찰도 책임을 져야 합니다. 경찰뿐만 아니라 마리아 씨에게 상처를 준 주변 환경과 사회에도 책임은 있어요."

"그렇게 말하는 것은, 남에게 죄를 떠넘기는 것 같아서 싫어요."

"자업자득이란 말로 정리될 만큼 이 세상이 단순하지는 않습니다."

이쿠코의 말은 종종 어렵다. 고개를 갸웃하자, "요는 마리아 씨 탓이 아니라는 겁니다"라고 이쿠코는 말했다.

이쿠코의 스마트폰이 진동했다. 경찰 관계자의 연락인지 이쿠코가 다시 좌석에서 일어나 3호차 밖으로 나갔다.

오빠는 무릎을 달달 떨면서 창밖을 바라보고 있었다. 안색이 좋지 않았다. 오빠에게도 인생을 뒤집어버린 사흘이었다.

"왜, 니코틴이 딸려?"

내가 묻자 오빠는 스마트폰 메모 앱에 대답을 입력했다.

〈딸리지만 지금은 괜찮아.〉

오빠의 옷과 머리에서는 늘 니코틴 냄새가 난다. 오빠는 집단 린치를 당한 후 축구를 그만두었다. 고등학교를 중퇴하고 운동선수라면 멀리해야 마땅한 담배를 피우기 시작했다.

구조 겐타로도 헤비스모커였다. 고등학교 때는 그것도 구조의 매력 가운데 하나라고 느꼈다. 담배 문 모습이 우울해 보이고 담배 끼운 손가락도 섹시해 보여서. 하지만 수명을 갉아먹는 기호품을 멋지다고 생각하는 것은 이제 그만두고 싶다.

"근데, 담배 좀 끊지? 그리고 살 좀 찌워. 굶주린 들개 같아서 불쌍해 보여."

말이 심하네, 라는 듯한 표정을 짓다가 오빠는 쿡, 웃었다.

〈갑자기 끊기는 힘들 거야.〉

"그럼 줄이기라도 해."

몸을 창 쪽으로 기울여 오빠 어깨에 고개를 얹었다.

이번 여행에 나선 뒤 오빠와 대화할 기회가 많았다. 필담이나 스마트폰 메모 앱을 이용한 대화는 시간이 걸리고 번거로워서 지금까지 우리는 일방적인 전달만 했었다.

말이 없어도 통할 수 있다고 생각해왔지만, 전달하지 않으면 알 수 없는 것도 많다.

"돌아가면 말이야, 필담용 노트를 사자. 이쿠짱 수첩처럼 귀엽게 생긴 걸로."

그렇게 중얼거릴 때 손바닥에 진동이 울렸다. 오른손에 쥔 스마트폰의 화면이 밝아졌다. 착신이다. 화면에는 발신자가 표시되지 않는다.

"아, 찝찝해. 받지 말까."

역시 전화 통화는 질색이다. 발신자 표시가 제한된 전화면 더욱 그렇다. 그러나 스마트폰 화면을 들여다 본 오빠가 불안하게 시선을 움직이며 〈받아봐〉라고 말하는 입모양을 만들었다. 하는 수 없이 3호차 밖으로 나가자 무슨 까닭인지 오빠도 따라나왔다.

데크에서 이쿠코가 통화 중이었다. 우리를 보자 의아한 표정을 지었다. 스마트폰을 살랑살랑 흔들어 "전화"라고 말하자 이쿠코는 고개를 크게 한 번 끄덕였다.

나는 이쿠코 옆에서 주저주저 통화 버튼을 눌렀다.

"여보세요, 누구세요?"

무음. 스마트폰을 잠깐 귀에서 떼었다가 다시 "여보세요?" 하고 불렀다. 전파 장애가 있는 것도 아닌데 상대방은 한 마디도 하지 않았다.

"누구? 말 안하면 끊는다."

잠깐 정적이 흐른 뒤 저쪽에서 끊었다. 잘못 건 전화인가?

그때 이쿠코의 스마트폰 쪽에서 커다란 소리가 들렸다. 나의 통화가 끝난 것을 확인한 이쿠코가 스피커폰으로 바꿔준 듯했다. 통화 상대는 세나였다.

〈전자녹음기를 찾았어요!〉

수화구 너머에서 쾌활한 목소리가 들렸다.

〈덴노지구에 있는 코워킹스페이스에서 미조구치가 렌탈 로커를 계약했다는 사실을 알아냈습니다. 아까 그 로커에서 전자녹음기와 전화통화 녹음용 마이크를 찾았습니다. 미조구치와 의문의 남성이 전화통화를 하는 음성 데이터가 남아 있더군요. 미조구치는 상대 남성에게 구라마치 고스케 살해를 의뢰했습니다! 통화 내역을 추적할 수 없도록 역시 공중전화로 연락하고 있었던 것 같습니다. 미조구치는 왜 자기 목을 조일 수 있는 녹음 파일을 남겨두었을까요?〉

세나에게는 아직 미조구치와 가즈미의 교환 살인에 대하여 이야기하지 않은 상태였다. 그래도 부경 수사본부는 요코시마 가즈미가 남긴 흔적을 추적하고 있었다.

미조구치 사토시는 가즈미와 나눈 대화를 녹음해두었던 것이다. 교환 살인을 실행할 작정이었다면 증거가 되는 음성 데이터는 보관하지 않고 처분해버리는 게 나았을 텐데.

이쿠코는 세나에게 들리지 않는 작은 목소리로, "협박 재료인가?"라고 중얼거렸다. 미조구치는 처음부터 가즈미를 편리하게 부리다가 차버릴 작정이었을 것이다.

〈상대방 목소리도 또렷하게 남아 있어요. 아무튼 인원을 왕창 투입해서 통화 상대를 찾을 겁니다.〉

수사가 빠르게 진전되는 데서 오는 흥분 때문에 세나는 말이 빨랐다. 나는 무의식중에 이쿠코의 손을 꼭 쥐고 있었다.

"알려줘서 고마워요. 내가 다시 연락할게요."

가즈미는 머지않아 체포될 것이다. 구조 겐타로를 죽인 뒤 구마모토현 아마쿠사시 아다시마에서 여섯 명을 살해하고 한 명을 식물인간 상태로 만들고 오사카 각지에서 세 사람을 살해했다. 사형 구형이 확정적이다.

전화를 끊은 이쿠코가 이쪽을 돌아다보았다.

"아까 마리아 씨는 누구 전화를 받은 거죠?"

"몰라요. 발신자 표시 제한이어서. 내가 받으니까 금방 끊었어요."

그렇게 말하자 이쿠코와 오빠는 왠지 어두운 표정이 되었다.

"마리아 씨의 전화번호를 가즈미 씨가 알고 있습니까?"

"글쎄. 번호를 바꾸지 않았으니까 아마 알고 있을지도."

"그 전화, 가즈미였는지도 몰라요."

"······네?"

이쿠코의 말을 되새겨보았다. 열차가 터널로 들어섰다.

"마지막으로 마리아 씨 목소리를 들어보려고 했겠죠. 가즈미 씨는 죽을 생각일 겁니다."

*

18시 59분, 신칸센 사쿠라 562호는 신오사카에 도착했다.

이쿠코는 개찰구를 나오자마자 택시를 잡아타고 부경 본부 본청사로 가달라고 말했다. 조수석으로 빙 돌아갈 시간도 아까워 뒷좌석에 세 사람이 끼어 앉았다.

택시는 국도 423호를 따라 남하했다. 이쿠코는 손으로 입을 가리며 비로소 초조한 표정을 드러냈다.

"이대로 수사가 순조롭게 진행되면 가즈미 씨는 구라마치 고스케 살해 혐의로 체포될 겁니다. 그렇게 되면 미조구치 사토시, 고바야시 데루코 살해 사실이 줄줄이 드러나겠죠. 잘하면 히토 사건까지 재수사가 이루어져 최대 열 명을 살해한 죄가 드러날 겁니다. 하지만 가즈미 씨가 죽으면 피의자 사망으로 소송 조건을 갖추지 못해 형사재판이 열릴 수 없습니다. 히토 사건에 관해서는 증거가 충분하지 못해서 은폐될 수도 있어요."

"그래서 자살한다고? 죽는 것보다 재판이 더 무섭다는 건가?"

"아뇨. '히토 사건의 진범 검거'라는 선정적인 보도를 막고 싶은 거겠죠. 가해자의 가족, 즉 마리아 씨에 대한 공격을 최대한 막으려면 자살이 가장 낫다고 생각할지도 모릅니다."

"⋯⋯진짜 무슨 생각을 하는 거야, 그 찌질이는."

지평선 너머로 해가 떨어진 직후여서 서녘하늘은 아직 희뿌옇다. 택시는 요도가와를 건너는 신요도가와대교로 접어들었다.

"가즈미 씨가 있을 만한 곳으로 짚이는 데는 없나요? 구마모토와 오사카뿐만 아니라 그 외에 잘 아는 장소라도?"

잠자코 고개를 저었다. 나는 가즈미에 대하여 무엇 하나 아는 것이 없었다.

라인 도착알림이 왔다. 스마트폰 화면을 확인하니 옆에 앉은 오빠가 보낸 메시지였다.

〈병원.〉〈기요쓰구가 살해된다.〉

흠칫 놀라 이쿠코에게 보여주었다.

히토 기요쓰구는 평생 깨어나지 못한 채 죽을지 모른다. 하지만 깨어날 가능성이 없다고 단언할 수도 없다. 만약 히토가 깨어나 증언한다면 가즈미의 계획은 전부 어그러진다.

가즈미는 히토 기요쓰구와 함께 죽으려고 할 것이다. 그가 갈 곳은 병원이다.

이쿠코는 냉정한 목소리로 말했다.

"두 사람을 부경 본부에 내려주고 저는 곧장 병원으로 가겠습니다."

"무슨 소리, 나도 갈래!"

나는 절대 내리지 않겠다는 듯이 운전석 방호판에 얼굴을 댔다.

"저기, 기사 아저씨. 나는 절대로 내리지 않을 거니까 이대로 후쿠센카이 병원으로 가주세요!"

졸지에 연루된 택시기사가 눈이 휘둥그레져서 도움을 청하듯 이쿠코를 쳐다보았다. 이쿠코는 한숨을 지었다.

"병원에 도착해도 마리아 씨와 기다 씨는 택시에서 그대로 대기하세요. 절대로 주차장을 나오지 않겠다고 약속해주세요."

"알았어요."

이쿠코는 고개를 살짝 끄덕이고 어딘가에 전화를 걸었다. 얼핏 비친 액정화면에는 마나베 이름이 표시되어 있었다.

"지금 바로 지원 인력을 보내주세요. 히가시오사카시 후쿠센카이 병원입니다. ······아뇨, 요코시마 가즈미를 확보하려는 겁니다. 자살할 가능성이 커요."

스마트폰 너머에서 갑질 과장이 당황하는 것 같았다. '요코시마 가즈미'라는 이름을 알게 된 것이 방금 전인데 대뜸 그자를 확보하겠다니 뭐가 어떻게 돌아가는 상황인지 알 수 없을 것이다.

이쿠코는 몰아붙이듯이 상황을 설명하고 몇 분간 입씨름을 한 끝에 일방적으로 전화를 끊었다.

"지원 인력이 온대요?"

"글쎄요. 마나베 마음에 달렸죠."

왼쪽으로 부경 본부로 가는 가미마치 거리가 보였지만 택시는 주오대로를 그대로 직진했다.

"하지만 가즈미 오빠는 히토가 어느 병동 몇 호실에 있는지 모를 텐데?"

"병원 홈페이지에 어느 병동이 몇 층에 있는지 자세히 안내되어 있어요. 더 구체적인 정보라면 병원 내 경비원 시각에서 예상해보면 대략적인 위치를 알 수 있을 겁니다."

의료 종사자에게는 비밀 보호의 의무가 있으므로 이쿠코가 혼자 나타나 경찰수첩을 보여주어도 히토의 병실을 가르쳐주지 않을 것이다. 그렇다고 수사 관계 사항 조회서를 준비할 틈도 없다.

"내가 병문안을 하는 척 들어갈게요."

다행히 도로는 파란불이 계속되었다. 그리고 병원 면회 시간은 20시까지였다.

나의 숨소리는 물론이고 택시 엔진음조차 수막에 덮인 것처럼 잘 들리지 않았다. 나가타 교차로를 좌회전했다. 히가시오사카시 서부를 관통하는 구오사카중앙환상선 옆에 히가시오사카 후쿠센카이 병원이 있었다.

오렌지색 풍경이 짙은 어둠으로 물들고 있다. 주차장에 들어서자 이쿠코는 "두 사람은 여기서 기다려요"라는 말을 남기고 정면 현관으로 들어갔다.

이쿠코의 뒷모습이 사라지자 나는 택시 오른쪽 도어로 손을 뻗었다. 이쿠코를 따라갈 생각이었지만 뜻대로 움직일 수 없었다. 뒤에서 팔을 붙들렸기 때문이다. 그리고 곧 오빠에게 꽉 안겨서 제압되었다.

"가지 마."

제발 부탁이니까 가지 마. 오빠는 목 안쪽을 쥐어짜내듯이 말했다.

"미안해, 오빠."

몸을 틀며 팔꿈치를 힘껏 지르자 등 뒤에서 "억……" 하는 신음 소리가 터졌다. 구속이 느슨해진 틈에 택시 밖으로 튀어나갔다. 붙들려는 오빠의 손을 뿌리쳤다.

"이러다 이쿠짱까지 죽어. 가즈미를 말릴 수 있는 사람은 나뿐이야."

오빠가 비통한 목소리로 말했다.

"경찰에 맡겨둬. 너까지 나설 필요 없어. 아무 짓 안 해도 돼."

"미안해. 약속하는데, 내가 멋대로 날뛰는 것도 이번이 마지막이야."

나는 차문을 잡고 오빠를 내려다보았다.

"오빠, 내 말 잘 들어. 오빠한테만 할 수 있는 부탁이야."

*

히토 기요쓰구에게 품었던 동정심은 이미 흔적도 없이 사라졌다. 그가 깨어난다면 따져 묻고 싶다.

당신 심정은 알겠는데 결국은 당신의 살의도 미리 써둔 범행성명도 당신보다 훨씬 어리석은 내 친오빠한테 이용만 당한 거 아닌가? 기다와 친한 사이였다면서 왜 방치해둔 거지? 자기가 죽으면 원만하게 수습될 거라고 생각한 거라면 큰 착각이야.

곧 20시가 된다. 면회 시간이 거의 끝나가고 있어서 1층 로비에도 사람이 없었다. 병문안객을 가장하고 들어가려 하자 종합접수처 직원이 불렀다.

"면회 오셨습니까?"

"아, 예."

"감염증 대책의 일환으로 병문안은 완전예약제로 운영되고 있습니다만……."

접수처 여성이 밝은 미소를 짓고 말했다. 나도 웃음을 보였지만 내심 초조했다. 이쿠코는 대체 어떻게 이 관문을 통과했을까.

"면회허가증은 가져오셨습니까?"

상냥하게 물으니 죄책감으로 가슴이 스쳤다.

"죄송해요! 나중에 사과할게요!"

그렇게 소리치면서 냅다 뛰기 시작했다. "잠깐만요!" 하고 외치는 소리를 등 뒤로 들으며 승강기 홀로 달렸다.

버튼을 연거푸 눌러도 꼭대기 층에 서 있는 승강기는 좀처럼 내려올 기미가 없었다. 병원 직원이 달려오는 소리가 들려서 승강기 홀 옆 계단으로 뛰어들었다.

안내도에 따르면 히토가 입원한 특수질환 병동은 4층에 있는 것 같았다. 숨을 헐떡이며 뛰어 올라갔다. 4층에 도착하는 순간 고함소리 같은 비명을 들었다. 남자 목소리였다.

비명이 들리는 쪽——서쪽 병동으로 달렸다. 맨 끝에 있는 병실 문이 활짝 열려 있고 금방이라도 사그라질 것 같은 석양이 복도로 새어나오고 있었다. 나는 망설이지 않고 그 병실로 들어갔다.

순간 시야에 날아든 것은 이쿠코의 뒷모습이었다. 출입문 옆에 서 두 팔을 편 채 가만히 서 있었다.

이쿠코의 시선 끝에는 두 남자가 있었다. 초로의 남성 경비원과 그의 등 뒤에서 팔을 둘러 경비원 목에 칼날을 대고 있는 청년——요코시마 가즈미였다. 가즈미는 원내를 순찰하던 경비원을 인질로 잡은 것이다.

어두운 목소리가 병실에 울렸다.

"가까이 오지 마."

가즈미는 핏발 선 눈으로 침상을 내려다보고 있었다. 침상에 누워 있는 것은 히토 기요쓰구. 볼이 조금 홀쭉해졌지만 인터넷에 나도는 졸업앨범 사진의 인상과 크게 다르지 않았다. 지극히 평범해 보이는 청년이었다.

습기를 많이 품은 바람이 볼을 쓰다듬었다. 병실의 미닫이창이 활짝 열려 레이스커튼이 펄럭이고 있었다. 가즈미는 창을 등지고 있다.

"이제 그만하지."

내가 말을 건네자 가즈미가 고개를 들었다. 그의 입이 "마리아"라고 희미하게 움직였다.

이쿠코가 돌아다보며 "물러서요!"라고 소리쳤다. 그러나 나는 느린 걸음으로 병실 안을 걸어갔다.

"어이, 왜 마리아가 여기 있지?"

이쿠코가 대답했다. "당신이 한 짓을 마리아 씨도 다 압니다."

가즈미는 왠지 기쁜 듯한 표정이었다.

"마리아, 이제 금방 끝나."

"끝나다니 뭐가? 히토를 죽이고 너도 죽겠다고?"

"그래. 그렇게 되면 모든 게 탈 없이 넘어가는 거야."

경비원 목에 칼날을 바짝 댔다. 살갗이 살짝 까지고 피가 한 줄기 도르르 굴러 내렸다. 경비원의 하체를 살펴보니 오른쪽 허벅지의 바지가 찢어져 있고 자상이 보였다. 바닥에도 핏방울이 떨어져 있다.

"방해하지 마. 나는 무관한 사람이라도 그냥 죽일 수 있어."

가즈미는 태도가 돌변한 듯 엷게 웃으며 말했다. 몇 년 만에 제대로 대화하고 있지만 마음은 점점 슬퍼진다.

"정말 오빠가 한 거야?"

"그래. 널 위해 죽였다."

"누가 그러래?"

"하지만, 넌 그 덕분에 편하게 살게 됐잖아."

말문이 막혔다. 이를 꼭 물고 가즈미를 노려보았다.

이쿠코가 말했다.

"가즈미 씨, 마리아 씨를 위한다면 더 이상 죄를 짓지 말아주세요."

"……이것 말고 방법이 없잖아."

가즈미가 내뱉듯이 중얼거릴 때 멀리서 날카로운 소리가 들렸다. 사이렌이다. 창밖에서 희미하게 들려오는 소리. 지원하기 위해 달려오는 경찰 차량일까? 가즈미는 어깨를 움찔하며 경계심을 드러냈다.

"너희가 불렀냐?"

가즈미를 달래려는 듯 이쿠코가 차분한 목소리로 말했다.

"순찰차 사이렌이 아니라 소방차 소리예요. 여기는 병원입니다. 구급차 대신 소방차가 들어오는 것은 흔한 일이죠."

그러나 가즈미의 귀에는 점점 다가오는 사이렌 소리밖에 들리지 않는 것 같았다. 숨을 씩씩 몰아쉬며 병실 안을 바삐 둘러보았다.

그때 가즈미가 갑자기 인질을 발로 걷어찼다. 나는 날아오는 경비원 몸을 반사적으로 부축했다. 순간 가즈미가 식칼을 쳐들며 히토의 침상으로 달려들었다.

"하지 마!"

이쿠코가 뒤에서 달려들어 가즈미의 양 겨드랑이로 팔을 넣어

제압했다. 균형을 잃은 가즈미가 식칼을 마구 휘두르며 난동을 부렸다. 이쿠코가 이쪽을 돌아보며 긴박한 표정으로 외쳤다.

"어서 도망쳐요!"

가즈미는 등 뒤에서 두 팔을 제압하려는 이쿠코를 뿌리치려고 벽을 향해 힘껏 뒷걸음질쳤다. 이쿠코의 뒤통수가 벽에 격돌했다. 가즈미는 다시 히토에게 돌진하려고 했지만 이번에는 이쿠코가 다리를 걸어 가즈미를 넘어뜨렸다.

가즈미는 몸을 틀며 바닥을 구르더니 식칼을 휘둘렀다. 칼날이 이쿠코의 볼을 스쳤다. 이코코가 얼굴을 젖히자 가즈미는 재빨리 일어나 이쿠코를 떠밀었다.

이쿠코의 오른쪽 뺨에서 피가 나와 병실 바닥에 뚝뚝 떨어졌다.

"이쿠짱, 물러서!"

이쿠코는 후들거리는 다리로 버티고 일어나 가즈미 앞으로 달려들었다. 침상으로 뛰어들어 히토 기요쓰구를 온몸으로 가렸다. 우라이로부터 나를 지켜주었을 때처럼 무방비한 얼굴로 잠든 히토가 다치지 않도록 몸을 던진 것이다.

이쿠코는 차분한 목소리로 말했다.

"어떤 이유로도 사람을 죽여서는 안 됩니다."

이쿠코의 말이 머릿속에서 울렸다. 나는 거반 넋이 나가버린 경비원을 바닥에 뉘어놓고 가즈미의 허리로 뛰어들었다.

"비켜!"

소리치는 가즈미에게 "싫어!"라고 맞받아쳤다.

"제발 내 말 좀 들어."

식칼을 쥔 가즈미의 오른손은 몹시 거칠었다. 손톱 끝은 갈라지고 피가 배어 있었다. 새끼손가락 첫째 마디가 없었다. 그 손을 본 순간 망막에 환영이 번졌다.

"마리아에게 다 들었다."

"듣다니, 뭘?"

어둠 속에 얼굴을 드러낸 것은 구조였다.

"지금 당장 마리아 사진을 다 삭제해."

"왜 그렇게 화를 내. 우린 친구잖아?"

"닥쳐."

가즈미는 구조의 손에서 스마트폰을 낚아챘다. 전원 버튼을 누르자 잠금 화면이 표시되었다. 지문을 요구하는 아이콘에 가즈미는 요란하게 혀를 찼다.

"어이, 손가락 이리 내."

"부탁하는 태도가 왜 이래?"

"……뭐야?"

"안 들려? 남에게 뭘 부탁할 때는 고개를 숙이라고 내가 몇 번을 말해."

구조가 혀를 내밀며 얄밉게 웃었다. 혀 중앙에 박힌 은색 피어스가 요상하게 반짝였다.

가즈미는 고개를 조금 숙이고 있어서 표정을 읽을 수 없다.

"그래, 사진을 삭제해달라고? 고개를 숙여, 짜식아."

가즈미가 구조에게 달려들었다. 다음 순간 영화 장면이 바뀌듯 풍경이 바뀌었다. 가즈미가 어두운 방 안이 아니라 한밤중의 어둠 속에 있었다. 며칠 전 이쿠코와 세나와 함께 가보았던 다이쇼구의 니시센오 운동공원 옆 도로다.

"약속을 했으면 지켜야지."

가즈미 앞에 서 있는 인물은 구조가 아니라 미조구치 사토시였다.

"약속? 무슨 소리야?"

"내가 네 친척 영감을 죽이고 네가 히토 기요쓰구를 죽이기로 했잖아."

"그랬나?"

미조구치는 차가운 웃음을 짓고 고개를 갸우뚱해 보였다.

손톱을 오독오독 깨무는 소리가 들린다. 가즈미는 오른손을 입에 대고 이글거리는 눈초리로 미조구치를 쳐다보고 있었다.

미조구치가 말했다.

"분수를 알아야지, 가즈미 군. 히토를 죽여주기를 바란다면 공손하게 고개를 숙이고 부탁하는 게 어때."

눈물로 시야가 흐릿해졌다. 여기는 병실이다. 구조를 살해한 현장도 아니고 미조구치의 사체가 버려져 있던 노상도 아니다.

눈앞에 있는 오빠가 식칼을 높이 꼬나들고 있었다.

"나를 말리지 마. 알겠지, 마리아. 나는 히토 같은 약골과는 달라."

"그게 무슨 말이야."

"히토는 입만 살았지. 그 여섯 명과 친구놀이를 하다가 진짜 우정이라고 착각한 거야. 이놈은 결국 누구 하나 죽이지 못했어."

내심 역시, 하고 중얼거렸다. 역시 히토 기요쓰구는 차마 죽이지 못한 것이다. 그토록 증오하던 자들을 자기 손으로 죽일 기회가 왔지만 차마 죽이지 못했다.

"이봐, 오빠. 멈춰야 할 때 멈출 줄 아는 사람은 약골이 아냐."

가즈미를 꽉 안은 팔에 힘을 주었다.

"히토를 죽이게 놔둘 수 없어. 언젠가 히토에게 오빠가 한 짓을 전부 직접 말해. 부탁이니까 제대로 사죄해."

가즈미는 깊은 충격을 받은 표정이었다. 지금까지 오래도록 믿어온 것을 갑자기 잃어버린 듯한 표정이었다.

오른팔을 맥없이 늘어뜨리고 가만히 중얼거렸다.

"나는 늘 마리아를 지켰어. 너 때문에 이렇게 된 건데."

이 작자가 지금 무슨 소리야. 너무 놀랍고 어이가 없어서 벌어진 입이 다물어지지 않았다.

"어떤 상황에서든 가족을 지키는 게 내 역할이니까."

말이 너무 안 통해 절망스럽다. 머리를 쥐어뜯으며 온갖 비난과 욕설을 퍼붓고 싶었다.

불안하게 움직이는 가즈미의 눈동자에는 내가 비치지 않는 것이 분명했다. 가즈미의 시선은 나를 그냥 통과하여 어리고 작고 연약한 소녀 모습을 한 나를 필사적으로 찾고 있었다.

그래도 나는 이 작자와 이야기를 해야 한다.

"어떻게 해야 알아들을래? 항상 내 얘기는 듣지도 않고 멋대로 사고를 쳤지. 그래 놓고 모두 마리아를 위해서였다느니 마리아 때문이었다느니 하면 곤란해."

폭력으로 치닫는 것은 일종의 응석이다. 대화라는 과정을 전부 날려버리고, 멈춰 설 수 있는 기회도 전부 무시하고, 가즈미는 당장 눈앞에 보이는 폭력을 택하고 말았다.

누군가를 죽여서 해결할 수 있는 일은 이 세상에 하나도 없다고 지금은 진심으로 생각한다. 폭력은 또 다른 폭력을 부를 뿐. 그 끝에 기다리는 것은 지옥으로 가는 길이다.

나는 가즈미의 볼을 양손으로 잡고 억지로 시선을 맞추었다.

"더 이상 아무도 해치지 마!"

가즈미의 몸에서 희미한 떨림이 전해져온다. 가즈미의 눈물이 내 손바닥을 적시고 있었다.

이쿠코가 말했다.

"지금도 늦지 않았으니 마리아 씨 이야기를 들어요. 마리아 씨가 당신에게 원하는 것은 그것뿐입니다."

가즈미는 혼잣말처럼 중얼거렸다. "이미 늦었어."

식칼이 병실 바닥에 떨어져 탁, 하는 쓸쓸한 소리를 냈다. 가즈미는 내 팔을 너무나 쉽게 뿌리치고 병실 창문을 향해 비칠비칠 걸어갔다.

"거기 서!"

가즈미는 내 말을 무시하고 걸음을 옮겼다. 레이스커튼을 치우고 창틀에 걸터앉아 온화한 미소를 지었다.

"행복해야 해."

머리를 천천히 젖히며 가즈미는 몸을 뒤로 던졌다.

이쿠코가 창백한 얼굴로 창문으로 달려들었다. 그때 아래쪽에서 풍선이 터지는 듯한 소리가 들렸다.

펑!

이쿠코의 등에 붙어 창밖으로 얼굴을 내밀었다. 특수질환 병동 바로 밑에 있는 주차장에 거대한 직방체가 있었다.

푹신푹신한 구조 매트 위에 가즈미가 누워 있었다. 날이 어두워 표정까지 알아보기는 힘들었지만 아마 입을 멍하니 벌린 채 넋 나간 얼굴을 하고 있었을 것이다.

주차장에는 소방차 두 대와 순찰차 세 대가 나란히 서 있었다. 구조 매트 주변에 대기하던 경관이 일제히 가즈미에게 달려들었다.

나와 이쿠코는 서로 의지하듯 서 있었다. 얼굴을 마주보고 누가 먼저랄 것도 없이 웃기 시작했다. 이쿠코의 눈에 눈물이 고여서 석양 속에 한층 빛나고 있었다.

"이건 누구 아이디어예요?"

"나랑 오빠."

매트 앞에 있는 순찰차 옆에서 기다 요헤이——내 오빠를 발견했다. 4층 병실을 향해 손을 흔들고 있다. 아마 벙글벙글 웃고 있을 것이다.

나는 오빠에게 손을 흔들어 주며 웃는 얼굴로 "오라이!" 하고 소리쳤다.

*

"이야, 이쿠짱이 한 건 했네요. 승진해 버릴지도 모르겠는걸."
"아뇨, 승진은커녕 보고서를 500매쯤 써야 할 걸요."
"진심으로 하는 얘기예요?"
"네. 그게 실상이에요."
시끌시끌하다. 머리가 깨질 것처럼 아프다. 실눈을 뜨니 빛이 비껴들고 하얀 천장이 보였다.

여기는 어디지? 나는 무엇을 하고 있지? 천장 이외의 것들을 확인하고 싶은데 온몸이 콘크리트에 갇힌 것처럼 근육이란 근육이 모두 굳어 있어서 고개도 움직일 수 없었다.

등에 부드러운 감촉이 있다. 아무래도 나는 어느 방에서 침대인지 뭔지에 누워 있는 것 같다.

눈 깜빡거리기를 반복하다 보니 시야가 점점 선명해지고 이명도 진정되었다. 바로 옆에서 누가 말하는 소리가 들렸다.

"고마워요, 이쿠짱. 나, 이쿠짱을 만난 게 정말 다행이었어요. 운명적인 만남이랄까. 밤마다 죽고 싶었는데, 앞으로는 아마 이쿠짱 덕분에 살아갈 수 있을 것 같아요. 이쿠짱, 앞으로도 친구로 있어줄 거죠?"

"저기, 마리아 씨."

"네?"

"트라우마 극복에 필요한 것은 운명적인 만남이 아닙니다."

"그래요? 그럼 뭐가 필요하죠?"

"글쎄요. 우선은 정신과 진료로 자기 심리 상태를 확실하게 파악하는 것이 중요하지 않을까요? 마리아 씨는 우선 상담을 받아보는 게 좋을 거라고 봐요."

"정상이 아니니까 병원에 가보라는 건가?"

"천만에요. 팔이 부러지거나 감기에 걸리면 병원에 가는 것처럼 마음을 다쳤을 때도 병원에 가야 합니다. 그래서 건강해지면 우리 다시 여행갈 수 있겠죠."

"……음. 해볼게요."

"해보자고요, 열심히 노력해서 행복해집시다."

두 여성의 목소리였다. 낯선 목소리였지만 어딘지 친근한 느낌이어서 듣기에 좋았다. 닦달하듯 말이 빠른 목소리가, 그 말투가 어딘지 기다 선배를 닮아서인지도 모른다. 고등학교 시절의 룸메이트였던 기다 선배도 말투가 이랬다.

문득 비린내 나는 기억이 탁류처럼 밀려왔다. 잘린 혀. 범행성명. 아다시마의 해상 코티지. 그곳에서 만난 구조 겐타로라는 남자. 참극.

그자는 누구일까. 지금 나는 어디에 있는가?

"……아, 아."

누군가에게 전해야 한다. 그런 일념으로 입을 벌리자 성대에서 추하게 갈라진 소리가 나왔다.

"응? 지금 말한 건가?"

"네? 난 아무 말 안 했어요."

"아니, 아니, 히토 기요쓰구 말예요."

"설마."

발소리가 다가오고 시야 구석에 불쑥 낯선 얼굴이 나타난다. 밝은 갈색머리를 한 데 묶은 젊은 여성이었다. 눈길이 마주친 순간 그 사람이 비명을 질렀다.

"아악! 깨어났다! 어떡해, 이쿠짱!"

이어서 30대로 보이는 슈트 차림의 여성——왠지 볼에 피를 흘리고 있다——이 내 얼굴을 들여다보고, "정말 깨어났네!"라고 외쳤다.

"내가 거짓말을 했겠어요?"

"그보다, 빨리 간호사부터 불러요!"

"어떤 버튼이지? 아, 이건가?"

갈색머리 여성이 내 머리 위쪽에서 딸칵딸칵 소리를 냈다. 이곳은 병원인가?

슈트 입은 여성이 팔짱을 끼고 조용히 말했다.

"이노우에 기요쓰구 씨, 안녕하세요. 많이 불안하겠지만 아마 괜찮을 거예요. 어떻게든 잘 될 겁니다. 당신이 무고하다는 건 우리 경찰이 증명할 겁니다."

어떻게든 잘 될 거라니, 무슨 말이지? 묻고 싶은 것이 산더미 같았지만 목이 갈라져서 말을 할 수 없었다.

"우리는 이제 가봐야 합니다. 또 만나요."

슈트 여성은 그렇게 말하고 시야에서 사라졌다. 어디선가 여러 사람의 발소리가 들려왔다. 발소리들이 점점 다가오는 것이 느껴졌다.

갈색머리 여성이 윗몸을 기울여 얼굴을 가까이 대고, "이노우에 기요쓰구!" 하고 내 이름을 불렀다.

내 이름을 어떻게 알지? 그녀의 얼굴이 전혀 기억에 없는데, 언제 만난 적이 있는 걸까? 나의 혼란에 아랑곳없이 그녀는 입꼬리를 올리며 씩 웃었다.

"이봐, 이노우에 기요쓰구. 기다 요헤이는 별로 잘 살진 못하지만 그래도 열심히 살고 있어!"

그 말을 남기고 몸을 휙 돌려 경쾌한 걸음으로 병실을 나갔다.

2024년 8월 9일 10시

면회 접수처에서 스마트폰을 로커에 보관하고 금속 탐지기 보안 게이트를 통과했다.

나는 보행 보조 지팡이를 짚으며 면회대기실을 향해 천천히 걸었다. 팔다리에 부분적인 마비가 남았지만 그래도 의사는, "걸을 수 있게 된 것만도 기적이다"라며 눈을 휘둥그레 떴다.

대기실에 도착해 접수창구에 신청서를 제출하고 호명될 때까지 기다려야 했다. 평일 아침시간인데도 오사카 구치소는 붐볐다.

오전 10시, 내 번호를 불러서 복도로 나갔다. 왼쪽에 나란히 있는 15개 방 중에서 우리에게 할당된 것은 제4면회실이었다.

직접 면회실 문을 열고 들어가 접이식 의자에 앉아 한숨을 돌리는데 곧 건너편 문이 열렸다. 형무관을 따라 요코시마 가즈미가 면회실로 들어왔다.

두꺼운 아크릴 칸막이 너머에서 그는 말없이 고개를 숙이고 있었다. 요코시마 가즈미는 형사피고인, 이른바 미결수로서 오사카 구치소에 수감되어 있다. 마침내 4년 만에 재회한 것이다.

"건강은 어때?"

그렇게 입을 떼자 가즈미는 힐끔 시선을 들었다가 내렸다. 오랜 구류 생활 때문인지 피부가 더 창백해진 것처럼 보인다.

"밥은 잘 먹고? 잠은 잘 자나?"

"……시끄러. 말 시키지 마."

"미안하지만, 나는 얘기가 하고 싶어."

견고한 펜 끝이 노트를 긁는 소리가 들렸다. 동석한 형무관이 뒤쪽 작은 책상에서 대화를 기록하는 것 같했다.

"이런 데까지 어슬렁어슬렁 찾아오고, 무슨 말을 하고 싶은 거지?"

"글쎄, 나도 잘 모르겠어. 그냥 어련무던한 얘기나 하고 싶었을 뿐인지도 몰라."

"잠꼬대는 자빠져 자면서 해."

가즈미는 오른손을 가볍게 쳐들어 보였다. 새끼손가락 첫째 마디가 없다. 그것을 물어뜯을 때 맛본 생생한 피 맛을 아직도 선명하게 기억한다. "너 때문에 내 인생 좆됐다."

"책임 전가는 그만두시지."

"살인죄 6인분을 부담해줄 수는 없었나?"

아크릴판 너머로 나를 힐끗 노려보았다.

"사실은 너도 그 여섯 명을 죽일 생각이었잖아. 폭로 글까지 써두고. '범행성명'이라고 했나? 뉴스에서 그 소식을 듣고 얼마나 놀랐는지."

"아냐, 그건……."

"뭐가 아냐. 돌아가는 배가 오기로 한 게 8월 10일이었어. 범행성명이 9일에 공개되도록 설정했다는 건 퇴로를 끊어둔 거잖아.

너는 처음부터 놈들을 죽일 생각이었어."

아니야. 나도 모르게 소리를 지를 뻔했지만 간신히 충동을 억눌렀다.

가즈미 앞에 서 있으니 아무래도 행동이 생각처럼 되지 않았다. 그날의 기억이 살아나고 감정의 격렬한 소용돌이에 삼켜질 것 같았다.

나는 심호흡을 몇 번 한 뒤 고개를 들고 애써 차분한 목소리로 말했다.

"그때 나는 우선 냉정하지가 못했어. 죽이고 싶지 않았으면서도 범행성명을 작성하고 주스에 비소를 탔어. 하지만 죽이고 싶지 않았던 마음은 사실이야. 한심한 놈이지."

"그래서 뭐."

"당신만은 믿어주었으면 해."

"……그럼 너라면 어떨까. 내가 실은 아무도 죽이고 싶지 않았다고 말하면, 너라면 그 말을 믿겠냐?"

"음. 믿어. 나는 4년 전부터 늘 믿고 있었어."

긴 침묵이 이어졌다. 마침내 가즈미가 천장을 바라보며 입을 열었다.

"마리아는, 잘 있냐?"

"응. 아마 당신이 상상하는 것보다 백 배는 잘 지낼 거야."

나는 반년 전부터 마리아, 기다 선배와 함께 지내고 있다.

"그 아이는 건강한 척하는 데 도사야. 건강해 보여도 놀랄 정도로 약할 때가 있어. 걔가 그래 보여도 섬세한 구석이 있어. ……
내가 지켜줬어야 하는데."
 "더 이상 마리아를 옭아매지 마. 마리아는 당신 소유물이 아니야."
 "알아."
 "아니, 당신은 몰라. 예나 지금이나 동생을 자기 거라고 생각하지."
 "아는 척하지 마."
 "내가 누구한테 설교할 처지가 아니라는 건 알아. 다만, 나도 너 같은 부류였거든."
 학창 시절에 내가 가입한 운동부에서는 고압적인 지도가 일상이었다. 건강을 해칠 정도로 과한 훈련 스케줄을 감당하다 보니 나와 너의 경계선이 모호했다. 나는 팀 소유물이고 팀은 내 소유물이라는 감각이었다. 기다 선배가 린치를 당한 사건을 알았을 때 나는 엄청난 상실감을 느꼈다. 내 것을 빼앗겼다고 생각했다. 지금 생각하면 건전한 관계가 아니었다.
 나는 가즈미와 마리아의 성장 환경 같은 것은 알지도 못하고 상상도 하지 못한다. 다만 마리아가 말했었다. "친오빠는 내가 같은 인간이라는 걸 아직도 모르는 것 같아"라고.
 ──오빠가 구조를 죽인 것은 아마 좋아하는 장난감이 더럽혀졌다는 기분에 발끈했기 때문일 거야.
 "동생에 대한 사랑을 부정하는 건 아냐. 다만 이 기회에 머리를 확실하게 식히고 마리아와의 관계를 돌아보는 게 좋을 거다."

가즈미는 말했다. "돌아보나마나 난 어차피 사형이야."

올해 12월경에 배심원 재판이 열릴 예정이다. 사형은 거의 확정적이다.

"이 나라가 싫다, 정말. 아무튼 당신이 변하지 않는 한 마리아와 대등한 관계를 쌓을 수 없어. 마리아는 당신이 사라져도 알아서 잘 살 거야."

면회 시간이 거의 다 끝났다. 형무관이 퇴실을 재촉해서 나는 지팡이를 짚고 일어섰다.

생각해보면 긴 한 해였다. 재활을 하고 경찰의 사정청취에 오랫동안 협력하면서 나는 잃어버린 시간을 되찾으려고 애썼다.

마리아와 기다 선배가 같이 지내자고 제안했을 때는 물론 기뻤다. 기다 선배와의 관계를 개선할 기회를 부여받은 거니까 제대로 해내고 싶었다. 그러나 세 사람의 추억이 쌓여가자 나 같은 인간이 웃으며 살아도 되는가 하는 죄책감에 시달렸다.

그 해상 코티지가 내내 꿈에 나타났다. 지금도 문득문득 죽은 친구들이 생각난다.

나는 그날 그 친구들이 땋아준 밧줄을 끊어버렸다. 이기적 폭력의 사슬에 휘말려들었다. 나 같은 인간이 웃어도 되나.

다시는 웃지 마. 누구에게도 의지하지 마. 말 걸지 마. 혼자 살아. 아니, 죽어버리는 게 낫겠다. 죽고 싶지 않다고? 줏대 없는 놈. 그렇다면 묵은 상처 따위는 덮어버리고 망자처럼 살아. 반항하지 마, 반항하지 마, 반항하지 마. 아예 몽땅 부숴버려. 저주의 말이 사슬이 되어 지금도 이 몸뚱이를 옥죈다.

사슬을 하나씩 끊어내어 빛의 토막을 하나하나 주워 모으며 산다.

문을 열려는 내 등을 향해 가즈미가 가만히 말했다.

"이제 오지 마. 나는 네 적이야."

적. 그 말을 반추하며 나는 4년 전 오늘이라는 날을 떠올리고 있었다.

나는 여전히 이 사내에 대한 증오를 뱃속에 품고 있었다. 내 친구 여섯 명을 죽인 것은 틀림없이 요코시마 가즈미이다. 당연히 용서할 수 없다. 아마도 이 원한은 영원히 지워지지 않을 것이다.

그러나 마음속 깊은 곳에서는 그를 죽이고 싶지 않다고 생각하는 것도 엄연한 사실이다.

나는 돌아다보며 웃음을 보여주었다.

"마리아에게 전할 말 있으면 말해."

편집자 후기

제가 어린 시절에 읽었던 미스터리 소설들은 일반적으로 밀실이나 외딴섬 같은 클로즈드 서클(Closed Circle)에서 예상하기 힘든 살인사건이 벌어지고 비범한 재능을 지닌 탐정이 해결한다는 패턴으로 진행되었습니다. 인간의 죽음을 수수께끼풀이 게임으로 만들어 독해 작업에 열중시킨 이 장르를 '본격'이라는 말로 정의한 사람은 소설가 고가 사부로였는데 본격 미스터리에서는 마지막에 의표를 찔러 놀라게 할수록 좋은 평가를 받았지요. 하지만 반전을 위해 작가들이 무리한 설정을 남발하면서 문제가 생기기 시작했습니다.

이 무렵부터 현실과 양립하기 어려운 트릭의 틀을 벗어나 리얼리티를 부여하고자 했던 시도로서 미국에서는 레이먼드 챈들러로 대표되는 하드보일드가, 일본에서는 마쓰모토 세이초가 기틀을 세운 사회파 미스터리가 인기를 끌었습니다. 국적이나 활동한 시기로 볼 때 챈들러와 세이초가 서로에게 영향을 미쳤으리라고는 생각할 수 없겠죠. 다만 이들의 작품은 선배 세대의 기류를 거부하려는 측면이 강했습니다. 코난 도일과 애거사 크리스티의 소설들은 기교에 치우쳐 있고 엘리트주의적이라는 것이 챈들러의 불만이었어요. 세이초는 독자를 상대로 한 퍼즐 같은 유희로 전락해 버린 본격 미스터리에 진저리가 난다고 적었지요. 그가 지극히 현실적인 설정을 출발점으로 삼아 범죄가 일어나게 된 사회적 동기를 추적해 가는 사회파 미스터리의 시초가 된 것은 이런 이유 때문입니다.

본격 미스터리와 사회파 미스터리는 서로 경쟁하는 동시에 협력하기도 했는데, 이를테면 시마다 소지의 『기발한 발상, 하늘을 움직이다』는 본격 미스터리지만 전후 일본 사회의 문제점을 지적하는 등 사회파적 요소를 차용했고, 미야베 미유키의 『가모 저택 사건』은 사회파 미스터리지만 밀실 트릭을 사용한 바 있지요. 이후 새로운 감각으로 무장한 작가들이 하나둘 등장하며 장르의 경계도 점차 옅어져 갑니다. 와중에 역대 최연소(23세) 심사위원(아야쓰지 유키토, 아라이 모토코, 고교쿠 나쓰히코, 시바타 요시키) 만장일치로 에도가와 란포 상을 거머쥐며 초신성처럼 등장한 작가 아라키 아카네는, 역대급 데뷔작에 이어 기대를 저버리지 않고 지금껏 누구도 시도하지 않았던 형태의 차기작을 발표합니다. 그 내용을 간단히 정리하면 다음과 같습니다.

1막_본격 미스터리. 무인도에서 벌어진 밀실 살인, 범인 불명. 전부 죽였다는 누명을 쓰기 전 진범을 밝혀야 하는 남자의 추리극.

2막_사회파 미스터리. 대도시에서 발생한 토막 살인, 동기 불명. 다음 표적으로 살해당하기 전 범인의 동기를 찾는 여자의 수사극.

소설 『끊어진 사슬과 빛의 조각』은 전혀 다른 형태의 1막과 2막으로 구성되어 있습니다. 시간도, 배경도, 등장인물도, 분위기도, 범행 수법 외에는 공통점을 찾을 수 없는 두 이야기가 하나로 이어지는 순간 진실이 드러난다는 설정의 소설로, 지금껏 시도되지 않은 참신한 구성이라 하겠습니다. 일본 원서의 띠지에는 "Z세대 애거사 크리스티가 그리는 슬픈 연쇄 살인"이라고 적혀 있더군요. 왜 이런 카피를 사용했느냐. 무인도에서 벌어진 밀실 살인에 관해 읽고 있노라면 애거사 크리스티의 명작 『그리고 아무도 없었다』가, 대도시에서 발생한 토막 살인에 관해 읽고 있노라면 그녀가 남긴 걸작 『ABC 살인 사건』이 자연스레 연상되기 때문입니다. 『끊어진 사슬과 빛의 조각』은 이렇듯 고전 미스터리에 대한 경의를 표하는 동시에 사회를 뒤덮고 있는 남성우월주의에 대해서도 날카롭게 파고들었는데 2023년 9월 23일 《요미우리 신문》과의 인터뷰에서 아라키 아카네 작가는 이렇게 말했습니다.

"고전을 오마주한 본격 미스터리적 설정을 기본 전제로 하고 사회파 미스터리적인 재미를 추구하고 싶다는 생각으로 이야기를 만들었다. 애거사 크리스티의 『그리고 아무도 없었다』와 『ABC 살인 사건』에서 영감을 얻었다. 또 하나 염두에 두었던 대목은 작가 생활 내내 계속 쓰고 싶은 주제인 시스터후드에 관해서다. 미스터리 작품 중에는 아직 여자 주인공 콤비가 상대적으로 적다. 명탐정은 대부분 남자들이다. 서로 도우며 생동감 있게 활약하는 여성 캐릭터들을 그려보고 싶었다. 여성에게 스포트라이트를 비추는 이야기를 쓰는 것이 내 사명이라고 생각한다. 작가가 되기 전까지의 나는 사회생활을 하며 닳아 없어진 부분이 많았는데, 그 부분을 채워준 것이 시스터후드 소설들이었다. 내가 처한 상황이나 그동안 왠지 모르게 힘들다고 느꼈던 것들에 이름을 붙여주는 느낌을 받았다. 그래서 작가가 된 이후에 여성이 활약하는 본격 미스터리 작품으로 보답하고 싶다는 생각을 했다."

1막의 테마는 복수. 외딴섬의 해상 코티지에 놀러 온 일곱 남녀 중 한 명인 히토가 '선배의 원수'를 갚기 위해 일행들을 모두 죽일 작정으로 비소를 몰래 들여오지요. 5일 후 배를 태워줄 사람이 오기 전에 '유서라는 이름의 범행 진술서'가 업로드될 수 있도록 준비도 해두었습니다. 이렇게 한 뒤에 자살해 버리면 복수의 연쇄를 끊고 그들의 죄도 공표할 수 있을 거라 생각하면서 말이죠. 한데 과연 그럴까요. 계획을 실행할 즈음에 이르러 그 살의는 무뎌지기 시작합니다. 이들이 죽임을 당할 만큼 끔찍한 인간들인가. 망설이는 가운데 한 사람이 혀가 잘린 시체로 발견되지요. 그리고 연이어 일어나는 제2, 제3의 살인. 살해되는 사람은 반드시 '직전 살인의 첫 번째 발견자'였고 시신의 '혀'가 잘려 나갔다는 특징이 있습니다.

2막의 테마는 시스터후드. 1막의 사건으로부터 3년 후. 전혀 무관해 보이는 세 명의 남녀가 연달아 살해당하고 우연히 '세 번째 최초 발견자'가 된 청소부 마리아를 형사 이쿠코가 경호하게 되지요. 한데 유능하지만 여성이라는 이유로 경찰 내부에서 평가가 낮은 이쿠코의 상황에 마리아가 분노하게 됩니다. 그리고 함께 고향 아마쿠사에서 일어난 사건과의 연관성을 찾아 나선 마리아와 이쿠코는 점차 직무를 넘어선 신뢰 관계를 쌓아나가지요. 1막에서는 수수께끼 풀이에 집중했다면 2막에서는 끔찍한 사건 뒤에 숨겨진 인간 드라마를 따라갑니다. 부모와 형제, 고향과 학교의 선후배 등 다양한 인간관계의 사슬에 묶여 움직일 수 없는 고통에서 벗어나기 위해서는 피를 흘려서라도 그 사슬을 끊어야만 하는가. 마리아가 수수께끼를 풀면서 알게 된 사실 가운데 하나는 마음을 맞대면 온기를 얻을 수 있다는 것이었습니다. 계속해서 작가의 말을 들어볼까요.

"복수는 어쩌면 남성우월주의적 사상을 내포하고 있는 것 같아요. 죽음을 두려워하지 않는 태도를 좋게 여기고, 힘을 보여줘야만 남자답다는 식의 가치관이 복수의 근저에 깔려 있는데, 그 해악을 들여다보고 어떤 일이 있어도 사람은 사람을 해쳐서는 안 된다는 사실을 복수를 통해 그려낼 수 있었으면 좋겠다고 생각했어요. 남성중심적 사회에 지쳐 가족들과도 떨어져 살기로 한 그녀들이, 이걸로 괜찮겠지, 지금은 이게 최선이지, 라고 자위하면서도 서로에게 말을 걸고 연대하는 모습을 『끊어진 사슬과 빛의 조각』에서 그려 보았습니다. 특히 이번에는 애정을 이유로 무슨 짓을 해도 괜찮은 건 아니라는 부분을 여러 조합으로 써보고 싶었어요. 애정도 때로는 해로워질 수 있다는 것을 이야기하기 위해서는 전근대적인 가정에서 자랐고, 부모나 상사 등 지위나 권한이 높은 사람의 일방적이고 이기적인 애정이 얼마나 무서운지 알고 있는 그녀들 같은 탐정 역할이 적합하다고 생각했죠."

사실 보호한다는 행위에도 상대를 소유물로 여기는 지배욕이나 상하관계가 느껴져 전적으로 긍정하기 어렵다고, 1998년생, 이제 27살인 작가 아라키 아카네는 말하고 있습니다. 사람이 사람을 사랑하는 마음속에도 폭력성이 숨어 있는 이상, 우리는 어떻게 관계를 맺고 행복해질 수 있을까? 어쩌면 『끊어진 사슬과 빛의 조각』이라는 의미심장한 제목에는 그 균형의 어려움(끊어진 사슬)과 그럼에도 사람을 믿고 싶다는 저자의 희망(빛의 조각)이 담겨 있는지도 모르겠습니다.

 27살의 나는 오로지 여자랑 한번 만나 보겠다고 밤낮 없이 애쓰는 삶을 살았는데(한숨), 27살의 아라키 아카네는 이렇게 통찰력 있는 소설을 써냈구나 싶어서 무척 부끄러워진 한편으로 데뷔작 『세상 끝의 살인』과 『끊어진 사슬과 빛의 조각』에 이어 앞으로도 계속 이 작가의 작품을 한국에 소개하고 싶다고 생각한,

 삼송 김 사장 드림.

끊어진 사슬과 빛의 조각

초판 1쇄 발행 2025년 4월 11일

지은이 아라키 아카네
옮긴이 이규원

발행편집인 김홍민 · 최내현
책임편집 조미희
편집 김하나
표지디자인 이혜경디자인
마케터 마리
용지 한승
출력(CTP) 블루엔
인쇄 제본 대원문화사

펴낸곳 도서출판 북스피어
출판등록 2005년 6월 18일 제105-90-91700호
주소 (10595) 경기도 고양시 덕양구 동송로 23-28 305동 2201호
전화 02) 518-0427
팩스 02) 701-0428
홈페이지 https://blog.naver.com/hongminkkk
전자우편 editor@booksfear.com

ISBN 979-11-92313-66-5 (04080)
979-11-92313-16-0 (세트)

책값은 뒤표지에 있습니다.
파본은 구입하신 곳에서 교환해 드립니다.